Un destin rebelle

VICTORIA DAHL

Un destin rebelle

SAGA
SEXY GIRLS

♦ sAGAs ♦

HARLEQUIN

Collection : SAGAS

Titre original : TOO HOT TO HANDLE

Traduction française de ISABEL WOLFF-PERRY

HARLEQUIN®
est une marque déposée par le Groupe Harlequin
SAGAS®
est une marque déposée par Harlequin.

Si vous achetez ce livre privé de tout ou partie de sa couverture, nous vous signalons qu'il est en vente irrégulière. Il est considéré comme « invendu » et l'éditeur comme l'auteur n'ont reçu aucun paiement pour ce livre « détérioré ».

Toute représentation ou reproduction, par quelque procédé que ce soit, constituerait une contrefaçon sanctionnée par les articles 425 et suivants du Code pénal.

© 2013, Victoria Dahl.
© 2015, Harlequin.

Tous droits réservés, y compris le droit de reproduction de tout ou partie de l'ouvrage, sous quelque forme que ce soit.
Ce livre est publié avec l'autorisation de HARLEQUIN BOOKS S.A.

Cette œuvre est une œuvre de fiction. Les noms propres, les personnages, les lieux, les intrigues, sont soit le fruit de l'imagination de l'auteur, soit utilisés dans le cadre d'une œuvre de fiction. Toute ressemblance avec des personnes réelles, vivantes ou décédées, des entreprises, des événements ou des lieux, serait une pure coïncidence.
HARLEQUIN, ainsi que H et le logo en forme de losange, appartiennent à Harlequin Enterprises Limited ou à ses filiales, et sont utilisés par d'autres sous licence.

Le visuel de couverture est reproduit avec l'autorisation de :
Femme : © MASTERFILE/ROYALTY FREE
Réalisation graphique couverture : DPCOM

Tous droits réservés.

HARLEQUIN
83-85, boulevard Vincent-Auriol, 75646 PARIS CEDEX 13.
Service Lectrices — Tél. : 01 45 82 47 47
www.harlequin.fr

ISBN 978-2-2803-3368-9

1

Merry fut réveillée en sursaut par le claquement désormais familier du grille-pain. Elle entrouvrit les yeux et enfouit aussitôt sa tête sous son oreiller. Un interstice malvenu, entre les rideaux de la salle de séjour, laissait passer les rayons d'un soleil aveuglant.

— Tu en as déjà marre de moi ? grommela-t-elle, la voix étouffée par l'oreiller.

Elle posait la même question chaque matin. Un jour ou l'autre, la réponse serait « oui ».

Forcément.

Pas aujourd'hui, cela dit, car de la cuisine où elle s'affairait, Grace lui répondit :

— Tu rigoles ? Si je te mettais dehors, je perdrais plus de la moitié du mobilier de cet appartement !

— Dont un canapé-lit particulièrement encombrant.

— Ainsi que ma meilleure amie, ajouta Grace, s'approchant du canapé en question, une tasse à la main. Un petit café ?

— Je t'adore.

— Surtout pour mon café, avoue.

— Et pour ton appartement.

— Tu ne veux pas arrêter avec ça ? lui lança Grace, sans chercher à dissimuler son agacement. Si tu veux vraiment entrer dans ce jeu-là, dis-moi plutôt que tu fantasmes sur mon corps de rêve. Là au moins, j'aurai l'impression d'être belle, et ça servira à quelque chose !

Merry émergea de sous son oreiller, se redressa et trempa

précautionneusement les lèvres dans le café brûlant avant de secouer la tête avec véhémence.

— Pas question ! répliqua-t-elle. Je ne prends pas les restes des autres. Or, j'ai comme l'impression que Cole ne s'est pas contenté de *fantasmer* sur ton corps, ma chérie.

Grace laissa échapper un petit ricanement faussement méprisant.

— Qui te dit que ce n'est pas moi qui me suis servie de son corps jusqu'à l'épuisement ? rétorqua-t-elle en regagnant la cuisine.

— Ah ? C'est pour ça qu'il continue à boiter ? Et moi qui pensais qu'il n'était pas complètement remis de son opération...

Lorsqu'elle entendit cette remarque, Grace revint sur ses pas et se pencha pour l'embrasser sur le front.

— Blague mise à part, je suis ravie que tu sois ici, Merry. Tu m'as terriblement manqué, alors tu peux rester aussi longtemps que tu veux. Six mois, un an... Tu es la bienvenue et tu le sais.

— Parce que tu t'imagines que j'ai envie de passer un an à dormir dans la pièce principale de ton appartement, peut-être ?

Elle n'avait haussé le ton que pour la forme. En réalité, elle aurait dormi à même le sol, pour être auprès de Grace. Elles avaient toutes deux vécu à des milliers de kilomètres de distance pendant près de trois ans, et Merry avait mal supporté la séparation. Un canapé dans la salle de séjour de sa meilleure amie lui convenait parfaitement. Elle n'avait besoin ni d'un lit double ni d'une pièce équipée d'une porte. Les hommes ne se battaient pas pour la séduire et elle avait cessé de se caresser depuis plus de six mois. Son imagination l'avait désertée, vaincue elle aussi par ce désert affectif sans fin. Aussi, abandonnant la partie, s'était-elle résignée à meubler sa solitude en faisant des mots croisés sur son téléphone portable.

Une occupation qui en valait bien une autre, après tout, non ?

— Je prépare le petit déjeuner ? proposa-t-elle, après avoir avalé quelques gorgées de café.

— C'est fait. Des bagels toastés, ma spécialité.

Une demi-heure plus tard, Merry déposait son amie au studio d'où elle recherchait des lieux potentiels d'extérieurs de tournage pour l'industrie du cinéma. Ensuite, elle sortit de la petite ville de Jackson Hole et gagna la vallée.

Bien qu'elle soit arrivée plus d'une semaine auparavant, les montagnes environnantes ne laissaient pas de la surprendre. Non... Surprendre n'était pas le mot adéquat. Ces montagnes la submergeaient littéralement. Elles l'émerveillaient et l'intimidaient. Au pied de ces pics majestueux, elle se sentait toute petite et cela lui plaisait. Car si elle ne mesurait qu'un mètre soixante-dix — ce qui n'avait rien d'exceptionnel —, elle se trouvait beaucoup trop visible. Elle aurait, de loin, préféré être comme Grace. Minuscule. Cela lui aurait permis de se fondre dans la foule, au lieu de dominer son monde, comme une énorme créature maladroite. Surtout maladroite, d'ailleurs. Empruntée, pataude. Son corps lui convenait à peu près, mais elle ne savait pas le mettre en valeur. Elle ne portait jamais de talons et avait besoin de l'aide de Grace pour se maquiller. Bref, dans son sempiternel jean et son T-shirt à l'effigie d'un personnage de dessin animé quelconque, elle s'efforçait de ne pas trop penser à l'élégance décontractée des autres femmes.

Enfin... Cela n'avait plus d'importance. Elle n'était plus au Texas, où les filles semblaient être nées avec une coiffure impeccable, des ongles naturellement polis et la faculté de marcher sur des talons de dix centimètres.

C'était fini, tout ça. Elle se trouvait dans le Wyoming à présent.

Et elle travaillait dans une ville fantôme.

Un sourire de satisfaction aux lèvres, elle s'engagea sur un chemin de terre. Aussitôt, les gravillons jaillirent sous ses pneus, mitraillant joyeusement le dessous de sa vieille berline.

Son sourire s'élargit encore. Ici, de toute manière, elle ne pouvait porter que des jeans et des T-shirts. Cela changerait sans doute quand elle aurait restauré et ouvert son musée, mais pour l'instant, son lieu de travail était une ville fantôme au sens propre du terme. Sa collection personnelle de maisons de bois délabrées et battues par les vents l'attendait chaque matin — une petite aventure en soi, un défi toujours renouvelé.

Et bien que la ville ne lui appartienne pas en propre, elle sentit son cœur se gonfler de joie quand elle aperçut, l'espace d'un instant, la flèche de l'église, au sommet d'une colline.

Le chemin s'enfonça dans la vallée, et la flèche disparut.

Non, la ville ne lui appartenait pas, et elle n'y travaillait que depuis huit jours. Cependant, elle s'y était déjà attachée, à un point que certaines personnes auraient sans doute trouvé inquiétant. Ou triste, d'ailleurs. Après tout, il ne s'agissait que d'un ensemble de dix-huit bâtisses, croulantes pour la plupart. Pourtant, ce fut avec ravissement que Merry les vit se dessiner devant elle, au détour d'un dernier virage.

Providence. C'était ainsi que ses fondateurs avaient appelé cette ville, et c'était exactement ce qu'elle était pour la jeune femme.

Ça et plus encore.

N'était-ce pas la providence qui lui avait fait trouver ce travail à l'endroit précis du Wyoming où s'était installée sa meilleure amie, l'année précédente ? Elle avait eu une chance extraordinaire, d'avoir été sélectionnée, alors qu'elle n'avait qu'une petite année d'expérience dans le métier de conservatrice de musée. Elle était une novice, et les membres du trust pour la rénovation de Providence, le Providence Historical Trust, avaient cru en elle. Alors elle allait faire en sorte qu'ils soient fiers de leur ville restaurée.

Et surtout, qu'elle soit fière d'elle-même, pour une fois.

Elle s'arrêta sur un carré de terrain dénudé, au bord de l'étroit chemin de terre, et descendit de voiture. Le bruit de sa portière se refermant résonna dans le silence seulement troublé par le vent.

Devant elle, Providence, avec ses maisons érigées de part et d'autre d'une rue raisonnablement large mais mangée par les mauvaises herbes et les buissons d'armoise. Au-delà des limites de la ville, les collines étaient recouvertes de trembles verts qui bruissaient agréablement sous la brise.

Merry prit une longue inspiration pour s'imprégner de l'air le plus pur qu'il lui ait été donné de respirer. Elle se trouvait dans l'endroit idéal pour se lancer dans la vie. Il était impossible d'échouer, dans un contexte pareil. Ce minuscule endroit perdu au beau milieu du Wyoming était le plus beau qu'elle ait jamais vu. Elle ne pouvait que réussir, dans un tel décor, non ?

Ajustant la bandoulière de son sac, elle se mit à marcher le long du sentier qui coupait à travers la végétation, et continua à cogiter.

Qu'elle adore Providence ou non, elle n'avait pas droit à

l'échec, à ce point de son existence. Elle avait trente ans, et jusqu'à présent, elle s'était laissée porter par le vent comme une graine de pissenlit. Oh ! Il lui était arrivé de toucher terre, bien sûr ! Elle avait fait toutes sortes de petits boulots, parmi lesquels guichetière dans une banque, vendeuse, promeneuse de chiens... A une époque, elle s'était même inscrite dans une école d'esthétique où, à défaut de terminer la formation, elle avait gagné une amie en la personne de Grace Barrett.

Une dilettante donc et, bien qu'elle n'ait obtenu aucun diplôme, une bûcheuse. Car elle n'était ni paresseuse ni idiote. Même si ses cousins l'avaient surnommée « Merry-la-Fainéante ». Et même si sa mère avait cru bon de la prévenir que l'appartement qu'elle venait d'acheter serait trop petit pour l'accueillir, au cas où elle voudrait revenir.

Cet incident avait été pour elle une véritable vexation, soit dit en passant.

— Pourquoi me dis-tu ça ? avait-elle demandé à sa mère avec une pointe d'agressivité dans la voix. Je ne vois pas ce que je viendrais faire chez toi ! Je suis une grande fille, non ?

— On ne sait jamais, ma chérie. Je tenais à ce que tu saches que désormais, il me sera difficile de te servir de filet de sécurité, voilà tout.

Un filet de sécurité... Ce que l'on installait sous les équilibristes quand on doutait de leurs capacités...

Elle voulait bien admettre qu'il lui était arrivé de se réfugier au domicile familial à une ou deux reprises, mais jamais pour longtemps. Il était tout aussi vrai qu'elle vivait au jour le jour, contrairement à ses cousins qui, en plus d'avoir réussi sur le plan financier, étaient particulièrement gâtés, physiquement parlant. Cela dit, bien que les réunions de famille lui soient parfois pénibles, elle s'en accommodait.

Ce qui la rongeait en revanche, c'était cette tendance toute récente à douter de ses propres capacités. A sa décharge, même sa mère, pourtant réputée pour ses idées larges et son goût de l'indépendance, commençait à s'inquiéter pour elle.

Les yeux mi-clos pour se protéger de la lumière vive du soleil, Merry enjamba un bosquet de fleurs sauvages qu'elle n'avait encore pu se résoudre à piétiner bien qu'il soit en plein milieu du passage.

Et se replongea aussitôt dans ses réflexions.

Au cours de ces douze derniers mois, ce qui avait d'abord été un souci tenace était devenu une source d'agacement constant. Un grain de sable autour duquel les minéraux de l'anxiété et de la peur commençaient à s'accumuler. Oppressant, perturbant, il prenait de l'ampleur, semblait-il. Au point de lui obstruer la gorge, lorsqu'elle déglutissait.

Elle était d'un naturel joyeux. Et optimiste, puisqu'elle avait longtemps pensé qu'un jour ou l'autre, elle trouverait le bonheur. Le travail qui la passionnerait vraiment. L'amour qui la ferait passer de sa solitude de célibataire à l'état de femme comblée.

Sauf que rien de tout cela ne s'était produit. Concluant que ce genre de choses n'arrivait jamais dans la vraie vie, elle s'était alors résignée à ce que son optimisme forcené ne lui apporte, au final, que quelques années supplémentaires d'errance. Elle avait donc continué à vivre dans l'insouciance la plus totale, à se laisser ballotter par les éléments et à butiner, quitte à se perdre.

Plus maintenant, néanmoins. Pas cette fois-ci.

Et en aucun cas dans un lieu aussi enchanteur que Providence.

Elle grimpa d'un pas assuré les marches de bois qui menaient au porche étonnamment solide de la première maison. Elle ouvrit la porte, passa rapidement l'intérieur en revue, à la recherche d'araignées, et entra avec détermination.

Pour l'instant, Providence n'était encore qu'un ensemble de constructions en piteux état, envahie par les mauvaises herbes, et cernée par une nature inhospitalière. Et elle, Merry Kade, en ferait un haut lieu touristique. Une destination prisée des habitants du Wyoming et, pourquoi pas, de tous les Américains. Elle la transformerait en un petit musée pittoresque. Cette ville fantôme serait sa fierté, la réussite de sa vie.

Elle sortirait de cette restauration triomphante, elle n'en doutait pas une seconde.

*
* *

Une semaine plus tard, elle était presque convaincue du contraire. En fait, cette ville allait la mener à sa perte, être un échec cuisant.

Le trust pour la rénovation de Providence était composé de cinq personnes plus ou moins aimables, toutes sexagénaires. Deux d'entre elles avaient été mariées au fondateur et membre bienfaiteur du trust, un certain Gideon Bishop. Pas en même temps, bien sûr ; on était dans le Wyoming, pas dans l'Utah. L'une des deux femmes de Gideon Bishop — et pas la première, dont le devenir était plus que flou — était restée avec lui pendant quarante ans. La suivante, qui n'avait passé que cinq années en sa compagnie, avait été celle qui l'avait vu mourir, ce qui lui donnait, du moins à ce qu'elle pensait, certaines prérogatives. Les trois autres membres du trust étaient des hommes qui se targuaient tous d'avoir été très proches de Gideon, à un moment donné.

Les réunions bimensuelles du Providence Historical Trust auraient donc dû avoir un petit goût de réunion de famille. Or, il n'en était rien. Ses membres ne tombaient d'accord sur aucun sujet. Pire, ils avaient une conception étrange de leur fonction première. A se demander s'ils se souvenaient de la raison de la création du trust.

— Par pitié, donnez-moi quelque chose à faire, supplia Merry pour la troisième fois, ce jour-là. N'importe quoi !

Jeannine, l'une des ex-épouses, acquiesça vigoureusement.

— Ce n'est pas le classement qui manque, mon petit !

— Je sais. J'ai passé des heures à le faire, et j'ai terminé la semaine dernière.

— Ah bon ? Dans ce cas, vous devriez aller voir les gens du Cercle Historique de Jackson Hole, suggéra Harry. Cela nous rendrait bien service. Ils doivent avoir tout un tas de photos ou d'archives diverses, et je crois savoir que…

— C'est fait, ça aussi, annonça Merry.

Presque aussitôt, elle se reprocha d'avoir coupé la parole à son aîné et ajouta :

— Je veux dire… bien entendu, c'est une excellente idée, Harry. Seulement vous m'avez déjà envoyée là-bas la semaine dernière. J'ai passé des heures à éplucher les dossiers, et il semblerait que Gideon m'ait devancée. En tout cas, je n'ai rien découvert de nouveau.

— Vous avez essayé la bibliothèque ? demanda Kristen, la troisième et dernière épouse du fondateur.

— Oui, répondit Merry avec un sourire forcé. J'y ai emprunté tous les ouvrages touchant de près ou de loin à l'histoire locale, seulement…

Levi Cannon frappa sur la table avec une telle force que Merry laissa échapper un petit cri de frayeur.

— J'ai une idée ! s'exclama-t-il. Si on demandait l'aide de la Société pour le Patrimoine du Comté de Grand Teton ?

Pour le coup, Merry dressa l'oreille. C'était le seul organisme qu'elle avait omis de joindre. Son enthousiasme fut de courte durée cependant. Il y avait peu de chances pour que cela fasse avancer les choses.

— J'appellerai les responsables, promit-elle. Toutefois, si je puis me permettre, vous m'avez fait venir pour créer un musée. Pour attirer des visiteurs à Providence. C'était bien la volonté de M. Bishop, non ?

Sa question fut accueillie par un murmure vaguement approbateur.

— Eh bien, c'est ce que je veux, moi aussi, enchaîna-t-elle avec fermeté. Alors bien sûr, je peux photocopier d'autres croquis et rassembler davantage d'informations sur les fondateurs de la ville ou sur l'inondation qui a causé sa destruction, seulement ce n'est pas cela qui éveillera la curiosité des foules. Ce qu'il nous faut, c'est du concret. Nous devons faire restaurer les bâtiments. Cimenter la route. Construire un parking. Engager des ouvriers. Bref, il est temps d'agir.

Kristen fut prise d'une quinte de toux suspecte et jeta un regard appuyé à Harry… qui se tourna vers Levi.

— Oui, je… C'est là que le bât blesse, répondit ce dernier avant de sortir un mouchoir de sa poche pour s'éponger le front. Voyez-vous, mon petit, il se trouve que nous sommes confrontés à un léger problème.

La jeune femme fut parcourue par un frisson d'angoisse. Elle ne faisait pas l'affaire. Après mûre réflexion, ces braves gens étaient parvenus à la conclusion qu'elle manquait vraiment trop d'expérience.

— Un problème ? Quel problème ? Si c'est mon CV qui vous inquiète, rassurez-vous. Je suis presque une néophyte, dans le domaine qui nous intéresse, et j'en ai parfaitement conscience. Toutefois, je peux vous assurer que vous aurez du mal à trouver plus motivée que moi. Je suis amoureuse de Providence, vous comprenez ? J'ai l'impression de l'avoir fondée moi-même, cette petite ville.

— Votre CV n'a rien à voir là-dedans, déclara Jeannine avec assurance. Bien au contraire. Vous êtes une véritable aubaine pour nous, mon petit. Nous n'aurions jamais pu nous offrir les services d'une experte, avec nos revers de… Aïe !

Elle s'interrompit, le temps de foudroyer Kristen du regard.

— Je rêve ou tu m'as donné un coup de pied ? lança-t-elle.

— Je te trouve d'une indélicatesse rare, ma chère, rétorqua Kristen sans se démonter.

Merry réprima une grimace.

Elle était une aubaine… Autrement dit une affaire, par rapport à quelqu'un de plus expérimenté qu'elle. Un pis-aller, en quelque sorte… Enfin, elle s'estimait trop heureuse d'être là pour s'en offusquer vraiment. Elle ferait ses preuves, voilà tout !

— C'est Levi qui a eu cette idée, je te rappelle ! rétorqua Jeannine, manifestement ulcérée.

— Quelle idée ? s'enquit Merry, tandis que les autres tentaient par divers moyens plus ou moins discrets de faire taire la bavarde.

Levi dut se rendre compte que le mal était fait, car il poussa un gros soupir, s'épongea de nouveau le front, et rangea son mouchoir d'un geste las.

— Nous… Hum… Nous avons un petit souci avec la justice, avoua-t-il.

— Avec la justice ? répéta Merry, atterrée.

— De petits tracas, oui. Rien d'insurmontable, assura-t-il, croisant ses mains sur la table. Hormis Providence en elle-même, Gideon a légué toutes ses terres à un de ses petits-fils. Or la ville ne l'intéresse pas, et il conteste l'existence de notre trust. De sorte que l'argent est bloqué en attendant la décision du juge et que nous... hum... Disons que nous sommes légèrement à court, côté trésorerie, en ce moment.

Merry plissa les yeux.

— Et cela va durer longtemps ? demanda-t-elle.

Les membres du trust s'agitèrent sur leur siège. Nouveaux regards entendus, nouveaux toussotements gênés.

— Pour être tout à fait francs, nous n'en savons rien, admit finalement Jeannine.

— Je... j'ai l'impression qu'un détail m'échappe, leur fit remarquer Merry. Vous m'avez fait venir ici pour travailler, non ?

Jeannine la considéra un moment avec un sourire un peu condescendant, avant de répondre :

— Oui. Oui, bien sûr. Du moins en théorie. Parce que si nous avons décidé de vous embaucher, c'est plutôt pour une question de stratégie.

— Nous, nous... Comme tu y vas ! Certaines voix ont compté plus que d'autres, en l'occurrence, rectifia Kristen.

— Quand le juge nous a autorisés à ponctionner le trust pour couvrir nos frais administratifs, *nous* nous sommes dit que le mieux était encore de mener à bien le projet de Gideon. Ou du moins d'en donner l'apparence. Cela nous met en position de force. En faisant mine de nous occuper de la ville, nous avons davantage de chances de mettre la loi de notre côté.

— En faisant mine de..., répéta Merry, trop choquée pour terminer sa phrase

Faire mine... Donner l'apparence... En fait, ces gens n'avaient jamais eu l'intention de lui confier la restauration de Providence. Son nouvel emploi ne lui apporterait pas le succès escompté. Elle n'était qu'un pion dans une bataille juridique qui ne la concernait en rien.

Marvin, qui jusqu'alors, avait soigneusement évité de lui adresser la parole, se redressa sur sa chaise et s'éclaircit la voix.

— Bien que cette histoire soit parfaitement ridicule et exaspérante, je ne vois pas ce que cela change pour vous, mademoiselle Kade. Vous êtes payée, que je sache ? Alors laissez ces idiots manigancer, faites profil bas et occupez-vous comme vous le pouvez.

— A quoi, au juste ? rétorqua-t-elle d'un ton sec. Vous voulez peut-être que je compte les plants d'armoise ?

— C'est toi, l'idiot, dans l'affaire, Marvin ! s'exclama Kristen. Qui est-ce qui lui a mis cette histoire de ville en tête, à notre Gideon, tu peux nous le dire ? Tu vois où elles nous mènent, tes grandes idées sur la sauvegarde du patrimoine ? C'est un gouffre, oui ! Une perte d'argent pure et simple !

— Arrête, Kristen. Si tu n'arrives pas à vivre avec la fortune qu'il t'a léguée, c'est que tu n'es qu'un panier percé. Gideon voulait laisser quelque chose derrière lui. Quelque chose de grandiose.

— *Grandiose* ? Tu parles ! Tout ça, c'est du vent, oui !

— Si c'est vraiment ce que tu penses, je me demande bien ce que nous faisons ici, tous autant que nous sommes.

Merry les entendit à peine se renvoyer la balle. La tête lui tournait, subitement.

— Et moi, là-dedans ? Qu'est-ce que je suis censée faire à présent ? demanda-t-elle, sans s'adresser à personne en particulier.

Levi tenta de la rassurer.

— Nous allons retourner voir le juge. Avec un peu de chance, il nous autorisera à prélever des fonds pour le mois prochain. En attendant, j'insiste pour que vous rencontriez les membres de la Société pour le Patrimoine du Comté. Vous trouverez peut-être des informations intéressantes, sait-on jamais !

Sur ces belles paroles, il lui tapota la main, mettant ainsi un point final au débat.

Vaincue, Merry se leva pour aller se calmer dehors. Et tenter de réfléchir.

Gideon Bishop avait passé sa vie dans cette immense propriété. Il était mort dans les bras de Kristen — du moins si on en croyait cette dernière — en laissant derrière lui un héritage fabuleux dont personne n'avait cure. Il n'avait eu qu'un enfant, un fils, né de sa première union, et qui était parti sans laisser d'adresse, près de vingt-cinq ans auparavant. Il avait aussi eu deux petits-fils avec lesquels il était fâché depuis une éternité. Et comme il avait amassé plus d'argent qu'il ne pouvait en dépenser, il avait misé sur cette ville fantôme.

Exactement comme elle, en fait.

A sa décharge, elle avait mal compris. Elle avait été convaincue que les membres du trust l'avaient embauchée parce qu'ils croyaient en elle. Elle avait été surprise par leur appel. Submergée par la surprise, même. Et surtout, ravie et fière d'elle. Parce qu'elle avait pensé que la passion dont elle avait fait preuve dans sa lettre de motivation avait occulté les lacunes de son CV. Elle les avait émus, et ils l'avaient choisie, elle, Merry Kade, pour redonner vie à leur ville fantôme.

Eh bien non... S'ils l'avaient choisie, c'était tout simplement parce qu'elle ne leur coûterait pas cher. Et parce qu'elle était suffisamment crédible pour leur servir d'alibi devant une cour de justice. Ces gens n'avaient jamais cru en son talent. Elle n'était qu'une marionnette, dans cette bataille. Et ce nouveau boulot ne serait qu'un ratage de plus dans sa vie professionnelle.

Sentant les larmes lui monter aux yeux, elle descendit précipitamment les marches du perron et courut vers sa voiture. Elle n'en avait pas refermé la portière que ses joues ruisselaient déjà.

Ces gens n'avaient jamais eu l'intention de restaurer la ville de Gideon Bishop. Ils n'attendaient rien d'elle.

Absolument rien.

— Quelle bande de vieux... chnoques ! grommela-t-elle.

Bon sang ! Elle n'était même pas fichue de les appeler par le nom qu'ils méritaient ! Elle n'était pas assez dure pour ça. Elle ne l'avait jamais été.

Elle n'était qu'une graine de pissenlit portée par le vent.

Agacée par ce nouveau constat d'échec, elle fit marche arrière et appuya sur l'accélérateur. Après tout, c'était l'endroit idéal pour passer ses nerfs en roulant comme une forcenée. Le manoir de Gideon trônait, seul, au bout de cet interminable chemin de terre. Il n'y avait que les étables, au loin, et...

Un bruit sourd retentit sous la voiture, et Merry sentit son estomac se serrer. Elle freina brusquement, l'esprit en ébullition. Ce n'était pas un buisson qu'elle avait heurté, mais quelque chose de solide... Pas un de ces adorables chiens de berger, pas un chat de gouttière, pas non plus...

Elle repassa nerveusement en marche avant, parcourut quelques mètres, et descendit de voiture, les yeux rivés sur l'herbe jaunie.

La boîte aux lettres.

La boîte aux lettres ! Il ne manquait plus que ça. Un petit bijou, en plus. En bois, avec le nom « Bishop » en lettres noires. De l'authentique « fait main »... Et voilà qu'elle gisait sur le sol, telle la victime d'un obscur complot...

Paniquée, la jeune femme jeta un coup d'œil en direction du manoir. Elle ne pouvait pas partir comme ça, du moins si elle ne voulait pas que ses employeurs pensent qu'il s'agissait d'une vengeance de sa part... Pas plus qu'elle ne pouvait rebrousser chemin pour aller avouer son crime, d'ailleurs. Car ils avaient bien vu qu'elle était vexée !

— C'est pas vrai ! gémit-elle.

Elle ne contenait plus ses larmes, à présent. La panique, la colère et la terrible certitude que malgré l'humiliation qu'on lui avait fait subir, elle ne voulait pas perdre son emploi, tout cela était trop pour elle.

De nouveau, elle baissa les yeux vers la boîte aux lettres. Que faire, mon Dieu, que faire ? Le poteau n'était pas cassé, cela dit, c'était déjà ça. Alors pourquoi ne pas essayer de le replanter dans la terre, tout simplement ?

Un rapide coup d'œil en direction de la maison lui confirma que personne n'en était sorti. Les membres du trust devaient être trop occupés à se chamailler à son sujet. Il se pouvait même qu'ils soient en train de se demander s'ils n'avaient pas été malhonnêtes, en l'embauchant pour faire un travail qui n'existait pas.

Un travail qui n'existait pas... Le boulot idéal pour une graine de pissenlit, non ?

La rage au ventre, elle oublia son sentiment de culpabilité et se pencha pour soulever le lourd poteau avec un grognement d'impatience. Elle le fit bouger de quelques centimètres, visa le trou et l'enfonça.

Parfait.

Elle appuya dessus de toutes ses forces avant de le relâcher... et le regarda partir vers la gauche.

Et flûte !

Reprenant l'ensemble — poteau et boîte aux lettres — à bras-le-corps, elle le redressa et tenta de l'enfoncer plus profondément. Elle y mit tout son poids cette fois, toute sa colère, et attendit quelques secondes. Lorsqu'elle le relâcha, il ne penchait plus… qu'un tout petit peu. Un peu comme l'érection d'un homme qui vient juste de comprendre la blague que vous avez faite, en plein milieu des préliminaires.

Non que ça lui soit déjà arrivé, bien sûr !

Elle recula de quelques pas, les mains en l'air. Stupidement, d'ailleurs. Comme si cela avait pu lui permettre de rattraper la boîte aux lettres, si elle tombait ! Enfin, cela avait l'air de tenir, c'était l'essentiel.

Aussi, après s'être tournée une dernière fois vers la maison, s'engouffra-t-elle dans sa voiture pour démarrer aussitôt.

Puis, tout en redescendant le chemin, un œil sur la poussière qu'elle soulevait sur son passage, elle serra les dents et prit une décision.

Peu importait la raison pour laquelle les membres du trust l'avaient embauchée, finalement. Elle était venue ici pour se faire une place sur cette terre, et elle ne renoncerait pas à son ambition.

Shane Harcourt était tellement fatigué qu'il se demanda un instant s'il parviendrait à monter les marches menant au perron de la maison bleue. Après avoir passé deux semaines à faire de la charpenterie dans un ranch de Lander, il s'était rendu sur le haut plateau, au-dessus de Big Piney, pour installer une clôture. Ce soir, il ne tenait plus sur ses jambes, et ce fut presque en titubant qu'il poussa la porte du bâtiment.

Dieu merci, son ami Cole avait fini par guérir et par lui rendre son appartement du rez-de-chaussée. Jamais il n'aurait réussi à se traîner jusqu'au premier étage. Pas dans l'état où il était. La vision de la clé s'enfonçant dans la serrure lui remonta singulièrement le moral. Une bonne bière, une douche bien chaude, et au lit. Pour deux jours, voire une semaine entière.

Il lui faudrait bien ça !

— Salut Shane, tu vas bien ? lança une voix féminine, derrière lui.

Un peu surpris que sa voisine, Grace Barrett, le salue avec

une telle exubérance, il se retourna lentement, sans lâcher la poignée de la porte.

La brune vêtue d'un T-shirt Bob l'Eponge qui se tenait devant lui ne ressemblait en rien à Grace.

— Oh ! Belle matinée, vous ne trouvez pas ? marmonna-t-il, portant machinalement une main à son chapeau.

Qui était cette femme ? Pourvu qu'elle ne se mette pas en tête de lui faire la conversation !

— Je dirais plutôt bon après-midi, vu l'heure, répondit-elle.
— Il est si tard que ça ?

Il s'aperçut soudain qu'il la dévisageait bêtement, ce qui n'avait pas l'air de la déranger, d'ailleurs, car son visage affable était illuminé par un sourire franc.

— On... on se connaît ? demanda-t-il.
— Si on se connaît ? Tu vas me vexer, là !

A tout hasard, Shane passa rapidement en revue ses dernières conquêtes d'un soir. Elles n'étaient pas si nombreuses que ça, et il fut vite certain qu'il n'avait jamais touché la fille qui se tenait devant lui.

— Je... Excusez-moi, je ne vois pas.
— Merry.

Sa perplexité devait être manifeste, car elle précisa :
— Merry Kade. L'amie de Grace.
— Ah ! Merry ! Oui, bien sûr, que je suis bête !

Le visage lunaire de la jeune femme s'étant assombri, il ajouta vivement :
— Content de te revoir. Tu es en vacances ?
— Non. J'ai décidé de m'installer ici définitivement. Grace m'héberge, le temps que je trouve un logement.
— Sympa ! Bien, bien.

De petits points noirs lui dansaient devant les yeux. Il lui fallait son lit d'urgence.

— En tout cas, je suis contente que tu sois rentré, parce que je t'attendais. Tu es cow-boy, spécialisé dans la charpente, si je me souviens bien ?
— Non. Je suis menuisier-charpentier. Pas cow-boy.
— Ah oui ? Et ces santiags ? Ce Stetson ?

— C'est un véritable métier d'être cow-boy. Il ne suffit pas de porter des santiags pour l'exercer.

Merry posa un regard éloquent sur son chapeau.

— Ni un Stetson, conclut-il avec lassitude.

— Admettons. L'important, c'est que tu saches travailler le bois.

Son visage s'éclaira d'un nouveau sourire.

— Parce que tu es l'homme qu'il me faut.

Trop épuisé pour répondre par une plaisanterie fine, Shane se contenta de hocher la tête.

— Pourquoi ? Tu as une étagère à poser ?

La jeune femme partit d'un rire qui résonna dans tout le corridor.

— On va dire ça comme ça, oui !

— Je passerai plus tard, si tu veux bien. Pour l'instant…

La voyant ouvrir la bouche pour protester, il leva la main.

— Ecoute Merry, il y a près de trois semaines que je travaille douze heures par jour. Je n'ai pas eu un seul jour de repos. En temps normal, je viendrais te la poser tout de suite, cette étagère, mais là, tel que tu me vois, ça ne va pas être possible. Je tiens à peine debout et je n'y vois plus clair. Tout ce que je veux, c'est me faire chauffer un burrito au micro-ondes, prendre une bonne douche et dormir. D'ailleurs, je vais laisser tomber la douche, tiens. Ça peut attendre.

La jeune femme baissa les yeux, puis se mit à battre des cils.

— Oh. Bien sûr. Pas de problème. L'étagère peut attendre, elle aussi. Va dormir… manger… Et prendre ta douche…

— Merci, Merry. Je passerai plus tard, promis.

Sur ces mots, il poussa la porte de son appartement et faillit trébucher sur une enveloppe particulièrement épaisse qu'on avait dû jeter dans l'ouverture prévue à cet effet mais que personne n'utilisait plus.

Voyant le nom de son avocat, en haut à gauche, il la ramassa et la posa sur la table. Il l'ouvrirait plus tard. La dernière chose dont il avait envie à cet instant était de se pencher sur ce problème. C'était bien simple, à part tenter de discuter avec sa mère, il ne voyait rien de pire. Il n'arrivait pas à aligner deux pensées cohérentes.

Ni à faire preuve d'un minimum de courtoisie envers une vague connaissance, apparemment

Pris de remords, il se retourna pour s'excuser auprès de sa nouvelle voisine.

Trop tard. Elle avait disparu. Et le seul signe indiquant qu'elle avait été là fut le bruit mat de sa porte se refermant.

— Et merde ! jura-t-il entre ses dents.

Il irait la voir dès ce soir, tout de suite après sa douche.

Et avant ça...

Il s'enferma à clé, se débarrassa de ses santiags puis, renonçant à manger, alla s'effondrer sur son lit.

2

Grace se figea sur place et, son eye-liner en main, foudroya Merry du regard.

— Qu'est-ce que tu me chantes, là ? Comment ça, Shane va passer ?

Pour toute réponse, Merry s'empara du miroir et porta une main émerveillée à sa bouche.

— Comment tu fais ? demanda-t-elle, pour la énième fois depuis leur rencontre. Je ne comprends pas. Quand je me mets de l'eye-liner, je ressemble soit à une gamine de cinq ans qui voudrait jouer aux grandes, soit à une vieille alcoolo qui refuserait d'accepter son âge.

— Attends ! Ce n'est pas fini, bécasse. Allez, ferme les yeux, lui ordonna Grace.

Elle lui passa un nouveau trait de crayon sur les paupières et recula légèrement pour juger du résultat.

— Voilà. Et je t'ai expliqué ma technique un million de fois, au bas mot. Maintenant, explique-moi ce que Shane doit venir faire ici.

Merry rouvrit les yeux et soupira d'aise devant son propre reflet. Ses pupilles ternes lui semblaient plus grandes. Mieux encore, elles avaient pris la couleur ambrée d'un bon whisky.

C'était l'un des avantages de sa situation présente : elle pouvait profiter des talents de maquilleuse de Grace autant qu'elle le voulait. Cela dit, cela ne changeait rien au fait que d'ici une heure ou deux, les fards commenceraient à dégouliner lamentablement. De tout temps, son corps avait été réfractaire à ses efforts de coquetterie. Qu'y pouvait-elle ?

— J'ai besoin des services d'un charpentier, annonça-t-elle distraitement, sans cesser de s'admirer.

La seule chose qui l'intéressait, en cet instant, était son apparence. Elle battit des cils pour voir l'effet produit, puis compara les cheveux de Grace — savamment décoiffés et, depuis peu, ornés de mèches rouge vif — aux siens… qui étaient ternes, eux aussi. D'un châtain passe-partout et portant encore la marque de l'élastique avec lesquels elle les avait noués en queue-de-cheval, ce matin.

Pitoyable.

— J'attends ! lui rappela Grace.

— Shane est charpentier. J'espère qu'il me fera un prix d'ami. Après tout, on est voisins, non ?

— Un prix d'ami, marmonna Grace. Je ne sais pas pourquoi, mais cela ne me dit rien qui vaille. Je sens que je vais rester ici ce soir, moi aussi.

— Merci, maman. C'est gentil mais ce ne sera pas la peine. Si cela peut te rassurer, je te promets de ne pas toucher à ta réserve de tequila.

— Je peux appeler Cole pour lui demander de venir me chercher plus tard.

— Pas question. D'abord parce que ton homme va tomber raide, quand il verra tes nouvelles mèches. Et quand je dis tomber raide… Je crois surtout qu'il va te sauter dessus comme un cow-boy sur un bronco récalcitrant !

— Charmant !

— Ensuite, je ne vois pas en quoi la venue de Shane te dérange.

Grace haussa les épaules et se pencha vers elle pour donner une touche finale à son maquillage.

— Je ne sais pas, avoua-t-elle. Je n'arrive pas à le cerner. C'est une tombe, ce type. Pas moyen de savoir ce qui se passe dans sa tête.

— Moi, je le trouve plutôt gentil.

— C'est bien ce qui m'inquiète. Avec toi, tout le monde est gentil.

— Ce n'est pas vrai ! Et même si ça l'était, tu n'aurais pas de bile à te faire. Shane ne se souvenait plus du tout de moi, figure-toi. Alors je doute fort qu'il soit en train de concocter un plan pour me séduire et me prendre ma virginité.

— Quelle virginité ? demanda Grace d'un ton railleur.
— Celle que j'ai retrouvée, après deux ans de célibat forcé.
— Tu n'as pas envisagé de t'acheter un sex-toy ?
— Je n'ai pas envie de parler de ça, répliqua Merry d'un ton un peu plus sec que nécessaire. Je suis nulle, c'est mon destin.
— Pas du tout. Tu es *difficile*. C'est différent. Exigeante dans tes choix. Et c'est très bien ainsi.
— Je ne suis pas difficile, qu'est-ce que tu racontes ? Je suis transparente, nuance ! Le FBI devrait m'embaucher, je me faufilerais n'importe où sans qu'on me remarque. Une véritable taupe !

Voyant son amie éclater de rire, contraste parfait avec son caractère ombrageux, Merry lui tira la langue et sortit de la salle de bains d'un air faussement indigné.

— Tu sais, je ne plaisante pas quand je te dis que je me méfie un peu de Shane, reprit Grace, lui emboîtant le pas.

Elle enfila une paire de bottines noires que Merry n'aurait jamais pu se permettre de porter sous peine de paraître encore plus pataude que d'ordinaire, et qui, pour une raison ou pour une autre, ajoutait encore au piquant de Grace.

— Fais attention à toi. C'est un charmeur, quand il veut…

Grace avait prononcé le mot comme s'il s'agissait d'un gros mot.

— Et enlève-moi ce maquillage tout de suite, ajouta-t-elle. Tu es vraiment trop mignonne, comme ça.
— Sûrement pas ! De toute façon, tu sais aussi bien que moi que d'ici une heure, il n'en restera rien.
— Tu n'as qu'à te servir du fixateur que je t'ai offert.
— Excellente idée.

Merry ne précisa pas qu'elle l'avait essayé, ce fameux fixateur, sans aucun succès.

— Ne te laisse pas séduire, insista Grace, agitant un index menaçant devant elle. Je suis sérieuse. Je ne voudrais pas avoir à tuer le meilleur pote de mon petit ami, compris ?

La conversation fut interrompue par un coup discret à la porte.

Lorsque Cole entra, Merry s'avança pour le saluer, un grand sourire aux lèvres. Mais il ne la remarqua pas immédiatement, captivé par le nouveau look de sa belle.

— Salut, Merry murmura-t-il enfin, regardant toujours Grace avec une intensité à laquelle Merry n'avait jamais eu droit, de la part d'aucun homme.

— Salut, Cole. Super, hein, ces petites mèches rouges !

— Ça, on peut le dire !

Grace lui donna un petit coup de pied, sans obtenir l'effet escompté.

— Arrête de me dévisager comme ça ! protesta-t-elle.

Cole fit un effort évident pour se tirer de sa contemplation, puis se tourna vers Merry.

— Comment ça se passe dans ta ville fantôme, princesse ? lui demanda-t-il, se penchant vers elle pour lui planter un baiser sonore sur la joue. Je n'aime pas beaucoup te savoir toute seule là-bas, tu sais.

— Ne t'en fais pas pour moi. J'ai lu et relu tous les guides que tu m'as prêtés sur la faune et la flore de la région. Si je me retrouve nez à nez avec un crotale, je n'aurai aucun mal à l'identifier, je peux te le garantir.

— Tu m'en vois rassuré, dit-il, la gratifiant d'un clin d'œil.

— Vous voulez que je vous dise ? poursuivit Merry. Vous êtes pires que des parents, tous les deux. Ma mère ne m'a jamais protégée à ce point. Cessez de vous inquiéter pour tout et pour rien ! Je suis une grande fille, vous savez !

Cole lui tapota le bras en un geste amical.

— Je n'ai jamais eu de petite sœur, qu'est-ce que tu veux que je te dise.

— Justement, je ne suis pas ta sœur ! Allez, filez, tous les deux. Va montrer à ta dulcinée à quel point tu apprécies son nouveau look. A plus tard !

Elle n'eut pas besoin de se répéter. Déjà, Cole entraînait Grace vers la porte. Au moment de sortir, néanmoins, cette dernière se crut obligée de revenir à la charge.

— Tu as bien compris, Merry ? Méfie-toi de ce type. !

— Je te dis qu'il n'y aura pas de problème ! rétorqua Merry, franchement agacée.

Car c'était vrai. A son grand dam, les hommes étaient toujours extrêmement respectueux avec elle.

Enfin, c'était la vie, ça aussi !

Une fois débarrassée des deux tourtereaux, elle retourna dans la salle de bains pour se mettre un peu de gloss sur les lèvres et se brosser les cheveux. Lorsque ce fut terminé, elle s'examina avec attention. Grace avait fait des merveilles une fois encore. Ainsi maquillée, Merry se serait presque trouvée jolie.

Elle allait changer de T-shirt lorsqu'on frappa de nouveau. Tant mieux. Cela lui épargnerait d'avoir à choisir entre Dark Vador et Donald Duck. L'exercice était toujours difficile, à cette heure-ci.

Elle ouvrit la porte, vit Shane Harcourt, et sentit son visage se figer.

Aucun doute, il avait pris une douche. La barbe de trois jours qui lui mangeait encore le menton en début d'après-midi avait disparu, révélant une mâchoire d'acier, et ses cheveux noirs, encore humides, lui collaient à la nuque.

— Bonsoir, Merry, murmura-t-il.

D'accord. Il mettait un point d'honneur à lui prouver qu'il se souvenait de son prénom, cette fois. Ce n'était décidément pas très flatteur. Lorsqu'elle était venue à Jackson Hole, l'automne précédent, ils avaient passé trois bonnes heures ensemble, lors de l'anniversaire de Grace. Manifestement, cela ne lui avait pas laissé un souvenir impérissable.

— Tu as l'air plus détendu que tout à l'heure, dit-elle, lui faisant signe d'entrer.

— Ça va mieux, oui. Merci.

Il la gratifia du sourire de charmeur dont Grace lui avait parlé.

— Et désolé pour tout à l'heure justement. J'étais vraiment crevé.

— Je veux bien le croire. On aurait dit un voleur de bétail en cavale.

Aussitôt, le sourire de Shane disparut. Eh oui, elle avait souvent cet effet-là sur les hommes.

— Alors, où est-elle, cette étagère ? enchaîna-t-il.

— Ah, ah… Où est-elle, en effet ?

— Pardon ?

— Eh bien, il n'y en a pas !
— Quoi ?

Il pivota lentement sur lui-même pour passer l'appartement en revue.

— Je n'ai pas rêvé, marmonna-t-il. Tu m'as bien dit que tu avais besoin de moi pour poser une étagère, non ?

Merry profita de ce qu'il lui tournait le dos pour se régaler du spectacle. Les cow-boys du Wyoming la faisaient craquer. Eux au moins ne s'affublaient pas d'affreux jeans trois fois trop larges pour eux. Et Shane était particulièrement craquant, dans le genre. Son Levi's noir épousait parfaitement une paire de fesses musclée à souhait.

Un peu gênée par le cheminement de sa pensée, elle toussota avant de répondre :

— Je rectifie, Shane. C'est *toi* qui as décrété que j'avais une étagère à poser. Pas moi.

— Admettons. De quoi s'agit-il, alors ?

Il paraissait sur ses gardes, tout d'un coup. Nul doute qu'il craignait qu'elle lui fasse des avances. Cela devait être embarrassant, d'avoir à débouter sa voisine de palier...

— On serait mieux assis, tu ne crois pas ? proposa-t-elle.

L'air toujours méfiant, il prit place sur le canapé.

Merry réprima un sourire. Il aurait été encore plus inquiet s'il avait su que c'était là qu'elle prenait ses quartiers, la nuit venue...

— Je t'explique, commença-t-elle, une fois qu'elle fut installée à côté de lui. J'ai effectivement besoin d'un charpentier. Pour des travaux bien plus importants que ceux auxquels tu pensais.

— Si tu t'es mis en tête de reconfigurer l'appartement, tu devrais y réfléchir à deux fois. Ça m'étonnerait que Rayleen te laisse faire sans broncher. Elle n'est pas particulièrement souple, dans ce domaine.

— Rassure-toi, je n'ai aucune intention de me mettre Rayleen à dos.

C'était la stricte vérité. La simple idée de s'attirer les foudres de la très excentrique et irascible grand-tante de Grace, propriétaire de cette maison ainsi que du saloon voisin, lui donnait la chair de poule.

— Il faut effectivement que je reconfigure quelque chose, reprit-elle. Seulement ce n'est pas un appartement. C'est une ville fantôme.

— Une... ville fantôme ?

Shane se redressa, les yeux écarquillés.

— Tu... peux répéter, s'il te plaît ?

Merry ne put s'empêcher de rire devant son étonnement.

— Je sais que ça paraît fou, comme ça, mais c'est vraiment une ville fantôme. Une bourgade appelée Providence. Tu en as peut-être entendu parler ?

— Je... Ça me dit quelque chose, oui.

— Elle est située au nord de la rivière Gros Ventre. J'ai pour mission d'en faire un endroit public. De la transformer en musée, si tu préfères.

— *Toi* ?

Décidément, c'était un complot ! Les habitants de Jackson Hole s'étaient ligués pour lui saccager le moral ou quoi ? Déjà qu'elle n'avait plus beaucoup confiance en elle...

— Oui, Shane, répondit-elle patiemment. *Moi*. Et ça va être quelque chose, je peux te l'assurer. C'est peut-être un peu bizarre de trouver une ville fantôme excitante, seulement cette mission me plaît terriblement et je suis super excitée.

— Je vois ça.

— C'est un endroit génial, je t'assure ! insista-t-elle, se penchant pour se rapprocher de lui. D'une beauté invraisemblable ! Si tu acceptes ma proposition, tu verras toi-même que...

— Ta proposition ? Quelle proposition ?

— J'aimerais t'embaucher pour la restauration.

Shane se laissa retomber en arrière. Il la dévisagea longuement puis, levant la tête, s'absorba dans la contemplation du plafond.

— Tu veux m'embaucher... Moi, dit-il d'une voix lente.

— Je ne connais pas énormément de charpentiers, à Jackson Hole. Ailleurs non plus, pour tout t'avouer. De plus, s'empressa-t-elle d'ajouter de peur de le froisser, tu es le meilleur ami de Cole. Cela vaut toutes les références du monde, non ?

— Merry...

Au lieu d'achever sa phrase, il ferma les yeux.

Et les garda fermés si longtemps que la jeune femme se demanda s'il avait vraiment eu le temps de se reposer.

— Excuse-moi de te poser la question, reprit-il au bout de ce qui parut une éternité. Seulement je suis un peu perdu, là. Tu peux me dire ce que tu fais ici exactement, et surtout m'expliquer comment tu en es venue à travailler à Providence ?

— Oh ! Oui, oui bien sûr. Excuse-moi. Tu n'étais pas là quand je suis arrivée, tu n'as pas pu suivre le cours des événements. Imagine-toi que je cherchais du travail dans la région depuis quelque temps. J'ai tellement aimé le Wyoming, lors de ma dernière visite, que j'ai décidé de m'y installer. Et puis, j'avais envie de me rapprocher de Grace, tu comprends...

Elle ne précisa pas que sa mère avait acheté un appartement trop petit pour l'accueillir, et qu'elle n'avait trop su où aller, dans l'immédiat.

— Malheureusement, je ne sais pas skier, poursuivit-elle. Je ne connais rien aux autres sports d'hiver non plus, de sorte que je n'avais aucune chance de trouver un job dans l'une des stations environnantes.

— Jusque-là, je te suis.

— Alors quand j'ai vu cette annonce, je me suis dit que le hasard faisait vraiment bien les choses. Au Texas, je travaillais dans un petit musée depuis plus d'un an, tu te souviens ?

Non, bien sûr qu'il ne s'en souvenait pas. Cela ne l'empêcha pas de hocher vaguement la tête.

— Bref, j'ai posé ma candidature et...

Elle se tut. Pour une fois, elle n'avait pas envie de raconter jusqu'au bout cette histoire qui ne la rendait plus heureuse. Si son cœur continuait à s'emballer dès qu'elle y pensait, ce n'était plus de fierté ou d'excitation. C'était de colère et d'humiliation.

En fait, si elle voulait être honnête avec elle-même, elle devait reconnaître qu'elle n'était pas loin du désespoir.

Un désespoir qu'elle tenait à cacher à son futur employé, bien sûr.

— Et me voilà ! conclut-elle avec un enthousiasme forcé.

— Te voilà, oui. Et tu me demandes de t'aider à remettre ta ville fantôme en état pour les beaux yeux des touristes. C'est ça ?

Il n'avait pas l'air très intéressé. Plutôt las. Blasé.

De nouveau, il ferma les yeux et se mura dans le silence.

— Shane ? demanda-t-elle au bout de quelques secondes. Ça va ?

Comme il ne répondait pas, elle tendit la main pour la poser sur son front. Elle ne s'aperçut qu'elle venait d'envahir son espace personnel que lorsqu'il sursauta et la dévisagea, les yeux ronds.

— Désolée. Tu n'as vraiment pas l'air dans ton assiette.

— Ça va, rétorqua-t-il d'un ton sec.

Dire que Grace avait eu peur qu'il lui fasse son numéro de charme ! Apparemment, elle n'en valait pas la peine. Cela dit, ce n'était pas d'un charmeur qu'elle avait besoin, mais d'un homme sachant manier un marteau et une scie.

— Alors ? Tu es d'accord ?

Shane la regarda avec un air de... pitié ? Elle n'aurait su dire.

— Tu n'as aucune idée de ce que tu es en train de me demander, ma pauvre.

Elle essayait de comprendre ce qu'il entendait par là lorsqu'il s'éclaircit la voix et se pencha en avant, les mains jointes entre ses genoux.

— Je bosse énormément, en été, expliqua-t-il. Je n'ai que quelques mois pour m'occuper des travaux d'extérieur, et je peux te dire que ce n'est pas ça qui manque, vu les rigueurs de l'hiver, dans notre bel Etat.

— Ah ! Je n'avais pas pensé à ce détail, avoua-t-elle, complètement démoralisée soudain.

Elle croyait avoir eu une idée géniale en décidant d'embaucher un charpentier et de le payer avec son propre salaire. Et voilà que ça tombait à l'eau, ça aussi. Shane Harcourt était pris tout l'été. Pas étonnant qu'il soit aussi épuisé...

Pire encore, tous les artisans du coin devaient être dans le même cas que lui. Il y avait donc peu de chances pour qu'ils acceptent de n'être payés que pour moitié maintenant et d'attendre quelques mois pour toucher le reste, comme elle l'avait prévu.

— Et flûte, marmonna-t-elle entre ses dents.

De découragement, elle s'enfonça dans l'un des gros coussins du canapé.

— Sans compter que je n'y connais rien en restauration de

vieilles bâtisses, ajouta Shane. C'est un travail de spécialiste, d'après ce que tu me dis.

— Je ne t'ai pas dit grand-chose, murmura-t-elle. Et c'est relativement simple. Avant tout, il faut que je fasse réparer le porche du saloon. Il me semble dangereux, et c'est mon bâtiment préféré. Ce sera une véritable attraction, tu comprends. Il n'y avait pas beaucoup de saloons dans la région, à l'époque, parce que les trois quarts des colons étaient des Mormons. J'ai lu des choses époustouflantes sur l'histoire de cette petite ville. Tu ne peux pas t'im…

— Tu as un saloon juste à côté, je te rappelle, la coupa-t-il en lui indiquant la direction du Crooked R où la vieille Rayleen régnait en despote.

— Ce n'est pas pareil, répondit-elle en haussant les épaules.

— Ecoute, tu viens d'arriver et tu as à peine commencé à t'occuper de cette ville. Encore une fois, c'est la saison haute pour tous les artisans qui travaillent dans le bâtiment. Alors il va falloir que tu patientes, ma belle. Ne compte pas faire avancer les choses cette année. Si je peux te donner un conseil, tu ferais mieux de t'asseoir derrière ton bureau et de t'organiser pour lancer les travaux l'été prochain.

Merry réprima difficilement une grimace.

Non. Ce que Shane lui suggérait était tout bonnement inenvisageable. L'hiver venu, elle serait à court de travail. Elle voulait bien créer un site internet, seulement cela ne l'occuperait pas plus d'un mois. De plus, elle ne pourrait pas le mettre sur la Toile : Providence était en trop mauvais état — et, par bien des aspects, plutôt dangereuse — pour qu'elle se risque à y attirer les premiers curieux.

Il y avait bien la conception des panneaux qu'elle comptait accrocher devant chaque bâtisse. Oui… Plutôt sympa, comme idée. Seulement qu'en faire ? Les entreposer quelque part en attendant que le saloon soit restauré ? Ce n'était pas pour demain, apparemment.

Bref ! D'après ce que lui disait Shane, d'ici cinq ans, elle tiendrait peut-être une place d'honneur à la cérémonie d'inauguration. A condition que la petite ville n'ait pas été fermée définitivement au public par une décision du juge.

Alors non. Elle devait restaurer cette ville, et tout de suite, avant que Jeannine, Kristen, Harry et compagnie comprennent que leur ruse n'avait servi à rien et la licencient. Ou, dans l'hypothèse où la procédure judiciaire serait abandonnée, avant qu'ils décident de s'offrir les services d'un vrai professionnel, ce qui serait encore pire.

— Je ne peux pas rester les bras croisés à ne rien faire, Shane. Il faut que j'avance. Tu ne connais pas un artisan susceptible de me donner un coup de main, ne serait-ce que quelques heures par semaine ?

— Je ne comprends pas ce que tu veux, au juste. Accrocher des pancartes au-dessus de ces vieilles baraques et faire payer la visite aux pigeons qui voudront bien faire le déplacement jusque là-bas ?

— Non ! Non, pas du tout ! Pour commencer, la visite sera gratuite. Il n'y aura qu'un tronc pour les dons éventuels. Quant à ce que je veux...

« Je veux m'affirmer. Progresser dans la vie. Me prouver que je ne suis pas complètement nulle », songea-t-elle.

— C'est un endroit fabuleux et personne n'en connaît l'existence, reprit-elle. Je voudrais partager cela avec la communauté.

Ça au moins, c'était vrai. Et ça l'avait été encore davantage la veille.

— C'est une partie importante de l'histoire de Jackson Hole et de ses environs, conclut-elle.

Elle jeta un coup d'œil vers Shane, dans l'espoir de lire une nuance d'intérêt sur son visage. Elle fut bien déçue, car tout ce qu'elle vit fut de la frustration.

Pour ne pas dire de la colère...

Non. Cela ne pouvait être que de la frustration. Il n'avait pas réussi à la dissuader de se lancer dans cette aventure, et ça l'agaçait, voilà tout.

Il n'en restait pas moins vrai que Shane était un peu... intimidant. Et elle ne voyait toujours pas ce que Grace lui trouvait de charmant ou de charmeur. Qu'est-ce qui pouvait bien attirer un homme décontracté comme Cole, chez un type aussi ombrageux que Shane Harcourt ?

Mystère.

Cela dit, il se pouvait fort bien que leur différence les ait rapprochés. D'autant que Shane n'avait pas été aussi bougon, le soir de l'anniversaire de Grace. Merry l'avait même trouvé plutôt craquant. Et il l'était, il fallait bien le dire. Même s'il la rendait terriblement nerveuse.

Comme tous les beaux mecs, en fait…

— Je pourrais peut-être passer moi-même, de temps en temps, en fin de journée, déclara-t-il soudain sans grand enthousiasme toutefois.

— C'est vrai ? s'écria-t-elle.

Le voyant hocher la tête, elle se jeta à son cou et l'étreignit de toutes ses forces. Son élan le prit tellement de court qu'il en oublia de lui rendre son étreinte.

— Merci, Shane ! Merci, merci, merci. Tu veux que l'on aille voir de quoi il retourne ?

— Quand ? Maintenant ?

— Maintenant, oui ! La nuit ne tombera que dans deux heures, et j'aimerais vraiment que tu voies ce qui t'attend.

Elle le vit tourner la tête vers sa droite, en direction du Crooked R où l'attendaient sûrement quelques bières bien fraîches.

— Je te paierai un verre au retour, susurra-t-elle, de sa voix la plus sexy.

— Ou pas, répondit-il simplement. Et tu as raison. Allons-y tout de suite, ce sera fait.

« Et j'en serai débarrassé », aurait-il pu ajouter, songea tristement Merry. Mais tant pis ! Bien que ce début de victoire ait un petit goût amer, elle se força à garder le sourire.

— Génial ! Je prends mes clés de voiture, et on est partis !

Après avoir insisté pour prendre son propre pick-up, Shane suivit Merry jusqu'à Providence.

Ou plus exactement, il lui fit croire qu'il la suivait, car il savait très bien où se trouvait la petite ville fantôme. Son père l'y avait souvent emmené, quand il était enfant. Ils avaient passé des journées entières dans les parages, et il leur était même arrivé de planter une tente au bord de la petite crique qui se glissait sous les rochers, à l'embouchure du canyon.

A l'époque, Providence lui paraissait franchement désolée, pour ne pas dire sinistre. Une ville abandonnée par ses habitants… De quoi donner la chair de poule au gamin qu'il était ! Toutefois, cette désolation lui avait conféré une sorte de noblesse. C'était un endroit sacré et, par bonheur, oublié de tous. En aucun cas fait pour attirer davantage de touristes. Il y en avait suffisamment comme ça, dans la région.

Pourtant, lorsque Shane aperçut les toits gris et les murs croulants de Providence, ce soir-là, il ne ressentit rien d'autre qu'une certaine irritation. Cette ville ne lui apportait décidément que des désagréments.

Il vit Merry jeter un coup d'œil dans son rétroviseur avant d'aborder le dernier virage. Ce n'était pas la première fois, depuis leur départ de Jackson Hole. Sans doute craignait-elle qu'il saute sur la première occasion pour lui fausser compagnie.

Il fallait bien avouer qu'il avait été plus que désagréable, avec elle. Il en avait conscience et il n'en était pas fier. Merry était l'amie de Grace, après tout. Une fille plutôt gentille, qui souriait trop, portait des T-shirts un peu niais, et n'avait rien en commun avec la rebelle aux coiffures improbables qui l'hébergeait.

Il jura dans sa barbe. Par quel concours de circonstances se retrouvait-il soudain avec une voisine de palier qui lui demandait de l'aider à saccager le lieu de prédilection de son enfance ?

Sans cesser de bougonner, il se gara juste derrière elle, sur un carré de terrain désert, et descendit de son véhicule. La jeune femme trépignait littéralement, lorsqu'il la rejoignit.

— Alors ? Qu'est-ce que tu en penses ? Tu ne trouves pas ça fantastique ? lui demanda-t-elle d'une voix aiguë.

— Ça m'a surtout l'air d'un vieux tas de ruines, oui !

— Tu dis ça parce que tu ne connais pas l'histoire de cette ville. Tu ne peux pas imaginer ce qu'ont enduré les gens qui l'ont construite. Ils sont partis de rien et ont été chassés par une suite de tragédies épouvantables. Cet endroit est vivant, Shane. Pour l'instant, il est simplement… endormi.

— Je dirais plutôt qu'il se momifie à vue d'œil, marmonna-t-il.

En guise de réponse, Merry le prit par le bras et l'entraîna vers la grand-rue.

— Viens ! Je vais te montrer le saloon. Il est en bon état,

par rapport aux autres bâtisses. Il n'y a que le porche qui m'inquiète un peu.

Il se laissa guider en tentant d'ignorer le petit goût de déjà-vu qu'il éprouvait au fur et à mesure qu'il se rapprochait de la bourgade.

D'une certaine manière, l'enthousiasme de la jeune femme était contagieux ; il se diffusait dans l'air et lui rappelait l'excitation qu'il ressentait, lorsqu'il venait là, autrefois...

A travers ses yeux d'enfant, l'endroit avait une aura de mystère. Les fondations des maisons devaient grouiller de serpents et de lézards. Et puis, on ne pouvait que se demander qui avait foulé cette terre, des hommes de loi et des hors-la-loi...

A sa décharge, il était bien jeune, à l'époque. Merry, elle, n'avait pas cette excuse-là.

Quoi qu'il en soit, la sensation était fort désagréable, et il roula légèrement des épaules pour s'en débarrasser.

— Nous y sommes ! annonça triomphalement Merry.

Elle aurait pu se dispenser de cette dernière précision. Même s'il n'avait pas su qu'il s'agissait d'un saloon, le panneau accroché au-dessus du porche ne laissait aucun doute sur la question.

— Et tu trouves qu'il est en bon état, toi ! lança-t-il, moqueur.

— Bah, oui ! Regarde le petit commerce adjacent et fais la comparaison.

Shane se rapprocha du porche et secoua la tête.

— Je ne peux pas utiliser n'importe quel bois pour réparer ça, Merry. On est dans la restauration, là. Il te faut du bois d'époque. Or il a été récupéré et...

— Je sais tout ça, le coupa-t-elle, une pointe d'impatience dans la voix. Je ne suis pas complètement ignare en la matière. Je m'occupe de tout. La seule chose que je te demande, c'est de m'aider.

Shane se retourna et la regarda. Et pour la première fois depuis qu'elle lui avait demandé son aide, il la regarda vraiment. Il oublia le sourire, le visage lunaire un peu naïf, les joues légèrement hâlées et, à cet instant, roses d'excitation.

Pour le reste... Ses yeux noisette n'avaient rien d'exceptionnel... sauf quand on prenait le temps de s'y attarder. Car ils étaient particulièrement expressifs.

Et trahissaient sa nervosité du moment.

— Qu'est-ce qu'il y a, Merry ?

— Comment ça, qu'est-ce qu'il y a ? Je suis en train d'embaucher un charpentier. En l'occurrence, toi. Je fais mon boulot, rien de plus.

— Elle est à toi, cette ville ? Tu peux y faire ce que tu veux ?

Il savait pertinemment qu'il n'en était rien. Il avait simplement besoin de connaître la position de la jeune femme.

Mais au lieu de répondre à sa question, elle s'agita nerveusement puis, croisant les bras, se remit à marcher.

Intéressant…

Il lui emboîta le pas, curieux de voir ce qui allait se passer. Mais lorsqu'elle s'arrêta enfin pour se tourner vers lui, toute trace d'inquiétude avait disparu de son visage. Elle était d'un calme olympien, subitement.

— A mon avis, dit-elle, nous devrions procéder par étapes. Pour commencer, il faut que je sache si le bâtiment est salubre. Les sols, le plancher, tout ça. S'il est dangereux, je veux savoir combien cela coûterait de le remettre aux normes de sécurité. Ça, c'est la première étape. La deuxième consistera à faire les réparations les plus évidentes. Redresser le porche, boucher les trous dans le plafond, ce genre de choses. Et pour finir, je veux que tu me dises combien tu me prendrais pour restaurer ce saloon.

— Pour le *restaurer* ? Merry ! Je n'ai pas le temps de…

— J'ai bien compris. En même temps, il ne s'agit pas de le remettre à neuf. Il faut qu'il reste fantomatique. Les gens ne viendront pas visiter un endroit abandonné depuis près d'un siècle pour se retrouver devant un saloon flambant neuf !

— Fantomatique… C'est le terme officiel ?

— A partir de maintenant, oui. Il y a une remise, un peu plus loin. Elle est remplie de bois récupéré dans les maisons les plus abîmées. Du vieux bois, c'est bien ce que tu voulais, non ? Eh bien tu en trouveras à foison. Va voir, si tu veux. Et fais attention aux araignées.

Elle s'interrompit en grimaçant.

— Moi j'évite d'y aller, dans cette remise. Parce que je peux te dire qu'il y en a plein, de ces bestioles. Une vraie fourmilière !

— Une fourm...

Il ne termina pas sa phrase. Cette fille avait une manière de penser bien à elle, et il ne voulait pas la suivre dans son délire. Aussi changea-t-il de sujet.

— D'accord. Je vois que tu as mûrement réfléchi.

— Encore une fois, c'est mon travail, rétorqua-t-elle, relevant le menton comme pour le défier de lui affirmer le contraire.

Elle ne souriait plus, brusquement. Et pour une raison ou pour une autre, sa bouche paraissait plus grande ainsi. Plus pleine. Plus... mystérieuse.

Shane se balança d'avant en arrière puis, enfonçant ses mains dans ses poches, passa en revue les bâtisses délabrées qui l'entouraient.

— Tu peux me dire quand tu as l'intention d'ouvrir cette ville au public ? demanda-t-il.

— L'année prochaine, répondit-elle d'une voix assurée.

L'année prochaine ?

Non. Il ne pouvait pas la laisser faire. Il devait mettre fin à cette entreprise.

Par n'importe quel moyen.

— Entendu, alors, lança-t-il, un sourire forcé aux lèvres. Je ferai de mon mieux.

A ces mots, Merry se départit de sa superbe et se mit à sauter de joie. Comme la gamine qu'elle n'avait jamais cessé d'être, manifestement.

— C'est vrai ? Tu acceptes ?

— Oui.

— Oh ! Merci, Shane ! Merci infiniment !

Pour la deuxième fois de la soirée, elle lui sauta au cou.

Et cette fois, il referma machinalement ses bras autour d'elle.

Elle sentait bon — ce qui le changeait radicalement de l'odeur des hommes avec lesquels il avait travaillé ces dernières semaines.

Troublé malgré lui, il la relâcha et se dégagea doucement.

— Je vais jeter un coup d'œil dans la remise, histoire de voir à quoi il ressemble, ce vieux bois, dit-il. Tu viens avec moi ?

— Sûrement pas ! Je viens de te dire que ça grouille d'araignées, là-bas.

— C'est vrai. J'oubliais.

Bon sang, cette fille était vraiment un cas ! Comme elle détenait toutes les informations dont il avait besoin cependant, il porta une main à son chapeau et acquiesça.

— O.K. J'affronterai les araignées tout seul, comme un grand. Ensuite, j'irai voir ton saloon de plus près.

— Merci, répéta-t-elle. Merci, merci, merci.

Shane s'éloigna en essayant de refouler son sentiment de culpabilité.

Merry Kane s'était embarquée dans une aventure dont elle ne comprenait pas la portée, et il n'y était pour rien.

Il poursuivit donc sa route, les mâchoires serrées.

3

— Où étais-tu, hier soir ? gronda une voix menaçante à l'oreille de Merry.

Réveillée en sursaut, la jeune femme se redressa d'un bond en battant des bras pour se protéger du monstre penché au-dessus d'elle.

Rapide comme l'éclair, la créature battit en retraite. Sa crinière aux extrémités flamboyantes encadrait... un visage pâle et plutôt avenant.

— Grace ! Tu m'as fichu une de ces trouilles ! s'écria Merry.

Elle se laissa retomber sur le matelas, sentit un ressort s'enfoncer dans son dos et grimaça.

— Qu'est-ce qui te prend ? Ça ne va pas bien, de hurler comme ça ?

— Où étais-tu, hier soir ? répéta Grace. Je t'ai appelée huit fois, pas une de moins. J'ai même essayé de convaincre Cole de se lever pour me ramener ici.

— Et ?

— Et... disons qu'il a réussi à me distraire.

Merry poussa un petit grognement de mépris avant de se réfugier sous sa couverture.

— Epargne-moi les détails, par pitié !

— Tu ne t'imagines tout de même pas que tu vas t'en tirer comme ça, ma vieille, rétorqua Grace.

Toujours aussi abrupte, sa meilleure copine... Enfin, elle savait comment l'amadouer.

— Tu me promets de ne pas te fâcher ? demanda-t-elle, un sourire charmeur aux lèvres.

— Si tu y tiens, oui, lui répondit Grace entre ses dents serrées.

Elle souriait aussi. Du moins si l'on pouvait qualifier de sourire cette grimace de mauvais augure.

— Ce que tu peux mal mentir, c'est incroyable ! lui fit remarquer Merry, amusée malgré elle. Tu veux la vérité ? Tu vas l'avoir. C'est non.

— Non… quoi ?

— Non, je n'ai pas tenté d'attirer Shane sur ce canapé pour y passer une nuit de folie des plus inconfortables.

— Je craignais plutôt l'inverse, figure-toi.

— Dans ce cas, je recommence. Non, Shane ne m'a pas baratinée avant de me tomber dessus par accident pour m'honorer toute la nuit.

— Arrête tes bêtises, Merry. Où étais-tu ?

Se résignant enfin à l'idée que sa nuit était terminée, Merry se leva et se dirigea vers la cuisine pour préparer du café.

— A Providence, expliqua-t-elle. Mon téléphone a dû chercher un réseau pendant une éternité, de sorte que la batterie a fini par se décharger complètement. Je ne comprends pas très bien, d'ailleurs. Parfois, quand je suis là-bas, j'ai quatre barres, et parfois, rien du tout. Tu crois que c'est le vent ? Ou les nuages, peut-être ? Qu'est-ce que tu…

— Ne détourne pas la conversation, l'interrompit Grace. Viens-en au fait.

— Au fait ?

— Que s'est-il passé ensuite ?

— Grace ! Je ne comprends pas ce qui te chiffonne à ce point. Tout d'abord, j'aimerais que tu m'expliques pourquoi tu détestes autant Shane. Ensuite… Ensuite, cela fait deux ans que je n'ai pas couché avec un homme. *Deux ans*, tu m'entends ? Alors si, par miracle, j'arrivais à en convaincre un de venir me rejoindre sous la couette, ce serait plutôt sympa, non ? Et j'espère que tu serais contente pour moi. J'ai des besoins, moi aussi, qu'est-ce que tu crois ?

Là, elle exagérait un petit peu. Sa soif de sexe s'était éteinte six mois plus tôt, au moment précis où son vibromasseur bon marché avait rendu l'âme en plein exercice. Elle s'en était racheté un dès le lendemain, mais elle n'avait pas les bonnes piles et, de rage, elle l'avait rangé dans un tiroir sans même le sortir de son emballage. Elle était peut-être vouée à vivre comme une nonne, après tout.

Pendant qu'elle réfléchissait, Grace avait retrouvé sa taille normale. En d'autres termes, elle était aussi menue que d'ordinaire — Merry la trouvait toujours plus imposante quand elle était en colère —, et elle avait dû se calmer car elle sortit deux tasses d'un placard et les posa sur le comptoir en soupirant.

— Et pourquoi ce célibat forcé ? demanda-t-elle.

— Tu le sais très bien. Je ne suis pas assez…

— Taratata. Je ne veux rien entendre. Tu as un corps splendide, tu es rigolote comme tout, et tu es jolie comme un cœur. Pour moi, c'est tout ce qui compte.

— Je ne suis pas comme toi, Grace.

— Tu veux dire que tu ne ressembles ni de près ni de loin à une fille facile, c'est ça ?

— Non ! Tu sais très bien que ce n'est absolument pas là que je voulais en venir. Simplement je… je ne sais pas comment me comporter avec les hommes. Je suis tendue comme un arc. J'essaie de m'en tirer avec des blagues plus vaseuses les unes que les autres. Bref, je ressemble davantage à une petite sœur un peu givrée qu'à une bête de sexe. Je ne fais pas fantasmer les hommes, voilà.

— Arrête. S'il y a une chose dont les mecs ne veulent pas, c'est bien d'un fantasme. Ils rechercheraient plutôt du concret, dans ce domaine comme dans tous les autres, je peux te l'assurer.

Merry parvint à dissimuler son agacement en se tournant vers la cafetière qui crachait ses dernières gouttes de caféine. C'était tellement facile à dire, pour une fille comme Grace qui, si elle était bien réelle, donnait à fantasmer, justement. Constamment à cran, sur la défensive, forte comme le roc et prompte à répliquer, elle intimidait les hommes… tout en les excitant, malgré elle et malgré eux.

Merry, de son côté, n'était qu'une copine. L'éternelle confidente, la fille toujours prête à plaisanter, constamment souriante. Et surtout incapable de se mettre en valeur, ce qui ne s'apprenait pas, du moins à son sens.

— Si tu le dis, c'est que c'est vrai, marmonna-t-elle à contrecœur. Ce que j'essaie de te faire entendre, moi, c'est que tu n'as vraiment pas à t'inquiéter de ce que Shane pourrait me faire parce qu'il ne me touchera pas. Et crois bien que je le regrette !

— O.K. Désolée. On peut parler d'autre chose, si tu veux. C'est juste que… Enfin si tu es dans le Wyoming, c'est un peu par ma faute, et je ne voudrais pas te voir souffrir. Alors je ne peux pas m'empêcher de te protéger, voilà tout.

— Arrête ton baratin. Chaque fois que je rencontre quelqu'un, tu me sors le même discours. Que je sois dans le Wyoming ou ailleurs.

Grace haussa les épaules et poussa les tasses vers elle pour qu'elle les remplisse de café.

— Aucun de ceux que tu m'as présentés ne te méritait, tu ne vas pas prétendre le contraire, j'espère, répliqua-t-elle.

— Enfin, Grace, je ne suis pas la Vierge Marie ! A partir du moment où un homme a un boulot et un sexe, il a ses chances, avec moi. Et encore, je ne suis pas particulièrement pointilleuse sur le boulot.

Grace faillit en avaler son café de travers.

— Tais-toi ! Ce n'est pas vrai. Du moins je l'espère, sans quoi, tu seras privée de sorties, ma fille !

— Et consignée dans un haras ?

Grace leva les yeux au ciel et partit d'un rire sonore qui ne tarda pas à gagner Merry. Etre assignée à résidence dans un lieu pareil aurait été un comble.

La maison où Grace avait son appartement était autrefois le bâtiment principal d'un élevage d'étalons. Reconvertie quelques années plus tôt, elle était composée de quatre appartements parfaitement identiques, deux au rez-de-chaussée et deux à l'étage, et d'un immense corridor. L'endroit avait sûrement un nom officiel, mais les gens du coin continuaient à l'appeler « le Haras » à cause de la tendance de la propriétaire, Rayleen Kisler, à ne prendre pour locataires que des hommes, célibataires et jeunes.

Ou du moins jeunes par rapport à elle.

Cela dit, lorsque Grace avait débarqué à Jackson Hole, l'été précédent, Rayleen avait accepté de l'héberger pendant quelques semaines, pour finalement l'autoriser à rester.

Un phénomène, cette Rayleen... Grognon comme pas deux, terriblement revêche au premier abord, elle adorait sa petite-nièce — ce que, bien sûr elle n'aurait avoué pour rien au monde.

Quoi qu'il en soit, et bien que la maison compte désormais deux locataires de sexe féminin, elle garderait probablement le sobriquet de « haras ».

Merry donna un petit coup de coude à son amie.

— Va prendre ta douche, pendant que je replie le canapé. Je pars dans une heure, que tu sois prête ou non !

Shane descendit à pied la route qui menait au centre de Providence et aperçut Merry, assise devant l'entrée d'une des rares maisons encore à peu près stables. Les poutres du porche penchaient légèrement vers la droite, mais les marches étaient intactes. Bref, rien de dangereux, à première vue.

A première vue seulement. Il devrait s'en assurer, car il aurait détesté voir son énigmatique voisine passer au travers du plancher et atterrir dans une « fourmilière » d'araignées. Qui devaient être légion, sous ces fondations abandonnées.

Il profita de ce que la jeune femme ne l'avait pas vu arriver pour l'examiner à loisir. De loin, on aurait pu croire qu'elle avait les cheveux noirs, mais il avait remarqué qu'ils tiraient plutôt sur le châtain foncé. Il n'avait jamais eu de préférence marquée dans ce domaine. Blonde, brune, peu lui importait. Toutefois, il trouva Merry particulièrement mignonne, ce matin-là. Sa peau légèrement hâlée semblait pâle, par comparaison avec les mèches qui lui retombaient sur les joues, et bien qu'elle se croie seule, ses lèvres roses esquissaient un petit sourire.

Merry... Le prénom idéal pour une fille aussi singulière.

Elle avait eu suffisamment de bon sens pour s'installer à l'ombre. Un bon point pour elle. A cette altitude et malgré son bronzage, elle aurait pris un sacré coup de soleil sur les épaules, vêtue comme elle l'était, d'un T-shirt rose, sans manches.

Merry Kade était donc assez futée pour se protéger des

UV, mais trop obtuse pour se préoccuper de ce qui se passait autour d'elle puisqu'elle avait deux écouteurs enfoncés dans les oreilles. En d'autres termes, et comme tous les citadins que Shane avait eu l'occasion de rencontrer, elle préférait son iPad à la beauté environnante.

Lui ne s'en lassait pas.

Il jeta un bref coup d'œil aux pics enneigés du Grand Teton, avant de s'avancer vers Merry qui n'avait toujours pas relevé la tête. Et si elle n'entendit pas le crissement de ses santiags sur le gravier et l'herbe sèche, Shane, lui, perçut sans peine le son métallique de la musique qui s'échappait de ses écouteurs.

En secouant la tête avec écœurement, il parcourut les derniers mètres qui le séparaient du porche.

Pas de réaction.

Il se planta alors à quelques pas de la jeune femme et toussota discrètement. Comme elle ne bougeait toujours pas, il toussa plus fort.

Toujours rien.

Incroyable…

De deux choses l'une. Soit elle était tout le temps comme ça, soit elle s'imaginait qu'il n'y avait ni pervers ni violeurs dans le Wyoming, auquel cas elle se trompait lourdement. En plus de certains autochtones peu recommandables, la région grouillait d'étrangers, des touristes pour la plupart, venus du monde entier.

Oh ! Et puis cela ne le regardait pas après tout ! Vaguement agacé par sa réaction, il avança encore d'un pas et frappa bruyamment contre la balustrade du porche.

— Ohé ? Y'a quelqu'un ?

A sa grande satisfaction, Merry sursauta violemment.

— Ah ! cria-t-elle, lâchant son iPad qui s'envola dans l'air, tel un oiseau effarouché.

Elle le suivait des yeux pour le regarder tournoyer dans les airs et s'écraser sur la terre craquelée.

— Ah ! cria-t-elle de nouveau.

Se levant d'un bond, elle regarda avec consternation le petit nuage de poussière qu'avait soulevé son iPad en tombant.

— Oh non ! Ma musique…

— Excuse-moi, marmonna Shane. Je voulais simplement te prévenir de mon arrivée.

Merry regarda le cordon de ses écouteurs qui pendouillait lamentablement sur la balustrade et demanda dans un souffle :

— Pardon ?

— Je ne voulais pas te faire peur. En me levant, ce matin, j'ai eu envie de venir faire un tour ici pour commencer à...

Elle descendit les trois marches du porche à une telle vitesse qu'il n'eut pas le temps d'achever sa phrase.

— Désolée, dit-elle en ramassant son appareil. Sans cette petite merveille, je deviendrais folle, ici.

Et elle se mit à le bercer comme un enfant blessé...

Cette fille avait un grain, c'était sûr à présent.

— Je crois qu'il n'a rien, murmura-t-elle, passant un index sur l'écran pour l'épousseter. Non. Ça va, il n'est pas cassé.

— Tu m'en vois ravi, dit-il d'un ton sec.

— Oui, c'est cool, hein ? demanda-t-elle, se décidant enfin à le regarder dans les yeux.

Et subitement, son visage s'illumina d'un large sourire.

— Shane ! Je ne pensais pas te voir ici de si bonne heure !

— C'est ce que j'ai cru comprendre, en effet.

Elle serra son iPad contre son cœur, et Shane dut se faire violence pour ne pas s'attarder sur son décolleté. Le coton de son T-shirt épousait agréablement une poitrine généreuse qui...

Il tenta de se ressaisir. Il avait essayé de ne pas regarder ses seins... et avait lamentablement échoué. Il n'était qu'un homme, après tout, et une telle volupté, à portée de main... C'était trop tentant.

Baissant les yeux, il constata que les jambes de la jeune femme étaient moins bronzées que le reste de son corps. Des jambes fines, d'apparence douce et...

— Tu as remis ton habit de cow-boy, dit-elle, le tirant de sa rêverie.

Ce qui avait l'air de la mettre en joie.

Il se crispa encore davantage. Où donc se croyait-elle ? A Disneyland ? Dans un de ces ranchs pour touristes, où les gens se déguisaient en cow-boy et s'essayaient à l'accent local ?

— Ton chapeau, crut-elle bon d'ajouter, au cas où il n'aurait pas compris.

— C'est pour me protéger du soleil. Je te répète que je ne suis pas cow-boy.

— On dit ça, on dit ça ! chantonna-t-elle balayant son propos d'un geste aérien.

— Je... Parlons d'autre chose, si tu veux bien. Qu'est-ce qu'on fait, aujourd'hui ?

— Oui, qu'est-ce qu'on fait ? Tout cela est tellement excitant !

Exaspéré par son enthousiasme débordant — et un peu trop enfantin à son goût —, Shane prit une longue inspiration, histoire de se calmer, et suivit Merry jusqu'au saloon en marmonnant. Si seulement il avait pu se débarrasser de sa mauvaise humeur !

Il n'aurait su dire à quel moment il s'était renfermé à ce point. A une époque, il lui avait été plus facile de se départir de sa morosité, de mettre de côté ses problèmes familiaux et les trahisons de ses proches. Il avait été sauvé par le travail, principalement. Par ses copains, et parfois, par les femmes.

Malheureusement, l'année qui venait de s'écouler était difficile à oublier.

Merry pivota sur elle-même et se mit à marcher à reculons.

— Tu devrais te procurer des éperons, lui dit-elle. Ça mettrait un peu d'animation dans cette rue déserte.

Shane ouvrit la bouche et la referma aussitôt. Que pouvait-il répondre à une remarque aussi incongrue ?

— Si tu le dis, marmonna-t-il.

Merry hocha solennellement la tête.

— Je le dis et je le confirme.

Et soudain, Shane eut une illumination. Providence était une ville fantôme, certes. Il l'avait toujours connue ainsi. Ce qu'il avait ignoré, en revanche, c'est qu'elle était tout droit sortie d'un épisode de *Twilight Zone*. Forcément. Sinon, comment expliquer l'arrivée de cette femme atypique d'abord à Jackson Hole, puis là, au cœur même de ses problèmes ?

— J'ai apporté les devis, grommela-t-il. Et je...

Voyant la jeune femme trébucher et manquer de tomber, il s'interrompit pour la rattraper.

— Hé ! Regarde où tu mets les pieds ! Ça va ?

— Très bien, pourquoi ? demanda-t-elle, avant de laisser échapper un rire de crécelle.

Shane se renfrogna. Ce rire n'avait rien de naturel ou de spontané. Maintenant, savoir s'il était dû au fait que Merry était gênée par sa propre maladresse...

Sentant la chaleur de son corps contre ses doigts, il s'aperçut qu'il la soutenait toujours. Il se tira de ce mauvais pas en lui tapotant le dos, et s'éclaircit la voix.

— Tiens, dit-il, lui tendant l'enveloppe qu'il avait préparée pour elle. Les devis. Jettes-y un coup d'œil pendant que je vais trier le bois. On examinera ça en détail quand j'aurai fini.

Merry avait déjà ouvert l'enveloppe. Elle parcourut les documents, les sourcils froncés, et très vite, une ride d'angoisse se dessina sur son front.

Qu'est-ce qui l'inquiétait à ce point ? se demanda Shane. Ce n'était pas elle qui payait, alors qu'est-ce cela pouvait lui faire ? Il aurait même pensé que dépenser l'argent d'un trust était jubilatoire, surtout quand, comme Merry Kade, on était aussi fascinée par un projet.

— Ce n'est pas ce à quoi tu t'attendais ? demanda-t-il. Cela te semble trop cher ?

Certes, il avait de l'expérience, et ses services n'étaient pas donnés. Mais ses tarifs ne lui paraissaient pas exorbitants pour autant.

Merry termina de parcourir la première page du dossier et passa à la suivante.

— Oh... Non, non, bien sûr, murmura-t-elle. Simplement, je...

Shane attendit la suite en silence. Peut-être allait-elle lui dire ce qui la chagrinait à ce point ?

— C'est juste que... hum. Je crois que nous allons devoir nous cantonner au porche du saloon, dans un premier temps. Ensuite, si tout va bien...

Shane tendit l'oreille, avide d'entendre la suite.

— Je... j'ai une question à te poser. Est-ce que je peux te payer en deux fois ? La moitié maintenant et le reste le mois prochain, par exemple ? Je suis désolée de te demander ça. Je ne sais pas comment tu procèdes, en temps normal, mais il se trouve que j'ai quelques problèmes de trésorerie. Les fonds du trust sont… momentanément bloqués, pour tout t'avouer.

Wouah !

Intéressant ! Très intéressant, même !

A tel point que Shane trouva enfin l'énergie de se sortir de sa bouderie pour se lancer dans son fameux numéro de charme.

Cette femme semblait disposer d'informations qui lui manquaient, et il tenait à les obtenir avant qu'elle transmette la première facture à ses employeurs. Parce qu'à ce moment-là, les choses risquaient de se gâter sérieusement pour lui.

Aussi se força-t-il à sourire. Puis à se rapprocher de la jeune femme.

— Qu'est-ce qui ne va pas, ma belle ? demanda-t-il, avec l'accent traînant qui lui avait permis de séduire plus d'une touriste en détresse.

— Rien, rien ! Je peux te payer, ce n'est pas le problème. Seulement…

Elle laissa tomber l'enveloppe et Shane s'agenouilla pour la ramasser.

Lorsqu'il se releva, il laissa courir son regard sur le corps de Merry.

Plutôt pas mal, en fin de compte.

Cette fille n'avait pas la maigreur maladive des richards qui déambulaient dans la ville avec leurs skis et leurs bottes fourrées, en hiver.

Merry Kade était solide. Grande et tout en rondeurs bien réparties. Lorsque ses yeux se posèrent sur ses hanches, il se demanda à quoi elle ressemblait, lorsqu'elle était toute nue…

La question le tarauda pendant quelques secondes puis, se souvenant de son propos initial, il se remit à sourire de toutes ses dents.

— Seulement quoi ? insista-t-il.

Merry le dévisageait, les lèvres légèrement entrouvertes. A croire qu'elle avait deviné ses pensées.

— Seulement… les membres gestionnaires du Trust pour la Rénovation de Providence sont…

Shane baissa la tête vers elle et lui rendit l'enveloppe en la regardant dans les yeux. Leurs doigts se rencontrèrent, et il laissa les siens traîner là pendant quelques secondes…

L'instant d'après, il se concentrait sur la bouche de sa si singulière interlocutrice. Sur ces lèvres roses, toujours entrouvertes… Un peu trop grandes, sans doute, mais plutôt appétissantes.

Tentantes. Et…

Merry recula d'un pas, les sourcils froncés.

— Rien, dit-elle d'un ton ferme. Tout va bien.

— Qu'est-ce que…

— Rien, je te dis. Je me débrouillerai. Si tu es d'accord pour que je te paye en deux fois, je t'embauche.

— O.K. Pas de problème.

Aussitôt, la jeune femme retrouva le sourire.

— Super ! Alors au boulot, qu'est-ce que tu attends ?

Elle tourna les talons, offrant à un Shane ravi une autre vision d'elle.

Elle marchait en se déhanchant, et il la regarda s'éloigner d'un œil admirateur.

Lorsqu'elle disparut derrière la petite maison qu'elle semblait s'être appropriée, il secoua la tête.

Qu'est-ce qu'il lui arrivait, subitement ?

4

— Mademoiselle Kade ? Levi Cannon, à l'appareil. Je vous appelle parce que nous avons un petit problème.

Merry se leva d'un bond et, serrant son téléphone entre des doigts soudain moites, jeta un coup d'œil nerveux en direction des voitures garées sur le parking, puis du saloon. Comment le trust avait-il pu avoir vent de son subterfuge en un laps de temps aussi court ?

— Mademoiselle Kade ? répéta Levi. Vous m'entendez ?

— Oui, oui. Excusez-moi. Bonjour, monsieur Cannon. Vous avez un problème, vous dites ? Expliquez-moi ça.

Un vacarme épouvantable monta de la remise, au loin. Shane, qui continuait à trier les planches de bois... Merry se précipita à l'intérieur de la petite maison où elle avait installé son bureau. Dans son affolement, elle ne prit pas le temps de s'assurer qu'aucune araignée n'y avait tissé sa toile pendant la nuit. Mal lui en prit, car à peine était-elle entrée que des fils de soie s'accrochaient à son bras. Elle s'en débarrassa vivement en ravalant les cris d'horreur qui lui montaient à la gorge.

— Mme Bishop, la dernière du nom, Kristen, si vous préférez, a découvert ce matin que sa boîte aux lettres avait été vandalisée.

Merry fut prise d'une violente quinte de toux. Fichue boîte aux lettres... Elle avait dû être renversée par le vent qui avait soufflé toute la nuit.

— Cela dit, ne vous inquiétez pas trop, enchaîna Levi Cannon. Si notre bonne Kristen a aussitôt parlé de vandalisme, nous n'avons pas tardé à nous apercevoir qu'en réalité, seul le poteau a été déraciné. La boîte en elle-même est intacte. Les vandales ne se sont pas acharnés, de toute évidence.

— Je vois. Je… Hum… C'est-à-dire… Monsieur Cannon, comment vous…

— Kristen pense qu'il s'agit d'une vengeance.

Cette remarque eut l'heur de la faire taire sur-le-champ. Une vengeance ? Il ne fallait rien exagérer ! Elle n'avait pas pris la mouche au point de se venger sur une malheureuse boîte aux lettres, tout de même ! De plus, elle avait fait tout son possible pour ne rien laisser transparaître de sa frustration aux membres responsables du trust. Alors pourquoi en venir à une telle conclusion ?

— Personnellement, reprit Levi Cannon, j'aurais tendance à penser qu'un cow-boy ivre est rentré dedans, tout bêtement. Néanmoins, comme la propriété des Bishop est très isolée, Kristen a peut-être raison de craindre qu'il s'agisse d'un avertissement.

Merry réprima à grand-peine un soupir de soulagement. Pour l'instant, personne n'avait envisagé qu'elle puisse être la fautive.

— Je ne peux pas croire une chose pareille, dit-elle d'une voix de circonstance. Je dirais plutôt que c'est le fait d'une bande d'adolescents qui n'ont rien trouvé de mieux à faire. Vous savez, on a une batte de base-ball en main, on croise une jolie boîte aux lettres, on veut faire le malin devant ses petits camarades… C'est malheureux, mais ça arrive, non ?

— Encore une fois, le manoir est trop loin du centre-ville pour ça. De plus, il ne s'était jamais rien produit de semblable avant que nous vous embauchions. Alors je suis bien obligé de prendre les soupçons de Kristen en compte, que voulez-vous.

Merry faillit éclater de rire… jaune. Rien de semblable ne s'était produit avant son arrivée au sein du trust… La bonne blague !

— Enfin, pourquoi penser à une vengeance ? demanda-t-elle en grimaçant. Je suis sûre que vous vous faites du souci pour rien. Je vous rappelle que j'ai commencé à travailler pour vous il y a deux semaines, à présent. Pourquoi aurait-on attendu aussi longtemps pour…

Cette fois encore, elle n'eut pas le temps de terminer sa

phrase. Décidément, ces gens avaient le don pour couper la parole à leurs interlocuteurs.

— Nous avons oublié de vous dire que nous avons signalé au juge que désormais, Providence est considérée comme un site historique et gérée comme tel. Je vous accorde que cela remonte à une petite semaine, cependant il se peut que la partie adverse l'ait appris un peu tardivement. Tout finit toujours par se savoir, dans une ville comme Jackson Hole… A moins que vous n'ayez une autre explication, mademoiselle Kade ?

Merry s'éclaircit la voix et jeta un nouveau regard en direction du pick-up de Shane. Est-ce qu'il avait dit à quelqu'un qu'il travaillait pour elle ? Et surtout, quelle serait la réaction du trust, si elle reconnaissait les faits ? Pas bonne, à n'en pas douter. Et comme…

Elle secoua la tête avec agacement. Elle était en train de souscrire à la théorie de Kristen et compagnie, alors que c'était elle qui l'avait fait tomber, cette maudite boîte aux lettres !

— Non, non, dit-elle très vite. Je n'ai pas d'autre explication. En revanche, monsieur Cannon, puisque le fait de m'avoir embauchée vous donne davantage de crédit auprès du juge, vous ne pensez pas que ce serait une bonne idée de commencer les travaux rapidement ?

— Oh ! je… Si, si bien sûr. Du moins, en théorie. Seulement nous n'avions pas prévu de vous charger de…

Il n'acheva pas sa phrase. C'était parfaitement inutile d'ailleurs. Tout était dit.

— J'ai bien compris que vous m'avez engagée pour tout autre chose que pour la restauration de cette ville fantôme, répondit Merry, se forçant à refouler sa vexation. Je n'en suis pas ravie, loin de là, et vous pouvez compter sur moi pour vous en reparler le moment venu. Pour l'instant, toutefois, revenons-en à la question qui me préoccupe. Je vous assure que je peux le faire, ce travail, monsieur Cannon. J'ai beau n'avoir qu'un an d'expérience en la matière, je suis une bûcheuse et comme ma supérieure était…

Elle ne termina pas sa phrase. Sa supérieure était au moins aussi vieille que Cannon et ses amis, mais il y avait des moyens plus diplomates de le lui dire.

— Elle approchait de l'âge de la retraite et ne travaillait plus à plein temps, de sorte que j'ai endossé un bon nombre de responsabilités.

Elle attendit un instant, dans l'espoir d'obtenir une réaction. En vain.

— Ecoutez, reprit-elle, en désespoir de cause. J'ai déjà trié tout le bois stocké dans la petite remise. Il est en grande partie réutilisable. Donc vous n'avez même pas à vous inquiéter du coût. Je n'ai aucune intention de racheter du bois neuf. Ni des vis spéciales, d'ailleurs. Nous recyclerons les clous artisanaux que j'ai trouvés dans un seau. Ils sont un peu rouillés, mais je ne doute pas un instant que Sha... que les ouvriers soient à jour dans leurs vaccins anti-tétanos. D'ailleurs, ils portent des gants, non ? Et puis, si nous tombons à court de clous, je trouverai bien un site qui les fabrique, sur internet.

Elle se tut pour reprendre son souffle, et entendit Levi Cannon soupirer bruyamment.

— Merry, écoutez-moi. J'entends bien que ce projet vous tient à cœur et j'admire votre enthousiasme. C'est rare, chez une personne de votre âge. Malheureusement, nous...

— Tout ce que je vous demande, c'est de me donner ma chance. S'il vous plaît, monsieur Cannon. Cela ne vous coûte rien d'essayer ! Nous pourrons ouvrir cette ville aux touristes bien plus tôt que vous ne le pensez. La petite maison d'où je travaille est parfaitement salubre, par exemple. Quant au saloon, quelques travaux suffiront à le remettre en état. Et puis il y a l'église... Elle est magnifique ! Je suis en train de réaliser une brochure et...

— C'est ça, mon petit, la coupa-t-il, manifestement soulagé. Une brochure, c'est une excellente idée. De mon côté, je... je vais parler aux autres, de manière à ce qu'ils vous dégagent un peu d'argent. J'ai bien dit *un peu*, et je ne vous promets rien !

— C'est... très gentil à vous. Merci, monsieur Cannon. Merci, merci, merci !

— Je ne vous promets rien, répéta-t-il. N'allez pas vous lancer dans des travaux sans nous en parler !

— Bien sûr que non ! répliqua-t-elle, sentant ses joues s'enflammer.

— Et appliquez-vous, pour la brochure. Une fois qu'ils auront quelque chose de tangible en main, mes collègues seront peut-être plus enclins à délier les cordons de la bourse.

— Je m'y mets tout de suite, monsieur Cannon ! Et merci encore !

Aussitôt après avoir raccroché, elle alla chercher sa chaise sous le porche et s'assit devant une table un peu bancale, probablement apportée là par Gideon Bishop en personne. Elle était tombée sur un certain nombre d'autres indices similaires qui tendaient à prouver que tout comme elle, le vieil homme avait pris ses quartiers dans cette maison. C'était donc entre ces murs qu'il avait réfléchi au devenir de sa ville fantôme… C'était à la fois fascinant et émouvant.

Pour sa part, elle n'avait fait qu'explorer les lieux, et encore avec prudence, vu sa phobie des araignées. Le soleil tapant trop fort pour travailler dehors, elle posa son iPad sur son socle, mit son clavier portable en marche, et s'attela à la tâche.

Elle travailla si dur qu'elle en oublia presque la présence de Shane, à quelques mètres d'elle. Elle hocha vaguement la tête lorsqu'il vint la prévenir qu'il partait, et elle l'entendit arriver le lendemain, en fin d'après-midi, sans plus. Tout juste si elle se rendit au saloon pour s'assurer qu'il se limitait au travail qu'elle lui avait confié.

Pas une fois elle ne sortit pour le regarder manier le marteau ou s'émerveiller devant ses épaules musclées ou son jean moulant.

Elle l'avait presque oublié quand il passa la voir, le deuxième soir.

— Ne t'inquiète pas du paiement pour l'instant, d'accord ? lança-t-il, en guise d'entrée en matière. On verra ça le mois prochain.

— Hein ? marmonna-t-elle, l'esprit toujours occupé par sa brochure.

Lorsqu'elle comprit enfin ce qu'il venait de lui proposer, elle demanda dans un souffle :

— Qu'est-ce que tu dis ?

— Je ne suis pas pressé. Pour ma paye. La question avait l'air de te préoccuper, et je ne voudrais pas que ma facture soit une source de stress.

— Oh ! Je peux te payer, tu sais. Ne te crois pas obligé de…
— Je t'assure que ce n'est pas un problème, Merry.

Ah… Là, ça devenait embarrassant… Cette voix masculine prononçant son prénom la troubla au plus profond. A moins que ce soit le fait de lever les yeux et de voir Shane si près d'elle… Ces épaules larges, ces avant-bras puissants qui se contractèrent lorsqu'il retira son chapeau pour se passer une main dans les cheveux… Et puis cette mâchoire carrée, qui commençait à disparaître sous une barbe naissante, à cette heure tardive… Un vrai régal !

A l'odeur de lessive qui s'échappait de ses vêtements se mêlait d'autres odeurs, plus envoûtantes… Celle de sa peau chauffée par les rayons du soleil et celle, plus discrète, de sa transpiration.

Elle le vit pencher la tête d'un air interrogateur et s'aperçut qu'elle le dévisageait comme s'il était un modèle qu'elle s'apprêtait à peindre.

— C'est vraiment gentil de ta part, Shane, s'empressa-t-elle de dire.
— Penses-tu ! Ce n'est pas grand-chose.

Il baissa les yeux vers son iPad, et ses joues se colorèrent légèrement.

— C'est sur Providence que tu travailles, là ?
— Ne regarde pas, répondit-elle, posant vivement une main sur l'écran pour le dissimuler. Je n'ai pas tout à fait terminé. Il me reste à m'occuper de l'agencement. Ensuite, je te montrerai ce que ça donne, d'accord ?
— D'accord. Tu comptes rester encore longtemps ? Parce que je n'aime pas beaucoup te laisser ici toute seule. La nuit ne va pas tarder à tomber.

Elle jeta un coup d'œil par la fenêtre. L'ombre des arbres s'allongeait, dissimulant presque entièrement les buissons d'armoise.

— Je serais plus tranquille si je pouvais te raccompagner jusqu'à ta voiture, reprit Shane, comme elle ne répondait pas.

Ce fut au tour de Merry de rougir.

— Merci, Shane. Et merci d'être venu jusqu'ici après ta journée de travail. Je sais que tu ne chômes pas, et cela me va droit au cœur, que tu fasses ça pour moi.

— Pas de quoi. Ce n'est rien.

Sur ces mots, il l'aida à remballer son matériel et ses documents.

Dieu qu'il était beau ! Et attentionné, avec ça ! Il pouvait dire ce qu'il voulait, il avait la galanterie discrète qu'elle associait aux cow-boys. Leur détermination aussi. Et tout comme eux, il était taciturne.

Elle continua à l'étudier à la dérobée, tandis qu'ils avançaient vers l'endroit qui leur servait de parking. Il la dépassait de dix bons centimètres. Elle n'était jamais sortie avec quelqu'un de grand. Cela dit, il n'y avait eu que deux hommes dans sa vie, ce qui ne constituait pas un panel représentatif, loin de là.

Quoi qu'il en soit, ce type la fascinait. Sa taille, sa force, ses mains calleuses... Quel effet cela faisait-il, de se blottir dans ces bras-là ? D'être coincée contre un mur, le corps de cet homme collé au sien ? De sentir ces mains de travailleur sous son T-shirt ? Est-ce qu'il...

A sa grande honte, Shane choisit ce moment de sa réflexion pour se tourner vers elle. Quelle idiote elle faisait ! Ils se connaissaient à peine. S'il avait pu deviner ses pensées, il aurait blêmi d'horreur et se serait débrouillé pour ne plus jamais se trouver seul avec elle.

— Ça va ? lui demanda-t-il de son accent traînant.

— Oui, oui, répondit-elle dans un couinement étranglé. Je suis excitée, c'est tout.

Excitée. Excellent choix de mot...

— Je veux dire... que j'ai vraiment hâte d'avoir terminé cette brochure ! précisa-t-elle vivement.

— Et moi, j'ai hâte de la voir.

— C'est vrai ? Tu m'en vois ravie.

Elle se glissa derrière le volant et attendit que Shane ait regagné son pick-up pour démarrer.

Excitée par son projet, elle l'était.

Mais elle l'était aussi par tout autre chose, de plus physique.

Il y avait bien longtemps qu'elle n'avait rien éprouvé de semblable.

Et avec un peu de chance, ce soir, elle ne se contenterait pas de terminer sa brochure...

5

— Enfin ! s'écria Merry, brandissant triomphalement son vibromasseur.

Elle avait cédé une demi-heure plus tôt. Comment aurait-il pu en être autrement ? Ses fantasmes l'avaient accompagnée tout au long du chemin du retour. Ils l'avaient perturbée dans son travail, une fois arrivée au Haras. Alors elle avait décidé de satisfaire sa libido retrouvée, et tout de suite, avant de changer d'avis.

Après avoir envoyé un message à Grace pour s'assurer qu'elle ne rentrerait pas ce soir-là, elle avait pris une douche rapide et s'était versé un verre de vin. Lui trouvant un goût de trop peu, elle s'en était servi un deuxième, puis s'était mise à la recherche de l'objet convoité. La tâche n'avait pas été facile ; il lui avait fallu ouvrir et vider trois cartons avant de remettre la main dessus.

— Ouf ! Maintenant, il me faut des piles.

Elle en dénicha deux dans un des tiroirs de la cuisine et les étudia longuement avant de les insérer dans l'appareil.

Elle était prête.

Et pour une raison qui lui échappait totalement, elle se sentait presque intimidée. Il y avait donc si longtemps que ça qu'elle ne s'était pas adonnée à ce genre de plaisir un peu particulier ?

Une chose était certaine néanmoins : elle était bien décidée à s'accorder ce petit intermède tout de suite.

Elle déplia le canapé, empila les couvertures dans le socle, fit son lit et se glissa entre les draps frais.

Shane était chez lui. Elle l'avait entendu prendre sa douche, et il ne lui fut pas bien difficile de se le représenter dans sa salle de bains, nu, l'eau brûlante dégoulinant sur son corps d'athlète...

Ça devait être un spectacle ! Shane Harcourt, élancé, tout en muscles durs comme la pierre.

Shane en érection...

Elle aurait adoré le toucher. Faire glisser ses mains le long de son dos, enfoncer ses ongles dans ces fesses qui l'avaient tant fait rêver. Se serrer contre lui et s'étirer comme une chatte en chaleur tandis qu'il...

Elle sursauta et secoua la tête.

Non. Même s'il avait été nu sous sa douche à elle, à cet instant précis, elle n'aurait jamais eu le courage d'aller le rejoindre. Même pas en rêve. Tout simplement parce que la partie aurait été perdue d'avance. En admettant qu'elle ait eu le cran de se déshabiller pour aller le retrouver dans la salle de bains, elle serait probablement restée plantée devant lui, le regardant se savonner. Ensuite, elle aurait sorti une blague vaseuse, aurait pris pour prétexte le fait qu'il n'y avait pas de place pour deux dans un endroit aussi exigu, et serait repartie en courant.

— Arrête, s'ordonna-t-elle, s'agitant un peu sous les couvertures. Arrête ça tout de suite.

Mais elle continua à fantasmer.

Il avait pris une douche. Il avait été dégoulinant et prêt pour elle. A présent, il se séchait, et lorsqu'il l'entendrait frapper à sa porte, il enfilerait un jean qu'il ne se donnerait pas la peine de boutonner jusqu'en haut et lui ouvrirait, torse nu...

« Tu tombes bien, je pensais justement à toi », lui dirait-il, la gratifiant de ce regard insondable qui n'appartenait qu'à lui.

Elle sentit son cœur s'emballer, exactement comme il l'aurait fait en réalité.

Elle passa une main sur ses seins, puis tout le long de son corps. Ses sens semblaient se réveiller. Et bien sûr, elle se voyait toujours avec Shane...

Shane l'attirant dans son appartement pour la coincer contre le mur. Shane posant ses lèvres à la naissance de son cou et lui murmurant à l'oreille qu'il ne pensait qu'à elle, qu'il la désirait au point de ne plus en dormir la nuit. Shane glissant une main empressée sous ses vêtements, suscitant chez elle de petits cris qu'il prendrait, à juste titre, pour un « oui »…

L'image était si réaliste que, perdant toute notion de la réalité, elle se laissa caresser et embrasser à loisir. Toutefois, quand Shane commença à faire remonter son T-shirt dans l'intention de le lui retirer, elle hésita.

« Shane, attends. Nous nous connaissons à peine et je… »

« S'il te plaît, Merry, j'en ai tellement envie. J'ai besoin de toi. Par pitié, Merry. Tu me rends fou. Il faut que je caresse ton corps… »

Elle mit le vibromasseur en marche et imagina la suite. De nouveau, les mains fébriles de Shane sur elle. Sa bouche brûlante dans son cou. Oui, c'était si bon… Ses doigts la titillaient, s'enfonçaient en elle pour ressortir presque aussitôt en un jeu presque insupportable. Lorsque, n'y tenant plus, elle le supplia de la prendre, il se débarrassa de son jean et de son boxer, libérant ainsi un sexe vigoureux. Puis, après lui avoir glissé une main sous les genoux pour les soulever, il se positionna entre ses jambes.

— Oui…, murmura-t-elle dans la pièce vide. Oui…

C'était ça qu'elle voulait. Cet homme, ce corps de rêve.

Elle continua à fait glisser le sex-toy sur son corps. Les vibrations lui procuraient des frissons délicieux, ravivant des sensations oubliées depuis une éternité.

Oui. Ça allait être bon. Terriblement bon. Elle allait enfin satisfaire un besoin si longtemps refoulé. Ranimer une sexualité qu'elle avait oubliée. Presque. Pas tout à fait cependant.

S'arc-boutant légèrement, elle introduisit lentement le petit appareil entre ses lèvres humides.

Oh mon Dieu… C'était le paradis. Ici, sur ce petit canapé-lit. Elle sentit ses seins se durcir, son corps se tendre et…

Et le monde la ramena à sa dure réalité.

En cognant à la porte du petit appartement.

Le bruit n'avait pas été particulièrement fort, mais… la porte ne se trouvait qu'à une dizaine de centimètres du canapé où elle…

Où elle était allongée, les jambes écartées, un sex-toy vibrant en elle.

Elle se figea et, les yeux agrandis par la panique, retint

son souffle. Si elle faisait la morte, le grizzly ne la repérerait peut-être pas, dans l'herbe folle.

Cela aurait été trop beau, bien sûr.

Un nouveau coup discret résonna contre la paroi de bois.

D'une main mal assurée, elle éteignit son sex-toy et fut horrifiée par le silence qui s'ensuivit. Les vibrations avaient empli la pièce, apparemment. Pourvu qu'on ne les ait pas entendues de l'extérieur ! Parce que si Shane avait été derrière cette…

— Merry ? C'est moi, Shane. Tu es là ?

Non ! Elle n'était là pour personne !

Elle tenta de ravaler le mot qui lui montait aux lèvres, en vain.

— Euh… oui, répondit-elle dans un lamentable miaulement.

Elle baissa les yeux pour regarder la forme de son corps sous la couverture. Les jambes ouvertes, un bras enfoui sous les draps alors qu'il n'avait rien à faire là…

La honte.

— Tu me fais entrer ?

— Euh…

Dans un effort surhumain, elle se força à se tirer de son affolement pour agir. Après avoir fébrilement retiré le sex-toy de son corps, elle referma les jambes et se redressa.

— Euh, oui… Oui, bien sûr. Une petite minute !

Bon sang ! Pourquoi lui avait-elle répondu ? Pourquoi n'avait-elle pas fait la morte ? C'était pourtant la seule chance de survie, en présence d'un grizzly ! Il aurait bien fini par repartir, non ?

Après avoir caché le sex-toy sous son oreiller, elle se leva en toute hâte et se précipita dans la salle de bains pour récupérer ses vêtements.

— Crétine, marmonna-t-elle, se maudissant de sa maladresse.

Elle aurait pu dire non. Elle aurait dû dire non. « Non, je ne suis pas visible. » Sauf que c'était un peu trop proche de la vérité. Et puis, comment expliquer qu'elle soit déjà sous sa couette, à cette heure-ci ? « Je ne suis pas visible parce que je suis en train de me caresser à trois mètres de ton appartement et en pensant à toi. »

Pitoyable.

Elle enfila rapidement un jean et le T-shirt *Doctor Who*

qu'elle avait porté aujourd'hui, puis retourna précipitamment dans la salle de séjour pour border tant bien que mal le drap sur le canapé.

Puis elle prit une longue inspiration, se força à sourire et entrouvrit la porte.

— Hé ! lança-t-elle d'une voix qu'elle reconnut à peine. Quel bon vent t'amène ?

— Salut. Je...

Son sourire se figea sur ses lèvres et il haussa les sourcils.

— Merry ? Tout va bien ?

— Oui, oui. Bien sûr ! Absolument ! Je... Pourquoi tu me demandes ça ?

— Parce que tu as l'air... Je ne sais pas. Tu faisais ta gymnastique du soir ?

— Ma... Exactement ! Je faisais ma gymnastique du soir, répéta-t-elle un peu stupidement.

En même temps, c'était la réponse idéale. La seule qui puisse expliquer les gouttes de sueur qui perlaient sur son front et son souffle court.

Malheureusement, elle était en jean, pas en jogging, et elle vit Shane la détailler avec une certaine perplexité.

— Bref ! s'exclama-t-elle, agitant une main devant elle. Tu ne m'as toujours pas dit ce qui me vaut cette petite visite nocturne.

— Disons que je pensais à toi, c'est tout.

En un éclair, elle revécut le début de son fantasme. La tête se mit à lui tourner. Shane allait-il fondre sur elle comme un aigle sur sa proie ? La pousser contre le mur et lui retirer son T-shirt ?

Et surtout, le laisserait-elle faire ?

— A moi ? demanda-t-elle dans un souffle, lorsqu'elle parvint enfin à se tirer de sa rêverie érotique.

— Oui, à toi. Et à ce que tu fais pour Providence. Au début, je dois bien avouer que cela me paraissait complètement idiot. Aujourd'hui encore, je ne peux pas dire que je te comprends ou que j'approuve ton idée, d'ailleurs. Mais le fait de travailler là-bas avec toi a éveillé ma curiosité. Je peux ?

Au lieu de terminer sa phrase, il désigna la porte d'un geste du menton.

Sans réfléchir, elle le fit entrer. L'instant d'après, elle maudissait son éducation. Au Texas, on ne laissait pas un visiteur sur le palier. On l'accueillait avec le sourire, quelles que soient les circonstances. Sauf que, dans le cas présent, ce sens de l'hospitalité inné la mettait dans de beaux draps — si elle pouvait s'exprimer ainsi !

Et bien sûr, Shane remarqua immédiatement que le canapé-lit était déplié.

— Tu étais couchée ?

Elle sentit une gêne coupable monter en elle et se diffuser dans tout son corps.

— Je... hum. J'aime bien travailler dans mon lit, expliqua-t-elle, bien que son iPad et son clavier soient restés sur la table de la cuisine.

Là-dessus, histoire de dissimuler son embarras, elle se pencha vers le canapé pour le replier. Voyant Shane s'approcher pour l'aider, elle souleva les lattes d'un coup un peut-être trop sec. Les ressorts protestèrent, un bruit de mauvais augure se fit entendre...

Et à sa grande horreur, elle vit son sex-toy rose glisser le long du mur et rouler sur le plancher, comme un doigt géant l'accusant directement des pires maux de la terre.

« Tu étais en train de te caresser en fantasmant sur un homme qui ne pense pas à mal. Tu l'as violé en secret, ma fille. Ni plus ni moins. »

Réprimant à peine un petit cri d'épouvante, elle se remit à appuyer sur le clic-clac avec une telle force que le canapé bougea de cinq bons centimètres, dissimulant un tant soit peu le sex-toy. Et, bien que le matelas se soit soumis à sa volonté, les lattes refusaient de se redresser. Se souvenant des couvertures qu'elle avait empilées sous le socle, elle poussa de nouveau, avec l'énergie du désespoir.

— J'ai l'impression qu'il est coincé, lui fit remarquer Shane tandis qu'elle s'acharnait. A mon avis, il faut le rouvrir et...

— Non ! s'écria-t-elle, horrifiée.

Pourquoi avait-elle choisi un sex-toy aussi voyant ? Elle aurait pu opter pour quelque chose de plus neutre, beige ou même translucide, enfin susceptible de se fondre dans l'environnement, quel qu'il soit !

— Non. Tout va bien, grommela-t-elle, sans cesser de manipuler le canapé.

Elle sentit le regard de Shane se poser brièvement sur ses seins.

— C'est toujours comme ça, précisa-t-elle. Tiens. Ça y est. On peut s'installer !

Elle remit un coussin en place, Shane l'autre, jetant un œil suspicieux sur le résultat final. A sa décharge, il fallait bien reconnaître que le canapé ne ressemblait à rien. D'un geste nonchalant, elle alla chercher son iPad avant de s'installer aussi confortablement qu'elle le pouvait, vu les circonstances.

Fort heureusement, Shane était un garçon bien élevé, dans le genre désuet. Un sourire un peu perplexe aux lèvres, il prit place à côté d'elle en s'abstenant de lui faire remarquer que, comme toutes les femmes, elle n'était pas douée pour la mécanique même la plus élémentaire.

Parfait ! Elle était prête à accepter tous les préjugés sexistes, pourvu que Shane ne devine pas à quel point elle avait été experte en mécanique élémentaire justement, quelques minutes plus tôt...

Elle pianota sur son clavier et lorsque son travail s'afficha sur l'écran, elle se figea, les yeux rivés sur ses mains.

Des mains coupables de luxure, et des doigts qui venaient de se poser sur le cœur de sa féminité...

— Tu veux une bière ? proposa-t-elle de cette voix de crécelle qui, décidément, ne lui appartenait pas.

Elle se leva si vite — et sans attendre la réponse — que son iPad glissa le long du coussin et atterrit dans un coin.

Le cœur battant la chamade, elle fonça vers l'évier pour faire couler de l'eau chaude.

Comment aurait-elle réagi, si elle avait frappé à la porte d'un homme qu'elle connaissait à peine pour s'apercevoir qu'il venait de se caresser en pensant à elle ? Mal, sans aucun doute.

Se maudissant pour avoir eu recours à ce sex-toy si longtemps négligé, elle se lava soigneusement les mains.

Cette fois, c'était sûr. Dorénavant, elle vivrait comme une nonne.

Avec un peu de chance, elle pourrait communier à distance avec un couvent quelconque.

Shane était perplexe. Merry se comportait de manière encore plus excentrique que d'habitude. Il y avait donc anguille sous roche.

Et cela avait trait à Providence, il en était sûr. Le tout était de découvrir de quoi il retournait.

Malheureusement, il n'arrivait pas à se concentrer, distrait comme il l'était par les seins voluptueux de son hôtesse.

Non qu'ils soient différents de ceux qu'il avait vus dans la ville fantôme de son enfance l'après-midi même, bien sûr. Seulement ce soir, Merry ne portait pas de soutien-gorge sous son T-shirt. D'où son trouble.

Ainsi libérés, ses seins lui semblaient parfaits, et il eut envie de le lui dire — après tout, certaines évidences méritaient d'être soulignées, non ? Son T-shirt jaune était si fin qu'il lui sembla voir ses mamelons se dessiner sous le coton. Il n'en était pas sûr cependant, à cause de la cabine téléphonique imprimée sur tout un côté du vêtement, et cette incertitude le titillait.

Merry revint avec une canette de bière dont il avala la moitié d'un seul trait, histoire de se reprendre. Il se faisait l'effet d'un sale type, subitement, ce qui était normal puisqu'il était venu voir Merry dans la seule intention d'obtenir d'autres informations sur le devenir de Providence.

Quelle galère, cette ville fantôme ! En un sens, il regrettait que sa nouvelle voisine y soit tant attachée. Seulement, quelle idée, aussi, de venir du Texas pour se lancer dans une entreprise pareille ! Manifestement, cette restauration lui apparaissait comme un jeu. Or pour lui, en plus d'être un mauvais souvenir, Providence commençait à devenir un sérieux problème. L'équation était simple : son grand-père lui avait légué toutes les terres des Bishop... et aucune liquidité. Où allait-il trouver les milliers de dollars d'impôts fonciers dont il devrait s'acquitter chaque année ? Même en faisant payer aux propriétaires des ranchs voisins le droit de faire paître leurs troupeaux sur son territoire, il n'y parviendrait pas.

Ce qu'il voulait, lui, c'était bâtir une maison sur les terres dont il avait hérité. Ça et préserver son patrimoine, pas en le livrant en pâture à des hordes de touristes, mais en les dissuadant de venir, justement.

Ses ancêtres n'avaient pas fondé Providence pour y attirer des étrangers, bon sang ! S'ils s'étaient installés au milieu de nulle part, c'était précisément parce qu'ils voulaient être tranquilles.

Ce dernier détail avait peu d'importance, en soi, bien sûr. C'était seulement une preuve supplémentaire de la fâcheuse tendance qu'avaient les hommes à fuir, dans sa famille. Ils avaient commencé par venir dans le territoire du Wyoming après avoir laissé derrière eux les problèmes auxquels ils avaient été confrontés dans le Missouri. Comme bien d'autres avant eux, ils avaient estimé que l'herbe était plus verte ailleurs. Ensuite, ils avaient été chassés de Providence par une banale inondation.

Et la tradition avait perduré au vingtième siècle. Le grand-père de Shane s'était marié trois fois, par exemple. Son père avait fait encore plus fort : un beau matin, il avait embrassé sa femme, acheté une caravane et avait disparu avec sa maîtresse. On ne les avait jamais revus, ni l'un ni l'autre. Selon la rumeur, ils s'étaient installés sur une plage mexicaine, ce dont Shane doutait fortement. Il n'imaginait pas son père vivant sur une plage, et comme les terres étaient quasiment données à l'époque, il y avait de fortes chances pour qu'il ait fondé un nouveau ranch, quelque part sur le continent.

Enfin, il y avait Alex, son frère cadet, qui avait reproduit le schéma le jour de ses dix-huit ans. Il n'était pas parti pour le Mexique cependant, mais pour un pays d'Orient dont il n'avait pas précisé le nom. Il n'avait jamais donné de nouvelles, lui non plus. Il s'était... évaporé, tout simplement. Se sentant trahi une seconde fois, Shane ne s'était pas donné la peine de le rechercher. Si son frère avait décidé de déserter les siens, grand bien lui fasse !

Quant à lui, il ne s'était jamais vraiment senti en paix avec lui-même. Ni avant la mort de son grand-père, ni après.

— O.K., marmonna Merry, le tirant de sa réflexion. On y va ?

Elle avait bu la moitié de sa bière, elle aussi. Elle prit une longue inspiration puis, son sempiternel sourire aux lèvres, s'empara de son iPad.

— Il est temps que je te la montre, cette brochure. C'est bien pour ça que tu es venu, non ? Avant cela néanmoins, je veux que tu me promettes une chose. Sois franc avec moi. Donne-moi le fond de ta pensée, d'accord ? La critique peut être constructive.

— Je veux bien, seulement ne perds pas de vue que je ne suis pas expert en infographie.

La couverture de la brochure apparut sur l'écran avec, en arrière-plan, un cliché en noir et blanc de la rue principale et des maisons qui la bordaient. Sous le titre Providence, ville fantôme, apparaissait la mention Fondée en 1884, habitée jusqu'en 1901.

Shane hocha la tête malgré lui. Même aux yeux d'un néophyte comme lui, les mots paraissaient bien choisis. Puissants, ils promettaient une bonne dose d'angoisse existentielle et de drame. Cela n'avait rien de romantique, mais c'était bien vu, et il se fit fort de complimenter Merry.

La page suivante était intitulée Histoire de Providence. Shane la parcourut rapidement. Il la connaissait par cœur, cette histoire, alors inutile de s'attarder dessus. La page suivante était une photo du saloon.

— Bien sûr, j'en prendrai une autre quand tu auras terminé de le remettre en état, précisa Merry. Ça va être super, tu verras. Ce bâtiment est un petit bijou. Et les gens adorent les saloons. Il n'y a qu'à voir la popularité du Crooked R pour en juger.

— Oui, enfin, n'exagérons rien. L'intérêt du Crooked R réside principalement dans le fait que l'on continue à y vendre de l'alcool.

— Je sais bien, seulement pense à l'imagination des visiteurs ! Ils vont se demander quel genre de clientèle il y avait, là-bas. Des étrangers de passage, des aventuriers, des hors-la-loi, je t'en passe et des meilleures…

Shane ne put réprimer un sourire. Il avait longuement rêvassé là-dessus, lui aussi, dans son enfance.

— Les gens sont fascinés par l'idée que leurs ancêtres aient pu traîner dans ce genre de tripot, enchaîna Merry. Qu'ils y aient bu de la bière et du mauvais whisky. Qu'ils y aient rencontré des dames de petite vertu, tiens, si ça se trouve…

Shane jeta un coup d'œil à l'encadré représentant le saloon en 1900. Un homme d'apparence austère se tenait sur le porche, une serviette à la main.

— Je ne crois pas que mon… Je ne crois pas que les femmes

de Providence aient été du genre à entrer dans un saloon pour voir si elles y trouvaient chaussure à leur pied, fit-il remarquer.

— Qu'est-ce que tu en sais ? répliqua Merry, les yeux rivés sur un point invisible, devant elle. Il a bien dû y avoir une ou deux veuves qui se sont lassées d'être seules dans leur lit, la nuit venue. Les femmes ont une sexualité, elles aussi, au cas où tu ne serais pas au courant. Et avec tous ces cow-boys dans les parages...

— Dis-moi... tu parles toujours de Providence, là ?

Merry éclata de rire et lui donna un coup de poing dans le bras. De nouveau, il fut fasciné par ses seins qui se soulevèrent sous son T-shirt, et de nouveau, il s'ordonna de penser à autre chose. Merry Kade lui apparaissait comme une bonne copine, toujours prête à plaisanter. Si elle s'était doutée un seul instant que la vue de ses mamelons pointant sous le coton était susceptible de l'aguicher, elle serait allée enfiler un pull-over illico.

Et cela aurait été dommage.

— J'ai cru comprendre que tu as commencé à travailler quand j'étais en déplacement, dit-il. Quand est-ce que le trust t'a fait venir, au juste ?

— Cela faisait un petit moment que je cherchais un emploi dans la région. Grace me manquait, et votre ville est tellement belle... Je m'y suis sentie comme chez moi, quand je suis venue, à l'automne dernier.

Elle n'avait pas répondu à sa question. De plus, il avait entendu tellement de gens s'extasier sur la beauté pittoresque de Jackson Hole, au fil des ans, qu'il se contenta de hocher la tête. La ville était belle, certes, mais pas si différente d'autres grosses bourgades américaines, pour autant qu'il puisse en juger. Il suffisait de gratter un peu la surface pour s'en apercevoir.

— Bref ! poursuivit Merry. Le jour où je suis tombée sur cette annonce, je me suis dit que le job était pour moi. J'ai travaillé comme conservatrice de musée pendant un an, au Texas, de sorte que j'ai un peu d'expérience et que je me suis dit...

Elle n'acheva pas sa phrase. Décidément, c'était une manie, chez elle ! Vaguement agacé, Shane demanda :

— Tu t'es dit quoi ?

Elle fronça les sourcils.

— J'ai pensé que l'on avait vraiment besoin de moi.
— C'était le cas, non ?
— Je ne sais pas, Shane. J'ai le sentiment que cette ville abandonnée a besoin de moi. Seulement il semblerait...

Shane se pencha en avant, les yeux rivés sur le visage de la jeune femme.

— Qu'est-ce qu'il y a, Merry ?
— Je... je n'ai pas envie d'en parler.
— Allez, ne te fais pas prier... On est entre nous. Tu as un souci ?

Elle termina sa bière et la reposa sur la table avec tant de précautions qu'elle ne fit pas le moindre bruit.

— Il semblerait que Providence fasse l'objet d'une querelle juridique, reprit-elle. Une histoire d'héritage liée au legs de Gideon Bishop. Un de ses héritiers conteste l'existence du trust et... Enfin, pour faire court, le trust ne m'a embauchée que parce que je pouvais l'aider à gagner le procès. Pas pour restaurer la ville.

Shane ne sut que répondre à cela. Il cessa même de respirer, tellement il était partagé. D'un côté, Merry venait de lui fournir une information capitale, une nouvelle importante qu'il pourrait relayer à son avocat. De l'autre, la jeune femme lui paraissait anéantie, et il n'avait rien d'un monstre. La voyant battre des cils comme pour refouler des larmes, il se pencha vers elle.

— Hé, murmura-t-il. Ne te mets pas dans un état pareil. Tu dois faire erreur.
— Non, répondit-elle, d'un ton qui n'admettait pas de réplique. Je leur sers d'alibi, rien de plus. Je ne suis même pas convaincue qu'ils me confieront la restauration de Providence s'ils le gagnent, leur maudit procès.

Une nouvelle fois, Shane ne trouva rien à répondre à cette déclaration. De toute manière, il était coincé. S'il ouvrait la bouche, il serait obligé de mentir. Son avenir tout entier dépendait de l'échec du projet du trust. La ville fantôme ne devait en aucun cas renaître de ses cendres. Elle devait rester en l'état, continuer à se détériorer et à se faire manger par les mauvaises herbes.

Seulement, de toute évidence, Merry avait quelque chose

à prouver. Pire encore, elle avait décidé de relever le défi en solo. Et sous ses airs enfantins, elle avait l'air d'avoir de la suite dans les idées.

Et merde !

— Ecoute, Merry, je suis désolé que l'on t'ait fait venir sous un prétexte fallacieux, mais cela ne t'empêche pas de faire du bon travail. Cette brochure, par exemple. Elle est superbe !

— Et j'ai bien fait de t'embaucher, c'est ça ?

Le sourire plein de larmes qu'elle lui décocha fut pour lui un véritable coup de poignard. Car il ne pouvait pas se voiler la face. Le fait, pour elle, de l'avoir embauché risquait de lui coûter sa place, ni plus ni moins. Dès que les membres du Trust pour la Rénovation de Providence découvriraient le pot aux roses...

— Ecoute, je trouve ton enthousiasme admirable. Et comme tu n'as rien à voir avec les misérables combines de ces gens-là, je te propose d'oublier la facture pour la remise en état du saloon.

— Sûrement pas ! Je ne te disais pas ça pour que tu t'apitoies sur mon sort. Je ne vois vraiment pas pourquoi tu travaillerais gratuitement. J'arriverai bien à les convaincre, ces vieux chnoques !

Pas si elle leur avouait qu'un dénommé Shane Harcourt travaillait pour elle, en tout cas.

— J'insiste, Merry. Ce sera ma manière de participer à la vie de la communauté.

« Et de me sortir de ce mauvais pas », ajouta-t-il pour lui-même.

— Je ne peux pas te demander une chose pareille, Shane.

— Tu ne m'as rien demandé du tout.

Cette fois, le doute n'était plus permis. C'était bien des larmes qui brillaient dans les yeux noisette de la jeune femme.

— Je ne peux pas accepter.

— Voyons, Merry, entre voisins, on peut bien s'aider ! Ce n'est pas grand-chose !

A ses yeux, cela devait être énorme cependant, car elle se jeta à son cou et l'étreignit de toutes ses forces.

Une expérience douloureuse pour lui. Bien que se délectant de la douce chaleur des seins de son exubérante voisine contre son torse, il ne pouvait que se reprocher sa goujaterie. Il n'était qu'un menteur, égoïste de surcroît, et Merry ne tarderait pas à regretter l'affection qu'elle semblait avoir pour lui.

Malgré tout, lorsqu'il posa ses mains sur le bas de ses reins, ces nobles pensées laissèrent place à d'autres, bien plus concupiscentes. Tout simplement parce que tenir cette femme entre ses bras était délicieux. Pour commencer, elle était bel et bien nue, sous ce T-shirt en coton très fin. Et puis elle sentait bigrement bon. Un mélange de savon et de quelque chose de plus épicé et de très féminin qui lui fit tourner la tête.

Et provoqua en lui une érection franchement malvenue.

Il se dégagea en toussotant. Pourvu que Merry n'ait rien remarqué !

— Merci, Shane, murmura-t-elle en reniflant.

— De rien, vraiment, marmonna-t-il, s'efforçant de détacher son regard de cette poitrine si tentante.

— Tu veux une autre bière ?

Il accepta, dans l'espoir d'être un peu calmé lorsqu'elle reviendrait.

— Tu as grandi à Jackson Hole ? lui demanda-t-elle, lui tendant une nouvelle canette avant de se rasseoir sur son canapé bancal.

Il n'aimait pas parler de sa famille, et dans le cas présent, c'était le sujet à éviter à tout prix. Aussi préféra-t-il lui renvoyer la question.

— Oui. Et toi ? Tu as passé toute ta vie au Texas ?

— Plus ou moins. Ma mère est un peu hippie. Elle vient d'une petite ville du nord de la Californie. C'est là que je suis née, et on a vécu dans plusieurs endroits différents, quand j'étais petite. J'avais sept ou huit ans, quand on s'est installées à Dallas, toutes les deux.

— Et ton père ?

— Je ne l'ai jamais connu, répondit-elle d'un ton enjoué. J'ai toujours été seule avec maman.

— Tu m'en vois navré.

— Il n'y a vraiment pas de quoi. La plupart de mes copines avaient des pères tellement indignes que j'ai toujours estimé que c'était aussi bien comme ça. Pour tout t'avouer, ils me faisaient peur, ces hommes, quand j'étais gamine. J'avais l'impression qu'ils passaient leur temps à hurler.

Shane réfléchit à la question. Son père à lui avait été correct, malgré ses défauts. Pourtant, il aurait peut-être été préférable qu'Alex et lui ne l'aient pas connu. En tout cas, cela aurait été plus facile que de vivre dans l'idée qu'il les aimait, pour se réveiller un beau matin et se rendre compte qu'il se souciait d'eux comme d'une guigne. Merry savait qu'elle n'avait rien à voir avec l'absence paternelle. Shane, en revanche, s'était toujours demandé s'il n'était pas une des raisons de la désertion de son père ; et cela faisait vingt-cinq ans qu'il se posait la question.

— C'est parce que ta mère était hippie, qu'elle t'a appelée « Merry » ?

— Tout juste ! Le jour de ma naissance, elle m'a regardée dans les yeux et elle a tout de suite vu que j'étais d'un naturel joyeux.

— Tu l'es.

— Je suppose, oui, dit-elle avec un tel entrain qu'il ne put réprimer un petit rire. Et heureusement d'ailleurs ! Tu imagines une fille morose dotée d'un prénom pareil ?

Il pensa à Grace qui, de l'accord de tous, était bien mal nommée, mais garda sa réflexion pour lui.

— En gros, tu as eu une enfance heureuse ?

— Disons que l'on se fait à tout.

— A tout… quoi ?

Merry balaya la question d'un geste désinvolte, avant de s'expliquer :

— Il y a eu des moments où les temps étaient durs, si tu vois ce que je veux dire. Et d'autres où on échouait dans des quartiers franchement défavorisés. Cela dit, on apprend vite à se faire des amis et à se sentir chez soi n'importe où. Et puis, ma mère est vraiment super. Elle a travaillé avec acharnement pour améliorer notre quotidien, je peux te le dire.

Subitement, Shane vit la jeune femme sous un angle complètement différent. Elle lui avait d'abord semblé insouciante. Un peu niaise et surprotégée. A présent, il s'interrogeait. Elle n'avait pas eu de père. Sa mère avait sûrement dû prendre deux emplois en même temps pour subvenir à leurs besoins. Et elle avait dû s'adapter, se faire une place et de nouveaux amis à chaque déménagement. Pas facile tout ça, en fin de compte !

— J'ai du mal à m'imaginer ce genre d'existence, déclara-t-il. Je n'ai jamais bougé de Jackson Hole.

— Ce n'est pas pareil, quand tu vis dans une grande ville, je ne peux pas le nier. Pourtant, sur le fond, ce n'est pas si différent que ça. Les gens sont les mêmes partout. Il y en a des bons et des mauvais. Et vu la splendeur du paysage, dans cette région, je ne vois pas pourquoi tu serais allé chercher ailleurs ce que tu avais sous la main.

— Tu m'en vois soulagé, parce que je ne peux pas dire que j'aie jamais eu de grosses envies d'évasion.

— Comment es-tu devenu charpentier ? C'était le métier de ton père ?

— Non. Celui de mon oncle. J'ai commencé à travailler avec lui dès l'âge de douze ans.

Il ne précisa pas que son père avait été dresseur de chevaux et qu'il avait dirigé un ranch, à un moment. Encore une fois, moins Merry Kade en saurait sur son compte, mieux ce serait.

— Ce n'est pas vrai ? s'exclama-t-elle. Moi aussi, j'ai commencé à travailler à l'âge de douze ans. Dans un restaurant mexicain.

— On peut travailler dans un restaurant à l'âge de douze ans ?

— Oui. Surtout quand on a poussé comme un champignon, d'un seul coup, comme moi, et que l'on accepte de travailler au noir. J'étais tellement contente d'avoir un peu d'argent de poche que je n'ai pas vraiment fait attention à mon salaire, c'est te dire ! Je devais trimer pour trois dollars de l'heure, à mon avis. Ça a son avantage, d'employer des gamins.

— En tout cas, tu t'es mieux débrouillée que moi. Parce que mon oncle estimait que j'étais son apprenti, alors il ne m'a jamais payé. C'est fréquent, à la campagne, tu sais. Tu trimes à la ferme ou dans un ranch pour la gloire. C'est l'école de la vie, si tu préfères.

— Moi, je trouve ça super.

Shane ne put s'empêcher de sourire de sa naïveté.

— Dis plutôt que c'est ch... d'un ennui mortel ! répliqua-t-il. Je passais mes journées avec des ouvriers plus amochés les uns que les autres. Ce n'est pas toujours facile, quand on est en pleine crise d'adolescence, de ne jamais voir de filles, sur un chantier. Et celles que je connaissais n'avaient d'yeux que pour les types qui couraient les rodéos.

Merry laissa échapper un petit cri admiratif.

— Tu as fait ça, toi aussi, hein ?

— Fait quoi ?

— Tu as fait du rodéo, je parie. Quand tu t'es rendu compte que ces demoiselles bâillaient devant les cow-boys en puissance, tu t'es mis au rodéo à ton tour. Je me trompe ?

Shane éclata d'un rire franc.

— Pour commencer, on ne se *met* pas au rodéo comme on se mettrait au macramé. Cela dit, je t'accorde qu'il m'est arrivé de grimper sur un ou deux broncos, à une époque.

— C'est bien ce que je disais ! Tu es un cow-boy dans l'âme.

Elle lui enfonça un index dans la poitrine puis recommença, comme pour s'assurer de la fermeté de ses pectoraux. Elle ne laissa retomber sa main que très lentement, et à regret apparemment.

— Tu ne dirais pas ça si tu avais vu de vrais cow-boys à l'œuvre, reprit-il, troublé malgré lui par ce petit geste. Je n'avais aucune chance, contre eux. Et je peux te dire que je me suis vite aperçu qu'il ne suffisait pas de monter un bronco pour attirer l'attention des filles. Il fallait aussi être doué. Un loser reste un loser, en matière de rodéo comme dans tous les autres domaines. Sauf si tu es blessé, bien sûr. Parce que là, il y a toujours une bonne âme ravie de jouer les infirmières.

— Alors ? Tu t'es laissé tomber de ton cheval sauvage pour te faire dorloter ? C'est franchement vicieux, ton truc !

La manière dont elle avait prononcé le mot « vicieux » l'émoustilla de nouveau. A sa décharge, il avait revu, en un éclair, quelques épisodes heureux de cette époque révolue. Des baisers échangés à la sauvette et parfois, un peu plus. Résultat, il s'imagina en train d'embrasser Merry, ici même, sur ce canapé inconfortable. Il envisagea même de se rapprocher un peu d'elle. Avec un peu de chance, elle ne le repousserait pas.

Il la dévisageait, hésitant à la prendre dans ses bras, lorsqu'il entendit la sonnerie de son téléphone, de l'autre côté du couloir.

Il sut immédiatement que l'appel provenait de sa mère. C'était la seule personne qui le joignait sur son fixe parce qu'il avait refusé de lui donner le numéro de son portable. A juste titre, car dès qu'elle avait une nouvelle théorie sur la disparition de son mari, elle le harcelait de coups de fil. Et aujourd'hui, elle devait en avoir une, de théorie, et sérieuse, s'il en jugeait par son acharnement. Elle lui avait déjà laissé trois messages…

Il surprit Merry en train de l'observer. Il aimait ses yeux rieurs. Et sa bouche. Ses lèvres roses étaient une véritable invitation au baiser…

Il se ressaisit. Il ne devait se laisser tenter sous aucun prétexte.

S'appuyant contre le dossier du canapé pour terminer sa bière, il songea qu'il n'avait envie ni de regagner son petit appartement, ni de quitter sa délicieuse hôtesse. Peu importait, cela dit. Il n'avait aucun droit de fantasmer sur un éventuel baiser. Merry était une chic fille et lui… le genre d'homme à éviter à tout prix. Il n'était pas fréquentable. Pas plus d'une nuit. Il savait au moins cela, sur son propre compte.

Or Merry Kade ne lui apparaissait pas comme le genre de femme avec qui on pouvait coucher une fois avant de marmonner quelques excuses polies et de disparaître. Tout d'abord parce que, manifestement, elle n'était pas du style à se lancer dans des aventures sans lendemain. D'après ce qu'il avait vu, elle était plutôt encline à se prendre d'amitié pour le premier venu. Ensuite parce que Grace prendrait fort mal le fait qu'il se serve de son amie pour satisfaire une envie passagère, et elle était capable de tout, quand elle était en colère. Et Cole se ferait sûrement un plaisir de lui prêter main-forte. Enfin, et c'était sans doute là le plus important, Merry était sa voisine. Pas la situation idéale, même avec la femme la plus large d'esprit qui soit. Il avait eu des relations durables avec des amies qui se contentaient volontiers de simples rendez-vous sous la couette, et jamais il ne leur avait infligé le spectacle d'une nouvelle conquête. Elles non plus, d'ailleurs. Cela ne se faisait pas, tout simplement.

De toute façon, la proximité n'avait jamais été un problème puisque aucune femme n'avait vécu au Haras avant Grace.

Bref, encore une chose qu'il devrait ajouter à sa liste des choses à ne pas faire : sortir avec sa voisine de palier, sur un coup de tête.

— Parce que tu veux essayer de me faire croire que tu n'as jamais fait un truc complètement idiot pour attirer l'attention d'un garçon, peut-être ? demanda-t-il, reprenant le fil de la conversation.

Elle s'esclaffa avec sa bonne humeur habituelle.

— Moi ? Mon pauvre, si tu savais… Les garçons ne m'ont jamais remarquée. J'étais trop grande, trop maladroite. De plus, tout ce qui m'intéressait, c'était le cinéma européen, *Star Wars* et les jeux vidéo.

— Les garçons adorent *Star Wars*, pourtant !

— C'est possible, mais ils ne font pas de transfert pour autant. A moins que tu sois du style à aimer t'habiller en Princesse Leia, version « l'esclave de Jabba ».

Là, évidemment… Bien que Shane n'ait jamais été très porté sur *Star Wars*, il se souvenait de cette scène précise. Comment aurait-il pu l'oublier ?

— Et ? Je crois connaître la réponse, mais j'aimerais être sûr de ce que j'avance. Tu ne t'es jamais déguisée en Leia, esclave de Jabba ?

— Shane ! s'exclama-t-elle, sur un ton de reproche.

— Même pas une fois ? Pour Halloween, par exemple. L'année de tes dix-huit ans. Parce que ça s'est vu, dans le coin.

— Ce n'est pas vrai ? Même les cow-boys du Wyoming sauvage n'y ont pas échappé ?

— Faut pas croire, ma p'tit' dame. On avait des antennes satellites, des vidéocassettes et une imagination débordante, nous aussi !

Merry fit une petite grimace contrite.

— En tout cas, moi je ne me suis déguisée en Leia qu'une seule fois. Dans sa version rebelle, s'il vous plaît.

— Là, tu m'as perdu. Je ne vois pas du tout de quoi tu parles. Sa version rebelle ?

— Il faut dire que je ne me suis pas très bien expliquée, admit-elle dans un soupir. Tu as vu *Firefly* ?

— Non. C'est dans *Star Trek*, ça ?

— *Star Wars*. Et non. C'est une autre série de science-fiction, absolument géniale. Un peu comme un western qui se passerait dans l'espace. Il faut absolument que tu voies ça !

— Si tu le dis !

— Je le dis ! On ira louer la première saison, un de ces soirs, d'accord ? Cela me ferait tellement plaisir de revoir *Firefly* avec toi !

A sa grande surprise, Shane sentit un sourire béat se former sur son visage. La bière, probablement.

— Si tu veux, oui.

Décidément, cette fille lui plaisait. Il l'aimait vraiment bien, et cela réglait son dilemme, d'une certaine manière. Il n'avait pas le droit de la séduire. S'il le faisait, elle finirait par le détester. Même en temps normal, quand il n'était pas au cœur d'un imbroglio juridique, c'était généralement ainsi que les choses se terminaient, avec lui.

Il était incapable de s'engager. Et les rares femmes essayant de se faire à son inconstance finissaient par le quitter en lui expliquant qu'il n'était qu'un mufle, immature de surcroît. Elles avaient bien raison. On ne luttait pas contre sa nature.

— On fera ça la prochaine fois, conclut-il.

Puis il se leva à contrecœur, posa sa canette vide sur la table basse et se tourna vers Merry.

— Je ferais bien de rentrer, moi. Je commence tôt, demain matin, et j'aimerais passer à Providence en début de soirée.

— Ne te tue pas à la tâche, Shane. Je culpabilise suffisamment comme ça.

— Je t'assure que cela ne me dérange pas, affirma-t-il.

Etonnamment, il était sincère. Son but premier était de faire en sorte que Providence reste une ville fantôme, oubliée de tous sauf d'une poignée de vieux notables. Pourtant, être là-bas en compagnie de Merry le détendait au point de lui faire oublier sa journée de labeur. Savoir qu'elle était là, tout près, même s'il ne la voyait pas… ça lui plaisait bien. Et cela lui plairait davantage si elle avait pu passer le voir toutes les cinq minutes pour lui poser des questions pratiques… Mais curieusement, elle ne le dérangeait pas dans son travail, comme il s'y était attendu au départ.

— Allez, Merry. A demain.

— A demain. Bonne nuit !

Il referma la porte et attendit qu'elle ait fait tourner la clé dans la serrure avant de s'éloigner.

Pour une raison qu'il n'aurait su expliquer, l'atmosphère lui parut pesante dans ce corridor austère.

Et ce fut encore pire lorsqu'il le traversa pour regagner son appartement.

La première chose qu'il entendit fut le bip de son répondeur. D'un geste résigné, il s'empara du combiné et composa le numéro maternel.

— Maman, tu sais quelle heure il est ? demanda-t-il sans préambule. Je me lève aux aurores, demain matin !

— Je sais mon grand, seulement ça ne pouvait pas attendre.

— Tout va bien ?

— Pour autant que cela puisse aller, oui. J'ai du nouveau. Ecoute un peu ce que j'ai trouvé sur internet !

— Je t'ai déjà dit mille fois…

Il s'interrompit, le temps de prendre une longue inspiration. Il ne s'énerverait pas, cette fois-ci. De toute façon, cela ne servait à rien, il le savait d'expérience.

— Pour la énième fois, maman, c'est le problème, avec internet. Je t'ai déjà expliqué que…

— Je sais, je sais, le coupa-t-elle avec impatience. Il ne faut pas croire tout ce que l'on trouve sur internet. D'un autre côté, on ne peut pas tout mettre en doute non plus.

C'était difficile à nier, pour le coup.

— Alors écoute bien, enchaîna-t-elle. Ça se passe en Guyane. Un homme de soixante-cinq ans que les autochtones ont surnommé « el Gringo » est, paraît-il, un Américain qui a débarqué en 1998, sans papiers, sans aucun effet. Il prétendait ne plus savoir ni qui il était, ni d'où il venait. Il…

— Je te rappelle qu'en 1998, cela faisait un bout de temps que papa nous avait quittés.

— Et qui te dit qu'il n'a pas erré tout ce temps-là ? Il pourrait facilement…

— Maman ! Papa nous a quittés, et il s'est débrouillé pour qu'on ne le retrouve pas, point, à la ligne. J'en ai assez de ressasser cette histoire avec toi.

— Enfin, mon grand, tu sais très bien que ton père n'aurait

jamais fait une chose pareille. Jamais ! Ni à vous, les garçons, ni à moi !

Shane dut serrer les dents pour ne pas prononcer les paroles cruelles qui lui montaient à la gorge.

« Papa avait une aventure. Une maîtresse, si tu préfères. Tout le monde était au courant, sauf toi, précisément. Il s'est acheté une caravane, l'a arrimée à sa voiture, et il est parti avec sa nouvelle conquête. Il ne t'aimait pas, et il se fichait éperdument de nous, ses fils. Ce qu'il voulait, c'était un endroit où nous ne serions pas, justement. »

Mais il garda cela pour lui. A quoi bon faire souffrir sa mère ?

— Personne n'a jamais retrouvé ni sa voiture ni sa caravane, dit-il. S'il avait été blessé ou s'il avait souffert d'amnésie, ce qui, soit dit en passant, est la théorie la plus invraisemblable que tu m'aies sortie jusqu'à présent, quelqu'un aurait trouvé sa voiture et l'aurait signalée à la police ! Un véhicule abandonné, ça ne passe pas inaperçu, tu sais !

— Et si on la lui avait volée, sa voiture ? Tu y as pensé, à ça ? Un véhicule abandonné, comme tu dis, peut être une aubaine pour des gens mal intentionnés !

Shane secoua la tête avec lassitude. Combien de fois avait-il eu ce genre de conversation avec sa mère ? Des milliers. Et apparemment, ça n'était pas près de s'arrêter.

— On l'aurait forcément retrouvée à un moment ou à un autre, maman. Quelqu'un aurait fini par en vérifier l'immatriculation et nous aurait prévenus. Non. Il faut que tu te fasses à l'idée que papa nous a quittés. Il a disparu, s'est inventé une nouvelle vie, et puis il est mort. En tout cas, pour l'Etat du Wyoming, il n'existe plus. Mort administrative. Tu te souviens ?

Il avait fini par obtenir gain de cause auprès des autorités locales, une dizaine d'années auparavant. A son grand soulagement, car cette décision avait mis fin aux innombrables problèmes que son fuyard de père avait laissés derrière lui. Le percepteur, les créanciers, tous ces gens avaient dû renoncer à leur argent. Une bonne chose de faite, à défaut de mieux.

— Shane, mon grand, tu n'as même pas écouté la fin de...

— Je me lève tôt, demain, répéta-t-il d'un ton sans réplique. Bonne nuit, maman.

Il raccrocha sans la moindre once de culpabilité. Il avait subi trop d'appels du même genre pour cela.

Enfant, il avait été maintenu à flot par les scénarios les plus invraisemblables qu'inventait sa mère, les explications vaseuses dont elle l'abreuvait, les excuses qu'elle trouvait à son mari volage. Il l'avait crue, et elle l'avait gardé ainsi sous sa coupe pendant des années. Il lui était souvent arrivé de venir les chercher à l'école, son frère et lui, pour les emmener à des centaines de kilomètres de Jackson Hole au prétexte qu'elle avait entendu une rumeur et croyait tenir une piste.

Dès le départ, Alex s'était rebellé. Même dans l'hypothèse où leurs recherches auraient été fructueuses, il refusait tout net de revoir son père. Et après avoir tenté de le faire revenir à de meilleurs sentiments, Shane avait abandonné.

Quant à lui...

Lui, il s'était accroché à l'idée que leur père les aimait. Bien trop longtemps, d'ailleurs. Il n'avait ouvert les yeux que lorsque son frère était parti à son tour, laissant un message pour le moins sibyllin quant à sa destination. Ce jour-là, il avait compris que son cadet avait eu raison : leur père ne reviendrait jamais ; il avait abandonné sa famille sans le moindre regret.

Aussi, une fois majeur, il avait changé de nom et pris celui de sa mère. Il avait coupé tous les ponts avec la branche paternelle de sa famille, sans trop de difficultés, d'ailleurs. Ses seuls ancêtres encore vivants étaient son grand-père et sa troisième épouse, et ils ne lui avaient pas été d'un soutien précieux, c'était le moins que l'on puisse dire. D'ailleurs, le vieux s'était vengé, sur la fin !

Shane grimaça et serra machinalement les poings.

Il n'avait jamais eu l'intention de se lancer dans un procès. Il avait même refusé l'idée en bloc, au début. Malheureusement, la création de ce maudit trust destiné à rénover Providence au nom de l'histoire locale, quelques semaines seulement après la mort de Gideon Bishop, était venue s'ajouter au reste. Et son avocat avait réussi à le convaincre qu'il serait bien bête de ne pas exiger l'argent dont il aurait dû hériter initialement.

De plus, il ne doutait pas un instant que son grand-père ait fondé ce trust par pure malveillance. Ne l'avait-il pas menacé des pires maux de la terre, quand il avait refusé de reprendre le nom de « Bishop » ?

Les choses s'étaient encore aggravées quand Shane avait compris que le trust comptait transformer ses terres en un piège à touristes, ce qui aurait été à la fois un comble et un véritable désastre.

Alors là, ça avait été trop. Ses terres, Providence... Tout cela aurait dû revenir à son père, le dernier survivant de sa génération, puis à Alex et lui.

Alors il continuerait à le contester, ce testament. Il récupérerait ce qui lui appartenait de droit. Rien ne l'en empêcherait.

Même pas sa singulière attirance pour Merry Kade.

6

— Non ! s'exclama Merry dans un souffle. Ce n'est pas vrai !

Le cœur battant et les yeux écarquillés, elle jeta un nouveau regard à l'araignée suspendue au plafond de la petite pièce. Pourtant, à cet instant précis, sa phobie lui paraissait dérisoire par comparaison avec ce que sa mère venait de lui annoncer. D'ailleurs, elle n'éprouvait aucune envie de s'enfuir en courant ; elle regarda simplement l'araignée s'avancer vers une mouche prise dans sa toile avant d'interrompre le babillage maternel.

— Attends une minute, maman. Ne change pas de sujet. Dis-moi plutôt que j'ai mal compris ce que tu viens de me dire.

— A quel propos, ma chérie ?

— De Cristal. Tu m'as bien parlé de Cristal, non ? demanda-t-elle, espérant secrètement entendre sa mère éclater de rire et lui demander d'où lui venait cette idée saugrenue.

Malheureusement, ce ne fut pas le cas.

— Ah, oui ! Effectivement. Cristal sera à Jackson Hole ce soir même. Cela dit, si c'est ce qui t'inquiète, elle n'a pas l'intention de s'installer chez toi.

Evidemment ! Jamais sa cousine ne se serait abaissée à demander l'hospitalité à un membre de sa famille. Elle ne descendait que dans des hôtels de luxe où les chambres étaient équipées d'une machine à café et où elle avait tout le personnel à sa disposition.

— Elle n'a pas l'intention de me rendre visite non plus, hein ? s'enquit Merry entre ses dents serrées.

— Bien sûr que si, quelle question ! Ne t'en fais pas, ma chérie. Ça se passera bien, tu verras.

Merry prit une longue inspiration et ferma les yeux. Inutile de voir les choses en noir. Cela se passerait peut-être bien, en effet. Dans l'esprit de sa cousine, elle avait un emploi et un appartement — fort heureusement, Cristal ignorait que tout cela était du vent.

— A t'entendre, on croirait que c'est la pire peste qui ait habité cette planète, poursuivit sa mère du ton réprobateur qu'elle adoptait dès qu'elles abordaient le sujet. Je te rappelle que nous n'avons pas beaucoup de famille. Tu ne peux pas te permettre de faire la difficile, ma chérie.

Encore un refrain que Merry entendait depuis son enfance. Cela dit, sa mère avait raison au moins sur un point : Cristal n'était pas une peste. Du moins pas vraiment. Son charisme ne faisait que souligner davantage la vie chaotique de Merry, et elle ne manquait jamais une occasion de lui envoyer une pique. Mais à part ça, elle était… charmante.

— Comment ça se passe pour toi, ma chérie ?

— Super bien ! répondit Merry d'un ton un peu trop enthousiaste.

Elle rouvrit les yeux, s'aperçut que l'araignée avait disparu de son champ de vision, et recula lentement vers le porche.

— Ça se passe très bien, maman, reprit-elle d'une voix plus sobre. J'ai beaucoup de travail, mais ce que je fais me plaît énormément.

— En tout cas, les photos que tu m'as envoyées sont magnifiques. Tu me manques tellement ma chérie… J'ai eu les larmes aux yeux en les regardant. Au fait, comment va Grace ?

— Euh… Voyons. Elle adore son boulot, elle a un cow-boy super-canon comme petit ami, il vient la chercher pour l'emmener dans son ranch quasiment tous les soirs… Je crois que l'on peut dire qu'elle se porte comme un charme.

— Il faudra que je vienne voir ça de plus près, un de ces jours. Grace Barrett en femme comblée, ça doit valoir le déplacement !

— Ce serait génial, maman ! Tu me manques, toi aussi.

Sentant sa gorge se nouer, elle passa à autre chose.

— Et toi, comment tu vas ?

— Très bien, très bien !
— Tu t'es trouvé un ami ?

Le sujet n'était pas nouveau, là non plus. Du plus loin que Merry puisse se souvenir, sa mère avait toujours vécu seule, et elle ne semblait pas disposée à changer de mode de vie.

Au grand dam de Merry, qui ne put réprimer un soupir devant le silence qui suivit sa question.

— Enfin, maman... Essaie, au moins !
— Je ne sais pas. Je n'en ai pas vraiment envie, pour tout t'avouer.
— Et moi, pendant ce temps, je culpabilise. J'ai l'impression que tu t'es sacrifiée pour moi. Mais surtout, je serais vraiment contente que tu rencontres quelqu'un, maintenant. Il y a forcément un homme prêt à t'ouvrir les bras, dans ton entourage. Ouvre les yeux, voyons ! Tu as des dizaines d'amis et tout le monde t'adore. Tiens, ton nouveau voisin, par exemple. Il ne te ferait pas du charme, par hasard ?
— Qui ? Charles ? s'esclaffa sa mère. Non. Sûrement pas.
— Et tu ne vois personne d'autre ?

Un long silence se fit au bout du fil. Pour finir, sa mère s'éclaircit la voix et balbutia :

— C'est... ce n'est pas si simple que ça en a l'air, ma chérie.
— Je sais, répondit Merry en soupirant.

C'était apparemment de famille, cette difficulté à rencontrer des hommes.

— Je préférerais te savoir accompagnée, reprit-elle néanmoins. Je n'ai jamais regretté de ne pas avoir de père, et je sais que tu peux te passer d'un mari, seulement je me suis toujours dit qu'un jour ou l'autre, tu ferais la connaissance d'un type super, bâti comme un bûcheron... ou... je ne sais pas, moi... Un bricoleur, qui fasse toutes sortes de petits travaux, qui tonde la pelouse et qui puisse t'attraper un truc quelconque sur l'étagère parce que tu es trop petite... Quelqu'un qui s'occupe de toi, si tu préfères. Tu as travaillé toute ta vie, tu mérites bien ça, non ?
— Oh ! Merry...

Elle paraissait très émue, subitement.

— Je ne sais pas quoi te dire, ma chérie. J'aurais tant voulu que tu aies tout cela, quand tu étais petite… Un père, une mère. Une famille normale, si tu préfères.

— Encore une fois, cela ne m'a jamais manqué.

— Pourtant, enfant, tu mariais Ken et Barbie tous les jours. Tu organisais de vraies cérémonies et…

— Moi ? Jamais de la vie ! Qu'est-ce que tu racontes ?

— La vérité, ma fille. La vérité ! Quand je t'entendais jouer dans ta chambre, je m'approchais sur la pointe des pieds pour t'écouter. Ken disait…

Sa voix se brisa.

— Ken disait toujours « oui », reprit-elle lorsqu'elle eut surmonté son émotion. Et il ajoutait : « Ta petite fille et toi n'avez plus à vous inquiéter, mon amour. Je m'occupe de vous, à présent. »

Horrifiée, Merry porta une main à sa bouche et secoua la tête.

— Non… Ce… ce n'est pas vrai, balbutia-t-elle.

— Je t'assure que si, ma chérie. Dans ces moments-là, j'essayais de me convaincre que je pouvais rencontrer quelqu'un et te donner une véritable famille, seulement… je n'y suis jamais arrivée, voilà. Le manque d'envie, encore une fois. En même temps, j'aurais tant voulu faire ça pour toi…

— Oh ! Ma petite mère… Je te jure que tu me suffisais. Et je devais être vraiment petite, à l'époque dont tu me parles, parce que je n'ai aucun souvenir de ce genre de délire. Je ne me souviens même pas avoir joué avec une poupée Barbie.

— Tu en avais toute une collection. Tu les as délaissées quand tu as découvert *Star Wars*. Ou plutôt, tu leur as fait jouer un autre rôle, à tes poupées. Ta Barbie préférée était Princesse Leia et Ken était devenu Han Solo. Dans ton scénario, ils périssaient dans un terrible accident. Si ma mémoire est bonne, ils étaient sur une planète glacière, tombaient dans une mare pas complètement gelée et on ne les retrouvait jamais.

Malgré le nœud qui lui obstruait la gorge, Merry éclata de rire.

— Ça, je m'en souviens, par contre !

— Cela ne m'étonne pas ! Tu as raconté leur fin atroce à qui voulait l'entendre. L'histoire a fait le tour du quartier où nous habitions à l'époque. Tu étais fascinée par cette disparition. Peut-être parce qu'il s'agissait de celle d'un couple, justement.

— Et après ça, tu m'as acheté toutes les figurines de *Star Wars*. Ça me revient, maintenant.

— Tu as toujours été une petite fille adorable, Merry. Tu méritais bien ça.

— Toi aussi, tu mérites d'être heureuse, maman. C'est pour ça que j'aimerais que tu te remettes à sortir. Tu ne vas pas rester seule toute ta vie, tout de même ?

— Oublions ça, si tu veux bien. Je n'ai pas besoin d'un homme. Je vais merveilleusement bien, ma chérie. Je t'appelais simplement pour te prévenir de l'arrivée de ta cousine à Jackson Hole.

Merry laissa échapper un grognement. Elle avait oublié ce détail. Sa mère lui recommanda la plus grande amabilité, puis raccrocha en lui souhaitant une bonne journée.

Aussitôt, Merry tira une chaise sous le porche et composa le numéro de Grace.

— Est-ce que je peux dire que ton appartement est le mien ? demanda-t-elle sans autre explication.

Comme elle s'y attendait, son amie n'hésita pas un instant.

— Bien sûr. Pas de problème !

— Je t'adore. Figure-toi que Cristal débarque à Jackson Hole.

— Hein ? C'est une blague ?

— Non, hélas.

Grace et Cristal ne s'étaient rencontrées qu'une fois, et cela n'avait pas été une réussite : elles s'étaient aussitôt détestées. A la grande satisfaction de Merry d'ailleurs, même si elle n'en avait rien dit.

— Qu'est-ce qu'elle vient foutre ici ? gronda Grace, dans son langage fleuri.

— Euh… je ne sais pas trop. De l'escalade, probablement. Ou quelque chose de grandiose, tu la connais. Si tu veux mon avis, elle a appris que je m'étais installée ici et elle a eu envie de frimer un peu.

— Et tu comptes l'impressionner en lui montrant mon appartement ?

— Disons que je ne tiens pas à ce qu'elle apprenne que je dors sur un canapé et que je suis…

Elle se tut. Elle n'avait pas parlé à Grace de ses mésaventures avec le trust. D'une part parce que c'était gênant, et de l'autre parce qu'elle savait d'avance que son amie serait tellement outrée qu'elle risquait de devenir violente — et comme tout allait bien pour elle, en ce moment... ce n'était pas la peine de la contrarier pour si peu.

— Tu veux bien me maquiller, ce soir ? demanda-t-elle, histoire de faire digression.

— Oui, bien sûr. Et ensuite, je disparais. Comme ça, tu disposeras de l'appartement et moi, je passerai la soirée loin de ta délicieuse cousine.

— Parfait ! Tu ne peux pas te permettre d'être arrêtée deux fois en une année civile. Ta réputation en prendrait un coup !

— A ta place, je changerais de ton, ma cocotte. Parce que je peux te transformer en fille de petite vertu, avec mes pinceaux, tu sais ?

— Vantarde ! s'exclama Merry avant de raccrocher et de se laisser tomber sur sa chaise.

Elle contempla sans les voir les nuages accrochés au sommet des collines, puis grimaça.

— Quelle chienlit ! s'exclama-t-elle à voix haute.

Enfin... Cristal devait avoir un tas d'amis riches et bien plus intéressants qu'elle, à Jackson Hole. Des touristes, venus se ressourcer dans les montagnes du Wyoming. Elle serait occupée, la plupart du temps.

N'empêche que la soirée s'annonçait éprouvante.

Et qu'elle ne pourrait pas s'adonner à son occupation préférée du moment...

La première chose qu'elle avait faite, après le départ de Shane, la veille, avait été de remettre son sex-toy dans sa boîte en se promettant de ne plus jamais y toucher. Elle avait eu terriblement honte et cela lui avait servi de leçon.

Pourtant, en allant travailler ce matin, elle s'était surprise à penser à Providence d'une manière toute différente. Au lieu de s'extasier sur ses vieilles maisons, de songer à son histoire ou de réfléchir aux améliorations qu'elle pouvait apporter à la brochure, elle s'était imaginée y travaillant tard, un soir, avec Shane Harcourt...

Lorsque le soleil darderait ses derniers rayons, il retirerait sa chemise sans savoir qu'elle ne se tenait qu'à quelques pas de lui. Elle l'observerait, bien sûr, et il se retournerait brusquement, la prenant sur le fait. Mais au lieu d'être gêné ou surpris, il se mettrait en colère et s'avancerait vers elle, tandis qu'elle s'éloignerait à reculons.

« Plutôt que de me mater, comme tu le fais si souvent, tu ferais mieux de t'occuper de moi sérieusement », marmonnerait-il de son accent traînant.

S'occuper de lui... sérieusement ?

Elle ne demandait mieux ! Elle rêvait de le caresser. De le prendre entre ses mains, de goûter sa peau, de se lover contre lui... Et puisqu'elle n'en aurait jamais le courage dans la vraie vie, elle allait continuer à fantasmer sur lui. Il n'en saurait jamais rien, alors qu'est-ce qui l'en empêchait, en fin de compte ?

Une fois cette décision prise, elle avait poursuivi sa route, le sourire aux lèvres. Elle venait de remporter une petite victoire sur elle-même. A la première occasion, elle ressortirait son vibromasseur de son emballage. Shane ne pouvait pas l'interrompre deux fois de suite, et elle était tendue.

Stressée.

Bref, elle avait bien droit à ce petit plaisir, aussi coupable soit-il.

Et voilà qu'au lieu de s'imaginer Shane en train de se dévêtir, avec toutes les promesses que cela comportait, elle allait devoir passer la soirée à faire la conversation à sa cousine qu'elle ne portait pas vraiment dans son cœur.

Tu parles d'une réjouissance !

Subitement, et bien qu'elle en ait presque terminé avec la maquette de sa brochure, elle eut l'impression d'être franchement nulle. Si elle avait eu un semblant de considération pour elle-même, elle aurait donné sa démission illico. Elle aurait même été jusqu'à dire aux vieux chnoques du trust qu'ils pouvaient aller au diable. Seulement cela ne lui ressemblait guère et de plus, elle devait reconnaître qu'elle n'avait aucune envie de démissionner. Certes, cela ne faisait jamais plaisir, de s'apercevoir que l'on n'était qu'un pis-aller ou une femme de paille. Mais elle aimait Jackson Hole.

Et elle adorait sa petite ville fantôme.

Alors elle allait se débrouiller pour réaliser son projet. Quant à Cristal…

Oui. Elle était suffisamment forte pour la supporter une heure ou deux. D'autant qu'il devait bien lui arriver d'avoir des soucis, elle aussi. Elle n'était pas parfaite !

— Ça va aller, se promit-elle, à voix haute.

Sa mère avait raison.

Tout se passerait bien.

7

— Merry ! s'exclama Cristal d'une voix doucereuse. Je suis tellement heureuse de te voir ! Cela fait une éternité, non ?

— Bonsoir, Cristal, répondit simplement Merry.

Le seul fait de voir sa cousine sur le pas de la porte lui avait causé un véritable choc. Cristal avait fait couper et teindre ses cheveux noirs et arborait désormais un petit carré blond peroxydé qui lui allait à merveille. Toujours aussi mince et élancée, elle portait une robe en lin sans manches et des talons hauts. Comparée à elle, Merry se sentait encore plus gauche que d'habitude.

Elle recula de deux pas et fit signe à sa cousine d'entrer.

L'appartement était impeccable, c'était déjà ça. Grace l'avait aidée à faire le ménage avant de partir. Et puis, bien qu'elle soit toujours en jean et en tennis — roses, bien sûr —, Grace l'avait convaincue d'enfiler un de ses petits hauts noirs dans lequel elle se sentait presque élégante. Surtout avec le collier d'argent que son amie lui avait accroché au cou, quasiment de force.

Un collier qui lui fut d'un grand réconfort, en l'occurrence. Car elle se savait présentable. Elle pouvait avoir confiance en elle-même.

— Tu es resplendissante ! se força-t-elle à dire. J'adore ta nouvelle coiffure !

— Merci, ma chérie. Toi aussi, tu me sembles en forme. J'aime beaucoup tes tennis. Tu as le chic pour trouver des chaussures… originales.

Cela sonnait juste. Et Merry avait beau savoir que sa cousine n'en pensait pas un traître mot, cette dernière était suffisamment intelligente pour ne jamais se faire prendre en flagrant délit de sarcasme. C'était bien simple : si sa mère avait été là, elle se serait exclamée : « Tu as vu, ma chérie ? Cristal vient de te complimenter sur tes chaussures. C'est gentil, non ? »

— Alors, c'est ici, ton chez-toi ? poursuivit Cristal, pivotant lentement sur ses escarpins vernis.

— Oui ! Sympa, non ? lança Merry avec son enthousiasme habituel.

Elle adorait cet endroit. Elle le trouvait splendide, avec ses parquets en chêne, ses boiseries et ses fenêtres ouvrant sur ce paysage extraordinaire. Ce soir, les trembles ployaient sous la brise en un bruissement doux, et on entendait les rires des enfants qui jouaient dans le jardin d'en face.

A en juger par son expression, toutefois, Cristal ne voyait que le vieux canapé-lit, la cuisine exiguë et les murs dénués de tout bibelot ou objet d'art.

— En tout cas, la ville est magnifique. Tu as de la chance, de vivre ici !

— Merci, Cristal. Cela te dirait, d'aller manger quelque part ? On pourrait y aller à pied et…

— Non, non, merci. Je ne mange jamais rien, passé 18 heures. Cela me permet de garder la ligne, expliqua-t-elle, passant une main sur son ventre plat.

— Je vois. Un verre, alors ? Il y a un saloon, juste à côté.

— Là, d'accord. Tu ne me fais pas visiter ton appartement, avant ?

— Visiter l'appartement ? répéta Merry, un sourire forcé aux lèvres. Mais ça y est ! Tu as tout vu ou presque ! La salle de séjour, la cuisine… J'ai aussi une chambre… La lumière est superbe, tu ne trouves pas ? Et toi ? Tu vis toujours à Chicago ?

— Oui. Et toujours dans le centre, bien que j'aie déménagé, récemment. J'adore. J'ai tout ce que je veux, à portée de main.

— Sauf l'escalade.

— Oh ! Ça ? Ce n'est qu'un passe-temps, répliqua Cristal, agitant une main devant elle. C'est Jack qui s'y est mis le premier, au gymnase. Il m'a convaincue d'essayer, et comme nos meilleurs amis nous ont prêté leur chalet sur la chaîne des Tetons, nous avons décidé de nous essayer au véritable alpinisme.

— Ça doit être génial !

Cette fois, Merry était sincère. Ce devait être quelque chose, que de passer trois ou quatre jours dans un gîte qui ne pouvait être que somptueux, afin de s'adonner à son hobby.

Elle entraîna sa cousine dehors et s'apprêtait à couper par la pelouse, comme elle le faisait chaque fois qu'elle se rendait au Crooked R, lorsqu'elle se souvint que Cristal portait des talons hauts.

— Oh ! Désolée, marmonna-t-elle, regagnant le trottoir cimenté.

— C'est vraiment un saloon ? Je l'ai remarqué en arrivant, et j'ai pensé qu'il s'agissait d'un magasin de souvenirs ou d'un piège à touristes quelconque.

— C'est un vrai saloon.

Un client sortit du Crooked R, et un air de country résonna dans toute la rue. L'espace d'un instant, le visage de Cristal s'éclaira d'une lueur d'intérêt.

— Viens. Tu vas voir, c'est super. Je connais la patronne, déclara Merry, sans préciser que la patronne en question lui faisait une peur bleue. La serveuse aussi, d'ailleurs. Elle s'appelle Jenny. J'espère qu'elle travaille, ce soir.

Elle ne vit pas Jenny tout de suite. En revanche, l'endroit grouillait de cow-boys qui, pour la plupart, tournèrent la tête vers elles dès qu'elles passèrent la porte. Certains allèrent jusqu'à retirer leur chapeau et à se lisser les cheveux, lorsqu'ils aperçurent Cristal.

Cette dernière n'avait vraiment pas sa place, dans un lieu pareil, dans sa robe en lin, mais elle ne sembla pas gênée le moins du monde ; elle embrassa les lieux d'un œil serein et esquissa un sourire en coin.

Il n'y avait plus aucune table de libre. Lorsque les deux femmes s'avancèrent vers le bar, deux cow-boys attablés se levèrent comme un seul homme.

— Madame ? proposa le premier d'entre eux à Cristal. Installez-vous, je vous en prie.

Merry allait décliner l'invitation lorsque, à sa grande surprise, sa cousine hocha la tête.

— Merci, dit-elle, prenant place avec grâce.

— Oh ! murmura Merry, interloquée. Bien… Dans ce cas…

Elle n'avait plus qu'à s'asseoir, elle aussi.

Personne ne s'était encore proposé de lui céder sa place, lorsqu'elle venait seule. Apparemment, c'était différent pour les belles femmes dont la simple présence apparaissait comme un cadeau en soi.

D'ailleurs, Cristal devait être habituée à ce genre de traitement, car elle ne s'attarda pas sur l'hommage que l'on venait de lui rendre.

— Je suis vraiment contente d'avoir trouvé le temps de passer te voir, Merry. Alors, raconte-moi, un peu. Comment vas-tu ?

— Très bien, merci !

— Si j'ai bien compris ce que m'a expliqué tante Norma, tu travailles dans une ville fantôme ?

Merry savait très bien que ce n'étaient pas les propos de sa mère. Elle ne se démonta pas pour autant.

— Je suis la conservatrice d'une adorable petite ville nommée « Providence » par ses fondateurs, corrigea-t-elle. Nous sommes en train de la restaurer, et j'espère qu'elle sera bientôt ouverte au public.

— Tu m'impressionnes ! Elle commence à faire son chemin, notre petite Merry-la-Fainéante, dis donc !

Merry cherchait comment répondre à la pique lorsqu'elle aperçut Jenny derrière le bar.

— Tiens ! La voilà ! La serveuse, je veux dire. La petite blonde en tablier. En revanche, je ne vois pas la patronne.

— Tu me cherches, Marinette ? gronda une voix, au-dessus de sa tête.

Merry sursauta et laissa échapper un petit cri. Rayleen était toujours impressionnante — même lorsqu'elle ne surgissait pas ainsi, de nulle part.

— On dirait que tu es passée entre les mains de ta copine, poursuivit Rayleen. Pour une fois, tu es présentable. C'est dire qu'elle est douée, notre Grace !

Merry ne put réprimer une grimace. Toutefois, elle se ressaisit à temps pour faire les présentations.

— Cristal, voici Rayleen Kisler, la grand-tante de mon amie Grace. Rayleen, permettez-moi de vous présenter ma cousine, Cristal Waterton.

— Ravie de faire votre connaissance ! s'exclama Cristal, regardant un peu nerveusement autour d'elle. Grace est ici ?

— Nan... Elle doit être en train de chevaucher son étalon, à l'heure qu'il est, rétorqua Rayleen de son ton gouailleur. A ma connaissance, c'est son passe-temps préféré.

Cristal haussa un sourcil parfaitement épilé.

— Je ne sais pas pourquoi, mais je ne vois pas Grace à cheval.

Merry faillit s'étouffer de rire.

— Rayleen parle du petit ami de Grace, précisa-t-elle.

— Oh ! Je vois, murmura Cristal, se renfrognant visiblement, tandis que Rayleen éclatait d'un rire sonore.

— Elle en fait une tête, ta cousine ! s'exclama cette dernière, afin, sans doute, de bien enfoncer le clou. Tu me déçois, Marinette. Je ne te voyais pas t'acoquiner avec quelqu'un d'aussi coincé. On dirait qu'elle a avalé un balai, dis donc !

Merry faillit se remettre à rire. Rayleen n'avait fait qu'énoncer une vérité première, en fin de compte. Cristal était coincée, et elle avait de qui tenir. Comment sa mère et sa tante pouvaient être aussi dissemblables, alors qu'elles avaient été élevées ensemble ? se demanda Merry, une nouvelle fois. Mystère.

Elles étaient issues d'un milieu terriblement pauvre. Toutefois, alors que la mère de Merry s'était tirée d'affaire à la force du poignet, celle de Cristal, dévorée par l'ambition, avait toujours compté sur les autres. Son seul but avait été de ne plus jamais manquer de rien. Les deux femmes avaient donc pris des routes différentes, avec la même détermination farouche. Cela leur faisait au moins un point commun, en plus du fait d'être nées au même endroit.

Leurs filles, en revanche, n'en avaient aucun.

— Bien ! s'exclama Merry, se levant d'un bond. C'est pas tout, ça. Qu'est-ce que tu bois, Cristal ?

— Un gin-tonic. Cela me permettra de voir si on sait doser les Hendricks, dans ce saloon.

Rayleen poussa un soupir méprisant et s'éloigna en grommelant quelque chose qui ressemblait fort à « Quelle bégueule, celle-là ! ». Et si Merry fit mine de n'avoir rien entendu, Cristal, elle, se renfrogna, faisant apparaître de fines lignes sur son front lisse.

Une nouvelle injection de Botox s'imposait, semblait-il. Et d'urgence !

— Jenny, par pitié, prépare-moi un cocktail bien fort, demanda Merry d'une voix suppliante, lorsqu'elle eut atteint le bar. N'importe quoi, pourvu que ça descende tout seul.

— Voyons… Genre Cosmo ou plus substantiel, comme un Long Island Tea, par exemple ?

— Bonne idée ! Un Long Island. Et ne lésine pas sur les doses, s'il te plaît. C'est une question de vie ou de mort.

Jenny éclata de rire et prit un verre.

— Et pour ton amie, ce sera ?

— Ce n'est pas mon amie, c'est ma cousine Cristal, et elle veut un gin-tonic. Un… Hendricks, si j'ai bien compris. C'est-à-dire le plus sophistiqué des gin-tonic que tu saches faire, j'imagine.

— Ah !

Jenny attrapa trois bouteilles et, d'un geste expert, les retourna en même temps au-dessus du verre de Merry.

— Tu m'as l'air un peu stressée, ce soir, ma belle, lui fit-elle remarquer.

— Si peu ! s'exclama Merry d'un ton railleur. Ma garce de cousine vient de débarquer, j'ai des problèmes au boulot et je n'ai pas eu d'or…

Elle s'interrompit juste à temps. Du moins, elle le crut jusqu'à ce que Jenny lui demande, avec un sourire entendu :

— Depuis une éternité, c'est ça ?

— Tu ne crois pas si bien dire.

— Ne t'inquiète pas. J'ai eu quelques passages à vide, moi aussi, dans ce domaine. Et comme tu le sais, c'est de l'histoire ancienne, à présent. Ton tour viendra, tu verras. Et plus vite que tu ne crois.

Merry aurait pu jurer que Jenny n'avait jamais eu le moindre passage à vide de sa vie, mais si elle l'affirmait… Quoi qu'il en soit, elle sortait depuis peu avec un jeune flic tellement canon que la plupart des femmes se retournaient sur son passage.

Cependant, Merry ne voulait pas se laisser aller à l'envie ou la jalousie. Ce n'était pas dans son tempérament.

D'un geste théâtral, Jenny déposa une cerise au marasquin sur le haut de son cocktail et le lui tendit.

— Et voilà, miss ! Un Long Island bien corsé.
— Merci !

Elle faillit s'étrangler avec la première gorgée. La deuxième passa beaucoup mieux. Et la troisième… toute seule.

— Mmm… Tu me sauves la vie, murmura-t-elle d'un ton appréciateur.
— Ce n'est pas une raison pour oublier ton fameux Hendricks !

En grimaçant, Merry lui tendit un billet de vingt dollars. Jenny lui en rendit dix.

— Ton verre est pour moi. Avec mes condoléances, Merry.
— Tu es un amour, Jen. Merci.
— Y a pas de quoi.

Merry se sentait beaucoup plus détendue quand elle retourna vers sa table. Détendue… et prête à se défendre bec et ongles, pour une fois.

— Je ne veux plus que tu m'appelles « Merry-la-Fainéante », déclara-t-elle en reprenant sa place.
— O.K., rétorqua Cristal. Et toi, demande donc à tes… amies de tenir leur langue. Je n'ai pas apprécié les remarques désobligeantes de la patronne, figure-toi.
— Cela irait peut-être mieux si tu ne te conduisais pas comme si tu étais supérieure à tous ses clients.
— Je le suis, pourtant, répliqua Cristal, un sourire narquois aux lèvres.

Merry ferma les yeux, tira longuement sur sa paille, et poussa un soupir de lassitude.

— Qu'est-ce que tu es venue faire ici, Cristal ?
— Moi ? De l'escalade, pourquoi ?
— Et étaler ta richesse ?
— Ecoute-moi bien, Merry. Oui, je suis riche. Les avocats prospèrent rapidement à Chicago, vois-tu ? En outre, je travaille énormément. Tu voudrais que je m'excuse d'avoir réussi, peut-être ?

Non. En aucun cas. Néanmoins, la réussite sociale de sa cousine ne faisait que renforcer son propre manque d'assurance. Maintenant, savoir si sa cousine faisait exprès de l'humilier ou pas, ça... Elle avait toujours eu des tendances paranoïaques, en présence de ses cousins.

— Pourquoi as-tu tenu à me rendre visite ? demanda-t-elle.

Et voilà ! C'était reparti. Cette lueur arrogante dans les yeux de Cristal, ce petit éclair annonciateur d'une nouvelle pique... La routine, quoi !

— Parce que tu es ma cousine germaine, et que je me sens concernée par ton devenir. Je sais que ce n'est pas toujours facile, pour toi, de te faire ta place, et j'ai voulu m'assurer que... que tout allait bien.

— Je n'ai aucune difficulté à trouver ma place, rectifia Merry, regardant avec regret son verre presque vide. J'aime prendre des risques. J'aime faire des expériences. Je ne vois pas où est le problème.

— Il n'y en a effectivement pas. Tant que tu es heureuse...

— Je suis parfaitement heureuse ! rétorqua sèchement Merry, ignorant le fait qu'elle dormait sur un canapé, qu'elle squattait chez sa meilleure amie et qu'elle était le dindon de farce du trust de Gideon Bishop.

— Tout va bien, alors ! s'exclama Cristal, en lui tapotant la main. Je suis ravie d'apprendre que tu as enfin réussi à trouver une bonne situation.

« Que tu as enfin réussi... » Comme si ça lui était tombé dessus par pur hasard !

— Bien ! lança Merry, reposant son verre, totalement vide, cette fois. Je suis contente d'avoir pu discuter un peu avec toi, mais je crois qu'il est temps que tu retournes dans ton chalet de rêve.

Cristal parut choquée ; elle n'était pas habituée à ce genre de remarque. Normal. Après quelques minutes passées avec sa cousine, Merry se sentait toujours une moins que rien patentée.

En réalité, le problème n'était pas que Cristal fasse tout son possible pour la diminuer, mais qu'elle, elle finisse toujours par être convaincue que Cristal avait raison.

Plus maintenant, cependant. Parce qu'elle en avait plus qu'assez, de cette situation.

Voyant Cristal ouvrir la bouche pour protester, elle agita une main devant elle.

— Désolée. Je suis fatiguée. La restauration de cette ville fantôme est un travail énorme, si tu vois ce que je veux dire. Tout est à refaire. Alors, si tu permets…

Cristal reposa son verre en haussant les épaules.

— Comme tu veux. Je dirai à ma mère que j'ai fait mon devoir, voilà tout.

— Parfait !

Elles n'avaient pas atteint la sortie que Merry regrettait déjà ses propos. Elle n'était pas une rebelle dans l'âme. Elle n'avait jamais été très douée pour recadrer son monde. En l'occurrence, elle craignait d'avoir blessé sa cousine. En admettant que ce soit possible, évidemment.

— J'espère que tu passeras de bonnes vacances, Cristal. L'ascension de ces montagnes est un véritable enchantement, d'après ce que j'ai entendu dire.

Cristal lui répondit quelque chose qu'elle n'entendit pas. Shane venait de garer son pick-up dans l'allée, il s'avançait vers le saloon, vers elles…

Et Merry ne tenait pas à ce qu'il croise sa cousine.

Malheureusement, il n'était pas aveugle. Dès qu'il leva le nez, il lui sourit.

— Salut, Merry. J'allais venir frapper à ta porte. Je pensais te voir à Providence, ce soir.

— Désolée, je…

Le regard de Shane se posa sur Cristal qui se tenait toujours derrière elle.

— Euh… Ma cousine vient d'arriver à Jackson Hole, expliqua Merry, d'une voix presque inaudible. Shane, je te présente Cristal Waterton. Cristal, voici Shane Harcourt.

— Ravie de faire votre connaissance, madame, dit-il sobrement.

— Tout le plaisir est pour moi, répondit Cristal en minaudant.

Puis elle lui adressa un petit sourire en passant près de lui, et se dirigea vers sa voiture sans un mot d'adieu pour Merry. Et bien entendu, Shane la regarda s'éloigner.

Lorsqu'elle eut disparu et qu'il se retourna, il fronça les sourcils.

— Merry ? Tout va bien ?

La jeune femme se rendit compte qu'elle faisait la moue. De toute évidence, l'alcool et l'impassibilité ne faisaient pas bon ménage.

Elle finit cependant par hocher la tête sans un mot.

Shane l'observa un instant, perplexe, et reprit :

— J'ai trouvé la série dont tu m'as parlé. J'ai téléchargé les deux premiers épisodes et je me suis dit…

Il se racla la gorge, et poursuivit :

— Je me suis dit que l'on pourrait se commander une pizza et regarder ça chez moi. En même temps, tu es tellement chic, ce soir… Je suppose que tu as mieux à faire…

Décidée comme elle l'était à ne plus refouler ses émotions, Merry se mit à sautiller sur place.

— Si j'ai mieux à faire ? demanda-t-elle, sur le même ton qu'une gamine à qui on aurait demandé si elle voulait une robe de princesse. Pas du tout ! J'adorerais, au contraire ! Donne-moi juste le temps de…

Elle passa une main sur le pendentif enroulé autour de son cou. « De retirer ça », avait-elle failli dire. Toutefois, voyant Shane suivre sa main du regard, elle changea d'avis. Elle n'était pas très à l'aise, ainsi maquillée et parée, mais d'un autre côté, elle se sentait toujours un peu gauche, en compagnie des hommes. Alors, mieux valait avoir l'impression d'en faire trop que pas assez.

— Prends tout le temps qu'il te faudra, lui assura Shane, relevant les yeux vers elle. Il faut que j'aille prendre une douche. Dans un quart d'heure, ça te va ?

Ils remontèrent ensemble jusqu'au Haras. Une fois devant sa porte, Merry lui fit un petit signe de la main et rentra prestement.

Elle était tendue comme un arc.

— Calme-toi, s'ordonna-t-elle dès qu'elle fut seule.

Ces belles paroles n'eurent aucun effet sur ses nerfs à vif. Elle alla même jusqu'à s'appuyer sur la porte avec un soupir rêveur. Elle vivait dans l'illusion, ce soir. Elle avait presque l'impression d'être belle, et cela lui montait à la tête, rien d'autre.

Ce n'était pas un rendez-vous galant, que lui avait proposé Shane. Juste une soirée entre amis. Sans quoi, il l'aurait invitée bien plus tôt dans la soirée, voire la veille. Il ne lui aurait pas demandé dans la rue si elle voulait partager une pizza avec lui. A bien y réfléchir, il ne lui aurait pas proposé de pizza du tout. Il l'aurait emmenée dans un restaurant. Il aurait tenté de l'impressionner…

Bref ! Elle devait redescendre sur terre. Inutile de se faire des illusions : Shane ne voulait rien d'autre que regarder une série avec elle.

A cette pensée, elle se rembrunit. Ce ne serait pas la première fois que ce genre de chose lui arrivait. Le scénario était toujours le même : un homme l'invitait à regarder un film ou à jouer à un jeu vidéo, elle se faisait tout un roman… et il ne se passait rien. Parfois, c'était encore pire. Parce que ce que voulait monsieur, en réalité, c'était parler de ses problèmes de cœur ou — et cela s'était produit à une ou deux reprises — lui demander quelques tuyaux sur une de ses copines !

Or il n'y avait rien de plus désagréable que de se sentir rejetée alors que l'on rêvait d'être embrassée.

Rien.

De dépit, elle faillit se changer, retirer son collier et se démaquiller. D'un autre côté, si elle n'était que la bonne copine d'un soir, autant être présentable.

Aussi, au lieu de se précipiter dans la salle de bains, elle lut ses e-mails et chargea le lave-vaisselle. Lorsque ce fut fait, elle se passa une nouvelle couche de gloss sur les lèvres et, traversant le corridor, alla frapper à la porte de son séduisant voisin.

Comme il ne répondait pas, elle frappa une deuxième fois. Peut-être n'était-il pas encore prêt. Ou alors, elle avait mal compris. Oui. C'était sûrement…

La porte s'ouvrit enfin, mettant fin à son tourment. Du moins l'espace d'un instant, car si Shane était prêt, de son côté, elle ne l'était pas… Elle ne s'était pas attendue à le voir ainsi, en jean et T-shirt noirs, mais sans son chapeau et sans ses santiags. Il se tenait là, devant elle, pieds nus et les cheveux humides. Un mètre quatre-vingts de muscles encore imprégnés de l'odeur boisée du gel douche…

Subitement, elle fut submergée par le souvenir de son fantasme de la veille. Shane, nu sous la douche... L'eau lui dégoulinant sur le torse, sur son ventre, sur son sexe dressé. Il se tournait vers elle et...

— Re-bonsoir, murmura-t-il d'une voix douce.
— Oh ! Euh... oui. Salut.

Il se rembrunit, mais s'effaça pour la laisser passer.

— A quoi tu la veux, ta pizza ? demanda-t-il. On en trouve de bonnes, pas loin d'ici.

— Peu importe, pourvu qu'il y ait des piments. *Jalapeño*, bien sûr.

— C'est vrai ? Tu aimes bien que ça chauffe un peu ?

Elle sentit son visage cramoisi s'enflammer encore davantage. Oui, elle aimait que ça chauffe. Surtout quand elle était en compagnie de Shane Harcourt.

Bon sang ! Elle n'était pas loin de la perversion pure et simple, là !

— Tant mieux, moi aussi, déclara-t-il, avec un sourire en coin.

Elle profita de ce qu'il était au téléphone pour étudier un peu les lieux.

Shane avait davantage de meubles que Grace et elle réunies. Une table basse coupée dans un tronc d'arbre et vernie, par exemple. Et une magnifique bibliothèque qui l'attira aussitôt. Elle s'avança pour jeter un coup d'œil aux livres, tous cornés et usés jusqu'à la corde. Il y avait des westerns, bien sûr, mais pas tant que ça. Pour la plupart, il s'agissait de romans policiers ou d'espionnage, de biographies et, de temps à autre, d'ouvrages un peu plus surprenants, comme des histoires de vampires ou des romans historiques. Elle ne vit aucun livre de science-fiction, en revanche. Tant pis. Peut-être serait-il inspiré par la série qu'ils s'apprêtaient à regarder.

Elle recula d'un pas et se heurta à un corps tiède.

— Oh ! pardon ! s'exclama-t-elle, pivotant si rapidement sur elle-même qu'elle tenta de se raccrocher au bras de Shane pour ne pas tomber.

Bien entendu, elle manqua sa cible, et se retrouva une main posée sur son torse.

— Oh ! Je… Excuse-moi, bredouilla-t-elle, retirant vivement sa main. Je ne… Je ne suis pas en train de te harceler, promis.

Shane la considéra avec une certaine perplexité.

— Drôle de déclaration ! lui fit-il remarquer.

— Je… je sais. Quelle idiote je fais. C'est juste que je… je ne voudrais pas que tu penses que j'ai pris cette invitation pour… Je sais que ce n'est pas ça, d'accord ? Alors pas d'inquiétude.

— Pas ça… quoi ?

— Je… Peu importe !

Il se tenait trop près d'elle, et elle ne pouvait pas reculer, sous peine de se heurter à la bibliothèque, cette fois-ci. Plus encore, il la regardait avec une telle insistance que, prise de panique, elle se faufila sur le côté pour bondir, ou presque, vers le canapé.

— On la regarde, cette série ? demanda-t-elle d'une voix mal assurée.

Shane la dévisagea si longuement qu'elle comprit qu'elle s'était trahie. Entre le cocktail qu'elle avait carrément englouti en trois gorgées et sa maladresse habituelle, elle aurait dû savoir qu'elle courait au désastre. Cela n'avait pas loupé, d'ailleurs. Elle s'était embarquée dans des explications obscures et à présent, Shane savait ce qu'elle avait en tête.

Pour tout arranger, elle éprouva soudain le besoin terrible de lui avouer qu'elle s'était adonnée à des fantasmes coupables, dans lesquels il jouait le rôle principal.

« Tais-toi, s'ordonna-t-elle. Surtout, tais-toi ! »

Elle déglutit péniblement pour refouler les mots qui se précipitaient sur ses lèvres, et pointa un index devant elle.

— Je… je vais m'asseoir là.

Shane écarquilla les yeux, puis fronça les sourcils, avant d'acquiescer. Manifestement, il était de plus en plus décontenancé par son comportement.

— Si tu veux, oui. Je te sers une bière ?

— Volontiers.

Elle passa les dix premières minutes de la série à ressasser sa honte, la main refermée sur sa canette de bière comme si c'était sa seule chance de conserver un semblant de dignité.

Encore une illusion, bien entendu, mais l'alcool lui permit de se raccrocher momentanément à cette idée farfelue.

Elle finit par se détendre un peu, néanmoins. Les images étaient si belles qu'elle en oublia presque la présence de Shane, à quelques centimètres d'elle. Jamais elle ne se lasserait de *Firefly*. Une réplique cocasse la fit rire aux éclats. Elle jeta un coup d'œil furtif à Shane, s'aperçut qu'il lui souriait, et sentit son cœur se serrer.

— C'est bien ! fit-il remarquer.

Oui, c'était bien, de l'avoir comme ami. Il suffisait qu'elle fasse abstraction de son attirance physique envers lui. Si elle parvenait à se conduire un peu plus naturellement, en sa présence, les choses ne seraient que meilleures.

— Un western de l'espace, murmura-t-il, se tournant vers l'écran.

Elle sourit malgré elle et, ignorant son envie de se blottir contre lui, répondit :

— Cool, hein ?

— Super-cool.

Quand le livreur leur apporta les pizzas, Merry était presque redevenue elle-même. Elle retira ses chaussures et s'assit en tailleur, comme elle le faisait chez elle, quand elle était avec Grace.

— C'est toi qui l'as faite, cette table ? demanda-t-elle.

— Non. C'est un copain qui me l'a fabriquée. Moi, j'ai fait la bibliothèque.

— Elle est magnifique.

— Merci.

— Ça doit faire bizarre, de vivre dans un appartement, quand on est menuisier. Tu ne te relèves pas la nuit pour construire des placards en secret ?

Shane éclata de rire.

— Tu as vraiment de drôles d'idées ! Tu crois vraiment que je suis du genre à éprouver un besoin irrésistible de rénover mon intérieur ?

— J'en suis sûre, oui. Allez, avoue… Sur quoi tu travailles, en ce moment ? Tu fais des étagères sur mesure ? Tu vitrifies le parquet ?

— Si je te le disais, je serais obligé de te tuer, répliqua-t-il d'une voix faussement menaçante.

— Ou d'acheter mon silence en me fabriquant quelques

meubles, tout simplement. Au cas où ce détail t'aurait échappé, notre appartement est plutôt dénudé, par rapport au tien.

Il la considéra entre ses paupières mi-closes un instant avant de reprendre :

— Je peux peut-être faire quelque chose pour toi, cela dit.

Cette fois-ci, elle ne céda pas au trouble. Shane laissa courir son regard sur son corps, sans parvenir à la faire rougir. Il jouait avec elle, c'était évident.

— Arrête, dit-elle, s'enhardissant jusqu'à tendre une jambe pour lui donner un petit coup de pied.

— Je t'assure !

Elle voulut retirer sa jambe, mais il referma une main autour de sa cheville. Heureusement qu'elle avait un peu bu, sans quoi ce simple geste l'aurait mise dans tous ses états. C'est pourquoi, au lieu de retenir son souffle ou de s'attarder sur la sensation des doigts calleux de Shane sur sa peau, elle lui donna un nouveau coup de pied.

Shane lui tira encore un peu sur la cheville, et finit par la relâcher.

— Viens, je vais te montrer quelque chose, dit-il en se levant.

— Tu essaies de m'attirer dans ta chambre ? demanda-t-elle, voyant la direction qu'il prenait.

— Pourquoi pas ? Je ne t'ai pas promis de ne pas te harceler, moi !

Elle fut vaguement rassurée par sa réaction. S'il parvenait à plaisanter sur ce sujet, cela signifiait qu'elle ne lui avait pas fait trop peur, finalement.

Il ouvrit grand la porte et se mit un peu à l'écart. Aussitôt, Merry poussa un petit cri d'émerveillement. Une magnifique tête de lit de bois sculpté occupait tout un pan de mur.

— Shane ! C'est toi qui as fait ça ?

— Ce n'est pas parfait, loin de là, dit-il, désignant d'un geste du menton le paysage de montagne creusé dans le bois sombre.

— Pas parfait ? Tu rigoles ? C'est magnifique ! Regarde-moi ça !

— Je la vois tous les matins, ma tête de lit, madame, répondit-il en riant, avant de porter une main à un chapeau imaginaire.

De mieux en mieux. Il flirtait avec elle, à présent !

— Sérieusement, Shane. Je n'avais encore jamais rien vu d'aussi beau.

— Là, tu en fais trop, ma belle.

— Je te jure que je dis la vérité !

— D'accord. Alors pour toi, c'est une œuvre d'art ? Je parie qu'elle n'arrive pas à la cheville des trésors que tu pourrais trouver à Providence.

— Si je tombais sur un objet pareil au cours de mes recherches, je peux t'assurer qu'il apparaîtrait en première page de ma brochure, mon gars. C'est te dire !

— Mon *gars*, à présent ?

— Ben oui, puisque tu ne veux pas que je t'appelle « cow-boy ».

De nouveau, il lui sourit et cette fois, elle fut parcourue d'un frisson. Il y avait quelque chose de... oui, d'intime, dans ce sourire-là. D'ailleurs, quand il reprit la parole, ce fut d'une voix étonnamment douce :

— Appelle-moi « Shane », tout simplement.

Merry crut voir son regard se porter sur ses lèvres, et en fut si troublée qu'elle préféra se concentrer sur la tête de lit.

— Je... J'insiste. C'est splendide, ce que tu as fait. C'est...

— Rustique, conclut-il. Pour ne pas dire grossier.

Quand s'était-il rapproché d'elle ? Aucune idée. Mais il était si près, à présent, qu'il lui effleura le bras en se retournant.

— Sous cette lumière, ça va encore, poursuivit-il, impassible. C'est le matin, au grand jour, que l'on voit tous les défauts.

— Tu veux que je vienne te surprendre à l'aube pour voir ça de plus près ?

— Ce n'est pas ce que j'avais à l'esprit. Cela dit...

Jusque-là, Merry avait nié l'évidence. Elle avait contemplé le travail de Shane en s'efforçant d'oublier qu'il la regardait tout en parlant.

Mais elle ne put ignorer la sensation de ses mains qui se posèrent doucement sur ses épaules.

Elle leva les yeux vers lui, le cœur battant si fort qu'elle ne parvenait plus à réfléchir. Le voyant se pencher vers elle, elle tenta de se raisonner. Elle était en train de rêver, là. Shane Harcourt ne s'apprêtait pas à l'embrasser. Cela aurait été trop beau...

Ses paupières se fermèrent toutes seules, et lorsque les

lèvres de Shane se posèrent sur les siennes, elle eut soudain envie de pleurer.

Son baiser fut très doux, et elle eut le sentiment qu'il lui posait une question à laquelle elle ne savait que répondre. Cet homme était d'une beauté à se damner... Et si sexy qu'il lui avait inspiré des fantasmes refoulés depuis plus de six mois. Seulement comment savoir si elle lui plaisait vraiment ? S'il était un tant soit peu attiré par elle, lui aussi, ou s'il n'agissait ainsi que parce qu'elle était dans sa chambre et qu'elle était dotée de tous les attributs susceptibles de rendre un tel lieu plus agréable ?

Cela n'aurait pas dû avoir d'importance. Elle aurait voulu se laisser porter par les sensations magiques qui éclataient en elle, entrouvrir les lèvres et goûter pleinement le moment. Malheureusement, elle était seule depuis trop longtemps. Elle se rendait compte à présent qu'elle ne voulait pas être la énième fille dans le lit — même fabriqué à la main — d'un amant de passage. Elle ne le supporterait pas, tout simplement.

Toutefois, quand Shane pressa sa bouche contre la sienne avec un peu plus d'insistance, elle laissa échapper un soupir et se retrouva... les lèvres entrouvertes.

Leurs langues se frôlèrent, et il l'attira plus près de lui.

Elle frissonna.

Elle était dans les bras de Shane Harcourt. Dans sa chambre, devant son lit. Et il explorait sa bouche avec une détermination... paralysante.

Elle devait l'arrêter à tout prix.

Pas tout de suite cependant. Pas encore. Plus tard, quand elle aurait profité de cette langue qui titillait la sienne, de ces mains qui descendaient doucement le long de son dos et qui finirent par se poser sur ses hanches.

Ses hanches... Non, pas ça !

Il s'y attarda, le temps de s'habituer à ses formes, puis l'agrippa de toutes ses forces. Comme s'il aimait ça.

Comme s'il avait besoin d'elle contre lui.

De nouveau elle soupira, et de nouveau il referma ses mains sur elle. Ils étaient presque soudés l'un à l'autre, désormais. Malheureusement, en s'avançant d'un demi-centimètre — ce qu'elle aurait voulu plus que tout au monde —, elle ne ferait que lui donner le feu vert. Shane ferait remonter son T-shirt pour caresser sa peau nue. Ensuite, il la déshabillerait entièrement, ils tomberaient sur le lit et…

— Désolée, murmura-t-elle, se dégageant lentement.

— Tout va bien, répondit-il, la regardant d'un air un peu perdu avant de se pencher de nouveau vers elle.

Elle n'eut pas la force de détacher son corps du sien, mais elle parvint à détourner la tête. Shane se nicha dans son cou, ce qui était tout aussi agréable. Mieux, même. Parce que ses sens étaient éveillés, à présent.

Il fit remonter sa langue vers le lobe de son oreille qu'il se mit à mordiller doucement.

— Oh !

— Merry…, laissa-t-il échapper dans un souffle.

Elle fut électrisée par la manière dont il avait prononcé son nom. D'une voix rauque, comme s'il la suppliait…

Il se rapprocha subrepticement, et elle comprit qu'il la désirait vraiment. Il lui suffisait de donner le signal, de le débarrasser de sa chemise ou de retirer le petit haut noir qu'elle portait. De poser une main sur son torse, de s'offrir à lui… et il serait à elle pour quelques heures. C'était si bon, d'être caressée ainsi. Et elle en avait tellement envie !

Il glissa une main dans le creux de ses reins, puis un pouce sous son débardeur noir… Elle laissa échapper un petit cri de plaisir, aussitôt suivi d'un sentiment de gêne.

Certes, elle pouvait se retrouver nue entre les bras de cet homme dans la seconde, si elle le décidait. Seulement elle serait trop… nue, justement. Rendue vulnérable par les caresses de Shane. Haletante et consciente qu'il ne faisait que reproduire les gestes qu'il avait pour d'autres femmes. C'était un charmeur, elle ne devait pas l'oublier. Grace l'avait suffisamment prévenue, et elle avait pu le constater elle-même, à plusieurs occasions.

D'ailleurs, c'était bien ce qu'il avait entrepris, ce soir encore, non ? De la séduire comme il aurait séduit n'importe quelle partenaire consentante… Parce qu'elle était là, parce qu'ils se tenaient devant un lit et parce qu'elle était normalement constituée.

Si elle n'avait plus jamais eu à le revoir de sa vie, elle se serait peut-être autorisée à aller plus loin. En l'occurrence, c'était impossible. Une fois qu'elle aurait passé une nuit avec lui, elle ne pourrait plus se contenter de lui dire bonjour en passant ou de discuter de tout et de rien au-dessus de la pile de bois, à Providence.

En résumé, cette étreinte serait trop significative pour elle, et pas assez pour lui.

— Shane…

Il répondit par un petit grognement approbateur et déploya ses doigts sur ses reins dénudés.

— Il ne faut pas.

Il se figea sur place. Ses épaules se tendirent, puis plus rien.

Elle n'osa plus bouger, elle non plus, de peur qu'il prenne le moindre mouvement pour un encouragement.

Il ne la relâcha pas tout de suite, mais lorsqu'il le fit, ce fut pour lever les mains en l'air, comme pour lui signifier qu'il était confus.

— Pardon. J'avais cru comprendre…

— C'est moi qui te demande pardon, s'empressa-t-elle de dire. Je crois qu'il vaut mieux que nous en restions là, c'est tout.

— Oui. Tu as raison. Ce n'était pas une bonne idée, finalement.

Elle croisa les bras pour dissimuler son corps encore tremblant.

— Cela dit, ta tête de lit est vraiment super ! s'exclama-t-elle d'une voix qui sonna faux à ses oreilles.

— Merci, grommela-t-il avant d'enfoncer ses mains dans ses poches.

— Bien ! Je…

A son grand agacement, elle s'entendit rire nerveusement.

— Je vais y aller, je crois.

— Tu n'es pas obligée de partir, Merry. On peut regarder le deuxième épisode, si tu veux.

— Tu n'as pas peur que je me remette à te harceler ? lui demanda-t-elle avec un sourire forcé.

— Tu ne me… Je veux dire… C'est plutôt moi qui…

— Je plaisantais, Shane. Je plaisantais. Allez, on se voit bientôt, de toute manière. Peut-être demain, d'ailleurs. A Providence, bien sûr. Pas ici.

Seigneur ! Pourquoi avait-elle dit ça ?

Jugeant qu'elle s'était suffisamment ridiculisée comme cela, et avant de dire quelque chose de vraiment idiot, elle tourna les talons, alla récupérer ses tennis et sortit en toute hâte.

Et bien que Shane soit resté là où il était, elle se débrouilla pour le garder dans son champ de vision, et lui fit un dernier signe de la main avant de disparaître.

Malheureusement, il devait être écrit qu'elle n'aurait pas le loisir de se remettre de ses émotions, car Grace l'attendait dans leur petit appartement.

— Salut, Merry ! Je ne te dérange pas, j'espère ! Je…

Se rendant soudain compte qu'elle était pieds nus, Grace fronça les sourcils.

— Merry ! Où étais-tu ? Je te croyais avec ta cousine.
— J'étais avec ma cousine.
— Comme ça ? Avec tes chaussures à la main ?
— Oh ! je… Tu ne devais pas passer la soirée avec Cole, toi ?
— Si, seulement je vais prospecter dans un ranch, demain matin, et j'ai oublié mes Doc Martin's. Revenons-en à nos moutons, si tu veux bien. Qu'est-ce que tu fiches pieds nus ?

Bien que Grace soit plus qu'habituée à la nervosité chronique de son amie, toutes deux savaient que Merry n'était jamais tendue, quand elles étaient seules.

— Tu étais avec Shane, c'est ça ? Le fumier, gronda-t-elle entre ses dents.

Merry poussa un gros soupir et leva les yeux au plafond.

— On a regardé une série, pas de quoi en faire un drame !
— Alors je te laisse seule pendant deux heures, et ce rat en profite pour te draguer !
— Arrête, Grace, murmura Merry, laissant tomber ses tennis avant de s'asseoir sur le canapé. Je te dis qu'on a regardé la télé.
— Tu te fous de moi ? Tu voudrais me faire croire que Shane Harcourt essaie de faire ami-amie avec toi ?
— Et pourquoi pas ? Je suis une bonne amie, non ? Tu me le dis toujours.
— Tu es une merveilleuse amie. Seulement tu as un cul somptueux, ma chérie, pour le cas où tu ne le saurais pas.
— Moi ? demanda Merry, tournant la tête pour s'en assurer.
— Qu'est-ce qu'il s'est passé ?

— Rien, je te dis. Bon sang, tu as un sérieux problème avec Shane, on dirait ! Je ne vois pas ce que tu lui reproches. Il est gentil, drôle, et il avait envie de regarder *Firefly*. Qu'est-ce qu'il t'a fait, pour que tu lui en veuilles à ce point ?

Grace accusa le coup.

— Je ne sais pas, répondit-elle, se radoucissant aussitôt. Je n'arrive pas à le cerner et cela ne me plaît pas. Cole lui fait confiance, ils sont très proches, tous les deux. Or il n'a pas l'air de vouloir me connaître plus que ça. Tu ne trouves pas ça bizarre, toi ? Je n'arrive pas à savoir ce qu'il a dans la tête.

— Et toi ? Tu as essayé ?

— Essayé quoi ?

— De le connaître.

Pour toute réponse, Grace fit une grimace éloquente.

— Je suis une grande fille, tu sais, reprit Merry. Je sais que je me comporte parfois comme la dernière des bécasses, mais j'ai réussi à me débrouiller, jusqu'à présent. Et ma vie n'a pas toujours été facile !

— Je sais tout ça, Merry. C'est juste que je te trouve… comment dire ? Un peu naïve, avec les hommes, par moments.

— Pas du tout ! Je ne suis ni naïve, ni crédule, ni… rien. Je sais comment sont les hommes, figure-toi. J'ajoute que la naïveté n'a rien à voir là-dedans. C'est ce célibat forcé qui me pèse. Alors si je veux coucher avec Shane, je coucherai avec Shane, un point c'est tout.

Cette belle déclaration lui valut un nouveau regard noir de la part de Grace.

— Parfait ! Fais ce que tu veux !

Elle attendit quelques secondes avant de revenir à la charge.

— Tu as couché avec lui ?

— Non.

— Tant mieux.

— Bon sang ! gémit Merry. Admettons que tu sois convaincue que je ferais une bêtise en couchant avec lui, tu peux me dire combien de fois tu t'es plantée, toi ? Pourquoi je n'aurais pas droit à l'erreur, moi aussi ?

Grace se laissa tomber sur le canapé à côté d'elle.

— Non. Il est hors de question que je te regarde te faire avoir sans réagir, décréta-t-elle avec une colère à peine contenue. Tu ne mérites pas ça.

— Parce que toi, tu le méritais ?

— Oui, lui répondit son amie sans l'ombre d'une hésitation.

La gorge soudain nouée, Merry lui prit la main et la serra doucement dans la sienne.

— Tu es pénible, tu sais ? Et tu dis vraiment n'importe quoi, ajouta-t-elle.

— Je ne suis pas comme toi, murmura Grace. Tu es une gentille fille. Chic, généreuse, toujours prête à faire plaisir à tout le monde et à rendre service... Je ne veux pas que l'on te fasse du mal, tu comprends ça ?

— J'ai survécu à un certain nombre de mésaventures, tu es bien placée pour le savoir. Crois-moi, je suis moins nunuche que j'en ai l'air. Et encore une fois, si je veux m'envoyer en l'air avec notre voisin, je le ferai. Il est trop craquant pour que je me prive.

L'esquisse d'un sourire se dessina sur les lèvres fines de Grace.

— Ah oui ? Je croyais que tu étais transparente, aux yeux des hommes. Shane t'a fait des avances ?

— Non, non ! Pas du tout ! Qu'est-ce que tu vas chercher là ?

— Rien. Et je suis ravie d'entendre qu'il s'est tenu à carreau. Parce qu'au moindre geste déplacé, je me ferai un plaisir de lui botter les fesses, je peux te l'assurer.

— Si cela ne te dérange pas, j'aimerais bien prendre mon pied, moi aussi, de temps en temps.

— Oh tu sais, on en fait des tonnes, autour du sexe. Ce n'est pas la panacée, en définitive.

— Tiens donc ? Et ce splendide bleu, sur ton avant-bras ? Tu l'as attrapé à ton cours de lutte gréco-romaine ?

Grace retira vivement sa main pour se couvrir le haut du bras.

— Grace ? lui demanda Merry, sidérée. Je rêve ou tu es en train de rougir ?

— Tu rêves.

— Absolument pas ! Oyez, oyez, braves gens ! Grace Barrett a rougi comme une collégienne. Surtout, ne me raconte rien. Ça a dû être quelque chose ! Si ça se trouve, vos pratiques sexuelles sont prohibées, dans cet Etat...

— Ainsi que dans une bonne dizaine d'autres, précisa Grace avec un sourire en coin.

— C'est bien ce que je disais. Tu réalises tes pires fantasmes chaque soir. Moi aussi, je veux être molestée.

— Tu ne comprends pas, Merry. Ce n'est pas ton genre. Moi, cela ne m'a jamais embêtée, que les hommes se servent de moi. Parce que c'était réciproque, tu comprends ? Je me servais d'eux, moi aussi. Toi, tu es différente. Tu es forte, absolument géniale, mais tu as une âme et tu dois te protéger.

— Par pitié, Grace. Epargne-moi ça ! Toi aussi, tu as une âme, enfin !

— Si c'est le cas, c'est tout récent. Et je ne suis toujours pas une tendre, je peux te l'assurer.

Merry partit d'un grand rire et gratifia son amie d'un petit coup de coude complice.

— Tu commences à parler comme ton cow-boy.

— Ce que tu peux être agaçante, quand tu t'y mets !

— Tu fais tout ton possible pour que je continue à dormir seule, et c'est moi qui suis agaçante ? Arrête ton cirque, d'accord ? Fais-moi confiance, pour changer.

— Je te fais confiance, Merry. C'est des autres que je me méfie. Et de Shane en particulier.

Merry se pencha pour déposer un baiser sonore sur la joue de Grace. En temps normal, cela l'aurait exaspérée. Pas ce soir, cependant. Et au lieu de faire la grimace, Grace l'attira à elle et l'étreignit longuement.

— Essaie de modérer tes ardeurs, d'accord ? lui murmura-t-elle à l'oreille.

— Ce ne sera pas trop difficile, je t'assure. Combien de fois faudra-t-il que je te répète que les hommes ne me voient pas ?

Seulement ce n'était plus vrai, et Merry s'endormit l'esprit en ébullition. Que se serait-il passé, si elle avait dit « oui » à Shane, au lieu de s'enfuir en courant ?

8

Bon sang... Il ne lui manquait plus que ça pour conclure cette journée déjà bien maussade.

Shane travaillait sur un ouvrage compliqué — un manteau de cheminée à deux niveaux — dans le chalet en construction d'un multimillionnaire qui, à n'en pas douter, ne passerait pas plus de cinq jours par an dans le Wyoming.

C'était ce qu'il détestait le plus, dans son métier. Premièrement parce que cela l'obligeait à rester enfermé toute la journée, et deuxièmement, parce que ce genre de client se plaignait sans cesse, histoire de bien vous faire comprendre qui était le patron, dans l'affaire.

Cela dit, en toute honnêteté, il devait avouer que pour l'instant, le chantier avançait plutôt bien. Il était même assez satisfait de lui. Seulement, il était épuisé. Il venait de travailler huit heures d'affilée dans ce chalet, et il avait passé la moitié de la nuit à penser à Merry.

Merry, qui l'avait tenté, avec son rire joyeux et le splendide décolleté qu'avait laissé entrevoir son petit haut noir... Merry, qui avait répondu le plus gracieusement du monde à ses baisers... Merry qui avait semblé se fondre parfaitement en lui, au point qu'il en avait eu une érection presque douloureuse...

Merry, enfin, qui s'était refusée à lui, avant de s'enfuir sans demander son reste.

Et à présent, ça. Ce 4x4 blanc tape-à-l'œil qui venait de se garer sur le parking du cabinet de son avocat, au moment précis où il en ressortait.

Il vit distinctement la conductrice du véhicule changer d'expression en le reconnaissant. Une de ses grands-mères, ébahie de le voir là, à en juger par ses yeux ronds.

Il poussa la porte de verre et se dirigea vers son pick-up comme si de rien n'était.

Il s'en serait fallu de peu pour qu'il parvienne à son but sans encombre, seulement ce n'était décidément pas son jour.

— Shane !

Bien qu'il ne se soit pas retourné, il entendit la portière du 4x4 se refermer. Il ne lui restait plus que quelques secondes pour débloquer l'ouverture de sa voiture et…

— Shane ! Tu peux m'expliquer ce que c'est que ce nouveau coup bas ?

Vaincu, il s'interrompit dans son geste et baissa la tête. Il devait faire preuve de patience.

Jeannine Bishop n'était, en fait, que sa grand-mère par alliance, elle le lui avait suffisamment rappelé pour qu'il ne l'oublie pas. Elle n'avait jamais eu d'enfants à elle, et elle n'avait pas su aimer ceux dont elle avait hérité en se mariant. Gideon n'avait jamais su s'y prendre avec sa descendance, lui non plus. D'un naturel atrabilaire, il avait été impatient avec ses petits-fils, et colérique avec tout le monde. Bref, pour Shane, les visites chez son grand-père n'avaient jamais été une partie de plaisir. L'ambiance y avait toujours été tendue, plombée par un silence de mort, dans le meilleur des cas.

Entendant Jeannine s'arrêter juste derrière lui, il retira son chapeau et pivota sur ses talons.

— Jeannine ! s'exclama-t-il, se demandant au passage à quoi avait bien pu ressembler sa vraie grand-mère.

La rumeur prétendait qu'elle était morte jeune. Lui, il savait qu'elle s'était enfuie, elle aussi, comme tant d'autres membres de la famille avant et après elle.

— C'est toi qui vandalises ma maison ? hurla presque Jeannine. Tu espères décourager le trust, peut-être ?

— De quoi parlez-vous ? demanda-t-il d'un ton sec.

Il était choqué, malgré lui. Lui ? Vandaliser la maison familiale ? En même temps, l'accusation n'aurait pas dû le surprendre plus que ça. Avec ces gens, il fallait s'attendre à tout. Ils étaient fous à lier.

— Je t'ai posé une question, il me semble.

— Encore une fois, j'ignore de quoi vous me parlez.

— De la boîte aux lettres du manoir qui a été délibérément détruite par un vandale.

— Et pourquoi je ferais une chose pareille, vous pouvez me le dire ?

— Je n'en ai pas la moindre idée ! rétorqua-t-elle d'un ton méprisant. Tout comme je ne comprends pas que tu nous intentes un procès pour récupérer l'argent de ton grand-père, après ce qu'il a fait pour toi. Il n'était pas obligé de te laisser ses terres, je te rappelle !

— Je le sais parfaitement, Jeannine. Et moi, je vous rappelle que je ne lui ai rien demandé. Rien, vous m'entendez ?

— Ton grand-père t'a fait l'honneur de…

— Je sais ce que vous allez me dire, la coupa-t-il, agacé. Vous me l'avez déjà expliqué, vous ne vous en souvenez pas ? Pourtant, vous et moi savons tous les deux que si Gideon m'a laissé ses terres, c'est uniquement parce qu'il ne pouvait pas supporter l'idée qu'elles soient vendues et qu'il ne voulait pas avoir recours à l'Etat pour leur entretien. Voilà pourquoi il me les a léguées.

Jeannine fronça le nez.

— Tout ce que je retiens, moi, c'est que cela ne te suffit pas, riposta-t-elle. Vous n'êtes jamais contents, vous, les jeunes.

— Je vais vous dire une bonne chose, Jeannine. Alors écoutez-moi bien. L'argent du trust me serait revenu, lui aussi, si j'avais repris le nom de Bishop. Parce que ne vous faites pas d'illusions ! Mon grand-père se souciait de Providence comme d'une guigne. S'il a confié cet argent au trust sur lequel vous avez la main, c'est uniquement pour se venger de moi. Si vous voulez mon avis, mon grand-père n'était qu'un vieil entêté revanchard, rien d'autre !

— Ne parle pas ainsi de Gideon en ma présence, Shane ! Tu aurais dû être fier de porter son nom. Tu as fait un caprice d'enfant gâté en reprenant celui de ta mère. Ta famille maternelle n'a jamais rien fait pour notre petite communauté, que je sache !

Shane remit son Stetson en souriant.

— C'est possible, en effet. Seulement c'est cette branche de ma famille qui m'a élevé. Contrairement à celle des Bishop qui n'a jamais bougé le petit doigt pour moi.

— Ce n'est pas la faute de ton grand-père si ton père était un raté.

— Je vous l'accorde, Jeannine. Cela dit, un petit geste de la part de Gideon aurait été le bienvenu, pour mon frère et moi, si vous voyez ce que je veux dire. Il aurait aussi pu aider ma mère, financièrement et moralement. Or, pas une fois il n'a eu un mot gentil pour nous. La seule chose qu'il savait faire, c'était nous rabâcher à longueur de temps que maman n'avait pas fait ce qu'il fallait pour garder son mari.

— Il avait sans doute raison, le cher homme !

— Ah oui ? Et il vous a dit la même chose, quand il vous a jetée dehors pour installer Kristen chez lui ?

Accusant le coup, Jeannine porta une main à son cœur.

— Shane Bishop ! Comment oses-tu ?

— Harcourt, si cela ne vous dérange pas, rectifia-t-il entre ses dents serrées.

Il regrettait un peu d'avoir été aussi mesquin avec la vieille dame, mais ce qui était dit était dit. Confus, il ouvrit la portière de son pick-up et se glissa derrière le volant.

— Une dernière chose, Jeannine. Je sais que vous avez chargé quelqu'un de restaurer Providence, et je sais également dans quel but vous l'avez fait. C'était bien joué, seulement cela ne vous mènera à rien. Une pure perte d'argent et de temps, si je puis me permettre.

— Ton grand-père voulait que cette fichue ville soit rénovée ! hurla-t-elle, abandonnant toute marque de civilité.

— Dites plutôt qu'il voulait m'emmerder, répondit Shane sur le même ton. Et il a gagné, apparemment !

Sur ces mots, il claqua la portière et démarra en trombe, sous le regard meurtrier de Jeannine Bishop.

C'en était trop. Il était fatigué de cette histoire. En fait, il se demandait de plus en plus fréquemment s'il avait bien fait de se lancer dans cette bataille sans fin. Lorsqu'il avait appris que son grand-père lui avait légué ses terres, sa première réaction avait été de refuser tout net. Non seulement il n'avait besoin de rien, mais il ne voulait rien accepter des Bishop. Après réflexion cependant, il avait accepté. Pourquoi n'aurait-il pas hérité de ces terres, finalement ? Ne méritait-il pas une compensation, après ce qu'il avait dû supporter au seul prétexte qu'il était le fils de son père ? De plus, il était toujours possible qu'Alex resurgisse un beau matin, auquel cas, il aurait droit à sa part, lui aussi. Le fait que Shane soit le seul légataire légal ne l'autorisait pas à renoncer à tout sans consulter son frère, si ?

Et puis, il y avait les desseins tortueux de son grand-père. Shane aurait le terrain, mais pas l'argent qui allait avec. Le patrimoine des Bishop, sans le confort financier qui lui aurait permis d'en profiter.

Cela, il ne l'avait pas accepté.

Si son seul recours avait été de vendre les terres, il l'aurait fait sans hésiter, histoire de rendre la monnaie de sa pièce à son grand-père, même à travers l'au-delà. Seulement son avocat lui avait suggéré de contester l'héritage, et il avait sauté sur l'occasion. En admettant qu'il ne mérite pas cet argent, et même s'il n'en avait pas vraiment besoin, une chose était certaine : la petite ville fantôme ne le méritait pas non plus.

Et cela quoi qu'en pense Merry Kade.

Ce qui le ramenait à son deuxième problème du moment.

Merry...

Il n'aurait jamais dû l'embrasser. Elle serait déjà terriblement déçue d'apprendre qui il était. Alors après l'épisode de la veille...

Heureusement qu'elle l'avait arrêté avant que les choses n'aillent plus loin !

Il devrait lui parler dès ce soir. Il n'avait pas eu le temps de passer à Providence dans la matinée. A moins qu'il ait été trop lâche pour affronter Merry après la soirée de la veille. Parce qu'il continuait à se demander s'il avait été trop entreprenant, s'il avait mal interprété l'attitude de Merry. Elle lui avait pourtant semblé partante, a priori !

Enfin, il avait aussi eu un peu honte car, n'arrivant pas à dormir, il avait fini par se laisser aller à fantasmer sur ce qui se serait passé si Merry ne l'avait pas repoussé. Il s'était imaginé la jeune femme nue sous lui, enfonçant ses ongles dans son dos, criant son nom tandis qu'il la pénétrerait avec ardeur. Il s'était même autorisé une petite fantaisie que lui refusaient ses partenaires, d'habitude.

La déchéance totale...

Dorénavant, il devrait se comporter en ami avec sa voisine. Faire comme si l'incident de la veille n'avait jamais eu lieu, en espérant que le simple fait de la voir ne réveille pas ses sens en ébullition.

Il s'arrêta devant le Haras, de mauvaise humeur.

Cole sortit sur le perron de la maison bleue et le salua.

— Bonsoir, répondit Shane, en le rejoignant. Ça fait bien deux semaines qu'on ne s'est pas vus. Comment ça va ?

Cole descendit sur le trottoir sans boiter, ce qui constituait la seule bonne nouvelle de la journée.

— Bien ! répondit ce dernier. J'ai vendu quasiment tous mes poulains et on a fini d'emmener les autres dans les pâturages de montagne, de sorte que j'ai un peu de temps devant moi, pour une fois. Et toi ? Ça va ?

— J'ai du boulot par-dessus la tête, mais je ne vais pas m'en plaindre. Dis-moi, Merry est là ? Il faut que je lui parle.

A ces mots, Cole se renfrogna visiblement. La mâchoire serrée, il le foudroya du regard.

— Bon sang, Shane !

— Quoi ?

— Et moi qui accusais Grace d'être parano ! Ne me dis pas que tu as des vues sur sa copine !

— Non ! répondit machinalement Shane. Pourquoi tant d'agressivité ?

— Disons que tu n'es pas exactement le genre de type que nous choisirions pour Merry.

— *Nous* ? Tu ne vas pas t'y mettre, toi aussi !

— Si. Je la considère comme ma petite sœur, maintenant.

— Et moi, dans l'affaire ? Qu'est-ce que je suis, pour toi ?

Cole croisa les bras d'un air vaguement menaçant.

— Tu es mon pote. Mon ami, même. Seulement on ne peut pas dire que tu sois doué pour les relations amoureuses.

— Je n'ai jamais eu de relation amoureuse. Où veux-tu en venir, au juste ?

— Exactement là où tu viens d'en arriver toi-même.

Shane n'en croyait pas ses oreilles. S'il avait bien compris que Grace ne le portait pas dans son cœur, Cole était son meilleur ami. Il le connaissait comme s'il...

Eh oui. Comme s'il l'avait fait. En d'autres termes, suffisamment pour savoir...

Toute sa colère le déserta brusquement. Il inspira longuement et sentit ses épaules s'affaisser. Il n'était pas le genre de type que l'on souhaitait voir avec une amie ou une sœur. Pourtant, il n'était pas un monstre ! Il n'avait jamais promis plus qu'il ne se sentait capable de donner, c'est-à-dire pas grand-chose. Quelques heures de plaisir, oui. De l'amour ? En aucun cas. Un peu de tendresse, sans jamais s'engager.

Il savait tout cela.

Et Cole aussi.

— Laisse tomber, dit-il, levant une main devant lui en signe de reddition. Je ne cours pas après Merry. Elle vit dans l'appartement d'en face, on a partagé une pizza devant une série télévisée, rien d'autre.

— Ah ouais ? Tu en es sûr ? demanda Cole, un sourcil haussé pour bien marquer son scepticisme.

— Tout ce qu'il y a de plus sûr. Merry n'est qu'une... une bonne copine, rien d'autre. Elle est de bonne compagnie, c'est ça qui me plaît, chez elle.

Apparemment, Cole n'eut aucune difficulté à le croire, car toute sa tension s'évanouit, et il sourit avec un soulagement non dissimulé.

— Tant mieux. Parce que je ne voudrais pas être obligé de te botter les fesses. Et encore moins d'avoir à appeler une ambulance, si c'est Grace qui te tombe dessus.

— Message reçu.

— Tu sais qu'elle n'hésiterait pas à t'émasculer, hein ? insista Cole.

— J'avais cru comprendre, oui. Et encore une fois, tu n'as pas à t'inquiéter. Il n'y a rien, entre Merry et moi. On est amis, c'est tout.

— Parfait ! dit Cole, le gratifiant d'une tape amicale sur l'épaule. Parce que Easy nous a invités à manger, dimanche soir, et qu'il aimerait que tu te joignes à nous. Je serai plus détendu si je n'ai pas besoin de te protéger des foudres de Grace.

— J'y serai, répondit simplement Shane.

Les barbecues d'Easy étaient une véritable merveille, et il n'aurait manqué cela pour rien au monde. Cela dit, il serait beaucoup plus à l'aise, lui aussi, s'il avait eu le temps de s'excuser auprès de Merry d'ici là.

— Tu ne m'as pas répondu. Ta *petite sœur* est chez elle ?
— Oui.

Il salua Cole et prit son courage à deux mains. Autant se débarrasser de cette corvée tout de suite. C'était un peu comme retirer un pansement, en fin de compte. Le mieux était d'y aller d'un coup sec.

Ce fut plus rapide qu'il ne l'avait imaginé, cependant. Il avait à peine frappé à la porte de Merry que celle-ci l'ouvrit pour l'accueillir avec son sempiternel sourire.

— Coucou !

Il s'inquiétait déjà de la voir si heureuse de le voir, lorsqu'elle enchaîna précipitamment :

— Pardon pour hier soir, Shane. Je n'aurais pas dû réagir aussi vivement. Je sais que tu n'avais pas vraiment l'intention de... Bref ! Oublions ça, si tu veux bien.

— Oh... Oui. Je...

Il s'interrompit, le temps de chercher ses mots.

— C'est moi qui m'excuse. Je... C'est la bière et le... hum...

— Je sais, je sais ! lança-t-elle d'un ton léger. Ton lit nous tendait les bras, alors, tu t'es dit « Pourquoi pas », c'est ça ?

— Euh... Oui. Oui, c'est ça. Et puis, tu étais différente, hier soir. Maquillée, et... Voilà. Je me suis un peu...

— Non, non. C'est ma faute. Je t'ai allumé.

Il écarquilla les yeux.

— Tu m'as *quoi* ?

— Je portais ce petit haut un peu trop décolleté et un peu trop court. Donc, tous les torts sont de mon côté. Toutefois, si tu es d'accord, j'aimerais que l'on soit amis et qu'on se rende service, de temps à autre. Je trouve ça cool.

Décidément, il allait de surprise en surprise. Qu'était-elle en train de lui proposer, là ?

Le terrain lui semblait miné, tout d'un coup.

— C'est ça que tu veux ? Que l'on se rende... service ? répéta-t-il. Tu veux dire... C'est ça, que tu avais en tête, hier soir ?

— Non ! s'exclama-t-elle avec un rire un peu forcé. Non, non, bien sûr. Cela ne me déplairait pas, remarque. Tu es beau garçon et super sexy. Alors oui, je serais partante. Plus que partante, même. Encore que ce serait sûrement bizarre.

— Bizarre ? demanda-t-il, bien qu'il en soit resté à « beau garçon, super sexy ».

— Pas bizarre parce que c'est toi, non ! précisa-t-elle. Tu n'as rien de bizarre, ce serait plutôt moi. Enfin non. Je ne suis pas bizarre non plus... Ou pas dans le sens où on l'entend généralement. Je trouverais cela bizarre parce que je n'ai pas fait l'amour depuis une éternité, voilà.

Il ne suivait plus du tout. Trop d'informations à assimiler d'un seul coup, sans doute.

— Oh ! dit-il stupidement. Je vois. Du moins, je crois...

Merry se cacha les yeux des deux mains en grimaçant.

— Oh ! la la ! Quelle maladroite je fais, moi ! Quand je parle d'une éternité, je veux dire deux ans, pas dix. Je n'avais pas de sexualité du tout, il y a dix ans, j'étais bien trop jeune pour ça... Deux ans, c'est long, mais ce n'est pas la fin du monde non plus !

— *Deux ans* ? répéta-t-il, effaré.

Merry lui jeta un petit coup d'œil entre ses doigts écartés.

— Quoi ?

— Rien. Rien du tout.

— Tu trouves ça pitoyable ?

— Non ! s'écria-t-il. Non, pas du tout. Oui... Bon. Je voulais m'assurer que tu ne m'en voulais pas. Si je t'ai mise mal à l'aise ou que tu as trouvé mon attitude déplacée, hier soir, je m'en excuse.

— Ne t'en fais pas pour ça. On recommencera, un de ces soirs. La pizza devant la suite de *Firefly*, je veux dire. Pas... Oublie cette histoire de services, finalement. Ça aurait été sympa, mais... Bref. A plus tard !

Elle lui referma la porte au nez, et il se retrouva tout bête, à se gratter la tête dans le corridor du Haras.

Deux ans ?
Il tenta de ne pas penser à l'orgasme qu'il pourrait lui procurer, au désir qui devait l'habiter…
Et échoua lamentablement.

9

« Merry n'est qu'une bonne copine, rien d'autre. »
Très bien.
Parfait, même !
Elle avait eu raison d'écouter la conversation de Shane et Cole par la fenêtre entrouverte, en fin de compte. Bien que ce soit d'une impolitesse rare, la fin justifiait les moyens, et au moins, les choses étaient claires à présent : elle n'était qu'une bonne copine pour son séduisant voisin. A sa place, en somme. Avec un statut dont elle avait l'habitude et dont elle pouvait s'accommoder. Car c'était plutôt l'incertitude qui l'avait minée, aujourd'hui.

Elle s'était réveillée encore troublée par son baiser avec Shane, par cette étreinte tuée dans l'œuf. Dans sa naïveté, elle était même allée jusqu'à se demander si elle n'avait pas commis une erreur, finalement. Peut-être aurait-elle dû prendre son courage à deux mains et tenter sa chance. Grace avait beau dire et beau faire, elle ne savait pas tout. Pourquoi Shane Harcourt ne s'intéresserait-il pas sincèrement à elle, après tout ? Il aurait pu lui trouver certaines qualités et avoir envie de se lancer dans une véritable relation, non ?

Eh bien, non. Pour lui, elle n'était qu'une copine, et encore une fois, elle l'acceptait. Sans compter que cela n'excluait pas la possibilité « d'un échange de services », entre Shane et elle. Et s'il ne s'agissait pas d'une pratique étrange dont elle n'avait jamais entendu parler, aucun homme n'avait jamais envisagé d'entretenir ce genre de relation avec elle.

Avec Grace, oui. Ainsi qu'avec n'importe quelle autre fille un peu mignonne, d'ailleurs. Pas avec Merry Kade, qui avait toujours été la bonne copine, dans le sens le plus littéral du terme. Les bonnes copines étaient asexuées, c'était bien connu. En leur présence, on pouvait tout se permettre, même de parler des femmes avec qui on avait couché ou de celles que l'on rêvait de mettre dans son lit.

Quoi qu'il en soit, les événements de la veille constituaient une sorte de promotion, dans la mesure où, dorénavant, Merry avait un sexe. Elle était une vraie femme, susceptible de faire perdre la tête à un « bon copain ». C'était plaisant, ma foi. Du moins essaya-t-elle de s'en convaincre. Et puis, si elle avait vraiment envie de faire l'amour, un de ces jours prochains, elle savait vers qui se tourner, à présent.

Ce qui lui faisait un souci de moins, à bien y réfléchir.

— Super ! s'exclama-t-elle.

L'eau cessa de couler dans les canalisations de la salle de bains. Grace n'allait pas tarder à réapparaître.

Merry sourit. Elle avait réussi à mettre les choses au point avec Shane sans s'attirer une nouvelle leçon de morale de sa meilleure amie. De quoi se réjouir, là aussi.

— Salut ! Je m'en vais au musée ! lança-t-elle.

— Amuse-toi bien ! lui répondit Grace.

S'amuser... A une soirée destinée à récolter des fonds pour le Cercle Historique de Jackson Hole...

Elle serait la plus jeune, ce soir, si elle ne comptait pas les enfants que leurs parents auraient traînés là. Le pire était qu'il y avait effectivement de grandes chances pour qu'elle s'amuse bien. Elle avait toujours adoré écouter les anciens lui raconter leurs souvenirs, et elle se sentait toujours plus à l'aise avec eux qu'en compagnie des gens de son âge. L'inconvénient, c'était que l'on avait peu de chances de rencontrer un homme, à moins, bien sûr, d'être disposée à attendre trois quarts d'heure, le temps que le Viagra fasse effet...

Néanmoins, elle ne put que se féliciter d'avoir mis un jean moulant et son T-shirt noir préféré pour l'occasion. Les boucles d'oreilles que Grace lui avait fait acheter aussi, d'ailleurs. Car elle avait à peine ouvert la porte qu'elle se heurta à un grand cow-boy hyper sexy.

Décidément…

— Oh ! Bonsoir ! lança-t-elle, d'une voix un peu trop haut perchée.

Le cow-boy s'immobilisa au bas de l'escalier. Elle le vit hésiter avant de se tourner vers elle, avec un large sourire que son bouc bien taillé ne parvenait pas à dissimuler.

— Bonsoir ! répondit-il en revenant vers elle. Vous tombez bien, je voulais me présenter…

Il souleva son chapeau d'une main et lui tendit l'autre.

— Je viens de louer l'un des appartements de l'étage. Je m'appelle Walker. Walker…

— Dans ce cas, bienvenue au Haras !

Il n'y avait pas à dire, Rayleen avait du goût. Ce Walker était si grand et si costaud que Merry sentait vaguement la tête lui tourner. Une vraie forteresse, cet homme !

— Merci. Vous êtes sans doute Grace Barrett ?

— Perdu. Je suis Merry Kade. Grace m'héberge provisoirement.

— Je me disais aussi… Vous ne correspondez pas vraiment à la description que la propriétaire m'a faite de sa nièce. Vous êtes… plus sobre. Moins anguleuse.

— C'est le moins que l'on puisse dire ! Je pèse au moins quinze kilos de plus qu'elle.

— C'est vrai ?

Il l'examina de la tête aux pieds avant de reprendre.

— Eh bien, je dirais que c'est plutôt une bonne chose, non ?

— Vous trouvez vraiment ? répliqua-t-elle avec un petit rire crispé.

Elle ne s'en remettait pas. Elle, Merry Kade, arrivait à flirter avec un homme aussi craquant sans rougir jusqu'aux oreilles ? Sans dire de bêtises non plus ?

Incroyable !

— C'est toujours agréable à entendre, ajouta-t-elle.

— Bien ! Si vous pouvez prévenir Grace qu'elle a un nouveau voisin et qu'elle n'est pas obligée de l'agresser à la première occasion, vous me rendrez un fier service. Pour le reste, je dois revenir avec toutes mes affaires ce week-end, alors on se reverra à un moment ou à un autre, d'accord ?

— Plus que d'accord !

A ce moment précis, Shane sortit de chez lui. Il la regarda brièvement, puis aperçut Walker et s'avança vers lui pour lui serrer la main.

— Walker ! Ça y est ? Tu t'installes ici ?

Merry s'éloigna en faisant un grand geste de la main, et eut la sensation que Shane la suivait des yeux. Elle devait se faire des illusions, bien sûr, mais elle se surprit à marcher avec un entrain qui n'avait rien à voir avec la douceur de la soirée.

Le musée de Jackson Hole se trouvait à plus d'un kilomètre de Sagebrush Avenue, mais à cette heure-ci, les touristes étaient si nombreux à chercher un restaurant qu'il était plus rapide de se déplacer à pied que de prendre la voiture. De plus, Merry adorait son nouvel environnement. Les trottoirs de bois et les curiosités de la ville l'avaient totalement séduite dès sa première visite. Ces arcades de bois d'élans, par exemple, étaient une pure merveille.

Elle aimait encore davantage cette ville depuis qu'elle pouvait se dire qu'elle y vivait. Elle s'était appropriée Jackson Hole un peu comme elle l'avait fait avec Providence. C'était idiot, bien sûr. Elle n'était que sous-locataire, dans les deux cas, mais quelle importance ? La température était idéale, le ciel sans nuages, elle était invitée à son genre de soirée préférée, et un cow-boy beau comme un dieu lui avait fait un compliment.

Oh ! Et accessoirement, elle était désormais une partenaire sexuelle potentielle. Les choses auraient pu être bien pires. D'ailleurs, elles l'avaient été, quelques semaines plus tôt encore.

Ce fut donc le sourire aux lèvres qu'elle poussa la porte du musée.

Sa joie fut de courte durée, cependant, car les deux premières personnes qu'elle vit furent Kristen et Jeannine Bishop.

— Je ne suis toujours pas convaincue que ce n'est pas lui qui a fait le coup, disait Kristen.

Elle poussa un soupir qui en disait long sur son angoisse du moment.

— Je me sens terriblement exposée, là-bas, toute seule, ajouta-t-elle.

— Je n'ai jamais dit qu'il n'était pas dans le coup, rétorqua Jeannine d'un ton sec. Par ailleurs, si tu as si peur que ça, tu n'as qu'à vendre le manoir et t'installer en ville. De toute façon, tu n'as jamais su t'en occuper, de cette propriété.

Froissée, Kristen se redressa de toute sa hauteur.

— Qu'est-ce que tu racontes, Jeannine ? Je l'adore et je l'ai toujours parfaitement entretenue.

— Tu n'y vis que depuis cinq ans, je te rappelle.

A ce stade, Merry espérait encore passer devant les deux ex de Gideon Bishop sans se faire repérer. Malheureusement, Jeannine leva les yeux à ce moment précis et lui fit signe de les rejoindre.

— Je suis dans tous mes états, s'empressa-t-elle d'expliquer. J'ai croisé le petit-fils de Gideon, tout à l'heure. Il sortait du cabinet de son gredin d'avocat, et il a été affreusement grossier avec moi. Quel goujat ! S'il avait été mon petit-fils, je me serais fait fort de lui apprendre les bonnes manières, je peux vous l'assurer.

— Je suis navrée pour vous, murmura Merry. Il vous a parlé de la plainte ?

— Pas vraiment. En revanche, il sait que nous vous avons embauchée, ce qui ne me surprend pas outre mesure. Nous vivons dans une petite ville. Il doit être au courant depuis le début, ce qui renforce notre théorie. C'est forcément lui qui a démoli la boîte aux lettres du manoir. Par vengeance.

Merry sentit son estomac se nouer. Elle ne pouvait pas laisser cet homme porter la responsabilité de ce regrettable incident à sa place. Même s'il leur mettait des bâtons dans les roues.

— Vous devez vous tromper, dit-elle en s'efforçant d'adopter un ton ferme. Il n'y a pas eu d'autre incident du genre, que je sache ?

— Non, admit Jeannine à contrecœur.

— Alors ne vous emballez pas. Elle est peut-être tombée toute seule, cette boîte aux lettres. Les termites ont dû en ronger le pied et... Je ne sais pas, moi !

Les termites... avec leur fichue manière de reculer sans regarder dans le rétroviseur...

Amusée malgré elle, Merry enchaîna :

— Levi vous a-t-il parlé de mon projet ? Si vous pouviez prélever un peu d'argent pour...

— Oh mon petit, je suis bien trop bouleversée pour parler affaires ce soir ! On verra cela à la prochaine réunion, si vous le voulez bien.

Kristen hocha vivement la tête.

— Moi aussi, je suis trop contrariée, ce soir. J'ai plus que ma part de soucis, et il n'y a que quelques mois que mon mari est décédé.

Jeannine la foudroya du regard. Merry, elle, se contenta de gratifier les deux femmes de son plus beau sourire.

— Vous serait-il possible d'avancer la date de cette réunion, justement ? J'aimerais vous montrer la brochure que j'ai préparée et...

— Une réunion exceptionnelle, vous voulez dire ? Il faudrait vraiment une urgence, pour cela. Par exemple qu'il y ait un nouveau problème sur ma propriété. Oh non... Quel cauchemar !

Merry n'insista pas, mais elle se sentit soudain beaucoup moins coupable d'avoir démonté cette maudite boîte aux lettres...

Soucieuse d'échapper aux deux commères, elle se dirigea vers une des guides du musée. Quelques minutes plus tard, elle faisait la connaissance d'un vieux monsieur qui descendait d'une des familles fondatrices de Providence. Oubliant son agacement, elle s'assit dans un coin pour écouter William Smith lui raconter son histoire.

Une heure plus tard, elle avait retrouvé son enthousiasme habituel. Mieux encore, sa détermination à restaurer la ville fantôme n'avait plus rien à voir avec ses ambitions personnelles. Providence n'avait pas toujours été quantité négligeable, dans cette région, bien au contraire. Elle avait même représenté beaucoup, pour un petit groupe de gens.

Et elle veillerait personnellement à ce qu'elle revive.

Tant et si bien qu'à la fin de la soirée, elle avait élaboré un plan.

« Retrouve-moi au saloon. »

Un peu succinct, comme petit mot. En même temps, il était scotché à la porte de l'appartement, et Grace n'avait jamais été très expansive.

Le Crooked R, donc.

Et pourquoi pas ? On était vendredi soir, Merry portait ses boucles d'oreilles en argent, et tout allait bien. Elle fit donc demi-tour et ressortit aussitôt.

Elle avait rudement bien fait de s'installer dans le Wyoming. En plus d'y trouver son compte sur le plan historique, elle pouvait se dire qu'elle était jeune et branchée. Du moins autant que l'on pouvait l'être dans un endroit aussi désuet qu'un saloon.

Bien que l'endroit soit bondé, elle aperçut immédiatement Grace, dans le coin du bar généralement occupé par sa grand-tante, et se fraya un chemin parmi la foule.

— Hé ! Salut, toi ! Contente que tu sois venue, s'écria Grace qui n'en était manifestement pas à son premier verre. Ça s'est bien passé, ta soirée ?

— C'était génial. Fascinant !

— Tu m'en vois ravie. Je te recommande le Martini de Jenny. Il est particulièrement bon, ce soir. Une invention à elle, apparemment.

Tout en parlant, elle avait fait signe à la serveuse qui porta aussitôt un Martini à Merry.

— Merci, Jen !

Elle goûta, et leva un pouce en un geste appréciateur. C'était effectivement délicieux. Juste assez sucré pour que l'on ne s'aperçoive pas que c'était vraiment fort. Pas étonnant que Grace soit d'humeur aussi joyeuse !

— Tu connais Walker ? lui demanda cette dernière, d'une voix suffisamment forte pour couvrir la musique et lui percer un tympan.

Merry tourna la tête vers l'endroit que lui désignait son amie. Le cow-boy était installé à la table de Rayleen, devant un verre de Martini qui paraissait ridiculement petit par rapport à la taille de sa main.

Il la gratifia d'un clin d'œil complice.

— Oui, répondit Merry. On s'est rencontrés dans le couloir, et je t'avoue que je ne suis pas fâchée de le revoir.

Walker lui prit la main et l'effleura du bout des lèvres.

— Voilà qui fait plaisir à entendre, miss Merry ! On peut se tutoyer, non ?

— Bien sûr !

— Tiens, voilà notre voisin, marmonna Grace, avec une grimace si désapprobatrice que Merry l'entendit quasiment penser : « Il ne pouvait pas rester chez lui, celui-là. »

Shane semblait encore plus contrarié que Grace, cela dit. Il s'installa au bar en foudroyant Walker du regard.

« Qu'il aille au diable ! », songea Merry.

Elle pouvait être plus que la « bonne copine » de certains, après tout. Alors si Walker la trouvait suffisamment avenante pour flirter avec elle, tant mieux. Elle n'avait pas l'intention d'être sage, ce soir. Il était même possible qu'après quelques Martini, elle s'enhardisse jusqu'à pousser le jeu un peu plus loin. Ce type était vraiment canon, et il la rendait beaucoup moins nerveuse que Shane. En sa présence, elle se sentait maîtresse d'elle-même. Plus confiante aussi. Avec lui, cette histoire de petits services entre amis ne poserait pas de problème. Elle ne serait pas sous pression et n'aurait aucune blessure secrète à dissimuler au lendemain d'une folle nuit de plaisir.

— Hé, Marinette ! lança Rayleen. Bas les pattes ! Laisse les vrais locataires tranquilles. Je ne tiens pas une agence matrimoniale.

Walker se pencha vers Rayleen qu'il embrassa sur la joue.

— Allez, Ray, ne soyez pas jalouse ! Vous savez bien que c'est vous, la femme de ma vie !

— Qu'est-ce qu'y faut pas entendre, gronda la vieille dame, en rougissant malgré tout. Que veux-tu que je fasse d'un matou dans ton genre ? Je parie qu'on peut trouver des photos de toi à poil, sur internet.

Walker fit un bruit étrange et retira vivement ses mains des épaules de Rayleen.

— Absolument pas ! assura-t-il avec emphase.

— Parce que t'as pas envoyé des gros plans de ton zizi en pleine forme à tes copines, peut-être ?

Il secoua la tête, les joues écarlates, tandis que Merry retenait à grand-peine le gloussement hystérique qui lui montait aux lèvres. Elle n'arrivait pas à savoir si Walker était horrifié d'entendre une femme de soixante-dix ans parler de « gros plans de son zizi » ou s'il était mortifié parce qu'il avait effectivement fait ce dont elle l'accusait.

— Taratata. Je rentre chez moi et je fais une petite recherche sur le Net, mon gars, poursuivit impitoyablement Rayleen. J'aime bien savoir qui sont mes nouveaux locataires, figure-toi.

Walker se tourna vers Merry, les yeux ronds.

— Je te jure que ce n'est pas vrai.

— Je te crois, dit-elle, tout en se promettant de s'en assurer, elle aussi.

Parce qu'il y avait une lueur de doute dans les yeux de Walker. A croire qu'il cherchait à se rappeler si une de ses conquêtes l'avait photographié tout nu « et en pleine forme », pour reprendre les termes de Rayleen. Le pauvre...

Grace et elle échangèrent un sourire complice.

— Où est ton homme ? demanda Merry.

— Il devait terminer tard, ce soir, mais il ne devrait pas tarder. Tu viens toujours au ranch, dimanche soir, hein ?

— Oui. J'adore aller chez Cole. Sa maison est vraiment géniale.

Cole vivait dans le logement de fonction du régisseur du ranch, à quelques mètres de la maison principale d'Easy Creek. Bien que le ranch lui appartienne, dorénavant, il n'avait rien changé à l'arrangement qu'il avait avec le vieil Easy qu'il considérait comme son père.

— Tu n'envisages toujours pas de t'installer là-bas ? demanda Merry. Tu y passes les trois quarts de tes nuits. Cela te ferait gagner du temps !

— Tu dis ça parce que tu veux mon appartement, hein ? répliqua Grace d'un ton moqueur.

— Disons que le voisinage s'améliore de jour en jour.

— Là, je ne peux pas te contredire.

Les deux femmes contemplèrent un moment le colosse qui venait de s'installer au Haras. Lorsque Merry croisa le regard de Shane, elle nota qu'il avait l'air singulièrement contrarié.

Elle leva son verre dans sa direction. Shane avala une grande gorgée de bière et se détourna. Bon. S'il voulait faire la tête, à sa guise.

— Sérieusement, reprit-elle, revenant à sa préoccupation du moment. Ça a l'air de bien fonctionner entre Cole et toi, non ?

Ces simples mots eurent l'heur de susciter un petit sourire aussi discret qu'inédit chez Grace. Et Merry sentit son cœur se gonfler de joie. Son amie méritait d'être heureuse. Après ce qu'elle avait vécu, elle avait droit à sa part de paradis, elle aussi.

Ainsi qu'à un gros bisou, d'ailleurs.

— Je suis tellement contente pour toi, lui chuchota-t-elle à l'oreille. Même si je suis un peu jalouse.

— Tu rencontreras bientôt un type bien, toi aussi, affirma Grace.

— Genre Walker, tu veux dire ?

— Lui ? Non. Il n'est pas assez sérieux.

— Suffisamment pour que je passe un petit moment en sa compagnie, non ?

— Non, rétorqua Grace, toujours aussi intransigeante.

— Eh bien ! J'ai raison de penser que je n'ai pas besoin de père, en fin de compte. C'est toi qui vas te tenir devant la porte, une arme à la main, la prochaine fois que je rentrerai d'un rendez-vous galant !

— Quel rendez-vous galant ? demanda Grace d'une voix menaçante.

— Arrête ! Tout ce que je veux, c'est m'envoyer en l'air.

Evidemment, le juke-box choisit le moment précis où elle prononçait cette phrase pour s'arrêter. Et bien sûr, elle avait parlé beaucoup trop fort. Pas au point d'être entendue par tous les clients mais, à en juger par l'expression choquée de Shane et de Walker, son aveu n'avait pas été perdu pour tout le monde.

— Bien joué, Marinette ! lança Rayleen. Super discret ! Il y a des amateurs, dans le coin ?

— Mince, grommela-t-elle, regrettant de ne pouvoir se cacher dans un trou de souris.

A défaut, elle termina son verre d'un trait. Aussitôt, Jenny la resservit.

— Tu vas en avoir besoin, je crois, lui dit-elle avec un petit clin d'œil complice.

— Mince ! répéta Merry, consternée.

— Tu n'as pas envie de faire visiter l'appartement de Grace à ce grand baraqué de Walker ?

— Non ! Surtout après ce que j'ai dit.

— Tu devrais ! Il est... costaud. A tous les niveaux, si tu vois ce que je veux dire.

Merry se força à sourire, puis éclata de rire.

— Tu es impossible, Jen !

— Pas du tout. Il se trouve qu'en tant que serveuse, j'entends quelques petites choses. Par exemple...

— Arrête ! Je ne veux rien entendre !

— Tu as tort. Plus on en sait, mieux c'est. Surtout dans ta situation présente.

Merry résista à l'envie d'avaler une nouvelle gorgée de Martini. D'un autre côté, si elle n'était pas un tant soit peu ivre, jamais elle n'aurait le courage de poser la question qui lui brûlait les lèvres. Elle s'empara donc de son verre, en but la moitié, et se pencha vers Jenny.

— Dans ce cas, qu'est-ce que tu sais sur Shane ?

— Shane Harcourt ?

Le regard de la serveuse se posa un instant sur un point, derrière Merry.

— Pas grand-chose, dit-elle. Il est plutôt secret. Je ne l'ai jamais vu bien longtemps avec la même femme. Il fraye un peu, bien sûr, mais on ne le voit pas débarquer avec une nouvelle conquête tous les week-ends. Si ma mémoire est bonne, Paulette Jameson a essayé de lui mettre le grappin dessus, quand elle a divorcé. Il y a un bon bout de temps de cela, soit dit en passant.

Donc, Grace avait raison : Shane n'était pas facile à cerner. Même Jenny n'avait rien à raconter sur son compte, c'était tout dire !

Quand Merry se retourna vers lui, il était en grande conversation avec Walker et une jolie blondinette. Et bien qu'elle n'ait aucune raison d'en penser du mal, elle eut aussitôt envie de lui arracher les cheveux. Cette fille était tout ce qu'elle n'était pas.

Petite, bronzée, avec un maquillage parfait qui mettait en valeur ses grands yeux bleus et ses pommettes hautes.

Fichues pommettes... Merry en avait aussi, bien sûr, seulement on ne les remarquait que si elle se tenait d'une certaine manière, et à condition que l'éclairage lui soit favorable.

Et Shane qui faisait son numéro de charme... Le sourire en coin, les yeux pétillant de malice... Il avait essayé de lui faire le coup, à elle aussi, quelques jours plus tôt, mais à présent, il ne se donnait plus cette peine.

Evidemment... On ne draguait pas une « bonne copine », tout le monde savait ça. Cette blonde, en revanche, en valait la peine, semblait-il.

Pourquoi pas, après tout ? Elle était jolie et Shane était canon. Un grand brun et une petite blonde. Le couple idéal. Bref ! Merry n'avait plus qu'à espérer que son voisin ne frapperait pas à sa porte ce soir pour lui parler de son coup de cœur du jour.

Elle se prit à regretter que la réception du musée se soit terminée si tôt. Elle avait adoré écouter les vieux messieurs lui raconter leurs histoires de famille. Et puis, elle avait eu sa place, là-bas au moins. Pas comme ici...

Là-dessus, Grace fit une blague salace, Rayleen surenchérit, et Merry retrouva sa bonne humeur. Elle aurait été bien bête de s'adonner à la morosité. Elle avait des amis et elle était heureuse, à Jackson Hole.

Elle pouvait se contenter de cela, finalement. Même si, de toute sa vie, elle ne passait plus jamais de nuit entre les bras d'un homme.

10

La petite blonde jacassait trop pour que Shane puisse continuer à écouter ce que Merry disait à Grace. Bien sûr, comme tous les hommes installés dans un rayon de trente centimètres, il avait entendu la jeune femme annoncer qu'elle cherchait à s'envoyer en l'air. Il l'avait aussi vue flirter avec Walker — elle n'avait pas été particulièrement discrète, là non plus. Seulement à présent, elle discutait avec Grace à mi-voix, toutes deux étaient hilares, et il n'avait aucune idée de ce qu'elles complotaient. Et, allez savoir pourquoi, ça l'inquiétait un peu.

— Et surtout, j'adore le rodéo ! déclara la petite blonde.

Shane dressa l'oreille.

— Ah oui ? D'après mes renseignements, Walker est un cow-boy accompli, pas vrai, vieux ?

Les yeux brillant d'une lueur toute nouvelle, la jeune femme se rapprocha de Walker.

Shane réprima un sourire. Il avait eu une idée de génie, sur ce coup-là. Il allait pouvoir se rapprocher discrètement de Merry, et Walker serait trop occupé pour recommencer à la draguer.

Merry se passa une main dans les cheveux, les faisant retomber sur ses épaules. Des épaules dont il n'eut aucune difficulté à se souvenir, bien qu'elles ne soient pas dénudées, ce soir. Merry était grande, musclée, parfaitement proportionnée, et sa peau lui avait paru si douce, l'autre soir... Surtout là, au-dessus du décolleté pourtant bien modeste de son petit débardeur noir.

Il avait envie d'en voir davantage et, de toute évidence, Merry n'attendait que cela. Ce qui n'avait rien d'étonnant, d'ailleurs, puisqu'elle n'avait eu aucune relation, ces deux dernières années.

Bon sang ! Cette femme était un véritable instrument de torture. Avait-elle eu conscience de ce qu'elle avait suggéré, cet après-midi ? Lui avait-elle fait cette proposition dans l'unique intention de le rendre fou ? Parce que si c'était le cas, elle avait réussi. C'était bien simple, il n'avait qu'une seule image en tête depuis : il glissait une main entre les jambes ouvertes de Merry ; elle était prête pour lui, elle gémissait sous ses caresses, elle…

Il secoua la tête et se mit à toussoter avec gêne.

Il savait qu'il ne devait pas coucher avec elle, principalement à cause de son refus chronique de s'engager dans une relation durable. Grace et Cole aussi le savaient — et ne se gêneraient pas pour le lui rappeler —, mais ce qu'ils ignoraient, en revanche, c'était qu'il lui avait menti, et sur une question essentielle. Ce mensonge lui paraissait pourtant bien dérisoire, à lui. En tout cas, il n'avait rien à voir ni avec le procès en cours, ni avec ce qu'il attendait de Merry Kade.

Cette fille avait quelque chose de spécial. Une certaine douceur, alliée à une droiture qui le touchait de plus en plus, au fil des jours. Et puis, il y avait eu ce baiser… Même si c'était lui qui en avait pris l'initiative, même s'il avait contemplé ce corps splendide avec une convoitise certaine, il s'était étonné lui-même. Il avait embrassé sa voisine… Oui. Presque par curiosité. Et il avait aussitôt été subjugué par le goût de ses lèvres sous sa langue. Et quand il disait « subjugué », il était en dessous de la vérité. Parce que depuis lors, il était dans tous ses états.

Et il ne voulait pas rester sur sa faim.

Merry leva soudain les yeux et le surprit en train de l'observer. Son regard se porta brièvement sur la petite blonde puis revint vers lui. Son joli visage s'illumina, et elle le gratifia de son plus beau sourire… A croire qu'elle était contente de constater qu'il était seul… Lorsqu'il lui retourna son sourire, elle rougit légèrement et détourna la tête.

Il rêvait de la voir rougir ainsi, dans son lit. Nue, émue et vaguement gênée alors même qu'il poserait sa bouche sur un de ses seins pour la faire gémir. Il voulait lui faire dépasser sa gaucherie naturelle, l'exciter à un point tel qu'elle en oublierait toute retenue...

— Je ferais bien de rentrer, l'entendit-il annoncer à Grace. Je me lève de bonne heure, demain matin.

— On est vendredi soir, je te rappelle ! Et puis, tu ne vas pas me laisser toute seule ici... Qu'est-ce que je vais faire, sans toi ?

— Je crois que ça devrait aller. Cole vient d'arriver.

Grace tourna la tête vers la porte, soudain radieuse.

Shane était ravi pour elle — même si elle ne lui témoignait aucune amitié —, et encore plus pour Cole. Son ami était passé à deux doigts de tout perdre, Grace y compris, mais les choses s'étaient bien terminées, finalement. Evidemment... Cole était un type bien. Stable. Responsable. Fiable. Du bois dont on ferait un mari, un jour ou l'autre. Pas du genre à abandonner les siens, en tout cas.

L'espace d'un instant, Shane se surprit à l'envier. Lui aussi aurait aimé être le gendre ou le mari idéal...

Il n'eut pas le temps de s'attarder sur cette pensée, car Merry s'était levée et gagnait la sortie en agitant un bras au-dessus d'elle pour saluer l'assemblée. Sans réfléchir, il lui emboîta le pas et la suivit jusqu'à la maison bleue.

— Salut, lança-t-il, lui ouvrant la porte.

Elle le regarda d'un air étonné.

— Oh ! Euh... Salut !

— Je me suis dit que je ferais peut-être bien de te raccompagner. Après ton... *annonce* de tout à l'heure, tu risques d'avoir des adeptes.

— Arrête de te moquer, gémit-elle, les joues en feu.

— Excuse-moi. Ce n'était pas mon intention. Alors comme ça, tu dois te lever aux aurores, demain matin ? On peut savoir ce que tu comptes faire de si important ?

— Retourner à Providence. J'ai passé la première partie de la soirée avec un descendant des Smith, une des familles fondatrices de la ville. Tu connaissais l'existence d'une glacière naturelle, à l'intérieur du canyon, toi ? Moi pas. Or il y en a une, et je veux la retrouver. Le vieux monsieur avec qui j'ai discuté m'a expliqué que ses parents et les autres villageois s'en servaient pour entreposer la glace qu'ils récupéraient pendant l'hiver. Apparemment, il s'agit d'une dépression naturelle, dans la pierre. Elle est entièrement protégée du soleil, de sorte que la glace restait solide tout l'été. Il arrivait même que les gamins aillent s'asseoir dessus pour se rafraîchir, les jours de canicule. Leur grand jeu était de se cacher de leurs parents.

Elle faisait de grands gestes en parlant, et ses yeux brillaient d'une excitation à peine contenue.

Shane hocha poliment la tête. Bien que l'histoire de Providence ne l'intéresse absolument pas, il aimait la manière dont Merry la racontait. Il était fasciné par son rire cristallin...

Que disait-elle, d'ailleurs ? Rien, ou pas grand-chose. Une histoire de framboises et de lait de vache tout frais, à présent.

Soudain, elle se mordilla la lèvre inférieure... et c'en fut trop pour lui.

— Merry, murmura-t-il.

— Je sais, je sais. Je me tais. Je parle trop, seulement j'aime tellement cette...

Il pencha la tête pour la faire taire d'un baiser. Les mots furent remplacés d'abord par un petit cri étonné, puis par un gémissement à peine audible.

L'instant d'après, elle s'abandonnait.

Il fit glisser sa langue sur la sienne, se délectant de son goût et de celui de l'alcool plutôt sucré qu'elle avait bu. Immédiatement, son corps se tendit, lui rappelant qu'il avait déjà embrassé cette bouche et qu'il voulait aller plus loin. Alors il posa ses mains autour de la taille de la jeune femme pour se délecter de sa chaleur. C'était si envoûtant, de la tenir ainsi... Il avait l'impression de s'être injecté un produit qui lui allait droit dans les veines, accélérant le rythme des battements de son cœur. Et quand Merry lui enroula ses deux bras autour du cou pour approfondir leur baiser, il faillit gémir à son tour.

De soulagement.

Maintenant sa délicieuse voisine contre lui d'une main ferme, il ouvrit la porte de son appartement, qu'il n'avait pas pris la peine de fermer à clé, pour une fois.

Il fit entrer Merry à reculons, donna un coup de pied dans la paroi de bois...

Enfin seuls !

Merry lui enfonça ses ongles dans le cou, pressa ses hanches contre les siennes, et il sentit son sexe se durcir encore davantage. Il avait l'impression d'être celui des deux qui s'était abstenu, ces deux dernières années. Un véritable collégien. Fou de désir et affamé de sexe.

— Merry, chuchota-t-il de nouveau, avant de se pencher vers sa gorge pour en goûter la texture, tout en glissant une main entre son jean et son petit haut noir.

— Oh ! Shane... C'est tellement...

Oui. C'était tellement bon qu'il n'y avait pas de mots pour décrire la sensation. Naturel, aussi, de sorte qu'il ouvrit les doigts pour poursuivre son exploration.

— Je n'arrête pas de penser à toi, avoua-t-il.

Puis il lui mordilla la nuque et la sentit frissonner entre ses bras.

— Oh ! Shane..., laissa-t-elle échapper dans un souffle tremblant.

Il fit remonter ses mains de quelques centimètres supplémentaires. A son grand étonnement, elle leva les bras et, avant qu'il ait le temps de comprendre ce qui s'était produit, elle se débarrassa de son débardeur noir.

Sidéré, il lui embrassa l'épaule et s'imprégna de son odeur laiteuse.

— Ça va ? Par pitié, dis-moi que ça va, ma belle.

— Ça va ! répondit-elle, d'une voix assurée.

Encouragé par sa réaction, il lui passa une main sous les jambes et la souleva, ne pouvant s'empêcher de rire lorsqu'il l'entendit hurler.

— Je t'ai déjà montré la tête de lit que j'ai sculptée à la main ? lui demanda-t-il.

— Je parie que tu fais le coup à toutes tes maîtresses, rétorqua-t-elle.

Non. Il était rarement ami avec les femmes qu'il mettait dans son lit. En général, il s'agissait de vagues connaissances, parfois de simples rencontres faites au Crooked R.

Il déposa précautionneusement Merry sur le lit et s'allongea aussitôt sur elle, ses mains courant sur son ventre, affamées, fébriles. Emu, il contempla ses cheveux sombres déployés sur l'oreiller, une merveille...

— Je vais y aller doucement, d'accord ? Je vais y aller doucement. Laisse-moi faire, Merry.

— Oui, murmura-t-elle. Je... Oui.

Elle détourna pudiquement les yeux mais ne s'en attaqua pas moins aux boutons de sa chemise.

Shane s'immobilisa pour regarder ses doigts fins jouer avec la première boutonnière, puis avec la deuxième. Elle agissait avec une lenteur extrême, et c'était terriblement excitant de la voir s'affairer en sachant que lorsqu'elle en aurait terminé, elle le toucherait enfin...

Qu'est-ce qui avait changé en lui ? Quand était-il passé d'une simple curiosité envers une femme à la beauté atypique, à ce désir si intense qu'il en tremblait ?

Elle tira sur les pans de sa chemise pour la faire sortir de son jean, et les ouvrit lentement, le faisant vibrer sous ses doigts. Puis elle posa ses mains sur son torse et, relevant la tête, lui sourit d'un air ravi.

— Tu es plutôt... velu, fit-elle remarquer.

Il baissa les yeux et examina son torse comme s'il ne l'avait jamais vu.

— On dirait, oui.

— J'aime beaucoup !

— Tant mieux, répondit-il en souriant à son tour.

Il l'embrassa pour couper court au rire aigu qui s'était emparé d'elle, et dès lors, les caresses s'enchaînèrent. Il pressa ses hanches contre les siennes, fit monter et redescendre ses mains fébriles sur son ventre, puis se risqua à dégrafer son soutien-gorge. Lorsqu'il posa une main sur ses seins splendides, elle laissa échapper un nouveau gémissement, plus intense que le précédent.

Bon sang, qu'elle avait la peau douce ! Ses mamelons sombres se durcirent encore plus lorsqu'il les titilla du bout de la langue, avant de les suçoter l'un après l'autre.

C'était... divin. La manière dont elle se lovait contre lui, celle dont ses doigts se crispaient dans ses cheveux tandis qu'il faisait rouler sa langue sur ces tétons délicieusement durs...

Le paradis sur terre.

Il mourait d'envie de la pénétrer. Tout de suite. Il le fallait. Toutefois, il s'était promis d'y aller doucement. Elle méritait bien ça. A défaut de lui proposer une relation durable, il pouvait au moins faire en sorte qu'elle prenne son plaisir, elle aussi. Il ferait donc de son mieux, même s'il rêvait de la prendre sur-le-champ.

Et puis il fallait bien avouer que c'était un véritable plaisir que d'entendre ses gémissements, de la taquiner, tandis qu'elle l'attirait plus près de lui.

Il s'enhardit jusqu'à lui mordiller un sein. Elle poussa un petit cri qui lui fit relever la tête.

— Continue, murmura-t-elle. S'il te plaît, continue…

Ravi, il s'en prit à l'autre sein qu'il téta avec ardeur.

Merry laissa échapper un râle qui ne fit qu'exacerber encore son désir presque animal à présent. Sans cesser de la caresser, il fit descendre sa main vers la ceinture de son jean pour le déboutonner. Elle se rétracta et, la sentant se crisper, se remit à lui mordiller les seins. Comme il s'y attendait, elle recommença à gémir et sembla oublier qu'il voulait la débarrasser de son pantalon.

— Oh ! soupira-t-elle. Ta bouche… C'est tellement bon…

Le cœur de Shane battait si fort que ces paroles ne lui parvinrent que de très loin. Il les entendit cependant, et s'en délecta d'autant plus qu'il était tout près du but, désormais. Il ne se contrôlait plus qu'à peine. Ces préliminaires constituaient un véritable supplice, et ce fut une main mal assurée qu'il glissa dans le slip de la jeune femme.

A peine eut-il effleuré sa toison, douce à en mourir, qu'il la sentit se contracter. Il releva la tête pour l'examiner. Elle avait les yeux dans le vague. Ses lèvres roses étaient entrouvertes, et elle respirait plus fort. Il s'aventura un peu plus bas pour frôler le cœur de sa féminité, et elle ferma les yeux.

— Oh ! s'exclama-t-elle, la bouche arrondie par la surprise. Oh…, répéta-t-elle, lorsqu'il fit glisser ses doigts le long de son sexe humide.

Il continua à la contempler, sidéré par l'intensité de son excitation.

Elle paraissait si jeune, si pure… Ce qui n'avait aucun sens, bien entendu. Il n'y avait aucune pureté dans cette réaction qui le faisait vibrer de tout son être. Aucune pureté non plus dans la manière dont elle s'arc-boutait pour mieux sentir sa caresse ou dans celle dont ses doigts s'enroulaient autour de ses biceps. Elle s'accrochait à lui comme si elle craignait de tomber. C'était du désir pur qu'il lisait sur son visage. De l'attente, une supplique presque.

Et pourtant, elle lui paraissait pure.

— Tu es si belle, gronda-t-il d'une voix qu'il ne reconnut pas lui-même.

Elle secoua la tête de droite à gauche et ouvrit plus grand les jambes.

Tout comme lui, elle souhaitait aller jusqu'au bout. Il l'aurait voulue nue et prête pour lui, mais il ne pouvait se résigner à cesser de la caresser. Ni à s'arracher au plaisir d'admirer ses joues rosies par l'extase, son visage crispé par une tension exquise. Cela dit, il allait devoir se faire violence, s'il voulait la pénétrer. Or il ne désirait rien tant, en ce bas monde. Même sa vie ne lui paraissait plus essentielle. Parce qu'il mourrait, s'il ne pouvait pas la prendre dans les minutes à venir.

C'était certain.

Il s'agenouilla pour la débarrasser de son jean. Elle ne fit rien pour l'en empêcher, au contraire. Elle alla même jusqu'à lui faciliter la tâche en soulevant les hanches.

Et puis soudain, elle fut là, devant lui, tout en jambes et en slip noir.

Une pure merveille.

Sans cesser de la regarder, il fit descendre le petit sous-vêtement noir jusqu'à ses pieds qu'elle leva docilement, l'un après l'autre. Lorsqu'elle fut enfin nue devant lui, il respirait difficilement. Ses cuisses, de la couleur de l'albâtre, semblaient faites pour s'enrouler autour des hanches d'un homme. Et là, juste au-dessus, un triangle sombre et soyeux, qui le fit saliver.

Elle serra les jambes, comme pour se soustraire à son regard, ce qui ne fit que l'exciter davantage. Il avait envie de la titiller, de la cajoler, de la caresser jusqu'à ce que, perdant toute retenue, elle le supplie de la prendre.

Cette simple pensée faillit lui faire perdre la tête. Il devait se déshabiller, lui aussi, libérer son sexe gonflé et pénétrer cette femme. Il n'en pouvait plus d'attendre.

Mais il serra les dents et se rallongea à côté d'elle.

Doucement... Tout doucement...

Elle avait fermé les yeux, comme pour ne pas le voir. Lorsqu'il se remit à la caresser cependant, elle poussa un petit soupir de soulagement et entrouvrit les jambes. Il continua à presser ses doigts sur son clitoris, se délectant de ses bruits de gorge. Et quand elle souleva les hanches en un geste presque désespéré, il introduisit un doigt à l'intérieur de son sexe.

Elle poussa un petit cri, et il sentit son cœur s'emballer. Elle était brûlante, humide et étroite. Il ne put contenir le râle qui lui était monté à la gorge.

Bon sang... Dire qu'il s'était cru capable de ne pas toucher à cette femme, capable de garder ses distances !

Il continua à la caresser, de plus en plus profondément, jusqu'à ce qu'elle soit parfaitement détendue. Puis, penchant la tête pour lui déposer un baiser dans le cou, il tenta de faire glisser un deuxième doigt entre ses lèvres. En vain. Elle était trop étroite. Craignant de lui faire mal, il se remit à lui masser le clitoris, par toutes petites touches, dans l'espoir de la voir se cambrer, comme elle l'avait fait plus tôt. Sa patience fut vite récompensée et, quand il la sentit prête, il la pénétra des deux doigts.

Le cri qu'elle poussa alors fut un véritable délice.

— Tu aimes, ma belle ? demanda-t-il à mi-voix.

Elle acquiesça en se mordillant la lèvre inférieure pour réprimer un nouveau cri.

Shane ne put s'empêcher de sourire. Pour une fois, sa volubile voisine était à court de mots. Tout en allant et venant en elle, il guetta le moindre soupir, le moindre gémissement étouffé. De toute évidence, elle s'efforçait d'être aussi discrète que possible. Il en avait pourtant besoin, lui, de ces râles amoureux, et il ne s'en priva pas. Au contraire, il s'en nourrit jusqu'à ce qu'ils l'empêchent de penser, jusqu'à ce Merry s'ouvre et se ferme en cadence sur ses doigts fébriles. Elle était si excitée, à présent... Tellement absorbée par son plaisir...

— J'aimerais te pénétrer, Merry.

Au lieu de répondre, elle se contenta d'acquiescer.

Il se débarrassa de son jean et de ses santiags, sortit à la hâte un préservatif de son portefeuille, et se glissa entre les jambes de la jeune femme.

Les paupières toujours closes, elle enroula ses mains autour de son cou pour l'attirer plus près d'elle.

Il posa son sexe contre le sien et dut fermer les yeux à son tour pour résister à l'envie de s'introduire en elle avec la sauvagerie de l'homme des cavernes.

Empoignant son membre dressé d'une main crispée, il le lui posa sur le ventre.

— Merry... Ouvre les yeux. Regarde-moi, s'il te plaît.

— Non, fit-elle en secouant vigoureusement la tête.

Fou de désir, il posa son membre sur son clitoris. Cette fois, elle ne put réprimer un petit cri, suivi d'un « oh » extasié.

— Par pitié, regarde-moi. Regarde-moi, Merry.

Il le fallait. Il voulait qu'elle sache qui lui faisait l'amour. Et il voulait voir son regard, quand il plongerait enfin en elle. On ne l'avait pas étreinte depuis une éternité, et il tenait à s'assurer qu'elle l'avait choisi, lui, Shane Harcourt.

Elle finit par battre des cils puis par le dévisager avec une certaine inquiétude.

Il ne fallait pas qu'elle doute. Pas maintenant...

Aussi se positionna-t-il devant son sexe et poussa doucement.

— Shane..., gémit-elle, lui enfonçant ses ongles dans les épaules.

Il souffla longuement lorsqu'il la sentit autour de lui. Elle était si étroite, si brûlante, qu'il en avait presque mal. Il se retira d'un centimètre ou deux, et la reprit plus profondément.

— Shane, répéta-t-elle dans un soupir. Oui. Oui, viens...

Et comment !

Il s'enfonça lentement dans ce corps splendide et marmonna :

— Tu es si douce, bon sang ! Si délicieuse !

— Et toi, si... gros !

Jamais il n'aurait pensé que l'on puisse le faire rire en un moment pareil, mais Merry avait dit cela avec une telle candeur qu'il ne put s'en empêcher.

— Ça va ? Je ne te fais pas mal ?

Pour toute réponse, elle secoua la tête et se cacha les yeux. Il ne lui en voulut pas, cette fois. Il avait besoin d'une distraction, lui aussi. S'il continuait à se délecter du plaisir qui illuminait son beau visage, il atteindrait sans tarder le point de non-retour.

Doucement. Il devait y aller doucement.

Ce qui était aussi bien, d'ailleurs, car Merry réagissait à la plus infime caresse avec fougue. Elle soupirait, poussait de petits cris, fredonnait même, entre ses dents serrées.

Il fut parcouru d'un long frisson. Elle était vraiment prête, à présent. Si humide qu'il n'avait plus vraiment besoin de se retenir. Elle serait sienne, quoi qu'il arrive. Aussi la prit-il un peu plus rudement, sans changer de rythme pour autant.

Rejetant la tête en arrière, elle leva les genoux pour qu'il puisse s'enfoncer plus loin en elle.

— C'est si bon... Si bon, Merry...

Et il continua à aller et venir en elle, de plus en plus fort. Il ne se lassait pas de l'entendre crier, de la sentir aussi demandeuse, aussi réceptive.

Il fit l'erreur de se relever un peu pour la contempler... et ce fut trop. Cette peau de porcelaine, ces mamelons sombres, ces dents qui mordillaient sa lèvre inférieure tandis qu'elle luttait contre l'orgasme... Jamais il n'oublierait ce spectacle.

Merry la pudique, Merry la libertine... Deux facettes d'une même femme, et il n'aurait su dire celle qu'il préférait.

Oui, c'était trop. Mais il ne devait pas jouir. Pas encore.

Il lui fit reposer les jambes sur le matelas et ralentit la cadence. Puis, se positionnant un peu plus haut sur elle, il fit en sorte de pouvoir sentir son sexe frotter contre celui de la jeune femme à chaque assaut. L'une de ses maîtresses lui avait montré cette position, et il l'en remercia silencieusement.

Merry poussa un cri de surprise, et il dut serrer les dents, s'ordonner de ne pas l'écouter, de ne pas la voir, de ne pas s'adonner au plaisir exquis de la regarder jouir sous la caresse.

Seulement elle était si douce... Si intensément sienne. Il sentit ses mains se poser sur ses reins puis sur ses fesses. Ses ongles s'enfoncèrent dans sa chair.

— Oui..., gémit-elle. Shane, oui. Oui. Prends-moi... Par pitié, prends-moi !

Bon sang ! Elle voulait sa peau ou quoi ? De sa vie, il n'avait jamais rien entendu d'aussi excitant que la voix de Merry Kade le suppliant de la prendre.

A ce rythme, il ne tiendrait plus longtemps. D'ailleurs, il ne tenait plus. Elle était si étroite et si mouillée, ses ongles lui mordaient la peau, et elle avait tant besoin de ça... Besoin de lui, en fait. Et de son côté, il...

— Oui ! hurla-t-elle.

La sentant se soulever sous lui, il rouvrit les yeux et se laissa porter par l'ivresse du moment. Redoublant d'ardeur, il se concentra sur son propre sexe qui palpitait désespérément. L'instant d'après, il poussait un râle rauque de soulagement.

Mais il avait réussi à attendre. A lutter contre ce désir fou qui avait tant menacé de lui faire perdre le contrôle de lui-même.

Il n'aurait su dire combien de temps il lui fallut pour recouvrer ses esprits, mais lorsque ce fut le cas, Merry tremblait encore sous lui.

— Merry ? Ça va, ma belle ?
— Je... je crois, oui, chuchota-t-elle.
— Je ne t'ai pas fait mal ?
— Je devrais m'en remettre, répondit-elle avec un sourire timide.

Il se laissa tomber à ses côtés en riant malgré lui.

— Tu es en train de me dire que je n'ai pas assuré, là ? demanda-t-il. De me remettre à ma place, si tu préfères ?
— Non ! Non, absolument pas !

Elle fit mine de s'enfouir le visage dans les mains puis, se souvenant qu'elle était entièrement nue, tenta de dissimuler ses seins puis sa toison si soyeuse.

— Tu peux...

Elle tira sur la couverture et, ne la voyant pas bouger d'un pouce, toussota avec gêne.

— Tu peux te lever une seconde, s'il te plaît ?

Résistant à l'envie de lui dire non et de la laisser ainsi exposée pendant une heure, il se rendit dans la salle de bains. La chambre était obscure à cette heure, et lorsqu'il alluma machinalement la lumière, Merry s'écria :

— Non ! Eteins ça tout de suite !

— Pourquoi ? Tu es bien pudique, tout d'un coup !

Elle lui jeta un oreiller à la tête. Il le rattrapa pour le lui relancer, mais éteignit la lumière. Décidant que ce serait sa seule concession, il retourna s'allonger auprès de Merry et rejeta la couverture pour contempler ses seins somptueux.

Elle se recouvrit aussitôt.

— Allez, ma belle. J'aime tellement te regarder !
— Tais-toi.
— Tu n'as plus rien à me cacher, maintenant. J'ai tout vu !
— Tais-toi !
— Sous tous les angles ou presque !

Il prit un coup d'oreiller, se pencha pour embrasser Merry.

Qui s'accrochait toujours à la couverture comme à une bouée de sauvetage.

— S'il te plaît, ma belle. Sans cette couverture, moi aussi, je serais torse nu. Tu ne vas tout de même pas passer à côté de l'occasion de mater mes pectoraux !

Merry se décida à lui jeter un petit coup d'œil en coin. Puis à relâcher son emprise.

— Vu sous cet angle, évidemment...

Elle se tourna vers lui et, oubliant toute retenue, lui posa une main sur le torse.

— C'est... très agréable, déclara-t-elle dans un soupir.

Shane s'empressa d'imiter son geste. Ses seins étaient tout simplement irrésistibles. Il ne tarda pas à oublier son intention première néanmoins, fasciné comme il le fut par la main de Merry lui effleurant le torse, puis se posant sur son cœur. Elle semblait tout aussi séduite que lui, et cela lui fit une drôle d'impression. La tête lui tourna et il se sentit aussi submergé que lorsqu'il avait treize ans et qu'il était amoureux d'une jolie fille qu'il n'osait pas aborder.

Son cœur s'emballa, et il se prit à espérer que Merry n'avait rien remarqué.

— Tu ne veux vraiment pas que j'allume la lumière ? demanda-t-il d'une voix mal assurée.

— Tu es toujours comme ça, après l'amour ?

Il lui prit un sein entre les doigts pour le caresser. Aussitôt, son mamelon se dressa. Décidément, cette fille était un don du ciel !

— Comme ça... comment ?
— Détendu et...

Il se pencha sur son sein pour le titiller du bout de la langue.

— Et taquin, si je puis dire, conclut-elle.

Il la taquinait, c'était vrai. Et il n'aurait su dire pourquoi. Non, il n'était pas comme ça, d'habitude, c'était tout ce qu'il savait. Il l'embrassa une dernière fois avant de déclarer :

— Tu es craquante, quand tu ris. Quand tu souris aussi...

Et si c'était la stricte vérité, il y avait autre chose, de bien plus important.

Le sourire de Merry Kade lui réchauffait le cœur.

Sauf qu'il ne pouvait le lui avouer.

En aucun cas.

— Seulement quand je ris ou que je souris ? s'enquit-elle en plissant les yeux.

— Non. Tu es encore plus craquante quand tu cries mon nom et que tu me supplies de te prendre.

— Bon sang, Shane ! s'exclama-t-elle, lui donnant un coup de coude dans les côtes, avant de ramener la couverture vers elle pour s'y enfouir de nouveau.

Il se mit à rire. Et il rit encore plus lorsqu'il vit un des poings de Merry sortir de sa cachette pour lui cogner l'épaule.

Ayant pitié d'elle, il se rallongea. Il était épuisé, subitement. Il y avait bien longtemps qu'il n'avait pas joui avec une telle intensité. A bien y réfléchir, cela ne lui était jamais arrivé, d'ailleurs. Quant à rire de si bon cœur... là, c'était carrément inédit.

— C'était vraiment super, Merry, déclara-t-il dans un souffle.

Elle garda le silence pendant si longtemps qu'il commença à douter de sa performance. Puis il l'entendit prendre une longue inspiration.

— Super ? Oui. C'est le mot. Je me sens merveilleusement bien, si tu veux savoir.

— Tu m'en vois ravi, dit-il, souriant malgré lui.

— Je n'ai jamais...

Elle n'acheva pas sa phrase, et ces quelques mots prirent une résonance tout à fait inédite.

Il se tourna vers elle, mais il faisait trop sombre pour qu'il voie autre chose que la lueur de ses yeux, obscurcie par la couverture.

— Je n'avais encore jamais eu ce genre d'orgasme, poursuivit-elle.

— Comment ça ?

— Pendant l'amour. Avec un homme... en... à l'intérieur de moi. C'était...

Elle le gratifia de son fameux sourire avant de conclure :

— Super, comme tu l'as dit toi-même.

Malgré lui, Shane sentit son visage s'éclairer. S'il lui était resté un semblant d'énergie, il aurait sauté sur le lit en levant les poings en un geste triomphal. Fort heureusement, il était trop fatigué pour se départir ainsi de toute dignité.

— Je suis content de te l'entendre dire, murmura-t-il. Parce que, si tu veux tout savoir, moi aussi, je viens de passer l'un des meilleurs moments de mon existence.

Merry partit d'un tel fou rire qu'elle faillit s'étrangler, ce qui lui donna une autre raison de la taquiner. Son amusement s'éteignit lorsqu'elle se blottit contre lui, cependant. Car il ne put pas résister à l'envie de l'attirer un peu plus près, de façon à ce qu'elle pose sa tête sur son torse.

Et quand il sentit son souffle sur sa peau, il n'eut plus la moindre envie de rire.

Les yeux dans le vague, il se demanda s'il ne venait pas de commettre l'irréparable.

Merry pénétra à pas de loup dans l'appartement de Grace. Elle devait avoir l'air coupable, et bien que ses vêtements n'aient pas trop souffert, elle avait l'impression d'être chiffonnée. Pire encore, elle aurait pu jurer qu'elle sentait l'odeur de Shane, sur sa peau.

Incroyable ! Rien qu'à l'évocation de son prénom, elle se sentait rougir. En même temps, la douce chaleur qui l'avait envahie pendant l'amour continuait à se diffuser dans tout son corps, de son visage jusqu'au bas de son ventre...

Elle avait été honorée, dans le sens le plus littéral du terme.

Cela devait se voir sur son visage, d'ailleurs, et c'était bien là que le bât blessait.

A son grand soulagement, l'appartement était vide. Jetant un bref coup d'œil à l'horloge murale, elle constata qu'il ne s'était écoulé qu'une petite heure, depuis son départ du Crooked R.

Comment était-ce possible ? Elle aurait pu jurer que l'étreinte avait duré des heures !

Hochant la tête avec incrédulité, elle prit un bas de jogging et gagna la salle de bains en toute hâte. Elle éprouvait le besoin de se laver des traces invisibles de toute cette débauche.

Oui, songea-t-elle en attendant que l'eau chauffe. C'était exactement le mot qui convenait : débauche. Elle se sentait dépravée... et divinement bien.

Toujours un peu gênée, cependant. C'était plus fort qu'elle. S'être montrée nue, avoir été exposée devant Shane... Cela l'avait rendue vulnérable, d'une certaine manière.

Elle avait toujours admiré Grace et sa capacité à se servir de son corps pour accéder au plaisir quand le besoin s'en faisait sentir. Elle, pour sa part, n'avait jamais osé. Se faire pénétrer par un homme parce que l'on estimait que l'on en avait parfaitement le droit ? Non. Rien qu'à cette pensée, tout se hérissait en elle. En l'occurrence, elle n'aurait su dire ce qui lui faisait le plus peur : le fait qu'elle connaissait à peine Shane ou bien le fait de le connaître un minimum ?

Elle se glissa sous le jet d'eau brûlante et poussa un soupir de soulagement.

Elle avait vraiment bien fait de se rendre au saloon, ce soir ! Et de boire ces deux Martini. Sans quoi elle ne se serait jamais laissée aller.

Se laisser aller... Quelle étrange formulation. Comme si elle n'avait pas participé activement à ce qui s'était produit entre Shane et elle !

Enfin, la sémantique n'avait aucune importance, en cet instant. Ce petit interlude avait été fabuleux, c'était tout ce qui comptait.

Après avoir jeté un coup d'œil autour d'elle, des fois que l'on puisse la voir, on ne sait jamais, elle se mit à danser sur place.

— Mon Dieu... Oui ! Trop super ! Top !

Shane avait été parfait. Plus qu'à la hauteur. Et si vigoureux...

Mieux encore, entre ses bras, elle s'était sentie belle, l'espace de quelques minutes. A un moment, il lui avait donné l'impression qu'elle était la femme qu'il attendait depuis toujours.

Si c'était ça, « un service entre amis », elle était preneuse. Prête à recommencer, à folâtrer avec son voisin et à mettre toute once de sentiment de côté.

Oui, oui, et mille fois oui ! Elle était preneuse !

— O.K., murmura-t-elle. Calme-toi. Et essaie d'être plus cool.

Car elle pouvait l'être, si elle se forçait un peu. D'ailleurs, c'était décidé. Dorénavant, elle serait cool. Détachée. Calme. Après tout, elle avait tenté sa chance et n'avait pas eu à le regretter, alors ?

Elle se lava et ressortit de la salle de bains plus sûre d'elle que jamais.

Une fois ses cheveux ramenés en chignon, elle alluma son iPad pour envoyer un e-mail. Si elle n'obtenait pas la réponse escomptée, elle prendrait un autre risque. On n'avait rien sans rien, apparemment.

La vie était belle, aujourd'hui. Et Merry était bien décidée à faire en sorte qu'elle le soit encore plus demain.

11

Merry examina tour à tour les visages qui l'entouraient. Ceux de Levi et de Harry, tannés par le soleil, celui de Marvin, poupin malgré l'âge et pâle sous son bonnet de pécheur, puis ceux des femmes. Kristen, une belle sexagénaire aux cheveux soigneusement coiffés et Jeannine, toute ridée et qui commençait à se voûter, avec l'âge. Tous regardaient bouche bée le panneau maculé, sous le glorieux soleil du matin.

De la peinture noire avait dégouliné le long du poteau, tachant l'herbe qui bordait la haie.

— Mon Dieu ! s'exclama Kristen, pour la troisième fois depuis qu'elle était descendue de la voiture de Levi.

— Je sais, déclara Merry d'un ton solennel. C'est complètement fou. Et cela nécessite une réunion d'urgence. Il est temps que nous réfléchissions à l'attitude à adopter, vous ne croyez pas ?

— Je crois surtout que nous devrions prévenir le shérif, rétorqua Jeannine.

Merry sentit son estomac se contracter. Visiblement, la petite assemblée penchait plutôt pour cette dernière solution.

— Prévenir le shérif ? Tout de même pas ! lança-t-elle d'un ton léger. Nous allons lui faire perdre son temps et…

— Ceci constitue un acte de vandalisme, ni plus ni moins, décréta Harry.

— N'exagérons rien. Il ne s'agissait jamais que d'une misérable planche de bois clouée au poteau d'un enclos encore plus vieux qu'elle. Je ne vois pas d'autres dégâts, alors…

Jeannine ricana avec mépris.

— C'est possible, mademoiselle Kade, mais cela n'en reste pas moins une menace.

— Absolument ! renchérit Kristen. On essaie de nous intimider !

Merry commençait à avoir des fourmis dans les doigts, subitement. Se forçant à se détendre un peu, elle enchaîna :

— L'auteur s'est contenté d'écrire « Stop aux touristes ! ». Cela n'a rien d'une menace. Et encore une fois, j'attire votre attention sur le fait que le shérif a d'autres chats à fouetter. Il y a de vrais criminels, dans cette région comme dans les autres. Alors pourquoi l'embêter avec ça ?

Kristen, Jeannine, Levi, Harry et Marvin se tournèrent vers elle comme un seul homme pour la dévisager comme si elle avait perdu la raison.

La jeune femme passa nerveusement d'un pied sur l'autre. S'ils insistaient un peu, elle risquait de tout avouer...

— Avant tout, prenons quelques photos de ce panneau, proposa-t-elle. Ensuite, si vous y tenez, nous déposerons une main courante, de manière à ce qu'il reste une trace de l'incident.

Levi parut réfléchir à la question.

— Il faut plutôt porter plainte, dit-il. Il pourrait y avoir des empreintes digitales. Ainsi que des traces de pneu sur le chemin, d'ailleurs, à bien y songer.

Bon sang ! Pourquoi tout était-il toujours si compliqué, avec ces gens ? se demanda Merry, qui n'en menait pas large.

— Pour autant que je sache, cela ne fonctionne pas exactement comme ça, reprit-elle. Pour vous donner un exemple, je me suis fait voler ma voiture, il y a deux ans, et quand la police l'a retrouvée, elle ne s'est pas donné la peine de relever d'éventuelles empreintes, digitales ou autres. Une histoire de financement, apparemment. Ou d'assurance, je ne me souviens pas très bien. Cela dit, faites comme bon vous semble.

— J'appelle le shérif, déclara fermement Jeannine.

Merry sentit une sueur froide dégouliner le long de son dos.

Elle n'avait rien fait d'illégal. Le fait de planter un panneau dans un lieu désert ne constituait pas un délit, elle s'en était assurée. De plus, elle n'avait rien écrit de bien effrayant. Bref, il y avait peu de risques que cela la mène en prison. Et puis, qui aurait pu deviner qu'elle était à l'origine de ce nouveau « crime » ?

Malgré elle, elle revit en un flash les centaines de séries policières qu'elle avait regardées, dans sa vie. A la télévision, les détectives trouvaient toujours un indice, aussi minime soit-il. Si le shérif était aussi doué que Colombo, il risquait de trouver une pince à cheveux, une goutte de peinture égarée, de s'apercevoir que le E était tracé d'une certaine manière...

Fichus E ! Elle n'avait jamais réussi à les faire autrement, même quand elle tentait de déguiser son écriture.

Elle se passa subrepticement une main dans les cheveux, histoire de vérifier qu'elle ne portait ni barrette, ni pince, ni chouchou. Non. Ses cheveux étaient aussi longs et raides que d'ordinaire. Tout allait bien de ce côté-là, donc. Quant aux éventuelles taches de peinture, elle les avait déjà effacées. Elle avait passé les lieux à la loupe. Plusieurs fois, même.

Restait sa manière de tracer les E.

Ainsi que ses mains, bien sûr. Y restait-il des traces de peinture susceptibles de la trahir aussi sûrement que des traces de sang sous les yeux des experts de la police scientifique ? Elle ne voyait rien de tel, mais que se produirait-il, en cas d'examen un peu approfondi ? Après tout, il se pouvait qu'on la teste, de la même manière que lorsqu'on cherchait des résidus de poudre, après un meurtre. Et si...

Jeannine referma son téléphone en un claquement sec et revint vers le petit groupe, les sourcils froncés.

— D'après l'opératrice, il y a un feu de broussailles, en bordure de la ville. Elle m'a conseillé de prendre des photos et de passer demain au commissariat pour y faire consigner les faits, annonça-t-elle.

— Une main courante, donc. Dieu soit loué ! s'exclama Merry.

Aussitôt, cinq têtes se tournèrent vers elle pour la regarder droit dans les yeux.

— Je veux dire... que je suis contente que nous puissions expliquer ce qui s'est passé sans pour autant déranger la police... et les pompiers d'ailleurs, puisque nous parlons d'un incendie, dit-elle très vite. C'est plutôt une bonne nouvelle, non ? Les hommes en uniforme sont là pour sauver des vies et...

Elle s'interrompit. Elle était en nage, à présent.

— O.K. Je me charge de les prendre, ces photos. En haute définition, bien entendu, conclut-elle péniblement.

Les membres du trust reculèrent de quelques pas, et elle se mit au travail. Elle photographia d'abord la peinture qui maculait l'herbe, puis le panneau, sous tous les angles. Afin de faire bonne mesure — et surtout d'avoir l'air de collaborer pleinement —, elle alla se poster de l'autre côté de la haie d'où elle prit deux nouveaux clichés.

— C'est bon ! cria-t-elle, s'époussetant les mains.

A son grand dam, elle constata que ses employeurs n'avaient pas profité de ces quelques minutes pour fixer la date d'une réunion d'exception. Ils avaient même parlé de tout autre chose, apparemment.

— Personne ne connaît un des journalistes de la gazette locale ? Nous pourrions le faire venir dès cet après-midi !

Quoi ? Elle ne les avait laissés seuls que l'espace de quelques minutes, et ils en étaient déjà là ?

— Du calme, du calme ! lança-t-elle, affolée. Un journaliste ? Vous n'y pensez pas ! C'est la dernière chose à faire, enfin !

Jeannine croisa fermement les bras et lui jeta un regard hautain.

— Nous devons faire comprendre à ce sapajou que nous n'accepterons pas ses exactions. C'est un ingrat, et s'il s'imagine qu'il peut…

— Nous ignorons qui est l'auteur de ces… de ce méfait, l'interrompit Merry. Il pourrait s'agir de n'importe qui. En accusant quelqu'un au hasard, vous vous exposez à être poursuivis en justice. Votre ennemi vous a montré qu'il pouvait être procédurier, s'il le voulait, non ? Alors non, faire intervenir la presse n'est pas une bonne idée. Nous risquons de tout perdre, pour le coup.

— Elle a raison, fit remarquer Levi.

Harry sembla se ranger à son avis.

Les femmes, en revanche, n'étaient toujours pas d'accord. Kristen déploya ses mains manucurées en un geste théâtral.

— Alors selon vous, nous n'avons plus qu'à nous résigner ? Vous ne vivez pas sur ma propriété, ça se voit ! C'est épouvantable, cette atmosphère. Je n'en dors plus la nuit !

Manifestement, Kristen Bishop n'avait pas souvent été confrontée à ce genre de situations. Une boîte aux lettres déracinée et un panneau barbouillé de lettres noires n'auraient pas effrayé Merry, même lorsqu'elle était enfant. Malgré tout, elle se sentait responsable de la détresse de Kristen.

— J'ai une idée, annonça-t-elle, d'une voix aussi calme que possible. Si on attrapait la mouche avec du miel, comme on dit ? Au fait, ça se dit ou non ?

Comme elle n'obtenait pas de réponse, elle toussota et reprit :

— A la réflexion, il serait peut-être judicieux de prévenir un journaliste, seulement plutôt que de nous concentrer sur ces fâcheux incidents, nous pourrions lui demander de rédiger un article circonstancié sur Providence. Il pourrait parler… Je ne sais pas, moi. Du trust et de ce que Gideon Bishop voulait faire de cette ville fantôme. Et aussi de l'impact que ses habitants ont eu sur la région, en leur temps. Qu'en pensez-vous ?

Levi se mit à se balancer d'avant en arrière en se raclant la gorge. Mais apparemment, il n'en pensait rien. Et les autres non plus.

— L'opinion publique, c'est important ! insista-t-elle. Je ne dis pas que nous devons passer sous silence les problèmes que nous avons eus avec la justice et le légataire de Gideon, mais la meilleure chose que nous puissions faire, si nous voulons que notre projet avance, c'est de mettre les habitants de Jackson Hole de notre côté.

— Et le panneau ? demanda Kristen. Et ma boîte aux lettres ?

— Si nous avons l'opinion pour nous, je suis presque certaine que votre… vandale n'osera pas recommencer, expliqua patiemment Merry.

— Ce n'est pas bête, ce que dit cette petite, déclara Harry.

Jeannine fronça les sourcils d'un air dubitatif, mais ne fit aucun commentaire. Chez elle, c'était presque une marque d'approbation.

— Tout ceci est tellement détestable, répéta Kristen, reprenant son rôle de martyr.

Merry ne pouvait pas lui en vouloir, cependant. Après tout, elle avait largement contribué à son désarroi…

— Bien ! De toute évidence, nous sommes dans une situation

d'urgence, déclara Levi d'une voix forte. Merry ? Nous vous enverrons la date de la prochaine réunion par e-mail. Mesdames ? Il est temps que nous rentrions à Jackson Hole, si vous ne voulez pas attraper une insolation.

Il n'en fallut pas plus pour donner le signal du départ. Tous les membres du trust tournèrent les talons et s'éloignèrent en commentant à mi-voix les derniers événements.

Merry recommençait à respirer lorsque Levi revint sur ses pas.

— Je ferais bien de l'emporter, ce panneau, dit-il. Il nous servira de preuve, en cas de besoin.

— Ne vous en faites pas, je m'en charge. De ça et d'envoyer les photos au commissariat, si vous voulez.

— Vous plaisantez ? C'est bien trop perturbant pour la jeune femme que vous êtes.

Elle réprima un petit rire. Elle n'aurait pas été étonnée outre mesure s'il lui avait proposé des sels pour l'aider à se remettre de l'horreur de la situation.

Enfin… Son souci principal étant de se faire oublier, elle n'insista pas et le regarda détacher le panneau du poteau et le coincer sous son bras.

— Vous voyez ? dit-il, désignant le poteau. Il n'y paraît plus. Surtout, n'hésitez pas à prendre quelques jours de repos, si vous en éprouvez le besoin. Dans le cas contraire, travaillez de chez vous, jusqu'à ce que cette affaire soit réglée, c'est plus prudent.

— Je verrai… Merci, monsieur Cannon.

Il jeta le panneau dans le coffre de son véhicule, la salua une dernière fois, et se glissa derrière le volant.

Bien qu'elle ne soit pas parvenue à garder la preuve du méfait, elle fut infiniment soulagée de voir la voiture s'éloigner.

L'instant d'après, elle se reprochait sa fourberie. Elle avait commis un acte abominable.

Hors la loi.

Mais elle tenait sa réunion exceptionnelle.

— La fin justifie les moyens, marmonna-t-elle pour elle-même.

Et la rénovation de Providence justifiait tout. Pour elle.

Il ne lui restait plus qu'à espérer qu'elle ne le regretterait pas.

Ce qu'elle saurait bien assez tôt, de toute manière.

12

— Arrête ! s'exclama Nate Hendricks. Tu ne vas pas me dire que cette scène de poursuite était réussie ! Pour moi, c'est le plus grand ratage de l'histoire du cinéma.

Shane leva les yeux au ciel.

— Evidemment, pour un flic, ce n'est pas très réaliste. Seulement moi, ce train qui déraille et qui atterrit sur la route... j'ai trouvé ça génial, qu'est-ce que tu veux !

— Moi aussi, renchérit Walker. C'est bien simple, j'étais accroché à mon fauteuil.

Shane résista tant bien que mal à l'envie de le faire taire d'un coup de poing — tout à fait amical, bien sûr.

Cole avait proposé une petite séance de cinéma entre hommes, ce samedi après-midi. Il avait invité Shane et Nate, le petit ami de Jenny. Malheureusement, au moment où ils sortaient du Haras, ils étaient tombés sur Walker, et Cole lui avait proposé de se joindre à eux.

Oh ! Walker n'était pas un mauvais bougre. Shane le connaissait depuis plusieurs années et, a priori, c'était plutôt un type bien. Seulement il avait flirté avec Merry, et elle n'avait pas semblé s'en plaindre, bien au contraire.

Aussi Shane s'était-il assis le plus loin possible de son rival, dans la salle de cinéma. Et cela bien qu'il n'ait aucune raison d'être jaloux. Ce petit jeu de séduction entre Merry et Walker ne voulait rien dire, au fond. Parce que si elle s'était effectivement laissée conter fleurette, les choses s'étaient arrêtées là.

Pour le sexe, c'était lui, Shane Harcourt, qu'elle avait choisi, personne d'autre.

Cela dit, il ne fut pas fâché d'entendre Walker saluer tout le monde et monter directement dans son appartement, une fois qu'ils furent rentrés au Haras. Nate ayant pris congé, lui aussi, Cole et Shane allèrent s'installer sur les vieilles chaises métalliques disposées devant les marches du bâtiment.

— Alors, cette maison ? Quand est-ce que tu t'y mets ? demanda Cole.

Shane lui avait parlé du terrain que son grand-père lui avait légué et de son projet d'y construire, sans s'étendre particulièrement sur le sujet.

— J'espère commencer à l'automne prochain. D'ici là, j'en aurai peut-être fini avec ces histoires de succession.

— Ce serait bien, pour toi. Tu loues toujours un box, pour entreposer tes outils de travail ?

— Oui. Ainsi qu'un autre pour mon cheval. Enfin, j'ai bon espoir. Je ne pourrai pas habiter ma maison avant un an ou deux, mais ça finira par se faire. Et toi ? Tu te plais, dans ta nouvelle fonction de propriétaire de ranch ?

Le sourire ravi de Cole parla pour lui. Sa vie commençait à prendre forme, et le ranch n'était pas sa seule source de satisfaction.

— Je ne me plains pas, répondit-il. Et j'ai attendu longtemps moi aussi. Plus de dix ans.

— Eh oui. Tu es rangé, maintenant. Casé et absorbé par ton petit train-train quotidien, hein ?

Cette fois, Shane ne put se méprendre sur l'origine du sourire de Cole. Ce n'était pas au ranch qu'il pensait. Et c'était bien compréhensible. Si Shane avait eu sa dose de sexe tous les soirs, il aurait souri aux anges, lui aussi. La preuve : une seule nuit entre les bras de Merry Kade, et il se sentait déjà tout chose, rien que d'y repenser.

— Toujours pas de nouvelles de ton frère ? s'enquit Cole.
— Non. Aucune.

Les deux hommes se fréquentaient depuis le lycée, de sorte que Cole connaissait son histoire, du moins en partie. Les trois quarts des habitants de Jackson Hole aussi, en fait. A l'époque, la ville était encore plus petite, et les cancans allaient bon train.

— Qu'est-ce qu'il fabrique, à ton avis ?

— Aucune idée. C'était un fou de motos, alors il se peut qu'il travaille chez un concessionnaire. A moins qu'il n'explore les Etats-Unis en long, en large et en travers depuis son départ. Ou qu'il soit mort, tout simplement.

— Ne dis pas de bêtises. Ton frère est vivant, sans quoi on t'aurait prévenu.

— Possible, marmonna Shane.

Il n'y croyait pas une seule seconde, cependant. En quinze ans, il avait pu se passer beaucoup de choses. Si Alex était tombé dans la drogue et avait fini dans un caniveau, sur ce continent ou sur un autre, on ne s'était sûrement pas donné la peine de rechercher une éventuelle famille.

Enfin… Mort ou pas, son frère était parti. Et il était tout aussi absent et hors d'atteinte que leur père. Ne restait donc plus que leur mère, trop occupée à ressasser ces disparitions pour mener une existence digne de ce nom. Et lui.

Et quel que soit le plaisir qu'il avait eu avec Merry la veille au soir, et bien qu'il la trouve d'excellente compagnie, il savait qu'il ne fonderait jamais de foyer. Or, s'il y avait peu de chances pour qu'il quitte Jackson Hole, on ne pouvait pas dire que rester sur le lieu de sa naissance constitue un engagement. Dire que même son père avait eu une relation stable ! Avec Dorothy Heyer, plus connue sous le nom de Madame Greg Heyer. On avait beaucoup jasé, à Jackson Hole, sur les heures que passait le père de Shane au domicile de la jeune femme, alors mariée à un riche propriétaire terrien. Et la rumeur avait été confirmée par leur départ, ensemble, un beau matin d'été.

Le grand-père Gideon n'avait pas été irréprochable, lui non plus, loin de là. Sa première femme était morte dans un accident de voiture quelques mois après l'avoir quitté au prétexte qu'il la trompait. Et si Jeannine était restée beaucoup plus longtemps, c'était uniquement parce qu'elle avait fermé les yeux sur ses infidélités. La pauvre, elle avait dû souffrir, lorsqu'il l'avait jetée dehors pour épouser Kristen qu'il avait élégamment qualifiée de « femme de sa vie » !

Cela dit, Shane devait bien avouer que son propre parcours n'inspirait pas confiance non plus. Il n'avait jamais été amoureux, il n'avait que très peu d'amis et, depuis quelque temps, il ne supportait même plus sa propre mère. Alors, bien que la tentation d'aller plus loin avec Merry Kade soit forte, il se savait voué à vivre en solitaire. Il construirait sa petite maison à l'écart de la ville, il aurait un atelier, un petit magasin où il vendrait ses créations, une écurie et des pâturages pour ses chevaux. Le mariage ? Des enfants ? En aucun cas. A ses yeux, cela revenait à investir à long terme dans la déception et l'amertume. Et ce serait encore pire s'il avait affaire à une gentille fille comme Merry.

Cole et lui s'absorbèrent dans leurs pensées, sous le ciel uniformément bleu. Et Shane continua à gamberger. Contrairement à lui, Cole était du genre à se fixer. Son plus gros problème serait sans doute de convaincre Grace de s'installer avec lui, mais il y parviendrait, c'était certain. D'autant que, bien que la jeune femme ne soit toujours pas facile, elle s'était considérablement radoucie, ces derniers mois.

Comme pour le contredire dans ses pensées, Grace choisit ce moment pour sortir en trombe de la porte principale du Haras en faisant voleter ses mèches rouges.

— Cole ? J'ai besoin d'un chauffeur ! lança-t-elle.

— Tout de suite ?

— Oui. Merry a eu des problèmes avec sa ville fantôme, ce matin. Or, ça fait deux heures que j'essaie de la joindre sans succès. C'est peut-être une question de réseau, seulement je commence à m'inquiéter.

Cole n'eut pas le temps de réagir. Déjà Shane s'était levé d'un bond.

— Quoi ? Quel genre de problèmes ?

— Une sombre histoire de vandalisme, si j'ai bien compris, répondit Grace d'un ton distrait. Quelqu'un a planté un panneau hostile aux touristes à l'entrée de Providence. Encore une fois, ce n'est sûrement pas grave et j'ai toujours du mal à la joindre, quand elle est là-bas. Seulement je serais plus tranquille si j'étais sûre que tout va bien.

— Je m'en charge, proposa Shane.

Grace l'examina avec suspicion.

— J'y vais tous les jours, ajouta-t-il. Je connais bien les lieux et je sais à quel endroit la trouver, si elle n'est pas dans la maison qui lui sert de bureau.

Cole acquiesça.

— Tu es l'homme de la situation, visiblement, alors je serais d'avis que tu y ailles et que tu nous appelles quand tu seras sur place. Qu'en penses-tu, Grace ?

De nouveau, elle dévisagea Shane entre ses yeux plissés.

— O.K., finit-elle par marmonner. Et merci.

Shane se serait félicité d'avoir réussi à amadouer la jeune femme s'il avait pensé une seule seconde qu'il méritait sa confiance. Malheureusement, ce n'était pas le cas. Elle craignait qu'il se serve de sa meilleure amie et qu'il la laisse tomber dès qu'il se lasserait d'elle. Or, s'il n'avait pas le sentiment d'utiliser Merry, il lui mentait depuis le départ et il la quitterait fatalement un jour.

Il ne s'attarda pas sur cette sombre constatation cependant. Il grimpa dans son pick-up et se mit en route, non sans avoir essayé de joindre Merry. En vain, naturellement. Tout ce qu'il obtint fut sa messagerie. Peut-être avait-elle oublié de recharger son portable. Ou alors, et c'était une possibilité à ne pas exclure, elle avait fait une trouvaille, s'était emballée et avait oublié tout le reste.

Restait la question de ce mystérieux panneau…

Il s'agita sur son siège et se frotta la nuque pour se débarrasser de la tension qui s'y était installée. Il n'aurait pas prêté d'attention à l'incident si Jeannine ne l'avait pas accusé de vandalisme, quelques jours plus tôt. Décidément, il se passait des choses bizarres, ces derniers temps. A se demander si on n'essayait pas de le piéger…

Ce n'était pas totalement inenvisageable, à bien y réfléchir. Lorsqu'une somme avoisinant les deux millions de dollars était en jeu, tous les coups étaient permis. Certes, personne ne pourrait prouver qu'il était à l'origine de ces petits méfaits, puisqu'il n'y était pour rien. Toutefois, il suffisait que les soupçons se portent sur lui pour qu'il perde toute crédibilité, à la fois auprès de ses concitoyens et auprès du tribunal. Alors oui, l'idée était peut-être de le discréditer pour lui faire perdre son procès…

Plus préoccupant encore, qui pouvait bien être à l'origine de ce travail de sape contre la rénovation de Providence ? A part lui, il ne voyait pas qui le projet pouvait déranger !

Il appuya sur l'accélérateur, au risque de se faire arrêter et de prendre une amende. Merry ne répondait toujours pas au téléphone et elle était seule, à l'écart de toute civilisation.

Même s'il ne s'était rien passé entre eux la nuit précédente, il n'aurait pu supporter l'idée qu'elle soit en danger. Elle était tellement... vulnérable. Non seulement dans cette maudite ville fantôme, mais aussi dans la vie en général. Elle semblait n'avoir aucune défense. Aucune armure.

Etrange, pour quelqu'un qui avait été élevé par une mère célibataire et dans une pauvreté extrême... Quoi qu'il en soit, elle avait besoin d'être protégée, il ne parvenait pas à se sortir cette idée de la tête. Peut-être parce qu'il savait qu'il lui faisait du mal, lui aussi.

Oui. C'était sans doute ça. Il s'inquiétait pour elle parce qu'il savait qu'elle allait souffrir.

Par sa faute.

— Et merde ! jura-t-il, donnant un grand coup de poing sur le volant.

Comment en était-il arrivé là ? Il aurait dû se maîtriser, garder ses distances comme il se l'était promis. Elle était suffisamment gentille et inoffensive pour qu'il la considère comme une amie, sans plus. Eh bien non ! Sans savoir pourquoi, il s'était attaché à elle, au point qu'elle constituait dorénavant un véritable danger pour son équilibre mental.

Bien sûr, en lui résistant, il ne se serait pas absous de ses torts. Le fait qu'elle soit devenue sa maîtresse au lieu de rester une simple voisine ne changeait rien : il lui avait menti. Elle lui avait accordé sa confiance, et il s'en était servi pour lui extorquer des informations. Et quelles informations ! Parce qu'il n'avait pas appris grand-chose, en fin de compte, les petites magouilles du trust mises à part. Il serait parvenu au même résultat en posant les bonnes questions aux bonnes personnes. Pire encore, son avocat n'avait pas paru particulièrement intéressé par ce mini-rebondissement.

Il ne lui restait plus qu'une solution : cesser de travailler à

Providence. D'ailleurs, c'était décidé. Dès qu'il serait certain que Merry était saine et sauve, il lui annoncerait qu'il n'avait pas le temps de remettre le saloon en état, finalement. Un geste insignifiant, qui venait un peu tard, certes. Mais c'était mieux que rien.

Il s'engagea sur le chemin de graviers et dut ralentir l'allure, ce qui fit encore monter sa tension d'un cran. Au bout de ce qui lui parut une éternité, il aperçut enfin la vieille ville. Il n'y avait aucun nuage de poussière devant lui, ce qui signifiait que personne n'avait emprunté cette route dans la demi-heure précédente. C'était bon signe. Du moins, il tenta de s'en convaincre.

Et puis, il n'y avait que la voiture de Merry, sur le parking improvisé. Ça aussi, c'était plutôt rassurant, non ?

— Merry ! appela-t-il, à peine descendu de son pick-up.

Il claqua la portière. Le bruit se répercuta sur des kilomètres, mais Merry ne répondit pas.

— Merry ? lança-t-il, avançant d'un bon pas vers la petite maison d'où elle travaillait, sans cesser de regarder autour de lui, à l'affût du moindre mouvement.

Il parvint jusqu'au porche sans que rien n'ait bougé autour de lui. Et quand il fit irruption dans la petite pièce, la première chose qu'il vit fut un iPad, bien en évidence sur la table.

Il crut que son cœur s'était arrêté de battre. Merry ne faisait jamais rien sans ce fichu appareil.

Où était-elle, bon sang ?

Le saloon…

Oui ! Forcément !

Il ressortit aussi précipitamment qu'il était entré et se rua vers sa nouvelle destination…

Pas de Merry, là non plus.

Bon sang, qu'avait-il bien pu lui arriver ? Cela commençait à devenir inquiétant… Il sentit une véritable angoisse s'emparer de lui.

Se ressaisissant, il tenta de rester rationnel. Il y avait bien quelques dangers naturels, tels que les pumas… qui ne sortaient jamais en plein milieu de l'après-midi. Alors ? Le mystérieux vandale ? Ou bien, plus simplement, Merry s'était-elle perdue dans les collines environnantes ?

Subitement, une pensée lui revint à l'esprit. La veille au soir, quand il l'avait fait taire d'un baiser, devant sa porte, Merry était en train de lui parler de…

De quoi, au juste ? De Providence, bien sûr. Elle était surexcitée parce qu'elle avait appris…

Oui ! L'existence d'une glacière !

Quelque part à l'entrée du canyon.

— Bingo ! s'exclama-t-il, avant de partir dans l'autre sens en courant.

Il était presque sûr de son coup. Là-bas, son téléphone ne pouvait en aucun cas fonctionner, et elle avait dû estimer qu'elle n'aurait pas besoin de son iPad. Il ne restait plus qu'à espérer qu'elle était absorbée par son exploration, pas blessée ou agonisante au pied d'un rocher.

Se souvenant que le sentier enjambait le canyon à un endroit donné, il ignora le chemin de terre et s'engouffra dans le canyon. A cette époque de l'année, l'eau coulait encore abondamment. D'ici un mois, elle serait réduite à un simple ruisseau. Mais au printemps, quand il pleuvait abondamment… Non. On n'était pas au printemps. En aucun cas, Merry ne risquait d'avoir été emportée par les eaux.

— Merry !

Il devait faire attention à l'endroit où il mettait les pieds car le terrain était jonché de pierres et de rochers qui semblaient avoir été empilés sur l'ardoise. Il avança donc avec mille précautions, s'arrêtant régulièrement pour scruter les lieux et appeler Merry.

Après avoir remonté le canyon sur une bonne cinquantaine de mètres, il finit par entendre une voix. Ou plutôt un chant… qu'il ne trouva pas particulièrement mélodieux.

Il poussa un soupir de soulagement.

Tout allait bien. La petite Merry était saine, sauve… et toujours aussi joyeuse, apparemment. Elle chantait seulement… très faux.

Au détour d'un affleurement de pierre, il l'aperçut enfin. Elle s'avançait vers lui en chantant à tue-tête un air de pop qui lui sembla vaguement familier. Lorsqu'elle leva les yeux, sa voix s'étrangla, se transforma en un cri d'épouvante, et elle recula si vivement qu'elle faillit s'affaler dans l'étroit cours d'eau.

Shane bondit en avant pour la rattraper.

— Bon sang ! s'exclama-t-elle, le coupant dans son élan d'un geste de la main. Tu m'as fichu une de ces trouilles !
— Merry ! Tout va bien ?
— Mis à part le fait que j'ai failli faire pipi dans ma culotte, tout va bien, oui.
— Grace était inquiète de ne pas pouvoir te joindre. Après cette sombre histoire de vandalisme, elle n'aimait pas te savoir toute seule ici.

Merry détourna le regard d'un air coupable.

— Oh… Désolée. Il n'y a pas de réseau, ici. En tout cas, merci de t'être déplacé !
— De rien, de rien. Tu es sûre que tu vas bien ?
— Certaine. Je…

Son visage s'illumina, et elle agita les mains dans tous les sens.

— Viens voir ! J'ai trouvé la glacière ! Enfin ce qu'il en reste. C'est carrément génial !

Il ouvrit la bouche pour protester… Trop tard.

Merry avait déjà tourné les talons, l'obligeant à la suivre. Cela dit, il ne pouvait pas se plaindre. En lui emboîtant ainsi le pas, il avait vue sur ses hanches rondes, ainsi que sur les adorables fesses qu'il avait serrées entre ses mains au moment de lui souhaiter une bonne nuit, la veille. Toujours sous le coup du soulagement de l'avoir retrouvée, et captivé par ce qu'il voyait devant lui, il fut bientôt confronté à un problème tout nouveau, celui de marcher dans des lieux inhospitaliers en ayant une érection.

« Bon Dieu, mec, ressaisis-toi ! » s'ordonna-t-il intérieurement.

D'autant que Merry ne semblait pas se préoccuper plus que ça de sa présence derrière elle. Elle fonçait, trop excitée par la découverte des deux planches de bois pourri qu'elle finit par lui montrer d'un index triomphal.

— Admire !
— Mmm ? grommela-t-il, s'abstenant de lui faire remarquer que ce qu'il voyait ne ressemblait ni de près ni de loin à une glacière, du moins selon ses critères.
— Elle est en piteux état, lui expliqua-t-elle, pour le cas où il n'aurait rien remarqué, sans doute.
— C'est le moins qu'on puisse dire, en effet.

— Pourtant, si on examine d'un peu plus près les pierres plates disposées dans cette petite niche, on peut en déduire sans grande crainte de se tromper qu'il s'agissait du plancher. Tu vois la manière dont c'est fait ? Tiens, il reste même une planche coincée dans la pierre. Tu ne trouves pas ça ingénieux, toi ?

— Si. C'est... super, commenta-t-il, à défaut de mieux.

— Je trouve aussi.

Elle poussa un petit soupir et s'agenouilla pour poser ses mains sur les pierres. La plupart d'entre elles étaient couvertes de limon, résultant d'une inondation, probablement, mais cela n'avait pas l'air de la décourager. Ce qu'elle voyait, elle, c'était la glacière de l'époque, construite par des gens qui travaillaient sans répit, et dont des enfants avaient fait leur terrain de jeu préféré.

— C'est fantastique, murmura-t-elle. Dommage que cet endroit ne puisse pas faire partie de la visite guidée de la ville, quand elle sera ouverte au public. Je sais, je sais... C'est trop dangereux. C'est d'ailleurs la raison pour laquelle j'ai pris un tas de photos. J'ai l'intention d'en faire un diaporama que j'illustrerai de propos des descendants des fondateurs de Providence, par exemple.

Elle leva la tête vers lui et lui sourit avec un tel enthousiasme qu'il sentit son cœur se gonfler de joie.

Ce n'était pas la première fois qu'il réagissait ainsi, nota-t-il au passage, avant de s'agenouiller à côté d'elle.

— Tu vois ça ? demanda-t-elle. C'est...

— Merry...

Elle se tourna vers lui, et il l'embrassa. Et tant pis s'il était toujours forcé d'attirer son attention avant de pouvoir se délecter de ces lèvres roses. L'essentiel était que dès l'instant où leurs bouches se rencontraient, Merry se lovait contre lui. Elle était toujours prête, aussi insatiable que lui.

Pourquoi fallait-il qu'elle soit passionnée par le seul domaine qui ne l'intéressait en rien ? S'il s'était agi d'autre chose, il l'aurait volontiers secondée, surtout si cela l'amenait à réagir ainsi à la moindre de ses caresses... Sa sensualité exacerbée le rendait tout simplement fou.

— Mmm, gémit-elle, lorsqu'il la relâcha enfin.

— On ferait bien de remonter, ma belle. La nuit ne va pas tarder à tomber.

— D'accord ! s'exclama-t-elle, prenant la main qu'il lui tendait.

Elle le suivit, en silence pour une fois, avec cette réserve qu'elle ne semblait avoir qu'en sa présence. Et si cela ne lui déplaisait pas, il fut tout de même content lorsqu'elle l'interpella :

— Shane ?

— Oui ?

— Merci d'être venu voir si tout allait bien.

— Je t'en prie. La prochaine fois que tu t'aventureras hors de la ville, préviens-nous. Nous nous inquiétions vraiment.

De nouveau, elle se mura dans le silence et, malgré la beauté environnante, malgré l'eau qui courait, les ombres qui s'allongeaient et les feuilles des trembles qui dansaient sous la brise, Shane se sentit vite mal à l'aise. Il s'était habitué aux bavardages incessants de sa jolie voisine.

— Tout va bien, Merry ?

— Oui, oui.

S'arrêtant net, il l'attira à lui pour la forcer à le regarder.

— Il faut que je te dise, commença-t-il. A propos d'hier soir... Je tiens à ce que tu saches que je ne...

— Je sais, je sais ! Je n'ai pas pris tes paroles pour une déclaration d'amour, ne t'en fais pas. Et je sais aussi que je ne suis qu'une copine, pour toi. Cela ne me pose aucun problème, je te le jure. J'avais besoin de ça, de toute manière. Tu ne peux pas savoir à quel point, conclut-elle en lui souriant.

Il lui retourna machinalement son sourire. Elle avait mal interprété ses propos. Ou plutôt, elle ne l'avait pas laissé terminer. Ce qu'il avait voulu lui dire... c'était tout le contraire, il devait bien l'admettre. Ce moment partagé avec elle avait vraiment compté pour lui. Il ne l'avait pas attirée dans sa chambre uniquement pour la bagatelle. En même temps, comment lui expliquer tout cela sans qu'elle se méprenne sur ses véritables intentions ? Il savait qu'une relation ne les mènerait nulle part, sur le long terme.

— Cela dit, si tu as quelqu'un d'autre, je préfère que l'on arrête tout de suite, précisa-t-elle. Les... petits services entre amis, c'est pour les vrais célibataires.

— Il n'y a aucune autre femme dans ma vie, grommela-t-il, curieusement agacé qu'elle puisse s'imaginer l'inverse. Je… Comment t'expliquer ? Je ne suis pas du genre à m'engager ou à me fixer, mais je ne suis pas non plus un tombeur. En clair, je ne couche avec personne d'autre.

— Tu m'en vois ravie, déclara-t-elle avec entrain.

Ses joues s'empourprèrent légèrement et elle ajouta :

— Peut-être que l'on pourrait…

Curieux d'entendre ce qu'elle allait lui dire, il haussa les sourcils.

Elle s'enfouit le visage dans les mains, prit une longue inspiration, puis se redressa.

— On pourrait recommencer, non ? Une petite fois… Ou plusieurs, pourquoi pas ? Je ne sais pas très bien comment ça marche, ce genre de relation. Je ne voudrais pas devenir un plan cul.

Interloqué, autant par son écart de langage que par cette idée farfelue, il se récria :

— Quoi ? Non ! Bien sûr que non !

La jeune femme se rembrunit visiblement.

— Attends. Tu ne m'as pas compris, là. Bien sûr que nous pouvons recommencer, enfin, Merry !

Elle croisa les bras et le dévisagea d'un air de défi.

— Je ne te suis pas très bien, laissa-t-elle tomber.

— Ce que je voulais dire, c'est que tu n'es pas *un plan cul*, comme tu le dis si élégamment. En aucun cas. Et j'aimerais vraiment que l'on refasse l'amour, mais pas comme ça.

— Je t'écoute.

— Tu es… Tu es une chouette fille, et je t'apprécie énormément. Alors je ne sais pas comment te dire que j'ai envie de toi, alors que je ne veux pas…

— Que je t'en demande davantage ? suggéra-t-elle d'une voix douce.

Bon sang ! Que répondre à cela ?

Et quel genre d'homme était-il ?

Parfois, il avait franchement honte de lui.

— Ce n'est pas tout à fait ça, marmonna-t-il. Encore une fois, tu es une fille super, et je t'aime beaucoup.

— Je comprends parfaitement, déclara-t-elle, le gratifiant d'un sourire complice. Et je suis dans le même état d'esprit que toi, si cela peut te rassurer.

Il la dévisagea attentivement. Elle ne paraissait pas très convaincue.

— Cesse de me regarder comme ça, dit-elle, se couvrant le visage des deux mains. J'ai envie de toi, c'est simple, non ? On ne peut pas parler d'autre chose ?

C'était effectivement simple, et il ne trouva rien à redire.

— Entendu, murmura-t-il.

— Ne dis rien à Grace, c'est tout ce que je te demande.

— Pas de danger ! Je tiens trop à mes attributs masculins pour ça.

— Moi aussi, j'y tiens, figure-toi !

Il éclata de rire et se retint de serrer Merry dans ses bras.

— Sérieusement, reprit-il, lorsqu'ils se furent remis en route. Elle me terrorise, ta copine.

— Normal. Elle n'est pas toujours commode.

— Comment vous êtes-vous rencontrées, toutes les deux ?

— On était dans la même école d'esthétique. Elle était déjà douée. Tout ce qu'il lui fallait, c'était le diplôme qui allait avec ses qualités. Moi, je m'étais inscrite pour apprendre la coiffure, ce qui est complètement idiot, dans la mesure où je ne suis même pas fichue de me faire un brushing. Bref ! Un jour, Grace est passée à côté de moi alors que je m'entraînais sur une perruque, et elle m'a conseillé de laisser tomber.

— Hey ! Toujours aussi directe, notre Grace... Ça a dû faire mal, dis donc !

— Pas tant que ça. Elle a été plutôt sympa, du moins autant qu'elle puisse l'être, vu les circonstances. En fait, j'ai tout de suite senti qu'elle culpabilisait, de me confronter ainsi à la réalité. Toujours est-il que j'ai suivi ses conseils et que j'ai abandonné l'école pour aller travailler en tant que serveuse dans un bar. Mais nous sommes restées en contact. A un moment, elle m'a hébergée, et depuis, nous avons toujours été amies, même à des milliers de kilomètres l'une de l'autre, et quoi que nous fassions de notre vie.

— On a raison de dire que les contraires s'attirent.

— Si on veut. Nous nous occupons l'une de l'autre. Et nous sommes bien plus semblables que tu ne le penses.

Semblables ? Il en doutait ! Grace était toujours prête à mordre. Elle représentait le feu, tandis que Merry était la terre nourricière.

— A propos, n'oublie pas de l'appeler dès que tu auras du réseau, suggéra-t-il. J'espère que tu es contente d'avoir trouvé la glacière, parce que tu vas entendre parler du pays, je peux te le dire !

— Penses-tu ! Grace sera bien trop contente d'entendre le son de ma voix. Pour le reste, oui, je suis ravie de l'avoir retrouvée, cette glacière.

Shane aurait dû savoir qu'il s'exposait à entendre de nouvelles anecdotes sur l'histoire de Providence. Pourtant, ce fut le sourire aux lèvres qu'il suivit Merry tandis qu'elle escaladait les rochers sans cesser de babiller.

— Ces gens étaient extraordinaires. Tu as une idée de ce que cela pouvait être que de vivre ici à une époque où il fallait compter une bonne journée de cheval pour se rendre dans la bourgade la plus proche ? A une époque où il n'y avait ni médecins ni hôpitaux ? Ces villageois élevaient leurs enfants ici, sans l'aide de personne. Ils construisaient leur maison à partir de rien !

Shane l'aida à redescendre d'un des rochers, profitant de l'occasion pour lui passer une main autour de la taille.

— N'exagérons rien, dit-il. Ils ont fini par la quitter, ta ville miraculeuse.

— Ce n'est pas si simple que ça.

— Si. A la première inondation, ils ont pris leurs cliques et leurs claques et se sont dispersés dans tout le pays. Je ne vois rien d'admirable, là-dedans. C'était logique, c'est tout ce que je peux t'accorder. A leur place, j'aurais sans doute fait pareil.

Vu ses antécédents, c'était même quasiment certain, songea-t-il.

— Pas d'accord avec toi, Shane. Tu ne connais pas toute l'histoire. Ce n'est pas seulement cette inondation qui les a fait fuir. D'accord, ça a été une catastrophe. Cinq des habitants de Providence ont péri, et parmi eux, une petite fille de sept ans. Et c'est sans parler des dégâts matériels. Trois maisons et un grenier à blé ont été emportés par les eaux. Eh bien, ils se sont remis au travail, figure-toi ! Ils ont reconstruit les maisons et ils ont tenté de reprendre le cours de leur vie. Malheureusement, l'inondation avait charrié des tonnes de débris dans le canyon. La première année, ils ont eu deux fois moins d'eau que d'habitude. Ils ont enlevé une partie des rochers, une opération plus que périlleuse, au cours de laquelle l'un des fondateurs de la ville a perdu un bras. Bref ! Au printemps suivant, une deuxième inondation a poussé d'autres pierres un peu plus loin dans un genre d'entonnoir, au milieu du canyon. Et cette fois, il n'y a plus eu d'eau du tout. Malgré cela, les villageois ont réussi à faire tourner Providence pendant deux années supplémentaires. Ils ont creusé des puits. Ils ont tenté de rediriger le cours d'eau en construisant des canaux et un mini-barrage, plus au nord. Malheureusement pour eux, il y a eu une nouvelle catastrophe. Une sécheresse. Qui les a privés de nourriture. Tout simplement.

Lorsqu'ils parvinrent à l'embouchure du canyon, Merry se tourna vers la ville fantôme et ouvrit les bras en un geste théâtral. Providence s'étendait au-dessous d'eux, telle une maquette de western…

Un jouet du temps jadis.

— Ces gens étaient chez eux, ici, Shane. Ils ont tenu tant qu'ils ont pu. Ils aimaient cet endroit, et ils n'auraient pas demandé mieux que d'y rester, seulement comment voulais-tu qu'ils fassent, sans eau ? Ils ont dû se résigner à partir, voilà. Tous, sauf un… L'arrière-grand-père de Gideon Bishop, qui est resté cinq ans de plus et qui a fini par aller s'installer un peu plus au sud, là où se trouve l'actuelle propriété des Bishop. Il y avait de l'eau et les choses étaient plus faciles, bien sûr, mais ce monsieur n'a jamais baissé les bras. C'est grâce à lui que les terres appartiennent toujours à la famille Bishop, tu sais !

Enfonçant les mains dans les poches de son jean, Shane se surprit à contempler la ville d'un nouvel œil. C'était la première fois qu'il entendait cette histoire. Jusqu'à présent, on ne lui avait parlé que de l'inondation. Cela ne changeait rien au problème, cela dit. Ces gens, les fondateurs de Providence, n'avaient rien à voir avec lui. Et Providence restait une ville fantôme que son grand-père avait décidé de rénover parce qu'il avait l'esprit revanchard. Une petite fantaisie à deux millions de dollars, pour le simple agrément des touristes.

— Si seulement j'avais vécu à cette époque, murmura Merry. Si j'avais pu voir les gamins courant dans la rue principale, les hommes et les femmes labourant les champs, les façades des maisons peintes à la chaux et agrémentées de parterres de fleurs... Tu imagines ?

Non. Il n'imaginait pas. En revanche, il percevait cette beauté sur le visage de Merry. Son émerveillement devant tout ce qui aurait pu être, si les éléments ne s'étaient pas déchaînés.

Et il ne put que se demander s'il n'avait pas la même expression lorsqu'il regardait la jeune femme.

13

Merry n'était pas disposée à discuter avec sa mère. Même la bonne humeur de Grace, qui venait de se laisser tomber sur le matelas mou du clic-clac, était de trop. La dernière chose dont elle avait envie, à cette heure matinale, était d'une vidéo conférence avec qui que ce soit.

Malheureusement, elle n'eut guère le choix. Déjà, son amie désignait avec insistance l'écran allumé de l'iPad.

— On dit « Bonjour, ma petite maman chérie ! », lança-t-elle avec un entrain particulièrement agaçant.

Merry se résigna à abaisser le drap dont elle s'était recouvert la tête, le temps de marmonner :

— Bonjour, maman.

— Mes salutations du matin, maman Kade ! renchérit Grace.

Au grand soulagement de Merry, sa mère et sa meilleure amie se mirent à babiller joyeusement. Autant de temps gagné. Et elle en avait grand besoin après le rêve qu'elle venait de faire ! Une véritable épopée, incluant Shane, une chevauchée à travers une campagne particulièrement luxuriante et des contorsions diverses, que l'on n'entreprenait sur un cheval qu'en phase de sommeil paradoxal.

Aussi profita-t-elle de ces quelques minutes de répit pour se dépêtrer tranquillement de son rêve érotique. Elle y parvint si bien qu'elle n'entendit que d'une oreille distraite la conversation enjouée qui se tenait à quelques petits centimètres d'elle.

Grace était tellement à l'aise avec sa mère ! Elle l'avait toujours été, d'ailleurs. Pour une raison ou pour une autre, celle qu'elle surnommait volontiers « maman Kade » semblait l'apaiser, ce dont Merry se réjouissait.

— Oui, Cole va bien, merci, répondit Grace, un sourire radieux aux lèvres.

— J'espère qu'il te traite comme tu le mérites, ma grande !

— Ne vous inquiétez pas pour ça. C'est un amour.

— Je suis tellement heureuse pour toi. Et ma poussinette ? Toujours pas de beau cow-boy à l'horizon ?

— Je surveille ses fréquentations, expliqua Grace, se penchant vers Merry pour lui montrer le visage maternel, sur l'écran de l'iPad.

Une version un peu plus ronde et plus âgée, bien sûr, de Merry. La ressemblance était si frappante que les deux femmes auraient eu bien du mal à se renier, si l'envie leur en avait pris.

— Et quand elle te dit qu'elle me surveille, elle est en dessous de la vérité, grommela Merry. Elle m'empêche tout simplement de regarder un zizi dans les yeux, si je puis m'exprimer ainsi.

— Merry ! s'écria Norma, disparaissant momentanément de l'écran, tant elle était secouée par le rire.

— C'est la stricte vérité ! insista Merry. D'ailleurs, il faudrait que tu m'envoies ce bouquin que tu m'as fait lire quand j'avais douze ans. Tu sais *Notre corps et nous*, ou quelque chose dans ce goût-là. Cela m'aidera à expliquer à Grace que mon sexe aussi a une fonction, tout comme le sien !

Toujours aussi libérée et fidèle à sa culture hippie, Norma se contenta d'agiter une main amusée devant elle.

— On trouve facilement ça sur internet, de nos jours, ma chérie.

— J'imagine, oui.

Merry se blottit contre Grace, et la conférence prit l'allure d'une soirée pyjama entre filles. Peu à peu, Merry sentit son cœur se gonfler d'amour.

— Continue donc à parler de Cole, maman. Cela te permettra de revoir cette expression béate qu'a notre Grace, dès que l'on aborde le sujet. Tu y crois, à une métamorphose pareille, toi ?

— Oui. Et je trouve que ça lui va à merveille.

Grace moins, sans doute, car elle asséna un coup de poing taquin sur l'épaule de son amie.

— Cela dit, j'appelais surtout pour savoir où tu en es, toi, ma fille. Comment ça s'est passé, avec Cristal ? Vous vous êtes vues ?

Merry réprima un grognement, tandis que Grace se levait d'un bond.

— Il est temps que j'aille nous préparer un petit café, moi ! annonça-t-elle.

Merry se tourna vers la caméra de son iPad.

— Oui, maman. Je l'ai vue. Et elle a été encore plus mesquine que d'habitude.

— Ta cousine n'est pas mesquine !

— Si, maman. J'irais même jusqu'à dire que c'est une vraie garce.

— Merry ! Ce n'est pas vrai. Et même si ça l'était, n'oublie pas qu'elle est de la famille. Or il n'y a rien de tel que l'amour familial.

— De *l'amour* entre Cristal et moi ? Tu plaisantes ? Je peux comprendre que tu aimes ta sœur, par exemple. Bien que vous soyez fondamentalement différentes l'une de l'autre, vous avez été élevées ensemble, et c'est ce qui vous réunit. Cristal et son frère ont grandi dans une résidence chic, à l'abri de toute intrusion, dans la banlieue huppée de Chicago. Moi, je ne sais pas ce que c'est que d'habiter une maison. Je ne connais que la vie en appartement. Alors que veux-tu que l'on se raconte ? Elle me considère comme une perdante née, et moi… je la prends pour la peste snobinarde qu'elle est. Rien d'autre.

— Oh, ma chérie… Encore une fois, souviens-toi que nous n'avons personne d'autre au monde. Tu ne veux pas faire un petit effort ?

— J'en ai fait, je peux te l'assurer. Cela n'a servi à rien. Je n'ai rien en commun avec ma tante ou mes cousins, et c'est très bien ainsi. Regarde… Même toi, tu commences à te laisser influencer par leurs histoires de carrière, de réussite sociale et tout le tremblement.

— Je… Mais pas du tout ! Qu'est-ce que tu me chantes, là ?

Merry se tassa sur elle-même. Elle n'avait pas envie de discuter de cela, ni maintenant ni plus tard. Son salut était ailleurs. Il lui suffisait de faire en sorte que Providence soit une réussite, d'assurer ses arrières en ayant un emploi respectable, de se trouver un logement splendide, et elle n'aurait plus à s'inquiéter de décevoir qui que ce soit.

Surtout pas son adorable mère.

— Rien, maman. Oublie ça. Bien ! Il est temps que je me lève et que je boive mon café, moi. J'ai à faire, aujourd'hui.

En réalité, elle n'avait rien de prévu, en dehors du dîner au ranch d'Easy Creek.

— Je t'aime, ma petite mère, ajouta-t-elle.

Ça, c'était vrai, en revanche. Quoi qu'il arrive. Sauf qu'elle ne pouvait plus se permettre de décevoir son entourage. Providence était vraiment sa dernière chance.

— Grrr ! marmonna-t-elle, dès qu'elle eut raccroché. Qu'est-ce qu'elle a, à me tanner comme ça, avec ma *famille* ?

— Je suis la dernière personne à qui il faut poser la question, répondit Grace. Je n'ai jamais eu ce genre de problème. Pour le reste, Norma a l'air plutôt en forme, non ?

— Si on veut. J'aimerais bien qu'elle rencontre un homme. Elle m'a paru un peu seule, la dernière fois que l'on a discuté, toutes les deux.

— Seule, ta mère ? Je n'en mettrais pas ma main au feu.

Interloquée, Merry se redressa d'un bond.

— Qu'est-ce que tu dis ?

— Rien ! J'espère qu'elle trouvera chaussure à son pied, moi aussi.

Merry acquiesça et se laissa retomber sur le lit pour consulter ses e-mails. Bingo ! Le trust avait convoqué une réunion d'urgence pour le lendemain. Et comme la maquette de sa brochure serait imprimée en fin de matinée, elle en profiterait pour la leur présenter, en insistant sur l'importance d'une rencontre avec un journaliste de la gazette locale. Après ça, ce serait bien le diable si elle ne parvenait pas à récolter des fonds pour la rénovation de la ville !

Comme quoi, tout finissait toujours par s'arranger. Merry Kade allait devenir une légende locale. Ou, plus modestement, se débarrasser à jamais de cette image de ratée, incapable de garder un emploi.

Ce qui lui suffisait largement, à bien y songer.

**
*

Ce pèlerinage était complètement idiot. Parfaitement inutile. Et Shane se demandait ce qu'il faisait là.

Sa jument souffla avec impatience. De toute évidence, elle était aussi peu convaincue du bien-fondé du déplacement qu'il l'était lui-même. D'ordinaire, quand il la faisait grimper dans le van, il y avait une raison. Quelques heures de chevauchée, un chantier à terminer... Là, non. Tous deux se tenaient au-dessus de la ville fantôme qu'ils regardaient comme si elle constituait un danger potentiel.

Et bien que ce ne soit pas le cas, Shane se sentait nerveux.

Il n'aurait pas dû venir. Rien ne justifiait sa présence ici.

Il donna néanmoins un petit coup de talon à sa jument qui remonta lentement la rue principale.

Rien n'avait changé. La ville était telle qu'il l'avait toujours connue. Pourtant, il porta un regard différent sur les bâtisses croulantes.

Les fondateurs de Providence avaient été chez eux, ici, lui avait dit Merry. Et ils n'en étaient partis que contraints et forcés.

Un concept qui ne signifiait rien à ses yeux. Et qui ne changeait pas grand-chose au fond du problème. Il n'en restait pas moins vrai que les paroles de la jeune femme l'avaient ramené à tous les bons moments qu'il avait passés ici, avec son père. Aux matins où ils étaient partis de chez eux si tôt que Shane faisait de la buée en respirant, même au mois de septembre. A la patience paternelle, lorsque le petit garçon qu'il était alors se mettait à fouiller ou à explorer l'endroit. Se remémorant le jour où il était retourné trois fois dans l'église, pour tenter d'en dénicher un serpent récalcitrant, il sourit malgré lui.

Son père n'étant pas du genre loquace, il ne l'avait pas abreuvé d'anecdotes sur l'histoire de Providence. Mais il ne manquait jamais de lui faire remarquer la présence d'un vieux fer à cheval ou d'une roue de chariot, qui constituaient, aux yeux de Shane, de véritables trouvailles archéologiques. Les reliques d'un passé au cours duquel Indiens et cow-boys se menaient une guerre sans merci et où les voleurs de bétail étaient légion. Parfois, il croyait même entendre des coups de feu au loin, tant son imagination vagabondait…

Aujourd'hui, il savait que la vie à Providence n'avait en rien ressemblé à cela. Les seuls Indiens qu'on n'y ait jamais vus avaient été des commerçants ou des chasseurs de passage. Quant aux cow-boys, il s'était agi d'hommes discrets, de travailleurs qui, au lieu d'écumer les collines en hordes bruyantes, passaient davantage de temps à labourer qu'à dresser des chevaux. N'empêche, pour un gamin, ces gens ne pouvaient être que des héros. Des héros dont il descendait en ligne directe, ce qui était encore mieux.

Les ancêtres, une lignée… Tout cela lui avait paru tellement fabuleux, à l'époque ! Plus tard, il les avait maudits, ces ancêtres, bien sûr. Il les avait envoyés au diable. Avec son père. Là où était leur place, en fin de compte.

Il n'avait aucune raison de s'arrêter pour fouiner, ce matin. L'endroit n'avait plus rien de romanesque. Il poursuivit donc sa route, empruntant un sentier au sortir de la ville.

Il s'enfonça dans la forêt, les mâchoires serrées, la nuque raide.

Combien d'heures avait-il passées ici, à suivre son père de près, sur son cheval ? Il se souvenait de longues randonnées à travers les trembles dont les feuilles vert vif commençaient à virer au jaune.

Il y avait une route, et il aurait été plus simple de monter en voiture jusqu'à la vieille cabane de bois perchée au sommet de la colline. Seulement l'intérêt de l'opération résidait ailleurs. Il s'agissait d'apprendre à voyager léger, en chargeant un cheval exactement comme l'avait fait son père quand il était enfant. Pas avec Gideon, bien sûr, qui n'avait jamais eu ni la patience ni l'envie de s'occuper de l'éducation de son fils, mais avec son grand-père, un véritable cow-boy, que Shane n'avait jamais connu.

Il guida sa jument sur le sentier si vieux et aride que, malgré les années, il était toujours vierge de toute végétation. Son père et lui étaient toujours seuls, lors de ces escapades. Alex n'aimait ni monter à cheval ni camper, de sorte qu'il n'était jamais venu ici, et n'avait jamais vu la cabane de bois.

Bien que Shane n'ait jamais su qui y avait vécu, il suffisait de voir l'état de délabrement dans lequel elle avait été vingt-cinq ans plus tôt pour comprendre qu'elle datait de Mathusalem. Il aurait pu parler à Merry de cette cabane. Nul doute que son joli visage se serait illuminé rien qu'à son évocation.

Oui, elle aurait adoré la visiter, la fouiller de fond en comble… Se renseigner sur son histoire, comme si elle était confrontée à une véritable énigme, comme si le simple fait de retrouver le nom de son premier occupant pouvait changer la face du monde.

Sauf que l'on ne changerait jamais la face du monde.

Shane ne comprenait pas que Merry puisse penser différemment. Son père l'avait abandonnée sans remords. Etait-ce pour cela qu'elle trouvait un tel romantisme à tout ce qui appartenait au passé ? Se disait-elle que son géniteur avait eu de bonnes raisons de déserter ainsi ? Des soucis, peut-être ?

Cela n'expliquait toujours pas l'amour qu'elle portait à cet endroit. Elle avait été manipulée par des gens qui lui avaient fait croire qu'ils avaient besoin d'elle, et elle en avait conscience. Alors comment pouvait-elle continuer à se passionner pour Providence ? A croire qu'elle se refusait délibérément à voir les mauvais aspects de sa vie. Ou qu'elle n'y voyait qu'une raison supplémentaire d'apprécier les bonnes choses.

Il l'aurait protégée de cette naïveté, s'il l'avait pu. Malheureusement, c'était impossible. Tout simplement parce que le monde était corrompu. Son propre rôle dans la vie de Merry Kade en était la preuve, et il le regrettait amèrement.

Il arriva bientôt au-dessus du canyon, et il aperçut le cours d'eau qu'il avait longé avec Merry, la veille au soir. A cet instant précis, la jeune femme lui manqua terriblement. Il faudrait qu'il l'amène sur ces hauteurs. Elle serait ravie.

Le sentier ne tarda pas à s'enfoncer dans les arbres, ramenant Shane à ses souvenirs. Enfant, et bien qu'il ne faille qu'une heure et demie pour atteindre la cabane, il avait eu le sentiment de passer la journée à cheval et de rallier un endroit oublié de tous depuis plus de cent ans. C'était là, à l'ombre des immenses trembles, qu'il mettait immanquablement fin à son babillage excité pour se murer dans un silence un peu craintif.

Les bruits étaient les mêmes qu'autrefois… Il sentait la présence de son père, devant lui. Le souvenir était vivace. Tout autant que l'attente et le chagrin qui avait suivi son départ. Bon sang, il leur en avait fait, du mal, en partant ! A lui, à son frère, et surtout à leur mère. Tout comme Merry, cette dernière avait eu la fâcheuse manie de ne voir que le bon côté des choses. La seule différence était que, même confrontée au malheur et à la trahison, elle en niait l'existence. A l'entendre, il fallait garder espoir en toutes circonstances. Et c'est ce qu'elle lui avait conseillé de faire. S'il essayait, il ne pourrait qu'abonder dans son sens.

Il l'avait fait.

Pendant des années.

Et il le regrettait, à présent. Il aurait mieux fait de s'occuper de son frère cadet, au lieu de suivre sa mère dans son déni.

Il aurait grandement facilité l'existence d'Alex s'il n'avait pas été aussi occupé à se mentir à lui-même. « Quand papa reviendra... », avait-il dit des centaines de fois, remettant ainsi le moindre projet à plus tard. « Quand papa reviendra, ce sera différent. » « Quand papa reviendra, nous ferons ça ensemble. » Et ainsi de suite. Un véritable leitmotiv, jamais suivi d'effet, malheureusement.

Pas étonnant qu'Alex ait fini par quitter Jackson Hole à son tour !

Leur père n'était jamais revenu. Et pourtant, là, sur ce sentier, à l'ombre de ces arbres, et pour la première fois depuis sa désertion, Shane parvint à penser à lui presque sans ressentiment. Cela restait douloureux, horrible même. Néanmoins, son souvenir n'était plus enfoui sous un brouillard de chagrin, de haine et de colère. Le fait qu'il ait commis une abomination en les abandonnant ne faisait pas de lui un monstre pour autant. Il avait mal agi, et Shane ne comprendrait jamais sa décision, mais pendant dix ans, il avait été un bon père.

Longtemps cette constatation n'avait fait que rendre son absence plus insupportable. Malgré tout, en cet instant précis, elle le réconfortait.

Lorsqu'il atteignit enfin son but, il était épuisé. Pas par sa randonnée, non. Parce qu'il avait laissé son père envahir ses pensées, l'espace d'une heure ou deux.

Cela ne l'empêcha pas de sourire à la vue de la cabane délabrée. Oui, Merry adorerait ça. Peut-être s'attarderait-il suffisamment longtemps sur son chantier pour lui montrer cette vieille cabane. A moins qu'il ne la lui offre, le jour où elle se mettrait à le détester — et ce jour viendrait, cela ne faisait aucun doute dans son esprit. Ce serait le lot de consolation, en somme. Une bâtisse en ruine pour l'aider à panser ses blessures.

D'un autre côté, il ne voulait pas que la jeune femme s'aventure ici toute seule. De tout temps, la route qui y menait avait présenté bien des dangers, et aujourd'hui encore.

Il attacha sa monture à un arbre et fit le tour de la cabane.

Le trou où il avait fait du feu, jadis, était toujours là. Même le petit coin où son père et lui s'installaient pour camper était relativement préservé. Pour le reste, le temps avait fait son œuvre. L'un des coins de la petite construction, autrefois droit et solide, s'était écroulé. La cour, mangée par les mauvaises herbes, était jonchée de branches projetées çà et là par le vent et les intempéries. Etonnamment, quelques pommiers avaient survécu. Bien que rachitiques, ils arboraient des fruits minuscules dont le vert pâle tranchait avec les feuilles grisâtres.

Shane décida de montrer cet endroit à Merry, finalement. Et pendant qu'elle l'appréciait toujours. Pendant qu'elle était toujours prête à le gratifier de son sourire lumineux ou à le faire rire avec une de ses blagues bancales. Il voulait la voir heureuse, insouciante, et pas pour le bénéfice d'un vieux monsieur qui l'avait régalée d'une histoire d'un temps révolu. Pour lui, Shane Harcourt. Parce qu'il lui aurait apporté quelque chose. Avec un peu de chance, cela compenserait un tant soit peu les illusions qu'il s'apprêtait à lui enlever.

Il continua à explorer les lieux, se remémorant des détails oubliés et pensant à son père. Lorsqu'il se tira enfin de sa torpeur pour regarder le ciel, il se rendit compte qu'il était plus que temps de rentrer.

Comme il ne voulait pas faire passer sa jument par le sentier escarpé, il revint par la route. Tant pis pour le chemin des écoliers et son cortège de souvenirs. Il allait repasser à Providence où il avait garé son 4x4 et le van, ramener sa monture au ranch où elle était en pension, et se rendre chez Easy, à quelques kilomètres de là.

Bien que pressé, il ne prit aucun risque. Parvenu à un endroit où la chaussée s'était effondrée, il descendit de sa jument pour contourner le trou. Cette route était vraiment dangereuse. A se demander si quiconque l'avait empruntée, ces dix dernières années.

De quoi réjouir Merry, là encore. Elle aurait la certitude que la cabane était intacte, que personne ne s'était approprié le moindre artefact ou n'y avait causé le moindre dégât.

Il allait se remettre en selle lorsqu'il aperçut quelque chose de brillant, en contrebas. Il se pencha, dans l'espoir d'en voir un peu plus. En vain. Tout ce qu'il parvint à distinguer fut un vague reflet causé par les derniers rayons du soleil, quand le tapis de feuilles était soulevé par la brise.

Il aurait pensé à une ramification du canyon s'il avait perçu le moindre bruissement d'eau, ce qui n'était pas le cas. En revanche, il distinguait nettement une forme blanchâtre qui aurait pu passer pour une pierre sans cette allure droite et pointue.

De plus en plus intrigué, il avança de quelques pas pour essayer de trouver un chemin d'accès. Il n'y en avait pas, et de toute manière, le temps pressait. Il reviendrait, donc. Avec Merry… ou sans elle, dans un premier temps. S'il trouvait une construction quelconque dont il ignorait l'existence, mieux valait l'explorer avant pour faire la surprise à la jeune femme.

Il remonta sur sa jument et la fit passer au trot d'un petit coup de talon.

Sa fatigue s'était évanouie. Il allait bientôt voir Merry et, à cette pensée, tout en lui se réchauffait.

Il mettrait fin à cette relation en temps voulu.

Pas ce soir, en tout cas.

Non.

Pas ce soir.

14

Merry n'avait jamais vu Rayleen sous ce jour. Elle avait bien entendu parler d'une idylle naissante entre elle et le vieil Easy, mais elle avait pris cela pour un simple jeu entre les deux septuagénaires, toujours prompts à se chicaner. Une sorte de danse, entre deux vieux chiens de berger, occupés à se disputer un os.

En tout cas, elle s'était attendue à tout, sauf à ça.

Elle jeta un nouveau coup d'œil dans le rétroviseur, et réprima difficilement un petit gloussement amusé.

Grace s'était rendue chez sa grand-tante une petite heure auparavant. Lorsque les deux femmes étaient ressorties, Rayleen avait rajeuni de dix ans. Ses longs cheveux blancs étaient ramenés en chignon au bas de sa nuque, et son maquillage discret faisait briller ses yeux d'une lueur inédite.

Mieux encore, bien que vêtue de son sempiternel jean et de ses bottes de cow-girl, elle s'était laissé convaincre par Grace d'agrémenter le tout d'un joli chemisier vichy, rose vif. Et au lieu de garder sa cigarette éteinte au bec, la vieille dame l'avait reléguée dans la poche avant de son chemisier. Un véritable progrès en soi.

Merry s'observa brièvement dans le rétroviseur et grimaça. Elle aurait dû demander à Grace de la maquiller légèrement, elle aussi. Cela lui aurait permis de sortir un peu de l'ordinaire, au lieu de se montrer telle qu'elle l'était, avec son visage aussi rond qu'inoffensif… et banal. D'autant qu'elle n'avait plus le sentiment d'être anodine, bien au contraire. Certaines choses avaient changé, et elle aurait aimé que cela se voie un tant soit peu.

Pour commencer, elle s'était transformée en vandale. En manipulatrice, susceptible de manigancer les coups les plus bas. Et puis... oui. Elle avait franchi un pas, et pas des moindres ! Elle avait un amant et personne n'en savait rien. Ça aussi, cela aurait dû se voir !

Eh bien non ! Elle ressemblait toujours à la brave fille à qui l'on confiait les yeux fermés la garde de sa maison et le chien, pendant que l'on partait en vacances dans des endroits exotiques.

Et zut !

Un petit trait d'eye-liner aurait sans doute suffi à faire la différence. A moins qu'il ne la fasse ressembler à la Merry habituelle, lorsqu'elle mettait le nez dans sa trousse de maquillage, c'est-à-dire... à un désastre ambulant.

Essayant tant bien que mal de se convaincre que cela n'avait aucune importance, elle passa sous le panneau indiquant qu'elle était arrivée au ranch d'Easy Creek.

Leurs hôtes les attendaient, alignés à l'ombre de l'immense peuplier qui occupait presque tout l'espace séparant la demeure d'Easy de celle de Cole.

Le visage de Grace s'illumina, et Merry sentit l'excitation la gagner, elle aussi. Elle tenta de se ressaisir. Elle n'avait aucune raison officielle de sourire béatement. En aucun cas elle ne pourrait expliquer la joie qui s'était emparée d'elle en apercevant les trois cow-boys coiffés de leur Stetson, une bière à la main. Un nouveau coup d'œil discret dans le rétroviseur lui permit de constater que Rayleen fronçait les sourcils, et elle se sentit un peu mieux. La terre n'avait pas changé le sens inéluctable de sa rotation, finalement. Tout était aussi normal qu'avant.

Néanmoins, à peine garée et sortie de sa voiture, elle croisa le regard de Shane, et ne put réprimer un sourire radieux.

Bon sang...

Baissant la tête, elle pria le bon Dieu pour que ses passagères soient trop occupées par leur propre joie pour remarquer quoi que ce soit.

A son grand soulagement, elles l'étaient.

Cole s'avança vers Grace pour l'embrasser, tandis que Rayleen fonçait vers Easy d'un pas ferme.

— Cette bière est pour moi, j'espère ! lança-t-elle sèchement.

Easy soupira bruyamment, mais lui tendit sa canette. Manifestement, il n'était pas aussi agacé qu'il aurait voulu le lui faire croire.

Shane se tourna vers Merry avant de porter une main à son chapeau pour la saluer. A son grand désarroi, elle se sentit rougir.

— Notre Rayleen est servie, on dirait. Vous voulez peut-être une canette vous aussi, mesdames ? proposa-t-il avec amabilité.

— Volontiers ! répondit Merry, un peu trop vite à son goût.

Il la gratifia d'un clin d'œil et se tourna vers un baril rempli de glace.

— Easy ? Je t'en sers une autre ?

— Pas le choix, puisqu'on m'a piqué la mienne, grommela le vieux cow-boy.

Il n'en avait pas moins longuement contemplé Rayleen, à la dérobée, bien évidemment. Elle devait lui sembler particulièrement attirante, ce soir. Et à juste titre, il fallait bien l'avouer.

— Vous êtes splendides, mesdames, ajouta-t-il, désignant d'un geste large ses invitées dans leur ensemble.

A son grand amusement, Merry vit Rayleen baisser la tête pour dissimuler son trouble.

Si seulement elle avait eu une raison de rougir, elle aussi ! Hélas, et comme d'habitude, elle n'était vêtue que d'un simple T-shirt et d'un jean noir. Elle avait mis un certain temps à choisir son T-shirt, cela dit. Et ce soir, c'était Wonder Woman. Les hommes adoraient ça, c'était connu. Wonder Woman était super sexy, avec son bustier et ses talons hauts. En outre, ce T-shirt était plus moulant que les autres, et elle voulait que le regard de Shane s'attarde un peu sur ses seins. Sur sa taille aussi, d'ailleurs. Ainsi que sur la courbe de ses hanches, maintenant qu'elle y songeait…

Il avait semblé apprécier tout cela, l'autre soir… Il était même allé jusqu'à lui affirmer qu'elle était belle ! En résumé, elle l'avait séduit. Ou du moins, il lui avait fait la grâce de paraître enthousiaste.

— Tu as travaillé, aujourd'hui ? lui demanda-t-elle en s'emparant de la bière qu'il lui tendait.

— Pas vraiment, non. Je suis allé faire un tour à cheval. A

ce propos, désolé d'être aussi sale. Je n'ai pas eu le temps de repasser au Haras pour prendre une douche.

— Ne t'inquiète pas pour ça. Tu es super... Je veux dire... tu es très bien comme tu es.

Super, il l'était. Légèrement couvert de poussière et de transpiration, certes, mais c'était encore mieux. Merry ne rêvait que d'un cow-boy de retour d'une chevauchée sauvage et désireux de l'entraîner dans l'étable pour y faire des choses encore plus sauvages ou...

S'éclaircissant la voix, elle se força à détourner le regard. Elle ne devait sous aucun prétexte s'attarder sur ce qu'elle pouvait apercevoir sous le col ouvert de la chemise de Shane...

Plus encore, et selon son propre aveu, il devait sentir la sueur. Rien qu'à cette pensée, elle en eut l'eau à la bouche...

— Et toi, s'enquit-il, comme si son silence avait duré un peu trop longtemps à son goût. Qu'est-ce que tu as fait, aujourd'hui ?

— J'ai peaufiné ma brochure, et je dois dire que je ne suis pas mécontente du résultat. Elle sera prête demain après-midi, juste à temps pour la réunion du trust. Je vais leur montrer ce que ça donne et leur donner quelques idées sur ce que nous pourrions dire au journaliste que nous allons...

— Un journaliste ?

— Un journaliste, oui. Nous espérons obtenir un article de la part de la presse locale.

— A propos de ces actes de vandalisme ?

— Oh ! Non ! Non, qu'est-ce que tu vas chercher là ?

Elle se sentit pâlir. Profitant de ce que Cole s'était rapproché d'eux, elle dissimula son trouble derrière un sourire de circonstance.

— Pour moi, on ne peut pas vraiment appeler cela du vandalisme, reprit-elle précipitamment. Après tout, il ne s'agissait que d'un vulgaire panneau !

— Qu'est-ce qui était écrit dessus ?

— Hein ? Euh... Quelque chose du genre « Halte au tourisme ».

Shane bascula d'avant en arrière d'un air songeur.

— Et tu as une idée sur l'auteur de ce petit méfait ? demanda-t-il.

— Absolument aucune.

Cole fronça les sourcils.

— C'est vraiment bizarre, cette histoire. Bien sûr, il y a toujours des voix pour s'élever contre les nouveaux projets de développement dans la région, seulement à ma connaissance, c'est la première fois que cela provoque une telle réaction. D'autant que ce n'est pas vraiment logique, si on y réfléchit bien. Pourquoi planter ce genre de panneau à cet endroit-là ? Providence n'est pas encore ouverte au public, que je sache. Personne ne va là-bas. Et d'ordinaire, quand ils veulent râler, les gens se contentent d'envoyer une lettre au rédacteur en chef de la gazette locale.

— Cela a peut-être un lien avec le procès, suggéra Merry.

Elle était au supplice, à présent. Voilà qu'elle venait d'envoyer le descendant de Gideon Bishop au pilori, alors qu'elle s'était jurée de le dédouaner de tout soupçon...

Décidément, toute cette pression était trop pour elle. Elle était sur le gril et avait le sentiment de se trahir au moindre battement de paupières.

— Un procès ? Quel procès ? demanda Cole.

Shane se mit à toussoter et ouvrit la bouche pour répondre, mais Merry le devança.

— C'est... compliqué. Gideon Bishop a légué l'ensemble de ses terres à un de ses petits-fils qui, à présent, réclame l'argent réservé à la restauration de Providence. Une procédure normale, quand on y songe, alors je ne vois pas pourquoi il se mettrait hors la loi, alors que c'est justement vers la loi qu'il s'est tourné pour obtenir gain de cause. Donc, j'ai dit une bêtise. Cela ne peut pas être lui, l'auteur de ces deux... méfaits.

— Tout à fait d'accord avec toi, renchérit Shane. C'est un incident complètement anodin. Pas de quoi en faire un drame. Cela dit, sois prudente, quand tu travailles là-bas, promis ? Je ne veux plus te voir avec tes écouteurs dans les oreilles, par exemple.

Merry hocha vaguement la tête et s'empressa de changer de conversation.

— Oh ! J'y pense ! On a laissé les plats dans le coffre. Je vais les chercher.

— Je t'accompagne, déclara Shane.

Cole lui lança un regard sombre. Ce bel empressement lui

paraissait suspect, semblait-il. Cela n'empêcha pas Shane de tourner les talons pour se diriger vers la berline.

Merry lui emboîta le pas.

— On a apporté des tartes, et Rayleen, une grande salade de pommes de terre. Le tout acheté chez le traiteur du coin, je dois avouer. Ni Grace ni moi ne sommes douées pour la cuisine, et Rayleen a décrété qu'elle n'avait pas trimé toute sa vie pour passer des heures devant sa gazinière, à préparer à manger à des cow-boys qui avaleraient n'importe quoi. Selon elle, cela reviendrait à donner de la confiture à des cochons...

— Tiens donc ! s'exclama Shane, manifestement amusé.

— Je ne crois pas que tu fasses partie du lot. Tu n'es pas cow-boy, je te rappelle.

— Et tu crois vraiment que notre bonne Rayleen me trouve différent des autres ?

Elle leva les yeux vers lui et lui sourit.

— Non, avoua-t-elle. A ses yeux, vous êtes tous les mêmes.

— C'est bien ce que je pensais. Alors comme ça, tu ne sais pas faire de bons petits plats ? Ta mère t'a bannie de sa cuisine ou quoi ?

— Pas du tout ! Pourquoi dis-tu ça ?

— Pour rien... Je me demandais seulement comment tu te nourrissais, c'est tout.

— Oh ! Je vois !

Ouf ! Il ignorait toujours qu'elle était une perdante, vouée à l'échec quoi qu'elle entreprenne. Même une simple omelette.

— Alors ? Tu vis d'amour et d'eau fraîche, c'est ça ?

— Non, répondit-elle en agitant une main devant elle. Bien sûr que non ! Je mange principalement des sandwichs, des salades... Ah, et je sais faire les nachos. Ils ne sont pas terribles, mais je m'y attelle quand je n'ai pas le choix. C'est-à-dire tous les vendredis soir, en fait.

Shane éclata de rire.

— Tu fais comme mes potes cow-boy, alors ! Sauf qu'ils ne mangent pas de salades, eux, bien sûr. Trop... sain, j'imagine.

— Et toi ? Tu sais faire la cuisine ?

— Disons que je me débrouille. La plupart du temps, je me

contente d'un peu de viande avec des pommes de terre. Cela dit, je te ferai une potée, un de ces soirs, si tu es sage.

— Je serai sage.

— Ah oui ? Sage… comment ?

Il attendit qu'elle ait ouvert le coffre de sa voiture, et dès qu'ils furent à l'abri des regards indiscrets, il s'avança vers elle et la prit par la taille.

— Bon sang, Merry, je rêve de ce moment depuis l'instant où tu es arrivée.

La jeune femme sentit son cœur s'emballer, partagée entre la crainte d'être vue et le plaisir d'être aussi ardemment désirée.

— Tu es si…

Il laissa sa phrase en suspens, et elle attendit qu'il ajoute « sexy » ou « belle ».

— Tu es un ange, reprit-il, à sa grande déception.

Elle secoua vivement la tête.

— Si ! Tu es la pureté faite femme. Presque intouchable. Je ne devrais vraiment pas avoir autant envie de toi, quand je te vois.

Intérieurement, elle se hérissa. Que devait-elle penser d'une déclaration pareille ? Elle voulait être sexy, belle… Pas pure ou angélique ! Et encore moins intouchable ! Ça, c'était pour les bonnes copines, justement. Toutefois, elle sentit les mains de Shane se refermer sur ses hanches, et lorsqu'il l'embrassa, son propre agacement lui parut dérisoire. Après tout, peu importait la manière dont il la voyait, tant qu'il avait envie d'elle. Tout comme elle, il savait qu'il risquait d'être pris la main dans le sac et que ce n'était ni le moment ni l'endroit pour la serrer dans ses bras. Pourtant, il n'avait pas pu résister…

Alors ?

— Oui. Tu es vraiment adorable, déclara-t-il avant de la relâcher. Bon ! On ferait bien de s'occuper des plats, tu ne crois pas ?

— Il vaudrait mieux, oui. Les autres vont trouver qu'il nous en faut, du temps, pour récupérer deux plats à tarte et une malheureuse salade !

— Il y a des chances !

Il lui effleura la joue, lui passa un pouce sur les lèvres et lui vola un dernier baiser. Lorsqu'il referma le coffre, Merry s'attendait à ce que toutes les têtes soient tournées vers eux.

À son grand soulagement, ce n'était pas le cas. Personne ne semblait s'être aperçu de rien.

Personne sauf Cole, dont le regard insistant lui donna envie de rentrer sous terre.

Le barbecue fut une véritable réussite. Les convives étaient d'humeur joyeuse, et les hommes mirent un point d'honneur à retirer leur Stetson avant de passer à table. Merry dut se mordre la langue pour ne pas rire devant ce spectacle inaccoutumé. Ils devaient se sentir à moitié nus, les pauvres !

Même Rayleen se montra particulièrement courtoise, ce soir-là. Elle complimenta Easy sur la cuisson de la viande et ne se moqua des mèches rouges de Grace qu'à trois reprises.

Un exploit, chez elle.

Easy se mit à raconter des anecdotes sur Cole lorsqu'il était gamin, pour le plus grand plaisir de Grace, qui était suspendue à ses lèvres. Elle paraissait si heureuse, et son regard était si doux que Merry ne résista pas à l'envie de l'attirer à elle pour l'étreindre.

— Qu'est-ce qui me vaut l'honneur ? demanda Grace, posant la tête sur son épaule.

— Rien. Je trouve cette soirée formidable, voilà tout. J'ai l'impression d'avoir toujours vécu ici, parmi ces gens. Pas toi ?

Grace ne répondit pas tout de suite. Elle se tourna vers Easy qui parlait d'une tempête de neige particulièrement sévère, et finit par murmurer :

— Oui. On a le sentiment d'être chez soi, ici. D'avoir trouvé sa place, si tu préfères.

C'était exactement ce que ressentait Merry, et cela bien qu'elle n'ait pas eu le temps de nouer des liens profonds avec les gens qui l'entouraient. Une chose semblait certaine, ils l'appréciaient pour ce qu'elle était, et en toute simplicité. Ils n'attendaient rien d'elle ; ils l'aimaient sans réserve. Beaucoup plus que ses cousins, par exemple. Cole était un peu comme un grand frère pour elle, à présent. Il avait endossé le rôle qu'elle aurait tant voulu voir son cousin jouer, étant enfant. Quant à Grace... Grace lui était toujours apparue comme une sœur. Enfin, et bien qu'ils ne forment pas un couple, Easy et Rayleen faisaient figure de grands-parents, à leur manière.

Comme si elle avait lu dans ses pensées, Rayleen donna un coup de coude au vieil Easy.

— Une tempête de neige, hein ? J'en ai eu mon compte, quand je vivais en Alaska. Il n'y a rien d'autre à faire que de jouer du violon ou forniquer ! s'exclama-t-elle.

— On n'a pas eu cette chance, rétorqua Easy. Il n'y avait aucune femme, au ranch. Seulement des cow-boys et des saisonniers.

— C'est bien ce que je dis. Tu ne vas pas essayer de me faire croire que tu n'as jamais tripoté personne, dans le dortoir !

Easy rougit jusqu'aux oreilles.

— Enfin, il y a des dames, dans l'assemblée ! protesta-t-il. Et je ne parle pas de toi, Ray.

— Tu parles ! Regarde-les, tes *dames*. Elles sont mortes de rire !

Easy foudroya Grace et Merry du regard, sans parvenir à mettre fin à leur hilarité qui ne fit que redoubler. Le vieux cow-boy secoua la tête d'un air désapprobateur, et se tourna vers Rayleen, les sourcils froncés.

— Tu es vraiment incorrigible.

— Si c'est vraiment ce que tu penses, trouve donc quelqu'un de corrigible pour jouer aux cartes avec toi. Parce que je peux te dire que j'en ai soupé, moi, de tes remarques à la noix.

Ils s'affrontèrent du regard un si long moment que Merry finit par retrouver son sérieux. Après avoir toussoté avec gêne, elle demanda :

— Vous jouez du violon, Easy ?

— Un peu de folklore, marmonna-t-il.

— Vous nous en joueriez un petit morceau, là, tout de suite ? J'adore le folklore !

— Non. Je ne veux pas vous casser les oreilles.

Tous les invités protestèrent d'une seule voix, et insistèrent pour qu'il joue. Ce fut Rayleen qui eut le mot de la fin, cependant.

— Arrête de faire des chichis, et va le chercher, ton instrument, espèce de vieux croulant !

Il la dévisagea longuement avant de hocher la tête et de s'exécuter.

Cole ralluma le feu, fit passer des canettes de bière, et bientôt, ils écoutèrent tous le répertoire du vieil Easy. C'était magnifique. Le soleil dispensait ses derniers rayons au-dessus des pics du Grand Teton, le ciel était sans nuages... Et Merry se prit à regretter de ne pouvoir se blottir contre Shane comme le faisait Grace avec Cole.

Malheureusement, leur relation n'était pas de la même nature... Du moins pas vraiment. Elle se tourna vers lui et, à son grand plaisir, le surprit à l'observer. Elle sentit le rouge lui monter aux joues. C'était du désir qu'elle lisait dans ses yeux. Il n'y avait aucun doute sur la question.

Rayleen se pencha vers elle.

— Ce garçon en a après ton cul, Marinette, déclara-t-elle avec son franc-parler habituel.

Merry avala sa bière de travers et se mit à tousser.

— N... non, hoqueta-t-elle. Pas du tout, pourquoi dites-vous ça ?

— Parce que c'est l'évidence même. Et à ta place, je ne dirais pas non. A mon avis, c'est une affaire, au lit, ce type.

— Je... Non !

— Tu ne sais pas ce que tu perds, Marinette. Décidément, vous, les jeunes... Il faut tout vous apprendre. Saute sur l'occasion, enfin !

Merry ne put s'empêcher de lever les yeux au ciel.

— C'est l'hôpital qui se moque de la charité, si je puis me permettre, fit-elle remarquer.

Rayleen poussa un petit ricanement de mépris, mais son regard se porta vers Easy qui terminait son concert improvisé.

— Lui ? Tu parles d'une affaire ! lança-t-elle. Je risquerais de lui casser le col du fémur, et de l'envoyer aux urgences.

— Ça dépend. Vous pouvez sauter sur l'occasion... en douceur !

L'espace d'un instant, elle crut voir le visage de la vieille dame s'adoucir. Ce fut très fugace néanmoins, car elle releva le menton d'un air de défi et lança à Easy :

— Pas mal pour un vieux clou comme toi ! Tu es crevé ou tu as encore l'énergie de prendre ta raclée au gin-rami ?

— Pour ta gouverne, *princesse*...

Il s'interrompit, le temps de soupirer avec emphase.

— ... j'ai assez d'énergie pour te faire ravaler tes paroles.

— Je croyais t'avoir expliqué à quoi servait la bouche des femmes, rétorqua-t-elle du tac au tac.

— Bon sang, Rayleen ! Encore une fois, un peu de tenue !

Rayleen partit d'un rire sonore, tandis qu'Easy se relevait pour aller chercher un jeu de cartes. Merry crut l'entendre jurer entre ses dents. Une histoire de « femelles qui ne savaient pas se tenir ».

Shane se leva à son tour.

— Bon ! lança-t-il avec emphase. Je me lève tôt, demain matin. Alors si vous voulez bien m'excuser...

Merry réfléchit à toute vitesse. Elle l'aurait volontiers suivi, seulement c'était elle qui avait amené Grace et Rayleen.

Il le savait, pourtant !

Peut-être ne voulait-il pas d'elle, en fin de compte. Après tout, il se pouvait qu'il soit vraiment fatigué et qu'il veuille se coucher de bonne heure, et...

Et zut ! Elle se redressa sur son siège en s'efforçant de faire bonne figure.

— Je ramène quelqu'un en ville ? proposa Shane à l'assemblée.

Merry jeta un coup d'œil autour d'elle. De toute évidence, Grace n'avait aucune intention de rentrer au Haras ce soir-là ; il suffisait de voir la manière dont elle se serrait contre Cole pour le comprendre. Rayleen était confortablement installée dans un fauteuil et visiblement prête à affronter Easy...

Shane l'interrogea du regard.

— Je... Moi aussi, je suis fatiguée en fait, dit-elle. Rayleen ? Cela vous ennuierait de ramener ma voiture quand vous aurez fini votre partie de cartes ? Je crois que je vais profiter du pick-up de Shane.

La vieille dame leva impatiemment la tête.

— Non, non. Va, ma fille. Je glisserai les clés de ta bagnole dans ta boîte aux lettres.

Fort heureusement, elle était trop absorbée par la partie à

venir pour faire le moindre commentaire salace ou, pire encore, l'encourager à s'envoyer en l'air avec son voisin.

Même Grace ne parut rien trouver de suspect à ce départ précipité.

Merry tendit les clés à Rayleen, salua tout le monde, et grimpa en toute hâte dans le pick-up de Shane.

— Tu m'as fait peur ! J'ai cru que tu n'allais pas me suivre ! lui fit-il remarquer.

— Je me suis dit que tu avais envie de retrouver ton lit.

— Et tu as eu raison. Est-ce que je t'ai déjà montré ma tête de lit sculptée ?

Son propre rire la prit par surprise. Elle était ravie, bien sûr, seulement elle n'avait pas l'habitude de ce genre de situation. Avoir une liaison secrète, être l'objet d'un désir non dissimulé... C'était vraiment...

Vraiment super, il n'y avait pas à dire.

Comme elle l'avait espéré, son T-shirt Wonder Woman lui avait porté chance.

Shane lui posa une main sur le genou, et elle baissa les yeux pour s'imprégner de l'image. Elle ne voulait jamais oublier ce moment béni. Les doigts hâlés, légèrement velus de cet homme, déployés sur le coton de son jean... Ces ongles irréguliers, ces petites cicatrices causées par un outil ou l'autre... Ils lui parurent superbes, et elle eut l'impression de ne les avoir jamais vus, bien qu'ils l'aient déjà pénétrée.

Elle contempla son visage, à la faveur du soleil couchant. Les ombres rendaient sa mâchoire encore plus carrée que d'habitude. Encore un spectacle dont elle ne se lasserait pas. D'ailleurs, elle ne put en détacher les yeux pendant plusieurs secondes.

Ce n'était pas sa vie, là... Pas elle dans cette voiture non plus... La scène lui paraissait sortie tout droit d'un film d'amour. Un bel homme coiffé d'un Stetson, traversant les montagnes au volant d'un pick-up poussiéreux, une main sur la cuisse de sa maîtresse... Et la nuit, devant eux, pour cacher leur secret.

Elle baissa la vitre jusqu'en bas et, passant la main au-dehors, ouvrit ses doigts à l'air vif des montagnes. De l'autre main, elle se mit à caresser le bras tiède et musclé de Shane. Elle se délecta un instant du contact de ses muscles sous le tissu de sa chemise, puis lui prit la main et la ramena sur sa jambe.

Elle n'aurait su dire pourquoi, mais l'instant lui parut crucial. Un tournant qui marquait la rupture entre l'avant et l'après.

Il répondit à la caresse en enroulant ses doigts aux siens.

— Tu vas à Providence, demain ? demanda-t-il.

— En fin de matinée, oui. Il faut que je passe chez l'imprimeur à la première heure. Je veux être parée pour la réunion de demain après-midi.

— Il faut que je te dise, Merry... Je ne sais pas si je vais pouvoir consacrer encore beaucoup de temps à la restauration du saloon. Je croule sous le travail, en ce moment. Alors je comptais terminer le plancher dès demain et ensuite...

— Je comprends, murmura-t-elle, pressant doucement sa main entre la sienne.

Elle était sincère. L'été étant la saison haute, il lui paraissait normal que Shane privilégie ses chantiers en cours. Toutefois, à la pensée de ne plus le voir travailler dans la ville fantôme, elle sentit son cœur se serrer. Il n'était pas toujours là, bien sûr, mais elle aimait attendre sa venue. Savoir qu'il lui ferait peut-être la surprise de passer à l'improviste ou même se demander quand il arriverait. En général, il se rendait directement dans la vieille bâtisse, mais il lui arrivait de s'arrêter à son bureau de fortune pour lui dire bonjour. Plus encore, à présent qu'ils étaient amants, elle se rendait compte qu'elle s'était fait des films, toute seule, là-haut. De vrais scénarios, avec les répliques adéquates, une foule de baisers volés et d'étreintes effrénées.

— Je te suis très reconnaissante de ce que tu as fait, affirmat-elle, au lieu d'insister pour qu'il continue à travailler pour elle.

— Tu penses pouvoir faire un saut, après la réunion ? J'aimerais te montrer quelque chose.

Oubliant sa morosité, elle se tourna vers lui.

— Quoi ?

— C'est une surprise.

— Allez, dis-moi !

Shane éclata d'un rire joyeux et se libéra la main pour lui pincer le genou.

— Non. Tu vas être obligée de prendre ton mal en patience, ma belle.

— Nooon ! Ce n'est pas juste. Surtout que j'ai l'intention d'y aller avant la réunion. S'il s'agit de quelque chose que je peux utiliser...

— Non. C'est pour toi toute seule, pas pour les membres du trust ou pour la presse.

Il semblait si sérieux qu'elle tenta de contenir sa curiosité.

En vain, bien sûr.

— Donne-moi au moins un petit indice ! Allez, je meurs d'envie de savoir. De quoi s'agit-il ? Tu as fait une découverte, toi aussi ? A l'intérieur du vieux saloon peut-être ? Un trésor ? Caché sous les lattes du plancher ?

— Bon sang, Merry ! Tu es une vraie gamine, quand tu t'y mets.

— Pas du tout ! Je suis une grande fille !

— Dit-elle, dans son T-shirt Wonder Woman.

Soudain, Merry sentit sa bonne humeur s'évanouir. Elle lâcha la main de Shane et se redressa sur son siège. L'air frais de la nuit lui semblait glacial, tout d'un coup.

— Hé ! protesta-t-elle. Wonder Woman est super sexy, non ?

— Absolument, rétorqua-t-il, la gratifiant d'un sourire un peu moqueur.

Se renfrognant encore davantage, elle croisa fermement les bras.

— Arrête, Merry. Je l'adore, ton T-shirt.

— C'est ça...

Elle comprenait à présent pourquoi elle avait eu le sentiment de vivre un épisode de la vie d'une autre, tout à l'heure. Elle n'avait rien d'une héroïne de roman d'amour, en fin de compte. Elle n'était qu'une fille banale, qui survolait la vie sur un petit nuage d'illusions, entre dessins animés et fantasmes de petite fille.

Shane s'arrêta sur le bas-côté de la route et passa au point mort.

— Merry ! Ne te fâche pas, voyons. Je te taquinais, c'est tout. Et je suis entièrement d'accord avec toi. Wonder Woman est super sexy.

— Pff ! La prochaine fois, je mettrai un haut avec un décolleté plongeant. Comme ça, tu verras mes seins et je ressemblerai à une vraie femme !

— D'une, je les vois, tes seins, ils sont superbes, ton T-shirt les met en valeur, et tu le sais très bien.

Bien qu'il ait parfaitement raison sur ce dernier point, elle haussa les épaules sans se départir de sa moue boudeuse.

— De deux, je peux te dire que ce ne sont pas les femmes en décolleté plongeant ou en T-shirt moulant qui manquent, au Crooked R, le samedi soir. Or je te ferais remarquer que c'est *toi* que j'ai envie de serrer dans mes bras.

— Parce que tu me trouves *adorable*.

— Tu es adorable !

— Génial, grommela-t-elle.

Elle se détourna pour s'absorber dans la contemplation des étoiles. Il l'avait franchement vexée, là. Et le pire, dans l'affaire, c'était qu'elle s'en voulait de sa réaction. Une vraie gamine, effectivement.

— Merry...

Elle serra les dents et continua obstinément à regarder le paysage.

— Je ne comprends pas ce qui te chiffonne dans le fait que je te trouve adorable. Où est le mal, là-dedans ?

Et zut ! Elle se comportait comme la dernière des idiotes. Qu'est-ce qui la contrariait à ce point ? Shane avait envie d'elle autant qu'elle avait envie de lui. Pourquoi tenait-elle tant à ce qu'il le lui dise de manière plus romantique ? A ce qu'il la voie différemment de ce qu'elle était ?

— Tu as raison. Il n'y en a pas, admit-elle. Allons-y.

— O.K., murmura-t-il.

Mais au lieu de redémarrer, il se pencha vers elle et l'embrassa, d'abord avec douceur, puis plus ardemment, comme si ce baiser lui était vital. Lorsqu'il la relâcha, elle s'accrochait à ses épaules, et tous deux étaient à bout de souffle.

— Tu es adorable, Merry. Et tu me rends fou de désir. Si tu ne l'as pas remarqué, ce serait plutôt à moi de me vexer, tu ne crois pas ?

Pour toute réponse, elle leva les yeux au ciel.

— Et tu n'es pas qu'adorable, ajouta-t-il. Tu es douce, inoffensive, et quand je te vois, je pense au bonheur que j'ai éprouvé quand tu étais nue dans mes bras. Je pense à l'expression que tu as eue au moment de l'orgasme, et ça me rend dingue. J'ai l'impression de te connaître sous un jour que personne d'autre ne connaît.

Elle tenta de dissimuler un sourire ravi. Toute sa rancœur avait disparu. Ne restait plus que le désir, à présent. Et c'était tout ce qu'elle voulait éprouver.

Du désir. Pour Shane.

En oubliant toutes ses incertitudes.

— Au risque de te décevoir, deux ou trois autres hommes ont eu ce privilège, lui fit-elle remarquer.

— Seulement deux ou trois ?

Aïe... Quel besoin avait-elle eu de lui confier ce petit secret, là encore ?

— Allons-y, Shane. Moi aussi, j'ai quelque chose à te montrer, figure-toi.

Il la dévisagea longuement, puis finit par poser une main sur le levier de vitesse en secouant la tête d'un air désabusé.

— J'aurais mauvaise grâce à refuser. Accroche-toi, ma belle.

Il démarra si vite que des gravillons jaillirent sous les pneus.

Et Merry laissa ses complexes et ses inquiétudes s'envoler par la vitre ouverte. Elle aurait tout le temps de se préoccuper de son apparence et de son sex-appeal quand elle serait de nouveau seule. Pourquoi se torturer l'esprit maintenant, alors qu'un homme beau comme un dieu la ramenait chez lui pour lui faire l'amour ? C'était du masochisme ! Si elle continuait ainsi, Grace n'aurait plus besoin de jouer les gendarmes ! Elle le faisait très bien elle-même.

— Il faut que je prenne une douche, déclara Shane, lorsque les lueurs de Jackson Hole leur apparurent. Tu me donnes une minute ?

— Euh... Oui. Si tu y tiens.

— Quoi ? C'est trop long à ton goût ? demanda-t-il, un sourire narquois aux lèvres.

Elle songea à son fantasme du moment et sentit son cœur s'emballer à la pensée de ce qu'elle aurait pu répondre, si elle avait été plus hardie et plus confiante en elle.

— Ce n'est pas ça, murmura-t-elle.

Il l'interrogea du regard.

— Je...

Et puis flûte, après tout ! Elle n'avait rien à perdre. Aussi décida-t-elle de se jeter à l'eau.

— Pour tout t'avouer, j'adorerais te voir nu sous la douche. Ça me trotte dans la tête depuis quelques jours, tu comprends.

— Ça te trotte dans la tête ? répéta-t-il.

Elle l'avait choqué, visiblement. En même temps, il devait être flatté dans son orgueil de mâle, non ?

— Oui.

— Tu as pensé à moi, en train de me doucher ?

Ils étaient arrivés dans la rue principale de Jackson Hole, et, à la faveur des réverbères, elle vit enfin le visage de Shane. Il paraissait surpris.

Et surtout, ravi.

Bien que regrettant l'obscurité qui les avait enveloppés quelques minutes plus tôt, elle se dit que si elle voulait qu'on la trouve sexy, elle devait tout faire pour l'être. Il n'y avait pas d'autre solution.

— Oui, répondit-elle. C'est un fantasme, si tu préfères. J'ai envie de te regarder prendre ta douche.

Sentant son regard se poser sur elle, elle fixa un point indéterminé et tenta, vainement, de réprimer le sourire qui lui montait aux lèvres. Lorsqu'il reprit la parole, son intonation avait complètement changé.

— Tu fantasmes sur moi, Merry ? murmura-t-il.

— Oui, avoua-t-elle, la voix rendue rauque par un mélange de gêne et d'excitation.

— Et tu te caresses, quand tu fantasmes ?

— Eh bien... oui.

Il s'arrêta à un feu rouge et tapota le volant d'un pouce impatient. Merry retenait son souffle.

— Bon Dieu ! jura-t-il soudain.

Il traversa la ville sans prononcer un mot, et sans cesser de tapoter le volant. De plus en plus vite.

De plus en plus fort.

A peine garé devant le Haras, il descendit du pick-up, le contourna en deux bonds et lui ouvrit sa portière.

Ils entrèrent sans un mot dans la maison bleue. Elle tira ses clés de son sac, puis se tourna vers lui.

— Bon. Tu veux prendre ta douche tout de suite ou tu veux passer chez moi d'ab…

Elle avait peine fini de tourner la clé dans la serrure que Shane poussait la porte de chez lui en rugissant. L'entraînant dans son sillage, il claqua la porte d'un coup de pied et referma une main sur le bas de son T-shirt.

— Déshabille-toi, ordonna-t-il.

Elle laissa échapper un petit rire nerveux. Ce fut plus fort qu'elle. Shane se précipita sur elle et fit remonter son T-shirt. Une seconde plus tard, il avait dégrafé son soutien-gorge.

— Arrête ! s'écria-t-elle, riant et se couvrant les seins des deux mains.

— C'est ça, grommela-t-il, la faisant reculer vers la salle de bains.

Il jeta son Stetson sur le canapé et ajouta, entre ses dents serrées :

— Tu m'annonces que tu veux prendre une douche avec moi, tu m'expliques que tu as fantasmé, que tu t'es caressée en imaginant la scène, et tu me demandes d'arrêter ?

Oh Seigneur… Les événements se précipitaient !

Shane la coinça contre le mur de la salle de bains et l'examina entre ses paupières mi-closes.

— Tu as caressé tes seins, Merry ?

Elle ouvrit la bouche pour lui répondre, mais sa gorge était trop sèche pour que le moindre son s'en échappe.

— J'attends ! gronda-t-il.

Elle hocha la tête.

— Montre-moi comment, ordonna-t-il.

Non ! Pas ça ! Elle en était incapable. Déjà, elle faisait remonter ses mains vers sa poitrine dans l'espoir de la dissimuler. En un geste lent, Shane l'obligea à les baisser de quelques centimètres.

— Montre-moi, Merry.

Elle ne respirait plus qu'à peine, à présent. On étouffait, dans cette pièce, et elle respirait vite. Shane aussi, d'ailleurs.

Ses yeux sombres étaient rivés sur ses mains, comme si elles dissimulaient un trésor inestimable.

Elle fit courir ses doigts sur l'un de ses mamelons et vit le regard de Shane changer. Elle fut parcourue par un mélange de terreur et de triomphe. S'enhardissant, elle fit rouler le mamelon entre son pouce et son index. Shane entrouvrit la bouche pour laisser échapper un râle presque inaudible. Elle continua à se caresser, poussa un petit cri, et sentit le souffle court de Shane sur sa gorge.

— Et ensuite ? demanda-t-il d'une voix rauque. Qu'est-ce que tu as fait ensuite ?

— Je... je ne peux pas.

— Bien sûr que si. S'il te plaît, Merry. Montre-moi.

Elle dut détourner la tête, incapable de regarder ce visage plus longtemps. Les yeux baissés vers ses mains tremblantes, elle défit le bouton de son jean, fit lentement glisser la fermeture et glissa un doigt à l'intérieur de son string. Lorsqu'il se posa sur son clitoris, elle sentit son souffle se coincer dans sa gorge.

Shane déploya une main sur sa gorge pour la caresser doucement, du bout du pouce.

— Tu as fantasmé sur moi ? demanda-t-il, tandis qu'elle plongeait un peu plus profond dans son propre sexe.

— Oui, murmura-t-elle.

Il fit descendre sa main le long de sa peau et s'empara du bout d'un de ses seins. En soupirant, elle rejeta la tête en arrière.

— Bon sang, Merry. Tu me rends fou.

Elle n'avait jamais rien fait de semblable. Jamais. Pourtant, elle continua à se caresser pendant que Shane se débarrassait de sa chemise à son tour. Lorsqu'il fut torse nu devant elle, il recommença à l'embrasser, la faisant gémir contre sa bouche.

Au bout de quelques minutes, il actionna le robinet, derrière elle.

— Eh bien, on va le réaliser, ton fantasme !

Elle réprima à grand-peine un petit gloussement de satisfaction. Ceci dépassait déjà ses rêves les plus fous. En même temps, il n'était pas question de s'arrêter en si bon chemin. Alors ils terminèrent de se dénuder, ce qui permit à Merry de constater à quel point son amant était excité. Son membre gonflé vibrait sous ses yeux... Elle faillit se remettre à gémir alors même qu'elle avait cessé de se caresser.

Shane pénétra dans la cabine de douche, l'entraînant à sa suite. Bien que l'eau soit brûlante, la sensation de son sexe sur sa peau la fit frissonner.

— C'est ainsi que tu t'imaginais les choses ? demanda-t-il, faisant courir ses lèvres sur sa gorge. Nous deux, nus sous la douche ? Comme ça ?

Elle s'arc-bouta contre lui, se délectant de la manière dont il avait posé son sexe sur son ventre. Elle aurait voulu lui dire : « Oui, comme ça. Exactement comme ça. » Mais elle lui devait la vérité. Au risque de le voir se retirer.

— Non, murmura-t-elle contre ses cheveux humides.

Il sentait légèrement la sueur, et ça l'excitait. Elle avait l'impression de respirer son odeur naturelle, en plus épicé.

— Non ? répéta-t-il, manifestement surpris.

— Non. Je... Dans mon fantasme, je ne faisais que te regarder. Tu te lavais et tu...

Ne pouvant se résoudre à prononcer la suite, elle baissa les yeux. Il la comprit à demi-mot cependant, car il lui chuchota à l'oreille :

— C'est vraiment ce que tu veux ?

— Oui, répondit-elle dans un soupir.

Shane recula d'un pas et s'empara du gel douche.

Elle fut prise d'un vertige. Son cœur battait de manière irrégulière, comme un petit oiseau pris au piège, et elle dut prendre appui sur le carrelage de la cabine de douche pour ne pas tomber.

Shane se frictionna le torse avec le gel douche.

— Caresse-toi, ma belle, lui ordonna-t-il.

Elle s'exécuta sans hésiter. Il continua à se savonner, et lorsqu'il prit son sexe énorme dans sa main, elle fut traversée par un courant électrique qui s'arrêta à l'orée de son sexe humide.

C'était la première fois qu'elle voyait un homme se laver. La première fois qu'elle pouvait contempler une main masculine se refermer sur son propre sexe et aller doucement d'avant en arrière.

— Shane..., gémit-elle. Oh...

Posant un pied sur le rebord de la cabine, elle se remit à se caresser, un peu gênée malgré tout par le regard de son amant. D'un autre côté, elle lui devait bien ça, non ? Puisqu'il avait accepté de se masturber devant elle, pourquoi ne pas lui rendre la pareille ?

Et puis, c'était si bon... Si agréable, de se caresser en regardant la main fébrile de Shane s'affairer sur son sexe dressé !

De la folie pure. Tout cela semblait si dangereux, et tellement... osé ! Elle ne pouvait pas croire que c'était à elle que cela arrivait, que c'était vrai.

Pourtant, ça l'était, du moins si elle en jugeait par la manière dont son corps se tendait, dont son sexe s'humidifiait...

Shane bougea légèrement pour se rapprocher d'elle et posa un bras sur le carrelage, juste au-dessus de son front. Sa tension extrême pimentait encore l'affaire, et soudain Merry se raidit de tout son être. La main de Shane allait de plus en plus vite. Il la regardait intensément et semblait au bord de l'orgasme.

— Regarde-moi, Merry. C'est ce que tu voulais, non ? C'est bien ça ? Dis-moi.

— Oui. Oui, chuchota-t-elle d'une voix presque suppliante.

Elle laissa courir ses yeux sur son corps dégoulinant, sur la mousse accrochée à son torse velu, sur les gouttes qui serpentaient le long de ses abdominaux, et finalement sur son sexe.

Oh... Il était si gros, si tendu, tellement plein de fougue !

— Regarde, répéta-t-il, resserrant son emprise.

De nouveau, elle sentit son corps se crisper. L'instant d'après, le gémissement qui lui était monté aux lèvres se transformait en un cri de plaisir. Submergée par l'orgasme, elle se propulsa en avant et s'abandonna au plaisir.

— Bon sang, Merry... C'était... C'est génial.

Il referma sa bouche sur la sienne, lui prit la main et la lui fit refermer sur son érection.

— Caresse-moi. Je t'en supplie, caresse-moi.

Toujours vibrante, elle l'emprisonna entre ses doigts. Il ne lui lâcha pas la main pour autant, bien au contraire. Il l'accompagna, la guida... plus vite, de plus en plus vite...

Elle était tellement fascinée par la vision de leurs deux mains refermées sur ce membre affolé qu'elle en oublia de respirer.

Et bientôt...

— Ouiiii, gronda Shane. Oui !

Il se renversa en arrière et jouit abondamment dans sa main. Son sperme fut comme une brûlure sur sa peau.

Elle en resta pantelante. Le choc, le plaisir, cette faiblesse intense qui commençait à l'envahir...

Fermant les yeux, elle posa sa tête contre le carrelage.

Tous ses sens étaient en éveil. Elle percevait tout... L'eau qui lui dégoulinait sur les hanches et les cuisses. La buée qui lui enflammait la nuque. Et lorsque Shane posa ses lèvres sur son épaule, une chaleur incroyable se diffusa dans tout son corps. Elle relâcha son emprise, le libérant en un mélange de soulagement et de regret.

— Je... je n'arrive pas à croire que l'on ait pu faire une chose pareille, murmura-t-elle lorsqu'elle eut retrouvé l'usage de la parole.

— C'était ton fantasme, pourtant, lui rappela-t-il de sa voix chaude. Pas le mien !

— Je ne... Je n'avais jamais fait ça ! Je veux dire... réaliser un fantasme.

Il l'embrassa une dernière fois avant de se redresser.

— Ah bon ? Heureusement que j'étais là, alors !

Secouée par le rire, elle se laissa glisser le long de la paroi carrelée. Ses jambes ne la portaient plus. Shane la rattrapa juste à temps, et elle ne fut que trop heureuse de le sentir glisser une main autour de sa taille pour la soutenir.

— Tu es infernal, marmonna-t-elle.

— Moi ?

— Oui, toi.

— Non. J'irais même jusqu'à dire que je mérite une petite récompense, miss Kade. Après tout, j'ai résisté plus longtemps que toi, ce qui est un véritable miracle. Ça vaut une médaille, non ? Ou une boucle de ceinture commémorative.

Elle se remit à rire, se délectant de la vision de l'eau qui continuait à couler sur les épaules de Shane.

— Tu irais jusqu'à appeler cela un rodéo sexuel ? s'enquit-elle.

— Tout à fait. Et je suis fier d'avoir tenu plus de huit secondes.

— Tu me tues...

— C'est toi qui me tues, ma belle !

Ces paroles lui firent un tel effet qu'elle dut ravaler un petit cri de surprise.

Une réaction plutôt inquiétante, d'ailleurs, à bien y songer. Shane n'était qu'un amant de passage. Un voisin de palier qui venait de temps en temps lui procurer un peu de plaisir. Rien de plus. Sous aucun prétexte, elle ne devait s'émouvoir ainsi.

Pas pour lui.

— Je n'ai plus qu'à me relaver, constata-t-il.

— Qu'est-ce que je devrais dire, moi ! Je n'ai même pas eu le temps de me servir du gel douche.

Il le lui tendit, et elle se remit à rire. Sans aucune raison, et sans savoir pourquoi. Il n'y avait rien de drôle, pourtant ! Mais elle ne parvint pas à se raisonner et bientôt, Shane se joignit à elle.

Ils seraient restés longtemps, ainsi, si un bruit suspect n'avait pas attiré l'attention de Merry.

Elle passa la tête derrière le rideau…

… et se retrouva nez à nez avec Grace.

Une Grace livide, qui tenait dans sa main crispée le T-shirt que Merry avait laissé tomber sur le parquet du salon.

— Oh non ! murmura cette dernière entre ses dents.

Grace sortit et referma la porte de la salle de bains sans un mot.

— Grace est rentrée, murmura Merry à Shane dont la grimace horrifiée ne fut probablement qu'à moitié feinte.

Ce ne fut pas tant la perspective de subir les foudres de Grace que celle de voir son secret exposé au grand jour, qui chagrina Merry. Les choses seraient beaucoup plus compliquées, désormais. Cette petite aventure allait se transformer en tout autre chose qu'un banal échange de services entre voisins habités par un désir sincère.

Zut et triple zut !

Lorsque Shane eut coupé l'eau, Merry se rendit compte qu'elle n'avait rien à mettre sur son jean. Grace avait remporté son T-shirt en sortant.

Elle avait fini de rire, cette fois.

Pour de bon.

Sa seule consolation fut que Shane, lui au moins, avait tous ses vêtements avec lui. Il était même entré dans la salle de bains avec ses santiags, c'était dire ! Alors si l'on faisait abstraction de ses cheveux humides, personne ne pouvait dire qu'ils s'étaient douchés ensemble. Et si Grace n'avait pas ouvert cette fichue porte, Merry aurait pu prétendre qu'il était venu déboucher la douche, et…

Et non. Elle n'aurait pu rien prétendre du tout.

Voyant son embarras, Shane lui proposa sa chemise qu'elle refusa d'un hochement de tête. Il n'était pas question qu'il déambule dans le salon torse nu, lui non plus. La situation était suffisamment périlleuse comme cela ! Aussi s'enveloppa-t-elle dans un drap de bain avant de le suivre, la tête basse.

Grace se tenait devant le comptoir de la cuisine, une canette à la main et le visage réprobateur.

— Bonsoir ! lui lança Shane d'un ton léger.

Pour toute réponse, elle avala une gorgée de bière.

— Merry, je t'appelle demain, poursuivit-il, se penchant pour récupérer son Stetson.

Merry s'attendait à moitié à voir la canette s'écraser sur la porte dès qu'il l'aurait eu refermée, mais Grace conserva son calme.

Ce qui n'annonçait rien de bon.

— Bien !
— Bien quoi ? lui rétorqua Grace.
— Je… Désolée que tu aies assisté à… à ça.

Grace porta sa canette à ses lèvres et haussa les épaules.

— Heureusement que le rideau de douche est opaque, fit-elle remarquer.

— Si tu veux bien m'excuser, marmonna Merry, s'avançant pour attraper son T-shirt, avant de se retourner pour l'enfiler.

Bien qu'il soit un peu tard pour jouer les pudiques.

— Rayleen a continué à picoler, pendant sa partie de cartes, expliqua Grace. Elle n'était pas en état de conduire, de sorte que j'ai dû la ramener.

Elle posa les clés de la voiture sur le comptoir avant d'ajouter :
— Je ne pensais pas te déranger.
— Euh… Tu sais très bien que je n'aurais pas…

Elle n'acheva pas sa phrase. Elle ne se trouvait aucune excuse, et la seule chose dont elle pouvait se féliciter était de ne pas avoir été surprise en plein exercice sur le canapé.

— Ecoute, Merry. Je n'aime pas ce type et je ne veux pas te voir souffrir. Cela dit, tu as le droit de coucher avec qui tu veux. J'espère simplement que ça te fait du bien, d'accord ?

Merry l'étudia attentivement, à la recherche d'une faille, sous ses dehors étonnamment policés, mais en vain.

— D'accord, murmura-t-elle enfin, sentant son visage s'illuminer d'un sourire béat.

— Et j'ai ma réponse. Ça te fait du bien, si j'en juge par ta tête. Tu veux une bière ?

— S'il te plaît, oui. Et tu as raison, cela me fait du bien.

Elle laissa échapper un petit soupir de satisfaction.

— Alors comme ça, Shane Harcourt est un bon coup ? reprit Grace.

— C'est le moins qu'on puisse dire. Et je ne te parle pas de ses talents sous la douche.

— Je suis ravie de l'apprendre ! s'exclama Grace en riant. N'oublie pas de récurer la salle de bains, demain matin, c'est tout ce que je te demande.

— Ah… Oui. Ce ne sera sûrement pas du luxe. Je…

— Pitié ! l'interrompit Grace, en se bouchant les oreilles. Pas de détails, ce serait trop pour moi.

— Ne t'en fais pas, tu n'en auras pas. Ce n'est pas mon genre…

Elle s'avança vers le canapé dans l'intention de s'y asseoir, mais ses jambes ne la portaient toujours pas et elle s'affala comme une masse.

— Ou peut-être que si, ajouta-t-elle. Avant, je n'avais rien à raconter. Là, en revanche… Shane est tellement… Il me donne l'impression d'être sexy, Grace. Tu te rends compte ?

— Tu *es* sexy !

— Ce n'est pas vrai, et tu le sais aussi bien que moi. Je suis simplement… moi-même. Tu ne peux pas comprendre, bien sûr. Les hommes posent un regard différent sur toi. Ils flairent le danger… et une potentielle partie de jambes en l'air.

— Merci ! rétorqua Grace d'un ton sec.

— Arrête… Tu ne vas pas me dire que ce n'est pas ce que tu veux ! Et puis, tu ne m'as pas laissée terminer ma phrase.

Ce ne sont que des hommes. Ils ne voient pas plus loin que le bout de leur… de leur nez. Ils sont toujours passés à côté de la véritable Grace, par exemple. Avec toute sa générosité et sa droiture. Il a fallu que Cole arrive pour que tu sois enfin traitée comme tu le mérites. C'est bien pour ça que tu l'aimes, non ?

Grace lui lança un regard noir.

— Ne me dis pas que tu es amoureuse de Shane !

— Non, non ! Je ne le connais pas assez pour ça. En outre, nous n'avons pas ce genre de relation. N'empêche qu'il me voit comme j'ai toujours rêvé qu'on me voie. Alors, même si tu ne l'apprécies pas, tu ne voudrais pas le laisser tranquille, rien que pour me faire plaisir ? Pense à mes zones érogènes si longtemps négligées !

Jusque-là, Grace était restée étonnamment neutre. Toutefois, Merry ne pouvait se méprendre sur l'inquiétude qui la rongeait et lorsqu'elle en vit les dernières traces se dissiper, elle sentit son cœur se gonfler de joie.

— Si tu y tiens…, marmonna Grace. Et uniquement par égard pour tes zones érogènes, compris ?

— Merci !

Merry se releva pour aller l'embrasser.

— Du fond du… du cœur, conclut-elle.

— Bon sang ! gémit Grace. Un peu de tenue, mademoiselle Kade !

— Une dernière chose. Je sais que Shane peut sembler froid et difficile à cerner, mais dans l'intimité, il est vraiment marrant. Super gentil. Et vraiment, vraiment doué…

— Il suffit de te regarder pour s'en apercevoir. Alors d'accord. Je veux bien faire un effort. Je dois avouer que tu sembles beaucoup plus heureuse que quand je te voyais rentrer d'une soirée avec… comment s'appelait-il, déjà ?

— Kenneth ? Oui. Avec le recul, je crois qu'il était tordu, tout simplement. A l'époque, je me croyais trop inexpérimentée pour pouvoir apprécier.

— Tordu ? Comment ça, tordu ?

— Rien de grave, rassure-toi. Il n'arrêtait pas de marmonner des trucs du genre « Oh oui ! C'est ça, bébé. Comme ça. Tu es si bonne… Je bande comme un cerf… ». Sauf que je ne faisais absolument rien. Il s'allongeait sur moi en fermant les yeux, et j'ai toujours pensé qu'il s'imaginait ailleurs, avec une autre nana. Bref, j'aurais été une poupée gonflable que cela n'aurait rien changé à l'affaire.

— Beurk !

— Et comme la gourde que j'étais, je me disais que j'étais trop coincée. Que les autres femmes aimaient sûrement ce genre de discours salace.

— Tu plaisantes ? Cela n'a rien à voir avec un discours… salace, comme tu dis. Pour moi, c'est plutôt un monologue de pauvre type !

— Si tu le dis. Finalement, je ne suis peut-être pas aussi frigide que je le pensais, en fin de compte.

— Frigide ? Qu'est-ce que tu racontes, Merry ? L'idée, dans ce genre d'échange verbal, c'est de stimuler les deux amants, pas de satisfaire un fantasme solitaire. Tu dis ce que tu veux, le mec te le dit aussi, et tout le monde est content ! Dans le genre « salace », pour reprendre ton expression.

— Je…

Merry se sentit rougir jusqu'aux oreilles.

— Je crois que je vois où tu veux en venir, à présent.

Grace lui donna un petit coup de poing et éclata de rire.

— Tu sais quoi, Merry ? Je serais vraiment contente pour toi, si je n'avais pas le sentiment de parler à ma propre fille.

— Hein ? Maman est plus cool que toi, si tu veux le fond de ma pensée !

— Foutues hippies, grommela Grace.

Cette fois, Merry ne put s'empêcher de serrer son amie dans ses bras.

Et elle remarqua au passage que celle-ci résistait de moins en moins à ses effusions, depuis quelque temps.

— Je t'aime, Grace. Merci d'avoir été aussi compréhensive.

— Je n'avais aucune intention de me mettre en boule, tu sais. Je me fais juste du souci pour toi… Tu es beaucoup moins dure que moi et je…

— Oh ! Je peux l'être, tu sais !

— Je sais.

Grace la gratifia d'un baiser sur la joue et la repoussa d'un geste faussement impatient.

— Allez ! J'essaierai d'être plus... aimable avec ton cow-boy. Et quand tu voudras t'en débarrasser, préviens-moi. J'ai toujours une lame de rasoir, dans le talon de ma botte droite.

— Ça marche, et rassure-toi, ce ne sera pas nécessaire. Tout ce que nous faisons, c'est... nous rendre service. Les petits services entre amis, tu connais, non ?

Grace la considéra un instant d'un air dubitatif et vaguement inquiet, mais ne fit aucun commentaire.

Ce dont elle lui sut gré. Si d'autres femmes pouvaient entretenir ce genre de relation sans attaches et sans lendemain, elle y arriverait, elle aussi. Il lui suffisait de mettre ses sentiments de côté et de profiter de ce que Shane lui apportait.

Un jeu d'enfant.

15

— Pour commencer, lança Jeannine Bishop avec importance, je tiens à vous informer que la police enquête activement sur les effroyables méfaits dont nous sommes victimes depuis quelque temps.

Merry s'agita nerveusement sur son siège.

— Les preuves ont été soigneusement examinées, et vous nous confirmez que vous avez envoyé les photos au bureau du shérif ce matin, mademoiselle Kade ?

— Tout à fait. L'un des officiers m'a appelée, et je les lui ai aussitôt fait parvenir par e-mail.

Elle ne précisa pas qu'à son grand soulagement, l'officier en question n'avait pas paru intéressé par le problème. La preuve : il ne s'était pas donné la peine d'accuser réception des photos.

— Par conséquent, la police est en possession d'un dossier complet, et aucune piste ne sera négligée.

— Vous m'en voyez soulagée, murmura Merry.

Kristen se pencha en avant.

— Je suis presque certaine d'avoir entendu un bruit bizarre, la nuit dernière. Quelqu'un rôdait près des écuries.

Oh non ! La pauvre femme était aux aguets, à présent... Merry s'apprêtait à la rassurer d'une petite pression de la main lorsque Levi ricana.

— Enfin, Kristen, il y a eu un vent terrible, pendant la tempête ! Et je ne parle pas des dix chevaux qui dorment dans cette écurie, ni du palefrenier qui vit juste au-dessus ! Comment peux-tu affirmer qu'il s'agissait d'un rôdeur ?

— Je connais les bruits de ma propriété, Levi ! répliqua-t-elle d'un ton sec. J'y vis depuis suffisamment longtemps pour les reconnaître !

Jeannine se renfrogna, comme elle le faisait chaque fois qu'on lui rappelait que le manoir et ses dépendances ne lui appartenaient plus.

— Bref ! enchaîna Merry avant que Mme Bishop numéro 2 ne se lance dans une des tirades dont elle avait le secret. L'affaire est entre de bonnes mains, désormais, et je suis ravie de savoir que la police la prend au sérieux. Je propose donc que nous passions à un sujet plus réjouissant. Je vous ai apporté les brochures que je compte joindre au dossier à montrer à la presse. Si vous voulez bien vous pencher dessus et me dire ce que vous en pensez.

Elle fit passer les petits livrets autour de la table. Bien qu'ils ne contiennent encore aucune photo de Providence, ils sortaient tout droit de l'imprimerie et présentaient bien.

— Un dossier pour la presse ? s'exclama Harry. Ça m'a l'air sérieux !

— Ça l'est ! répondit-elle. La première chose que vous y trouverez est ma brochure. S'il vous plaît, ne perdez pas de vue que le titre et la mise en pages ne sont qu'une proposition. Pour moi, c'est parfait, mais le graphiste est tout à fait disposé à y apporter les modifications que vous jugerez nécessaires.

— Un graphiste ? s'écria Kristen. Nous ne vous avons pas autorisée à vous lancer dans de telles dépenses, il me semble !

— Pour l'instant, nous n'en sommes qu'à soixante-quinze dollars. Si nous voulons ajouter un logo, il nous en coûtera cent cinquante de plus. Cela n'a rien d'exorbitant !

Kristen lui lança un regard glacial.

— Je... j'ai bien compris que le trust ne m'a pas accordé de budget, balbutia Merry, se redressant sur son siège. Dès lors, je suis tout à fait prête à payer la somme de ma poche.

Levi balaya sa proposition d'un geste de la main.

— Cette brochure n'étant qu'une maquette, poursuivit-elle, j'en ai fait tirer quelques exemplaires, de manière à ce que vous ayez un meilleur aperçu de...

— Une autre initiative coûteuse ?

Merry regarda Kristen dans les yeux et hocha la tête.

— Oui. Si nous voulons intéresser un journaliste, il faut que nous ayons quelque chose à lui montrer. Or ce projet n'avancera pas sans l'aide de la presse.

— En tout cas, cette brochure est fichtrement réussie ! déclara Harry, afin, sans doute, de faire baisser la tension ambiante. Vous avez fait du bon travail, mademoiselle Kade.

— Merci. En outre, elle vous donne une idée de ce que j'ai l'intention de faire, à Providence. Pour commencer, un panneau d'information sera planté devant chaque bâtisse. On y apprendra à quoi elle servait ou, dans le cas des habitations, qui vivait là. On pourra y inclure des photos d'époque, si on en retrouve. A défaut, nous nous contenterons de photos des bâtiments avant la rénovation. Ah, et bien sûr, nous ferons apparaître les fondateurs de la ville. Le saloon...

— Mademoiselle Kade, l'interrompit sèchement Jeannine. Dois-je vous rappeler que nous avons organisé cette réunion pour décider de l'attitude à adopter devant les menaces dont nous faisons l'objet ? Or vous nous présentez des idées pour une étape que nous n'avons pas encore décidé de franchir !

Comme si elle ne s'en était pas aperçue !

— C'est vrai, Jeannine, reconnut-elle. Cependant, vous m'accordez qu'il serait bon de mettre la presse locale au courant, non ?

Jeannine et Kristen ne parurent pas ravies. D'un autre côté, comment auraient-elles pu s'opposer à la publication d'un article en leur faveur ? D'autant que Levi et Harry examinaient toujours la brochure avec un enthousiasme non dissimulé. Quant à Marvin, il somnolait, ce que Merry décida de prendre pour un assentiment.

— J'ai joint au dossier une biographie de Gideon Bishop, ainsi que deux ou trois citations où il explique les raisons pour lesquelles il voulait que Providence soit ouverte au public, précisa-t-elle.

Aussitôt, les deux femmes s'emparèrent du document pour le lire.

— Encore une fois, je suis prête à y apporter toutes les modifications que vous voudrez, ajouta-t-elle.

— C'est heureux, rétorqua sèchement Jeannine, car je vois déjà des erreurs.

Kristen lui jeta un regard noir et se remit à lire.

— Bien ! dit Merry. L'un d'entre vous a-t-il des relations, à la gazette ?

— Oui, moi, répondit Harry. Ma nièce y travaille, en fait. Et je peux vous dire que c'est une excellente rédactrice.

— Attendez un instant, objecta Jeannine. Il nous reste à décider de ce que nous voulons présenter à ce journaliste. Je vous rappelle que nous n'en sommes encore qu'aux prémices de cette réouverture. Il n'y a rien de fait !

— Et alors ? demanda Merry. Je peux comprendre que vous vouliez avancer lentement, néanmoins, il me semble que la meilleure manière d'assurer le succès de notre entreprise, c'est de faire comme si vous aviez l'intention d'ouvrir la ville au public très prochainement. A mon avis, on devrait même fixer une date.

— Vous oubliez le problème du financement, jeune fille !

— Raison de plus pour mettre la presse de notre côté.

Marvin sortit de sa torpeur pour taper bruyamment sur la table.

— Moi, ça me plaît. Notre approche timide commence à me taper sur le système. Un pas en avant, deux pas en arrière, ça commence à bien faire ! Alors je serais d'avis que l'on aille de l'avant. La combativité, il n'y a que ça de vrai !

Les deux autres hommes acquiescèrent. Même Kristen parut vaguement titillée par la perspective.

Jeannine lança à Merry un regard en coin.

— Comme vous y allez, messieurs, répliqua-t-elle. Je vous rappelle que nous avons décidé de prendre tout le temps qu'il nous faudra. Alors avant de nous lancer dans la *combativité*, pour reprendre l'expression de Marvin, je suggère que nous…

Elle s'éclaircit la voix et regarda Merry droit dans les yeux, cette fois.

— … que nous réfléchissions sérieusement à la personne qui s'occupera de tout cela, au final.

Merry eut une bouffée de chaleur. Tous les membres du trust la dévisageaient à présent, certains avec un zeste de compassion, d'autres simplement mal à l'aise.

— Je travaillerai dur, dans la mesure de mes capacités, affirma-t-elle d'une voix aussi assurée que possible. A moins que vous ne décidiez que je ne suis pas la personne qu'il vous faut, bien entendu. Néanmoins, je me permets de vous faire remarquer que si vous obtenez les fonds nécessaires pour embaucher quelqu'un d'autre, le recrutement peut vous prendre des mois. Auquel cas il vous faudra quelqu'un pour assurer l'intérim. En d'autres termes, je serai honorée…

Elle s'interrompit, le temps de se débarrasser du nœud qui lui obstruait la gorge, subitement.

— Je serai honorée de continuer à travailler à Providence tant que vous aurez besoin de moi.

Levi baissa brièvement la tête avant de se redresser.

— Nous prendrons cela en considération, mademoiselle Kade.

— Je vous en remercie.

— Parfait ! enchaîna Jeannine, tapotant le dossier du bout de l'index. Il me semble que nous avons tous les éléments en notre possession. Nous vous ferons connaître notre décision, en ce qui concerne cette histoire de journaliste, mademoiselle Kade.

Et voilà. La messe était dite. On la renvoyait, une fois encore. Elle ne faisait pas partie du trust, et on attendait qu'elle s'en aille pour voter.

Ou plus exactement pour parler d'elle.

Elle rassembla ses documents, douloureusement consciente que ce n'était probablement pas la première fois que ses employeurs étaient confrontés à ce genre de dilemme. « Que va-t-on faire de Mlle Kade ? Elle est bien gentille, seulement ce n'est pas tout à fait la personne qu'il nous faut… »

Toujours la même rengaine. D'un autre côté, elle n'avait pas essuyé un refus catégorique, à bien y réfléchir. Alors tout n'était peut-être pas perdu.

Elle était à peine sortie que son téléphone se mit à sonner. Un bref coup d'œil à l'écran lui permit de constater qu'il s'agissait de Cristal.

Il ne lui manquait plus qu'elle !

— Ce n'est pas vrai ! grommela-t-elle.

Elle n'avait aucune envie de répondre et aurait volontiers ignoré l'appel. Malheureusement, elle ne le pouvait pas. Et si sa cousine était perdue sur une route isolée, cernée par un troupeau de buffles ? Cela pouvait arriver, dans ce pays !

— Oui, Cristal, murmura-t-elle en décrochant.

— Merry !

Bon sang, que cette fille pouvait être fausse ! Elle était surprise d'entendre la voix de Merry, alors que c'était elle qui appelait !

Décidément, il n'y avait rien de nouveau sous le soleil !

— J'organise une petite soirée et je serais ravie que tu te joignes à nous.

— Désolée, Cristal, je ne suis pas libre ce soir. Je sors d'une réunion de travail et je dois retourner à Providence pour un autre rendez-vous.

Elle avait retrouvé le sourire en disant cela. Pas mal, cette déclaration de femme occupée par sa profession ! Elle la ressortirait, à l'occasion.

— Je te parle de demain, Merry, lui expliqua Cristal d'un ton vaguement impatient. Je te proposerais volontiers de venir avec un invité de ton choix, mais je ne pense pas que tu sois en mesure de te faire accompagner par un homme. Alors je…

— En fait, si.

— Comment ça ? Tu as déjà un fiancé ? Tu viens à peine de t'installer dans la région !

— Ce n'est pas vraiment mon fiancé, comme tu dis. Simplement un homme que je fréquente et qui serait sûrement ravi de…

— Parfait, parfait. Je te vois demain vers 21 heures, alors. Je t'envoie l'adresse par texto.

— Je…

Trop tard. Cristal avait déjà raccroché.

Merry considéra son téléphone, les yeux écarquillés. Qu'est-ce qu'il lui avait pris d'accepter une invitation pareille ? Tout cela pour river son clou à sa peste de cousine ? Bon sang… Elle était tombée bien bas !

Il était encore temps de se désister. De rappeler pour expliquer qu'elle s'était engagée à assister à un dîner quelconque, et que ça lui était complètement sorti de la tête… Sauf que Cristal ne manquerait pas d'en conclure que son petit ami avait refusé de l'accompagner et qu'elle ne voulait pas le lui avouer.

Bref, elle était coincée. Doublement, même, car elle allait devoir convaincre Shane de venir avec elle.

Cette idée lui donna la chair de poule.

Il n'était pas son petit ami. Il n'y avait rien d'officiel dans leur relation…

— Non, gémit-elle, se frappant le front d'un coup de poing. Non, non et non !

Et si elle demandait à Grace de lui prêter Cole, enfin façon de parler, pour la soirée ? Cristal n'y verrait que du feu !

A moins qu'elle fasse preuve d'un peu de courage en invitant Shane, finalement. Après tout, il ne s'agissait que d'une soirée organisée par un membre de sa famille…

— Tu es vraiment la dernière des lâches, Merry Kade ! lança-t-elle à voix haute.

Avant de regarder derrière elle pour voir si personne ne l'avait entendue… Non.

Enfin… Elle n'allait pas laisser sa cousine lui gâcher sa journée. Elle avait bien avancé avec le trust, à bien y réfléchir. Et à présent, Shane l'attendait avec une surprise.

Cette pensée la réconforta grandement, et ce fut le sourire aux lèvres qu'elle monta dans sa voiture pour prendre la route de Providence. Les choses allaient comme elle le voulait, aujourd'hui. Et cela allait encore s'améliorer une fois qu'elle serait arrivée à destination.

Shane leva la tête en entendant des roues crisser sur le gravier, puis une portière de voiture claquer.

Merry venait d'arriver.

Il prit une longue inspiration, reposa son marteau et retira ses gants de travail.

Il n'avait aucune raison d'être aussi tendu. Il s'apprêtait à emmener la jeune femme visiter une cabane abandonnée dans les hauteurs, pas à lui offrir une bague de fiançailles !

N'empêche qu'il avait les mains moites, tout à coup.

Sans aucune raison.

Peut-être était-ce lié à cette maudite ville. Il s'y sentait de plus en plus mal à l'aise, en compagnie de Merry. Il n'avait commis aucun acte de sabotage. Il n'avait rien fait d'illégal, et les événements s'étaient enchaînés avant qu'il connaisse vraiment la jeune femme. Toutefois, ces vieilles maisons lui rappelaient constamment ce que Providence représentait pour son adorable voisine, et cela commençait à lui peser.

S'il obtenait gain de cause, Merry perdrait tout. Son travail, ses rêves de restauration… Tout, jusqu'à la joie de raconter l'histoire de cette ville et de ses habitants.

Par sa faute à lui.

Il l'imaginait, relatant une foule d'anecdotes à un groupe de gamins, avec une telle verve qu'ils en oublieraient de s'ennuyer. Redonnant vie à cet endroit, le rendant réel… N'était-elle pas parvenue à lui faire éprouver, à lui, un semblant d'affection pour un endroit qu'il avait toutes les raisons de détester ?

C'était un peu comme si son défunt grand-père avait offert Providence à Merry. Sauf qu'il avait agi par pure mesquinerie.

Si seulement Shane avait fait ce que le vieil homme lui demandait… S'il avait cédé et repris son nom de naissance ! Gideon Bishop n'aurait consacré qu'une somme dérisoire à sa ville fantôme. De quoi acheter une plaque commémorative. Le reste du magot serait revenu à Shane, en récompense de sa soumission. Il n'y aurait jamais eu de Trust pour la Rénovation de Providence. Merry serait restée au Texas, elle ne se serait pas entichée d'une ville fantôme… et lui, il ne l'aurait jamais connue.

Ce qui aurait été fort dommage, il fallait bien l'avouer.

Elle s'avança vers lui en agitant la main, le visage illuminé par la curiosité et l'excitation.

Il termina de ranger ses outils avant d'aller à sa rencontre.

— Salut, dit-il. Je me disais bien que j'avais entendu une voiture arriver.

— Pour repartir aussitôt, d'ailleurs. Grace m'a déposée. Elle devait faire un saut en ville, et j'ai pensé que tu pourrais me raccompagner.

— Ça devrait pouvoir se faire, en effet. Alors, cette réunion ? Ça s'est bien passé ?

— Je crois, oui. Je n'ai pas encore de retour, mais je suis assez satisfaite, finalement. J'essaie de convaincre les membres du trust d'opter pour une approche plus agressive.

— Plus *agressive* ? Qu'est-ce que tu entends par là ?

— Je pense qu'il est temps d'aller de l'avant, au lieu de tourner autour du pot. C'est comme ça qu'on dit, non ?

— C'est comme ça.

— Bien ! Il m'est apparu que si nous pouvions obtenir davantage de fonds de la part du juge, nous pourrions commencer les travaux, histoire de prendre les devants. On pourrait même ouvrir la ville au public avant la fin du procès. Que veux-tu qu'il fasse, cet abruti, une fois que l'argent sera dépensé ?

— Cet *abruti* ?

— Oui… Bon. Le terme est sans doute un peu fort. Il a de bonnes raisons d'agir ainsi, je te l'accorde. Quand des sommes faramineuses sont en jeu, tous les coups sont permis, non ? Regarde, moi… Je m'autorise pas mal de choses ! Eh bien, c'est la soif de pouvoir qui me motive.

Il sourit, en partie parce qu'il la trouvait drôle, et en partie parce que cette conversation avait pris un tour surréaliste.

— Tu me parais parfaitement innocente, pourtant.

— Tu ne sais pas tout !

— Ah bon ? Et on peut savoir ce que tu as fait de si abominable ?

Il ne lui avait posé la question que pour la taquiner. Aussi fut-il surpris de la voir se rembrunir.

— Merry ?

— Je… je ne peux pas te le dire.

Elle était bien grave, subitement…

— Hé ! Que se passe-t-il ? Il y a un problème ?

Elle secoua la tête, mais lorsqu'elle releva les yeux vers lui, ils étaient remplis de larmes.

— Merry, murmura-t-il, la prenant dans ses bras. Qu'est-ce qui ne va pas ?

— Rien. Je… je suis idiote, c'est tout.

Il lui déposa un baiser sur le front et se laissa distraire un instant par son odeur vanillée.

— Ne pleure pas, ma belle.

— Tu as raison, chuchota-t-elle avant de se dégager. Je suis désolée. J'ai… Il se pourrait que j'aie roulé sur une boîte aux lettres par inadvertance.

Ne voyant absolument pas où elle voulait en venir, il haussa les sourcils.

— J'ai déjà entendu pire, tu sais !

— Tu ne comprends pas, Shane ! J'avais une réunion avec les membres du trust, j'en suis ressortie contrariée, j'ai fait marche arrière sans regarder, et j'ai fait tomber la boîte aux lettres de la propriété de Gideon Bishop. Ils ont cru à un acte de vandalisme. Et ensuite...

Shane réprima un juron. C'était de la boîte aux lettres du manoir de son grand-père qu'elle parlait... Bon sang !

— Dans la mesure où tu ne l'as pas fait exprès, je ne vois pas ce que tu te reproches, dit-il. Explique tout ça à Kristen et...

Bon sang ! Il s'était trahi.

— Aux membres du trust, je veux dire, rectifia-t-il vivement.

A son grand soulagement, Merry ne parut s'apercevoir de rien. Elle se contenta de pousser un petit gémissement plaintif.

— Je ne peux pas. Parce que cette histoire de panneau, ce deuxième incident... c'est... aussi moi, laissa-t-elle échapper dans un souffle.

Cette fois, il ne put s'empêcher de la dévisager comme si elle avait perdu la raison. Ce devait être le cas, d'ailleurs, à bien y songer.

— Tu plaisantes ?

Elle s'enfouit le visage dans les mains.

— Non. Et j'aurais mieux fait de me taire, apparemment. Qu'est-ce qui m'a pris, de te raconter ça ?

— Ou plutôt, qu'est-ce qui t'a poussée à planter ce panneau ?

— Je voulais qu'ils convoquent une réunion d'urgence, si tu veux tout savoir. Et qu'ils prennent cette restauration un peu plus au sérieux. Tu devrais les voir à l'œuvre ! Ils se servent du trust comme prétexte pour se réunir et revenir sur de vieilles disputes. Je voulais leur donner une raison de s'attaquer réellement au problème. Rien d'autre. D'ailleurs, j'ai fait tout mon possible pour que ce panneau ne soit pas trop flippant.

Shane commençait à avoir le vertige. Trop de pensées contradictoires se bousculaient dans son esprit. Il était furieux que l'on puisse l'accuser pour un méfait commis par sa maîtresse du moment. Choqué que ladite maîtresse ait pu faire une chose pareille. Et en même temps, il trouvait la situation cocasse. Pauvre Merry... A la voir, on aurait dit qu'elle venait de lui confesser un meurtre.

— Tu vois ? reprit-elle, d'une voix presque inaudible. Je suis horrible. Tout ça pour un peu d'argent !

— Oh ! Par pitié, Merry ! Tu n'as pas fait cela pour de l'argent, tu l'as fait pour Providence et tu le sais très bien. Tu es amoureuse de cette fichue ville !

— Ce qui ne change pas le fond du problème.

Il n'y avait pas à dire, cette femme était un amour.

— Non. Bon. Suis-moi, que je te montre ma surprise. Ça te remontera peut-être le moral.

Comme par enchantement, le visage de la jeune femme s'illumina d'un large sourire.

— C'est vrai, j'avais presque oublié, avec tout ça... Qu'est-ce que c'est ? Dis-moi vite !

— Suis-moi, je te dis. On va prendre la voiture et on terminera à pied, si cela ne t'ennuie pas.

Elle baissa les yeux vers ses tennis et grimaça.

— Je ne porte que des chaussures confortables. C'est comme ça que je séduis mon monde.

— Après la séance d'hier soir, je dirais que tu as d'autres moyens. Plus... probants, si tu vois ce que je veux dire.

Elle lui donna un grand coup de coude et partit d'un grand rire.

— Tu es infernal !

— A propos, comment ça s'est passé, avec Grace, après mon départ ? J'ai toujours tous mes attributs, et je t'avoue que cela m'étonne un peu.

— Elle a bien pris la chose, finalement. Je lui ai expliqué que tu n'étais pas trop mal et que je préférerais que tu restes entier, dans l'immédiat.

— Je ne suis *pas trop mal* ? Voilà qui est flatteur !

Il ouvrit la portière du pick-up et prit la jeune femme dans ses bras pour l'installer sur le siège du passager.

Non sans l'avoir embrassée au passage, évidemment.

— Tu as été plus que coquine, hier soir, lui chuchota-t-il à l'oreille.

— Moi ? Pas du tout ! C'est toi !

— Je te rappelle que c'était *ton* idée.

Ses joues prirent une couleur rosée tellement craquante qu'il ne put s'empêcher de l'embrasser de nouveau.

— Tu es infernal, répéta-t-elle, avec un sourire doux.

Le petit soupir qu'elle poussa ne fut pas désagréable non plus.

Shane eut soudain envie d'elle. Il voulait la goûter, la dévorer avant que leur histoire se termine. Se rassasier pleinement de son corps, afin qu'elle ne lui manque pas trop quand elle le quitterait.

Il tenta de l'attirer à lui, mais elle le repoussa.

— Et ma surprise ? demanda-t-elle.

— Chut. J'en ai une autre, bien meilleure.

De nouveau, elle éclata de rire.

— Tu as quel âge ? Quatorze ans ?

— On a tous quatorze ans, dans ce genre de circonstances. Cela dit, puisque tu me repousses, et vu que je suis un parfait gentleman, je m'incline.

Il contourna le véhicule sans quitter des yeux son visage épanoui. Elle semblait ravie.

Cela dit, elle était toujours ravie. Un rien lui faisait plaisir.

— Où va-t-on comme ça ? lui demanda-t-elle, radieuse.

— Là-haut.

— Avec ça, je suis bien avancée !

Il lui sourit et démarra.

La route, déjà défoncée par endroits, prit bientôt l'allure d'un simple sentier. De jeunes branches de trembles balayaient le toit du pick-up. Tout était vert, à cette hauteur.

— C'est tellement beau ! s'extasia Merry. Où est la crique ? Je ne la vois pas.

— A moins de vingt mètres sur notre gauche, en contrebas. On est à peu près à l'endroit où tu as trouvé la glacière. D'ici une dizaine de minutes, on va devoir s'arrêter et marcher.

— Jusqu'où ? Allez… Dis-moi où tu m'emmènes.

— Si je te le disais, ce ne serait plus une surprise.

— Tu as raison. J'adore les surprises ! Quand j'étais petite, on habitait dans des appartements tellement minuscules que je savais forcément où ma mère cachait les cadeaux de Noël. Eh bien, je n'ai jamais regardé ce qu'elle m'avait acheté avant le jour J. Aujourd'hui encore, je ne comprends pas que l'on puisse faire une chose pareille. C'est vraiment se gâcher le plaisir !

Il sourit. Lui, il avait été tout l'inverse. Du genre à fouiller la maison de fond en comble et à secouer les paquets cadeaux pour tenter de deviner leur contenu.

— Pas d'accord, dit-il. Pour moi, c'est un véritable supplice d'avoir quelque chose à portée de main et de ne pas y toucher.

Elle lui lança un regard franchement désapprobateur.

— C'est fou, ça ! L'anticipation, c'est la moitié du plaisir !

— La moitié ? Je n'irais pas jusque-là. Par exemple, je peux me réjouir à l'idée de ce que je vais te faire ce soir, mais je peux te garantir que je préférerai, et de loin, le moment où je te tiendrai enfin dans mes bras.

— Vu sous cet angle, bien sûr… Dieu sait si c'est un délice, de me tenir dans tes bras !

Bien qu'elle ait dit cela sur le ton de la plaisanterie, ses paroles prirent un sens tout particulier. Il n'y avait rien de plus vrai. Il n'aurait su dire comment il en était arrivé là aussi rapidement, mais le seul fait d'évoquer la soirée à venir lui avait donné une érection.

Il avait bien compris que Merry déplorait de ne pas être le genre de femme que les hommes trouvaient sexy. Pourtant, il ne lui avait pas menti en lui disant que si les autres ne la voyaient pas sous ce jour, c'était ce qu'il préférait, chez elle.

Merry était la fille d'à côté. L'éternelle petite sœur. Le genre de femme à passer inaperçue dans une soirée. Ça, c'était quand on ne la connaissait pas. A ses yeux à lui, elle avait bien d'autres attraits. Son rire, pour commencer. Sa faculté à s'émerveiller d'un rien. Et ses fantasmes aussi exubérants qu'insoupçonnables, a priori.

— Voilà. C'est ici qu'on s'arrête ! annonça-t-il, avant de garer le pick-up près d'un buisson.

Toujours aussi enthousiaste, elle descendit de voiture avant même qu'il ait eu le temps d'ouvrir sa portière.

— Merry, attends-moi, compris ? Le chemin est très accidenté.

Elle leva les yeux au ciel.

— La randonnée n'est pas une spécialité du Wyoming, au

cas où tu ne serais pas au courant. J'ajoute que je ne suis pas complètement empotée.

— Bon, bon ! Alors, reste avec moi pour me faire plaisir. Ça te va, comme ça ?

— Ça me va, oui, dit-elle, le gratifiant d'un large sourire.

Il s'attarda sur la lumière du soleil qui dansait sur son visage, puis lui prit la main pour l'entraîner dans son sillage.

Arrivé à la hauteur du canyon, il jeta un coup d'œil curieux vers le bas et distingua nettement la forme blanche qu'il avait repérée la veille. Il n'en dit rien à Merry cependant. S'il faisait une nouvelle trouvaille, il la réserverait pour une autre fois. Cela lui donnerait l'occasion de lui faire une deuxième surprise et de se réjouir de son émerveillement.

— Tu as de la famille, dans la région ? s'enquit-elle au bout d'un moment.

— Ma mère, c'est tout.

— Elle est comment ? Casse-pieds ? Sympa ? Géniale ?

A la fois rien de tout cela, et un peu des trois.

— Elle n'est pas trop mal, répondit-il. Et la tienne ?

— Maman ? C'est la meilleure de toutes les mères, sans vouloir te vexer.

— Tu ne me vexes pas.

— Elle est tellement forte, tellement gentille... Elle m'a appris à apprécier les bonnes choses de la vie et à ne dépendre de personne. Quand j'étais petite, elle n'était pas souvent à la maison parce qu'elle travaillait beaucoup. Pour te donner une idée, il lui est même arrivé de profiter de ses congés pour prendre un autre emploi. Je ne lui en ai jamais voulu. Je savais qu'elle faisait ça pour moi. Pour nous, d'ailleurs. Nous formions une véritable équipe, toutes les deux. C'était Norma et Merry Kade contre le reste du monde !

— Je vois. Elle a l'air super, en effet. Elle a l'intention de venir te voir ici ?

— Elle le fera sûrement. Grace et elle sont très proches l'une de l'autre, et comme elle ne m'a pas vue depuis longtemps, elle viendra peut-être pour Noël. Ça doit être magnifique, ici, pendant les fêtes !

— Disons qu'il y a beaucoup de neige... et un monde fou.

— Je sens que je vais adorer ça !

Il n'en doutait pas une seconde. C'était dans sa nature, non ?

— Tu m'as bien dit que tu ne savais pas skier ? lui fit-il remarquer.

— Pas encore, non. Mais ça va changer. Tu m'apprendrais ?

— Je ne suis pas expert en la matière. C'est un passe-temps un peu trop cher à mon goût, et je ne peux pas me permettre de me casser un bras.

— Petit joueur !

Il lui fit un clin d'œil, puis la regarda franchir un nouveau dénivelé particulièrement dangereux. Le sentier était relativement plat, à cet endroit. Ensuite, il bifurquait vers la gauche et disparaissait dans la végétation. Ils étaient presque arrivés, et Merry semblait le sentir. Elle marchait plus vite et c'était à peine si elle contenait sa curiosité, à présent.

— Tu es prête ? lui demanda-t-il.

Elle se mit à sautiller sur place. Comme il se contentait de hausser les sourcils, elle revint vers lui pour lui donner un petit coup de coude dans les côtes.

— Alors ? Qu'est-ce que c'est ? Dis-moi, maintenant ! Je meurs d'impatience !

— Viens, dit-il, lui reprenant la main.

— Je n'en peux plus, d'attendre ! murmura-t-elle.

Il ne put s'empêcher de rire.

— J'espère que tu ne vas pas être déçue. Et…

Il attendit qu'ils aient franchi le virage pour annoncer :

— … nous y sommes.

Merry poussa un petit cri de joie, à la vue de la cabane. Deux secondes plus tard, elle se couvrait la bouche d'une main pour étouffer un nouveau rire joyeux.

— Wouah ! C'est… c'est super ! Ça fait partie de Providence ?

— Aucune idée. Je ne sais ni quand cette cabane a été construite, ni qui l'a habitée. Je compte sur toi pour trouver la réponse.

— Génial ! hurla-t-elle en se précipitant vers la bâtisse. Tu crois que je peux entrer ? Personne ne me dira rien, hein ? Apparemment, elle est abandonnée depuis des années !

— La dernière fois que je l'ai vue remonte à plus de vingt

ans, et elle était exactement dans le même état qu'aujourd'hui. Alors vas-y. Fais comme chez toi.

— C'est complètement fou, Shane ! Regarde cette fissure, dans le mur. Et ces encoches ! Cette cabane est une antiquité. Si ça se trouve, elle a été construite avant la ville. Tu crois qu'elle a appartenu à un trappeur ?

Il haussa les épaules. Ce n'était pas vraiment à lui qu'elle posait la question. Elle ne lui avait pas accordé un regard depuis leur arrivée dans ce coin perdu.

Elle s'avança pour regarder par l'une des minuscules fenêtres découpées dans les bûches. Il n'y avait pas grand-chose à voir, bien sûr. Le toit s'était écroulé depuis trop longtemps.

— Cela ne m'a pas l'air très stable, mais je peux essayer de me faufiler sur les côtés, histoire de voir si…

Elle s'absorba un moment dans ses réflexions, puis elle courut vers lui.

Il n'eut que le temps de lui ouvrir les bras.

— Oh ! Shane… Merci, merci, merci !

Elle l'embrassa sur la bouche et sur les joues avec une telle fougue que son Stetson atterrit sur l'herbe sèche.

— Merci, Shane, répéta-t-elle. *Tu* es fantastique !

— De rien !

Il n'eut pas le temps de l'embrasser. Déjà elle repartait vers la cabane.

Il la regarda faire, se plonger dans l'exploration de la vieille cabane, et oublier tout le reste.

Il y avait des années qu'il ne s'était pas senti aussi heureux. Des décennies, même !

Merry, en revanche, éprouvait souvent ce genre de félicité, semblait-il.

Encore une chose qu'elle emporterait en partant. Sa joie de vivre.

Encore une chose à laquelle il s'accrocherait aussi longtemps qu'il le pourrait.

16

La nuit commençant à tomber, Shane insista pour qu'ils prennent le chemin du retour. Merry ne lui en voulut pas outre mesure car il avait fait preuve d'une patience exemplaire. Il y avait trois bonnes heures qu'elle prenait des photos de la cabane abandonnée, déplaçait des bouts de bois éparpillés çà et là, et s'émerveillait devant le moindre objet déniché, comme cet outil en métal tout rouillé, semblable à celui qu'elle avait trouvé à Providence, deux jours auparavant.

Bien qu'elle ne soit pas spécialiste en la matière, elle avait été amenée à faire quelques recherches sur les cabanons de pionniers, dans sa fonction précédente. La municipalité avait eu vent de l'existence d'une habitation similaire, dans les plaines du Texas, et lui avait demandé de se documenter. Et bien que la cabane que Shane lui avait montrée soit d'un style très différent et ait été exposée à un climat beaucoup plus rude, elle était presque certaine qu'elle était encore plus ancienne que celle du Texas, ce qui signifiait qu'elle avait été construite avant 1860, à une époque où le Wyoming était à peine peuplé.

Sentant un petit cri d'excitation lui monter à la gorge, elle toussota dans sa main pour le dissimuler.

— Je crois avoir lu une note sur cette cabane, quelque part dans les archives de la bibliothèque, dit-elle. Le tout, c'est de me rappeler où… Voyons…

Songeuse, elle se tapota le menton.

— Dans un journal intime, c'est ça ! Seulement lequel ? Je vais être obligée de tous les relire, à présent. Ce n'est pas bien grave, remarque, parce que de toute manière, il aurait fallu que je m'y colle, afin de les répertorier.

Shane se glissa derrière le volant en acquiesçant vaguement.

Elle attendit qu'il ait tourné la clé de contact pour lui demander :

— Je t'ai remercié, pour cette magnifique surprise ?

— Oui m'dam'. Au moins une dizaine de fois.

— C'est le plus beau cadeau qu'on m'ait jamais fait, tu sais ?

— Dommage que tu ne puisses pas le prendre avec toi, alors !

— Je n'ai pas dit mon dernier mot. Si je la déménage morceau par morceau, personne ne remarquera rien, si ?

— Non. D'autant qu'à en juger par l'état de la route, nous devons être les premiers à nous être aventurés là depuis un bon bout de temps.

— Tu ne m'as pas dit que tu étais venu ici, autrefois ?

— Oh ! je… Oui. Une ou deux fois. Quand j'étais gamin.

Elle se pencha vers lui pour l'embrasser sur la joue.

— Quoi qu'il en soit, je te remercie, Shane. Pour tout t'avouer, j'ai un peu mauvaise conscience… Je ne t'ai rien offert en retour.

— Tu plaisantes ? Et cette surprise, hier soir ?

Elle se mit à rire et lui donna un coup de poing sur le bras.

— Tais-toi ! Tu es vraiment incorrigible.

— Pas du tout. Cela dit, si tu as si mauvaise conscience que ça, je peux te dire comment te racheter.

— Ah oui ? On peut savoir ?

— Moi aussi, j'ai un peu fantasmé sur toi. Alors on pourrait…

Bien qu'un peu gênée, elle ne put s'empêcher de dresser l'oreille.

— Tu fantasmes sur moi ?

— Eh oui, que veux-tu ? Si tu trouves cela insultant, je retire ce que je viens de dire, bien sûr.

— Arrête. Je parle sérieusement.

— Moi aussi, Merry. Et il se peut que je me sois adonné à des plaisirs que la morale réprouve, un matin, en pensant à toi.

Elle en conçut un plaisir qu'elle jugea elle-même totalement ridicule. D'après ses informations, tous les hommes se masturbaient en pensant à la femme qu'ils venaient de rencontrer. N'empêche… l'idée était plaisante. Encore plus depuis qu'elle avait vu Shane à l'œuvre, sous la douche.

— Et à quoi pensais-tu, au juste ? demanda-t-elle.
— Hum…

Elle l'observa avec plus d'attention, et écarquilla les yeux.

— Shane ! Je rêve ou tu es en train de rougir ?
— Moi ? Pas du tout !
— Taratata ! Si tu te voyais, mon pauvre. Allez. Dis-moi à quoi tu as pensé. Je suis sûre que ça en vaut la peine… Il suffit de te regarder.
— Je… je t'ai imaginée à genoux. Avec tes lèvres…

Bien que le moment soit mal choisi, elle ne put s'empêcher d'éclater de rire.

— Nooon ! s'exclama-t-elle, portant une main à sa bouche pour réprimer son hilarité.
— Désolé, Merry.
— Désolé ? Vraiment ? Tu n'aimerais pas que je me mette à genoux devant toi ?

Il lui lança un regard incrédule.

— Ce n'est pas une vraie question, j'imagine, marmonna-t-il.
— Non ! Bien sûr que non. J'aurais trop peur de perdre ton respect…

Incapable de conserver son sérieux, elle se remit à rire, au grand mécontentement de Shane qui laissa échapper un juron.

— Ne t'énerve pas ! lança-t-elle. Si c'est vraiment ton truc, je veux bien essayer.
— Tu es vraiment rigolote, quand tu t'y mets. On ne te l'a jamais dit ?
— Si.
— Et absolument insupportable, quand tu es aux anges, ma belle, poursuivit-il, lui posant une main sur le genou.
— Insupportable… et sexy ? demanda-t-elle avec une impertinence qui l'étonna elle-même.
— Oui, murmura-t-il, faisant doucement remonter sa main vers sa nuque. Et super sexy.

Ses lèvres tièdes se posèrent sur les siennes, et immédiatement, elle sentit ses sens s'éveiller. Cela dit, elle était déjà émoustillée par leur conversation — parler de sexe aussi librement avec un homme n'était pas dans ses habitudes. Aussi ne s'inquiéta-t-elle pas de ce qu'elle venait de promettre. Bien qu'elle n'ait quasiment aucune expérience en la matière, l'idée de prendre Shane dans sa bouche lui paraissait très excitante.

Alors oui. C'était décidé. Elle ferait ce qu'il lui avait demandé. Et tout de suite, d'ailleurs. Pourquoi attendre ?

Elle n'avait encore jamais fait l'amour dans une voiture. Trop exposé. Trop risqué. En même temps, ils étaient plus protégés ici qu'au Haras. Personne ne risquait de les interrompre dans la salle de bains à un moment inopportun, par exemple.

Elle posa donc une main sur la cuisse de Shane et la fit remonter lentement.

— Mmm…, murmura-t-il contre ses lèvres.

Elle pressa sa main contre le sexe de Shane qui laissa échapper un grognement de plaisir. C'était merveilleux, de sentir ce membre grossir à son contact. Encore quelque chose de nouveau. Si elle n'avait jamais été traitée comme un objet, c'était la toute première fois qu'elle jouait le rôle de l'initiatrice. Et manifestement, elle avait le pouvoir de faire vibrer Shane Harcourt d'une simple pression des doigts. La sensation fut enivrante. De toute évidence, il en voulait davantage.

Elle continua à le caresser, le mettant au supplice. Cet homme était vraiment superbe. Encore plus quand il était nu. D'ordinaire, la pensée d'un homme nu ne l'excitait pas plus que ça, mais la séance de la veille l'avait laissée sur sa faim et elle n'avait de cesse de revoir son sexe. Dans l'état où il était à l'instant…

— Arrête de m'allumer, supplia-t-il.

— Qui te dit que je ne fais que t'allumer ? chuchota-t-elle, sidérée malgré elle d'avoir prononcé ces mots.

Il souleva les hanches pour rencontrer sa main, et laissa retomber sa tête sur le dossier de son siège.

— Merry, arrête…

— C'est vraiment ce que tu veux ?

— Si tu ne t'arrêtes pas maintenant, tu vas devoir aller jusqu'au bout, répondit-il, avec un petit rire nerveux.

Pour une fois, elle conserva son sérieux.

Elle remonta vers la ceinture de son jean et leva les yeux vers Shane.

— Et tu ne veux pas que j'aille jusqu'au bout ?

Il écarquilla les yeux et s'agita sur son siège.

Elle en avait terminé avec la ceinture et s'attaquait aux boutons de sa braguette à présent.

— Bon Dieu ! Si. Si, bien sûr. Tu parles d'une question, gronda-t-il, lorsqu'elle referma les doigts sur son érection.

Il recula un peu son siège pour lui faire de la place, et elle lui sourit.

— Oh ! Merry…, dit-il dans un souffle, avant même qu'elle ait posé ses lèvres sur son sexe.

Elle pouvait lui donner ce plaisir. Ce n'était pas bien compliqué. D'ailleurs, cela ne le fut pas. Parce qu'à la seule vue de ce membre prêt pour elle, toutes ses craintes s'évanouirent. Dès lors, elle n'eut aucune difficulté à le prendre dans sa bouche. Elle soupira même de plaisir.

Et puis, encore une fois, cela lui conférait une étrange puissance. Elle parvenait à faire gémir un costaud comme Shane. A le faire frissonner… Un bref coup d'œil lui permit de constater qu'il s'agrippait à la poignée de la portière et que sa main était plus que crispée.

— Oh ! Merry ! répéta-t-il. Merry… C'est tellement bon !

Elle aurait souri si elle en avait eu la possibilité, ce qui n'était pas le cas. Elle continua donc à faire courir sa langue sur son érection et fut récompensée de ses efforts par un nouveau râle, plus sonore que le précédent. Shane propulsa ses hanches en avant. Tout cela était plutôt plaisant, en fin de compte. Plaisant et tellement excitant qu'elle ne tenait presque plus en place, elle non plus.

Il laissa glisser sa main dans ses cheveux qu'il ramena en arrière.

— Tu es si belle, Merry, gronda-t-il.

Surprise, elle leva les yeux vers lui.

Il la regardait à présent.

— Ne t'arrête pas ! Surtout, ne t'arrête pas, Merry. Prends-moi. Je t'en supplie, prends-moi !

Elle ferma les yeux et tenta d'oublier que son regard était posé sur elle. L'idée étant de le faire jouir, elle continua à le caresser, se délectant de son goût et des mots crus qu'il marmonnait entre ses dents.

— Merry... Je vais jouir, laissa-t-il échapper dans un râle. Je... Il est temps que tu...

C'était une première pour elle, et elle n'avait jamais fantasmé sur ce genre de pratique. Mais aujourd'hui, elle était une tout autre femme.

Plus libérée, plus hardie, prête à aller jusqu'au bout de ce qu'elle avait commencé.

— Bon sang ! Oui. Oui... Ouiiii...

Shane fut parcouru d'un frisson intense et se laissa aller dans sa bouche. Et à son propre étonnement, elle n'eut aucune peine à avaler sa semence. Inconsciemment, elle avait eu envie d'en connaître le goût et la texture.

Comme Grace, elle avait pris ce qu'elle voulait.

Shane se remit à murmurer son nom. D'une main mal assurée, il l'aida à se redresser. Ses joues s'embrasèrent de gêne lorsqu'il la dévisagea dans un mélange d'étonnement et de sincérité qu'elle ne lui avait encore jamais vu.

— Merry... C'était... Comment dire ? Génial... Et le mot est faible.

Elle tenta de réprimer un sourire moqueur.

— Aussi bien que dans tes fantasmes ? demanda-t-elle.

Presque aussitôt, elle regretta sa question. Et s'il lui répondait qu'il était un peu déçu ? Si...

— Tu plaisantes ? Je n'avais pas imaginé que ta bouche serait si chaude, tes lèvres si douces. C'était mille fois mieux que dans mon fantasme, Merry. Vraiment !

Une fois rhabillé, il se pencha pour attraper quelque chose derrière le siège du passager, et elle en profita pour tenter de se ressaisir. Elle ne pouvait rester aussi ouvertement contente d'elle. C'était ridicule, enfin ! Tout cela parce qu'elle avait comblé un homme avec une petite fellation ?

— Hé, désolé de... hum... Ou plutôt merci. Seulement je...

Il s'interrompit et lui tendit une petite bouteille d'eau fraîche.

— Tu veux sans doute te... rafraîchir un peu ?

— Merci, répondit-elle, les joues en feu, mais toujours radieuse. Quel gentleman tu fais ! Tu en as toujours en réserve, pour les urgences comme celle-ci ?

— Non, Merry. Ce petit épisode était une première. Je peux

t'assurer que j'ai toujours une provision d'eau dans mon pick-up. Pour le travail. Exclusivement. Et c'est un plaisir de faire une exception, dans le cas présent.

— Merci ! Tu m'en vois flattée !

Il la dévisagea longuement, puis la gratifia d'un clin d'œil et démarra.

— Allez ! Rentrons ! A ton tour, maintenant.

« A ton tour... »

Ça, c'était une promesse ! De quoi la maintenir en haleine jusqu'à Jackson Hole.

Le cœur en fête, elle appuya son front sur la vitre et regarda les ombres s'allonger sous les derniers rayons du soleil couchant.

La journée avait été plus que satisfaisante. Sans l'appel de Cristal, elle...

Mince ! Elle avait complètement oublié cette histoire de soirée.

Elle observa Shane à la dérobée. Aurait-elle le cran de lui demander de l'accompagner ? Oh ! Et puis, pourquoi pas, après tout ? Il l'avait comblée en lui montrant cette vieille cabane perdue dans la forêt. De plus, il devait être de bonne humeur, lui aussi, après ce petit intermède.

Elle n'en mit pas moins une bonne vingtaine de minutes à se décider.

— Shane ? demanda-t-elle, lorsque les lumières de la ville lui apparurent au loin.

— Oui ?

— Je voulais te demander... Enfin, je ne sais pas si tu vas vouloir, et je ne me vexerai pas si tu refuses.

Il attendit la suite, un sourcil haussé.

— Ma cousine est de passage à Jackson Hole. Tu l'as croisée, l'autre soir devant le Crooked R. Bref. Elle m'a invitée à une soirée, et je n'ai pas pu lui dire non. Le hic, c'est que je suis censée amener un invité.

Shane ne disait toujours rien.

— Alors je me suis dit que... que tu accepterais peut-être de m'accompagner. Encore une fois, je comprendrais que tu refuses. Nous ne sommes que voisins et...

— Je dirais que nous sommes un peu plus que de simples voisins, à présent, pas toi ?

— Si, si, bien sûr. N'empêche que nous ne sommes pas... Enfin, tu vois ce que je veux dire...

Lorsqu'elle le vit hocher la tête, elle s'aperçut qu'elle avait à moitié espéré qu'il la contredise sur ce point — ce qui était complètement idiot de sa part, évidemment.

— Je ne vois pas pourquoi je refuserais d'assister à une soirée en ta compagnie. Dis-moi simplement quand et à quelle heure.

— Demain, répondit Merry, parvenant à peine à dissimuler son soulagement. A 21 heures.

— O.K. Je frapperai ta porte vers 20 h 30, ça te va ?

— Parfait ! Et fais-toi beau, d'accord ? Ça ne sera pas bien difficile, ajouta-t-elle en le détaillant avec un regard appréciateur.

— Tu veux m'exhiber devant ta cousine ? Tu m'en vois flatté !

— Tout à fait. Et je dois t'avouer que je veux aussi la moucher, cette snobinarde. Pas au sens premier du terme, bien sûr. Je veux simplement qu'elle sache que nous sommes... hum... Pardon.

— Ne t'excuse pas, Merry. Ce sera la première fois que j'escorte une dame pour en faire bisquer une autre, et l'expérience devrait être intéressante. Dis-moi, j'aurai le droit d'ouvrir la bouche ou tu préfères que j'attende que l'on m'adresse la parole ?

— Contente-toi d'être beau.

— Pigé.

Merry était tellement heureuse quand Shane se gara devant le Haras qu'elle faillit trébucher en descendant du pick-up.

— Tiens ! Salut, Cole ! lança-t-elle, apercevant le petit ami de Grace, sur le perron de la maison bleue.

Zut ! Qu'est-ce qu'il faisait là ? Elle avait prévu d'aller directement chez Shane, et ça n'allait pas être possible car Cole attendait son copain, manifestement.

Elle passa devant lui d'un air détaché. Si détaché qu'elle ne perçut sa tension que lorsqu'il interpella Shane :

— Je peux te parler une minute ?

Elle avait déjà ouvert la porte principale et se tournait vers Shane pour lui faire signe qu'elle le rejoindrait plus tard quand elle aperçut Grace, les bras croisés, sur le pas de la porte de leur appartement.

— Coucou ! s'écria-t-elle joyeusement. Tu vas bien, depuis tout à l'heure ? Parce que moi, je me suis franchement éclatée. Je...

Elle n'acheva pas sa phrase. Grace avait le visage fermé et les lèvres pincées.

Cela n'annonçait rien de bon.

— Que se passe-t-il ?

— Rentrons. J'ai à te parler, marmonna Grace.

Merry hésita un instant. Son entrain venait de la déserter pour faire place à une angoisse indicible.

— Grace ? Que se passe-t-il ? Dis-moi. Je commence à flipper, là.

— Rentrons, je te dis.

Entendant des éclats de voix retentir à l'extérieur, elle fit demi-tour.

Grace pouvait attendre.

— Qu'est-ce qui se passe ? demanda-t-elle, une main sur la poignée de la porte.

— Merry ! Non ! lui cria Grace, en se précipitant vers elle.

Trop tard. La porte était déjà ouverte.

Et Shane et Cole étaient à deux doigts d'en venir aux mains, là, en bas des marches.

— Espèce de fumier ! Comment as-tu pu faire une chose pareille ? hurlait Cole. C'est abject !

— Ce n'est pas ce que tu...

Cole ne laissa pas à Shane le temps de terminer sa phrase. Il le poussa en arrière en continuant à crier :

— Tu te fous de moi en plus ! Tu t'es servi d'elle ! Avoue !

— Non.

— Tu n'as même pas le courage de le reconnaître ? Quel lâche tu fais !

De nouveau, il fonça sur lui. Cette fois-ci, néanmoins, Shane le repoussa violemment.

— O.K. Puisque tu y tiens. Je me suis servi d'elle au début. Seulement depuis, la situation a changé, et ce n'est plus ce que tu crois. Je...

— Plus ce que je crois ? gronda Cole. C'est marrant, ça. Parce que pour moi, tu es en train de la baiser, dans tous les sens du terme.

Sur ces mots, il se rua vers Shane qui trébucha et s'affala sur la pelouse.

Cole continuait à hurler :

— Tu es vraiment minable, mec ! En dessous de tout !

Shane se releva d'un bond. Il allait riposter d'un coup de poing quand il aperçut Merry et se figea sur place.

Les yeux fous, il laissa retomber son bras.

— Merry ! lança-t-il d'une voix rauque.

Cole pivota sur lui-même.

— Grace ! Qu'est-ce que tu fous ? s'écria-t-il. Tu étais censée la retenir à l'intérieur, bon sang !

— Quelqu'un va-t-il m'expliquer ce qui se passe ? demanda Merry, atterrée.

Un murmure en provenance du saloon attira son attention. Quelques badauds rassemblés sous le porche observaient la scène avec attention.

— Que se passe-t-il ? insista-t-elle.

Shane voulut s'avancer vers elle, mais Cole le rattrapa par un pan de sa chemise. Dans le même temps, les mains de Grace se refermèrent sur les épaules de Merry.

— Viens, souffla-t-elle. Ne restons pas là.

— Pardon, Merry, cria Shane. Pardon !

Il la suppliait de son regard sombre. Il paraissait désespéré. Au point qu'il se dégagea de l'emprise de Cole pour grimper les marches du Haras. Merry recula d'un pas, effrayée malgré elle, et bientôt, tous les quatre se retrouvèrent dans le vaste corridor de la maison bleue.

Quelqu'un ferma la porte, les mettant à l'abri des curieux, et Merry eut le temps de songer que cette entrée pourtant imposante, avec son plafond qui grimpait jusqu'au deuxième étage, lui paraissait terriblement exiguë, subitement.

A tel point qu'elle fut prise de panique.

— Pardon, répéta Shane pour la troisième fois et d'un air si piteux qu'elle sentit son estomac se nouer.

— Pardon... de quoi ? Qu'est-ce que tu as fait ?

— Merry ? chuchota Grace, derrière elle. C'est... c'est Cole. Il t'a entendue évoquer une plainte contre le trust chargé de la restauration de Providence.

— Et ?

— Il n'a pas compris tout de suite.

Merry se tourna lentement vers Cole.

— Tu n'as pas compris quoi ? Vous allez vous décider à m'expliquer, oui ou non ?

Cole grimaça, puis secoua la tête d'un air désabusé.

— J'ignorais qu'il s'était lancé dans un procès, marmonna-t-il.

— Qui ? De qui parles-tu ? Je ne comprends rien à ce que vous racontez, tous autant que vous êtes ! s'écria Merry, que la colère commençait à gagner. Vous ne pouvez pas être plus clairs et me dire de quoi il retourne ?

Shane baissa piteusement la tête. Il avait perdu son Stetson dans la bataille, et il paraissait terriblement vulnérable, ainsi ébouriffé. Pourtant, ce n'était rien par comparaison avec la fragilité qu'elle lut dans ses yeux lorsqu'il se décida enfin à la regarder.

— C'est moi, Merry.

— Quoi, toi ?

— C'est moi qui poursuis le Trust pour la Rénovation de Providence en justice.

— *Quoi ?*

Sa première réaction fut d'éclater de rire. Les nerfs, sans doute.

— Qu'est-ce que tu me chantes là, Shane ? Le plaignant est le petit-fils de Gideon Bishop.

— C'est moi, le petit-fils de Gideon Bishop.

— Non, dit-elle, presque apaisée. Cela ne peut pas être toi. Tiens...

Se dégageant de l'emprise de Grace, elle fonça à l'intérieur de l'appartement pour s'emparer de ses dossiers.

— Regardez, tous, d'ailleurs, reprit-elle. Ceci est la biographie de Gideon Bishop. Je l'ai trouvée dans les archives de la bibliothèque, et on peut y lire, je cite, qu'il « laisse derrière lui deux petits-fils, Alex et... et Shane...

Sa voix se brisa légèrement.

— Et Shane Bishop », conclut-elle néanmoins.

— « Bishop » est mon nom de naissance. J'ai pris celui de ma mère à l'âge de dix-neuf ans. Parce que mon père est...

Il laissa sa phrase en suspens.

— Non, déclara Merry, d'un ton ferme.

— Je suis vraiment désolé. Je veux bien admettre qu'au

début, j'ai accepté de t'aider à remettre la ville en état pour les pires raisons qui soient. Mais je peux te jurer qu'après…

— Toi ? l'interrompit-elle d'une voix qu'elle ne reconnut pas. Tu voulais voir ce qui se passait là-bas ? Savoir comment les choses avançaient ? C'est ça ? C'est pour m'espionner que tu m'as… que tu…

— Non. C'est pour ça que j'ai accepté de travailler pour toi. Pour le reste, je…

— Arrête ton baratin ! Je comprends tout, à présent. Ta gentillesse, ton numéro de charme. Et ensuite…

Elle ne parvint pas à terminer. C'était trop.

Trop horrible, trop humiliant…

Trop tout !

Shane fit un pas vers elle. Si rapidement que même Cole ne parvint pas à le retenir. Fort heureusement, Grace était là, elle.

Elle bondit en avant et gifla Shane avec une telle force qu'on dut l'entendre jusqu'au premier étage.

— Ne t'avise pas de la toucher, mon gars ! rugit-elle, tandis que l'empreinte de ses doigts se dessinait sur la joue de Shane. Sinon, je te tue, t'as compris ? Je t'arrache les yeux et je te les fais bouffer. Et si tu insistes…

— Grace ! hurla Merry. Arrête ! Arrête ça tout de suite. Je n'en peux plus.

Sur ces mots, elle regagna l'appartement et claqua la porte derrière elle. Cela ne mit pas fin à la dispute pour autant. On criait si fort, dans le corridor, que les murs en tremblaient presque.

Elle ferma les yeux et secoua la tête. Elle n'arrivait même plus à réfléchir tant ses pensées se bousculaient dans son esprit. Il y avait trop d'éléments en jeu, tous plus douloureux les uns que les autres. Aussi horribles que destructeurs et… insupportables.

Elle avait embauché l'homme qui contestait la légitimité du legs de Gideon Bishop. Pour cela, elle avait dû mentir aux membres du trust. Pire encore, elle avait rapporté à Shane l'essentiel des conversations qui s'étaient tenues au manoir de son grand-père. Et pour tout arranger, elle lui avait avoué ce qu'elle avait fait elle-même. La boîte aux lettres, le panneau.

Sentant ses jambes la lâcher, elle se laissa glisser sur le plancher.

Parce que ce n'était pas tout, bien sûr, loin de là. D'autres éléments, d'ordre plus privé, étaient en jeu. Toutefois, elle ne pouvait pas s'attarder là-dessus pour l'instant.

Pas quand elle était en passe de perdre son emploi.

Parce qu'on allait la licencier, c'était certain. Et veiller à ce qu'elle ne travaille jamais plus de sa vie dans un musée sur le territoire des Etats-Unis. Sans compter qu'elle risquait gros, à bien y réfléchir. Parce que l'on pouvait très bien l'accuser de…

Elle ne savait pas très bien de quoi, à vrai dire. S'était-elle mise dans l'illégalité, à un moment ou à un autre — ses petits actes de vandalisme mis à part ?

Elle n'aurait su le dire.

Désespérée, elle se tassa sur elle-même. Inutile d'envisager le pire, du moins dans l'immédiat. Tout cela était suffisamment affreux, inutile d'en rajouter.

Shane… Comment avait-il pu ?

Quelqu'un ouvrit la porte de l'appartement, et elle eut le temps de remarquer que tout était calme dans le corridor à présent. L'altercation avait cessé, semblait-il.

La porte se referma aussi doucement qu'elle s'était ouverte.

— Merry ? demanda Grace à mi-voix. Ça va ?

— Non.

— Je suis navrée pour toi, ma belle. Vraiment.

— Je sais.

— Ne reste pas là. Viens t'asseoir sur le canapé.

Elle se força à se relever pour obéir à son amie, et n'y parvint qu'avec difficulté. Son corps ne lui répondait qu'à peine.

— Il faut que je boive quelque chose, murmura-t-elle.

C'était de l'eau qu'elle voulait. Un grand verre d'eau. Pourtant, quand Grace revint de la cuisine avec un shot de tequila, elle se rendit compte que c'était exactement ce dont elle avait besoin. D'ailleurs, elle l'avala d'un trait, sans broncher. Même le souvenir du goût de Shane sur sa langue l'insupportait, subitement.

Grace lui retira le verre vide de la main et lui en servit un deuxième.

— Ecoute Merry, tu vas oublier ce connard, d'accord ? Il ne compte pas. Aucune importance. Ce n'était qu'une histoire de cul, si tu me passes l'expression.

Merry secoua tristement la tête. Ce n'était pas sa préoccupation principale, et cela ne le serait jamais.

Elle avala la deuxième tequila presque aussi vite que la première.

— Je vais me faire virer, Grace. Quand les membres du trust apprendront que je l'ai embauché, ça va être ma fête. Les deux vieilles pies sauteront sur l'occasion, je peux te le garantir.

— Attends ! Ce n'est pas ta faute ! Tu ignorais complètement à qui tu avais affaire. Il t'a menti, ce rat ! On ne peut pas te reprocher de t'être fait avoir !

— Bien sûr que si. Déjà parce que, pour commencer, je n'étais pas censée l'embaucher. Comme on refusait de m'accorder un budget, j'ai pris sur moi de demander à Shane de retaper le saloon. Derrière leur dos, tu te rends compte ? Je l'aurais payé avec mon propre argent en attendant d'avoir des fonds. Alors autant te dire qu'à présent…

— Si ça se trouve, les membres du trust n'en sauront jamais rien…

— Tu rigoles ? Il va se charger de le leur dire lui-même ! C'est pour ça qu'il m'a donné un coup de main et qu'il a été si accommodant, au niveau du paiement. Comme l'idiote que je suis, j'ai cru qu'il faisait ça pour mes beaux yeux ! Parce qu'il m'aimait bien… Il est allé jusqu'à me proposer de travailler gratuitement, sous prétexte qu'il avait un devoir moral envers la communauté, alors que tout ce qu'il voulait, c'était saboter mon projet. Oh… Qu'est-ce que je vais faire, maintenant, Grace ?

— Rien du tout. Shane ne dira rien à personne. Cole ne le laissera pas faire. Moi non plus, d'ailleurs.

La tequila commençant à faire effet, Merry se renversa sur le dossier du canapé.

— Ma pauvre, gémit-elle. Tu ne sais pas tout. On parle de deux millions de dollars, figure-toi. Alors crois-moi, Shane ne s'arrêtera pas là. Même pas pour Cole. Quand on est à la tête d'une fortune pareille, ce ne sont pas les amis qui manquent.

— Ne dis pas ça, Merry ! On peut toujours… On peut…

Grace se tut.

Merry n'avait jamais vu son amie aussi démunie. Elle lui ouvrit les bras, et pour une fois, Grace ne fit pas mine de se défiler, bien au contraire. Ce fut même elle qui l'étreignit le plus fort.

Merry prit une longue inspiration, puis une deuxième.

Elle avait été bien naïve, pour ne pas dire plus. Elle aurait dû se douter que Shane avait une idée derrière la tête, dès le moment où il avait commencé à flirter avec elle. Parce que l'on ne flirtait pas avec Merry Kade. On ne la remarquait pas. On n'attendait rien d'elle. Alors pourquoi aurait-on voulu la mettre dans son lit, si ce n'était pour…

Elle réprima le gémissement qui lui montait aux lèvres et repoussa ces sombres pensées. Il était trop tôt pour affronter cette réalité-là. Elle ne s'en sentait pas le courage.

Que l'inventeur de la tequila soit loué ! Le salon commençait à danser, et elle comprit que sa douleur ne tarderait pas à diminuer. Du moins pour ce soir. D'ici quelques minutes, elle dormirait comme un bébé.

— Bon sang, Grace ! marmonna-t-elle.

— Ne pleure pas, lui murmura son amie à l'oreille. Il n'en vaut pas la peine.

Mais elle ne pleurait pas. Elle n'avait plus l'énergie suffisante pour cela. Elle flottait entre deux eaux — ou entre deux tequilas — et ne voyait plus sa souffrance que de loin.

De très, très loin…

— Tout va bien, ne t'en fais pas, déclara-t-elle. Verse-moi plutôt un dernier verre, si tu veux bien.

Grace s'exécuta aussitôt.

— Bois, ordonna-t-elle. Et si ça peut te rassurer, tu peux rester dans cet appartement aussi longtemps que tu le voudras. Ne t'inquiète pas pour ton boulot, d'accord ? Ni pour ta part de loyer, O.K. ?

— Je ne suis pas certaine de vouloir rester ici. Tu as de drôles de voisins, si j'ose dire.

— Qu'il aille se faire voir, ce fumier ! rugit Grace. Je me charge personnellement de le faire décamper d'ici. A défaut, Rayleen s'en occupera, fais-moi confiance. Elle lui pourrira la vie, et je peux t'assurer que peu de gens lui résistent. C'est lui qui va déménager. Sinon, je vais lui faire regretter d'être venu au monde, moi !

Merry sourit aux anges. Elle sentait sa tête dodeliner sur le dossier du canapé.

Elle était ivre, c'était certain. Et le dernier shot ne lui était pas encore monté au cerveau.

— Super, marmonna-t-elle, s'emparant de la bouteille pour boire au goulot avant que Grace ait le temps de s'interposer.

— Merry ! Arrête, tu vas être malade !

— Il fait nuit ? Parce que je ne sais pas ce que j'ai, mais j'ai envie de dormir, tout d'un coup.

— On s'en fiche, qu'il fasse nuit ou non. Si tu as envie de dormir, prends mon lit. Je dormirai sur le canapé. Et ne te gêne pas pour faire la grasse mat', demain. Tu ne l'auras pas volée.

— Oh ! c'est gentil ça... Super. Merci... Je... je veux dormir, rien d'autre.

Ce fut une expérience bizarre que de s'appuyer sur Grace pour gagner son lit. Son amie était tellement plus petite et plus menue qu'elle ! Elle se garda de lui en faire la remarque ou de se mettre à glousser, comme elle en avait la fâcheuse habitude, cependant. Cela aurait achevé d'inquiéter Grace, ce qui était hors de question.

Elle se laissa tomber sur le lit et regarda la petite chambre tournoyer autour d'elle.

— Super, marmonna-t-elle lorsque Grace lui retira ses souliers. La tequila, je veux dire, précisa-t-elle, comme son amie lui jetait un coup d'œil inquiet. C'est génial. Super cool. Ou... super fort. Oui, c'est ça. Super fort. Tu sais, Grace, je me fiche de ce qui est cool, figure-toi.

— Je sais.

— Tu m'en sers une autre ?

— Tu rigoles ? Tu es dans mon lit, je te rappelle. Je ne veux pas que tu sois malade.

Sur ces mots, elle l'aida à se déshabiller, à se glisser entre les draps, et la borda.

Merry songea qu'au moins, elle n'avait pas couché avec son odieux voisin, aujourd'hui. De sorte qu'elle n'avait pas besoin de prendre une douche pour se débarrasser de son odeur.

— Dodo ! ordonna Grace, essayant sans doute de paraître

à la fois stricte et patiente, et ne réussissant qu'à laisser transparaître son propre désarroi.

— Oui, maman. Euh… tu sais que je risque de me réveiller à 4 heures du matin et de paniquer ?

— Bien sûr que non, Merry. Ce n'est pas ton genre !

— Détrompe-toi. Parce que là… c'est la cata.

Elle plissa les yeux avant d'ajouter :

— Tu avais raison. Il se servait de moi, ce salaud. Il… Tu as tout de suite compris qu'il y avait anguille sous roche et moi, comme une idiote, je ne t'ai pas écoutée.

— Chut… Ne dis pas de bêtises, Merry. Je ne l'ai jamais soupçonné d'un truc de cette ampleur.

— Possible. Seulement tu as senti qu'il y avait autre chose, de pas bien… reluisant. Alors que moi, je voulais tellement y croire que je n'ai rien voulu voir.

— Merry, murmura Grace, lui caressant le front. Si je le pouvais, je le tuerais. Tu le sais ?

— Oh oui ! répliqua-t-elle avec un petit rire tout à fait ridicule. Mais tu lui as fichu une gifle, ce n'est déjà pas si mal ! Tu veux que je te dise ? Tu es géniale, Grace.

— Non. Je suis violente, nuance. Et horrible, quand je m'y mets.

— Pour une fois, je m'en félicite. Je n'aurais jamais eu le courage d'en faire autant. Cela dit, j'ai bien envie d'aller lui donner un bon coup de pied dans les… Je sais, je sais. Je suis ivre, alors c'est facile de parler, dans ces conditions.

— D'autant que tu risquerais de manquer ta cible et de t'affaler de tout ton long, ce qui n'arrangerait pas tes affaires, si je puis me permettre.

— T'as raison…

Elle posa sa tête sur l'oreiller avec un grand soupir. Le monde qui l'entourait était plutôt beau, finalement. Elle n'avait aucune raison de se plaindre… Oh ! Elle savait qu'elle regretterait d'avoir trop bu, dès demain. Mais en attendant…

— Merci pour la tequila, Grace. Je t'aime. Tu le sais, hein ?

— Moi aussi, je t'aime, répondit son amie à son grand étonnement.

C'était une des rares fois qu'elle lui renvoyait la balle, dans ce domaine.

Elle entendit Cole revenir, Grace et lui discuter à mi-voix, puis la porte de la chambre se ferma, et elle se laissa aller entre torpeur et déni.

Elle aurait tout le temps de réfléchir aux événements de la soirée... plus tard.

Ou demain.

A moins qu'elle ne continue à s'enivrer pendant les prochaines vingt-quatre heures.

Ou même quarante-huit, pourquoi pas ?

Elle avait le choix, en fait.

Et puis, la situation n'était peut-être pas aussi désespérée qu'elle le semblait, si ?

17

Contrairement à ce qu'elle avait pensé, Merry ne se réveilla pas à 4 heures du matin, en pleine panique. Elle ne rouvrit les yeux qu'à l'aube, complètement désespérée. Elle n'avait même pas mal à la tête. Si les quatre shots de tequila qu'elle avait absorbés en moins d'un quart d'heure avaient suffi à la faire dormir d'un sommeil de plomb, ils ne constituaient plus qu'un lointain souvenir et, à présent, elle était confrontée à sa triste réalité.

A ça, et à un e-mail de Levi lui annonçant que le trust était d'accord pour qu'elle rencontre la journaliste de la gazette locale.

Une nouvelle au goût singulièrement amer, subitement. Car ce n'était pas envisageable, bien sûr. Elle n'était plus en mesure de représenter Providence. Elle allait être rattrapée par un scandale dans lequel elle passerait pour une voleuse qui, en plus de s'être acoquinée avec l'ennemi juré de la petite ville fantôme, avait dépensé l'argent de Gideon Bishop sans attendre qu'on lui en donne l'autorisation.

Nul doute que cela constituait un détournement de fonds. N'avait-elle pas, de son propre aveu, dépensé deux cents dollars sans l'approbation du trust ? N'en aurait-elle pas versé dix fois plus à Shane, s'il avait terminé la rénovation du vieux saloon ? Sans compter qu'elle avait été sa maîtresse — un détail qui ne manquerait pas d'éclater au grand jour, si jamais elle se retrouvait devant un tribunal…

Décidément, elle était mal partie.

D'autant plus mal partie que l'on finirait par apprendre qu'elle était à l'origine des méfaits qui avaient terrorisé les membres du trust pendant des semaines.

Oh Seigneur…

C'était le genre d'affaire à se retrouver sur internet, à bien y songer. Elle voyait déjà le titre : « Une conservatrice de musée vandalise un site historique. » Nul doute qu'on l'accuserait d'avoir voulu faire porter le chapeau à son amant. Elle serait dépeinte comme une femme vénale, avide de villes fantômes, de pouvoir et de brochures de luxe.

Bref, elle devait démissionner. Il n'y avait pas d'autre solution. A défaut de réparer les dégâts, cela constituerait un début, une marque de sa bonne volonté.

Plus question d'être la figure de proue de la petite ville qu'elle chérissait tant… Elle devait retirer son nom de tous les documents sur lesquels elle avait travaillé. Effacer la moindre trace de son passage, puis rendre les dossiers au trust, avec ses excuses et une lettre de démission en bonne et due forme.

Mais avant de perdre tous ses droits sur Providence, elle tenait à y aller une dernière fois pour faire ses adieux.

Aussi se prépara-t-elle en toute hâte, et, après avoir pris soin de laisser un petit mot à Grace, sortit sur la pointe des pieds.

L'air était vif et chargé d'humidité à cause de la rosée du matin, pas encore évaporée. Une sensation agréable, dans laquelle, toujours aussi positive, elle décida de voir la promesse d'une bonne journée, envers et contre tout.

Malheureusement, cet espoir fut vite déçu car une enveloppe était coincée sous un des essuie-glaces. Une enveloppe fermée, légèrement déformée… et dont la provenance ne faisait aucun doute.

Elle s'en empara, la jeta sur le trottoir, puis se glissa derrière le volant et enfonça la clé de contact d'un geste rageur.

Elle n'avait pas refermé sa portière que déjà, elle culpabilisait. Il n'était pas dans ses habitudes de jeter des détritus sur la chaussée. Elle avait bien des défauts, apparemment, mais pas celui-là. Alors elle ressortit pour ramasser l'enveloppe qu'elle envoya sur le paillasson, sous le siège du passager.

Puis, craignant d'avoir réveillé Shane ou Grace en claquant la portière, elle démarra en trombe.

Elle avait besoin d'être seule. De s'isoler quelques heures dans sa chère ville fantôme. Ensuite, elle en serait bannie. Elle ne pourrait y retourner que lorsque l'endroit serait ouvert au public. Et encore, si on n'avait pas épinglé sa photo près de la caisse, comme on le faisait pour les mauvais payeurs...

Malgré la fraîcheur ambiante, elle baissa la vitre et traversa lentement la ville — déserte à l'exception de quelques joggers et des pauvres bougres qui devaient se lever aux aurores pour préparer le petit déjeuner des touristes.

Elle croisa un bus encore vide, prêt à emmener les amateurs de rafting sur les rapides de la Snake River. Une excursion qu'elle pourrait faire, à l'occasion, tiens... Ce ne serait pas le temps qui lui manquerait, dorénavant.

Elle bifurqua vers le nord en se répétant que sa nostalgie était aussi prématurée que stupide. On n'allait pas lui interdire l'accès aux routes nationales, et elle pourrait emprunter cette voie aussi souvent qu'elle le voudrait — à condition de pouvoir payer l'essence, bien sûr. Pourtant, ce fut le cœur serré qu'elle s'imprégna de ce paysage, désormais si familier. Les zones humides où les castors avaient construit des barrages, mais où elle n'avait jamais aperçu le moindre castor... Les champs couverts de hautes herbes où s'ébrouaient des troupeaux de cerfs ou d'antilopes... Le panneau indicateur sur lequel était écrit « Sources Chaudes » et qui, même ce matin, parvint à la faire sourire. Parce qu'elles ne pouvaient pas être chaudes, ces sources, même si elles valaient probablement le détour. Encore un endroit à explorer.

Encore un endroit où elle n'irait jamais, elle le savait déjà...

Le soleil commençait à peine à darder ses rayons sur les collines lointaines quand elle arriva à Providence. Elle descendit de voiture et s'assit sur le capot pour regarder le jour se lever sur la petite ville si chère à son cœur.

Le calme régnait, ici. Pourtant, quand on y prêtait attention, les bruits de la nature étaient presque assourdissants. Des centaines d'oiseaux chantaient, sifflaient et s'interpellaient. Ils plongeaient dans l'herbe sèche, à la recherche d'un ver de terre, en battant bruyamment des ailes. Par moments, un bruissement se faisait entendre dans un buisson, et Merry baissait les yeux, s'attendant à voir surgir une belette ou un raton laveur. Immanquablement, il s'agissait d'un pinson ou d'un rouge-gorge un peu plus hardi que les autres.

Et puis, il y avait le vent... La moindre brise faisait ployer les herbes folles et s'envoler les graines. Et le ruisseau qui, s'il méritait à peine ce nom en cette saison, restait audible, au loin. Si on tendait l'oreille, on percevait les sursauts de l'eau courant sur les pierres et s'enroulant autour des plantes amphibies.

Merry s'était toujours demandé à quoi il ressemblait, ce cours d'eau, à l'époque où les fondateurs de Providence étaient arrivés. Cela avait dû être une vraie rivière, qui avait probablement serpenté à travers les montagnes distantes de plusieurs kilomètres, avant qu'on la détourne pour en faire des canaux.

Cet endroit ne lui appartenait pas, elle en avait conscience. Elle n'était qu'une petite conservatrice de musée, importée de l'autre bout du pays pour les mauvaises raisons. Elle ne pouvait même pas revendiquer la ville comme faisant partie de son patrimoine culturel. Elle n'avait aucune famille dans la région. Aucune attache, à l'exception d'une amie très chère, rencontrée à Los Angeles, et qui n'avait donc pas plus de racines dans le Wyoming qu'elle.

Alors elle se remettrait de cette perte.

Il le faudrait bien, de toute façon.

Se laissant retomber sur le sol, elle parcourut la rue principale d'un pas lent. Elle étudia chaque bâtisse, pénétrant à l'intérieur de celles qu'elle préférait ou en effleurant les façades, quand elle les savait trop délabrées pour s'y risquer. Pour une fois, elle oublia même les araignées. Elle avait le cœur trop lourd pour se préoccuper de ce genre de détail.

Il lui faudrait trouver un autre moyen de faire ses preuves auprès des gens qui l'aimaient. En admettant qu'elle en ait les capacités bien sûr, ce dont elle commençait à douter sérieusement. Car il était possible qu'elle n'ait rien à prouver, en fin de compte. Non parce qu'elle était au-dessus de cela, mais parce qu'elle n'avait aucune force intérieure, aucune énergie... Seulement l'espoir futile de ne pas être une perdante.

Le vent se leva brusquement, lui picotant les joues et balayant ses cheveux vers l'arrière. Fermant les yeux, elle se vit comme la graine de pissenlit qu'elle craignait d'être. D'ici quelques secondes, elle se détacherait de la fleur fanée et serait emportée par la bise.

Pas encore, toutefois. Il lui restait une dernière chose à faire.

Elle inspira longuement, se vida les poumons et se dirigea vers son petit bureau de fortune pour le débarrasser.

Deux heures plus tard, tout était prêt pour son successeur. Ses effets personnels ne formaient qu'un minuscule tas, sur un coin de la table. Tout le reste appartenait à quelqu'un d'autre. Au Trust pour la Rénovation de Providence, en fait — c'est-à-dire à une entité abstraite, à des gens qui n'aimeraient jamais Providence autant qu'elle.

Enfin… Il était temps de laisser tout cela et de partir sans se retourner. Au dernier moment, néanmoins, et presque malgré elle, elle s'empara des notes qu'elle avait rassemblées pour rédiger la biographie de Gideon Bishop. Une mine d'informations, ces notes. Sur la famille de Gideon, sur ses descendants… et sur Shane Harcourt.

Elle s'apprêtait à les lire lorsqu'un claquement sec la fit sursauter. Celui d'une portière de voiture, que l'on venait de refermer.

Elle jura tout bas. Elle ne voulait voir personne, pas même Grace — ce qui n'était pas très gentil, vu la sollicitude dont son amie avait fait preuve envers elle, la veille au soir.

Après une minute d'hésitation, elle inspira profondément et se leva. Lorsqu'elle arriva sur le seuil de la porte, elle se figea.

Ce n'était pas Grace.

C'était Shane, qui s'avançait vers elle, le visage partiellement dissimulé par son Stetson.

Elle éprouva une telle haine envers lui qu'elle fut incapable de lui crier de partir. Alors elle se mit à secouer la tête avec véhémence.

Ce qui ne découragea pas Shane le moins du monde.

— Va-t'en ! finit-elle par ordonner d'une voix rauque.

En vain. Il continua à se diriger vers elle comme si de rien n'était.

— Je n'ai rien à te dire ! cria-t-elle, en désespoir de cause.

Quand il s'immobilisa enfin, il n'était plus qu'à quelques pas d'elle.

C'est-à-dire beaucoup trop près.

— Merry. Ecoute-moi, s'il te plaît. Je suis vraiment navré. J'aurais dû t'expliquer. Tout t'avouer. J'en avais l'intention, seulement j'ai laissé traîner les choses, et le temps que je me décide, il était trop tard. Je ne savais plus comment…

— Je n'ai rien à te dire, répéta-t-elle d'une voix presque ferme.

Il retira son chapeau et se passa une main dans les cheveux.

— Je sais et je te comprends. Je ne te demande pas de me parler, mais de m'écouter. Je veux que tu saches que ce qui s'est passé entre nous n'avait rien à voir avec cette ville.

— Tu n'es qu'un menteur ! Et peu importe que nous ayons couché ensemble ou non. Cela n'a jamais été sérieux, ni pour toi, ni pour moi. Ce n'était qu'un petit arrangement entre voisins, je te rappelle.

— Ce n'est pas vrai, Merry ! Je…

— Qu'est-ce que tu fais ici ? Tu es venu enfoncer le clou ? M'expliquer comment tu vas détruire tous mes projets et me démolir ? Ne te donne pas cette peine, Shane. Fais-le, c'est tout !

— Faire quoi ?

— Va raconter toute l'histoire aux membres du trust. Préviens la presse, le juge, tout le monde. Va jusqu'au bout de ce que tu as commencé. Cela n'a plus d'importance. Je n'ai pas l'intention d'attendre que l'on me vire, figure-toi. Je démissionne dès aujourd'hui.

Il secoua la tête avec tristesse.

— Tu n'as pas lu ma lettre, constata-t-il.

— Evidemment que non ! Je l'ai jetée, qu'est-ce que tu voulais que j'en fasse ?

— Je n'ai aucune intention de te faire renvoyer, Merry. Et je me fiche de cette foutue ville. Mon grand-père m'aurait légué sa fortune si j'avais fait ce qu'il me demandait. Je peux te garantir que lui non plus n'avait rien à faire de Providence. S'il a fondé ce trust, c'est uniquement pour m'apprendre à vivre. Il voulait me donner une leçon. Il ne s'est jamais occupé de moi et…

Il haussa les épaules en signe d'impuissance et conclut :

— Cet argent m'appartient, Merry. De droit.

— C'est au tribunal d'en décider, si tu permets.

— Si tu le dis... L'essentiel, c'est que cela n'entache pas notre amitié.

L'espace d'un instant, Merry crut avoir mal entendu. Elle n'aurait pas dû partir sans boire un bon café bien fort, ce matin, car de toute évidence, elle n'avait pas les idées claires. La tequila ne lui avait pas réussi, tout compte fait.

— Attends... Tu es en train de me demander *d'oublier* cette malencontreuse affaire ? Comme ça, sans rien dire ?

— Euh... oui. Je te connaissais à peine, quand tu m'as demandé de travailler ici, Merry. Et je n'avais aucune intention de t'espionner. Du moins, pas vraiment. L'idée était de traîner dans les parages, histoire d'en apprendre un peu plus sur ce que mijotaient les veuves Bishop et leurs comparses. Je voulais connaître leurs intentions, rien de plus. Là-dessus, j'ai appris à te connaître, à t'apprécier... et tout est parti en vrille.

— *Parti en vrille*, répéta-t-elle entre ses dents serrées.

— Oui, répondit-il piteusement. Notre aventure n'a rien à voir là-dedans. Je ne t'ai pas menti, Merry.

Il lui sourit timidement avant de poursuivre :

— Pour moi, c'était bien réel. Et plus que plaisant, si tu veux tout savoir.

Un sourire à présent.

Il avait le culot de lui sourire !

Comme si elle allait se laisser avoir. Comme si elle était assez idiote, assez naïve pour ça. Comme si elle se sous-estimait assez pour lui tomber dans les bras.

Elle descendit les marches, vit l'expression de Shane s'apaiser et se hérissa.

Ce type était décidément incroyable.

— Pour qui tu me prends ? demanda-t-elle d'une voix blanche.

Il fronça les sourcils et pencha la tête sur le côté. Mais ne répondit pas.

— Pour une adorable idiote qui se réjouit d'un rien ? Tu pensais que j'allais me contenter de tes excuses et te pardonner sans broncher ?

— Exactement. Et je continue à espérer que tu y parviendras,

Merry. Je tiens à toi. Nous ne sommes pas ensemble pour la vie, seulement…

— Tu tiens à moi ? s'exclama-t-elle. Bientôt, tu vas me dire que je suis adorable, rigolote et généreuse, c'est ça ?

— Hum…

Il parut enfin s'apercevoir que son soulagement était légèrement prématuré.

— Euh… oui, avoua-t-il.

Merry lui enfonça un index rageur dans la poitrine. A plusieurs reprises.

— Tu me connais mal, mon petit bonhomme. Tu ne sais rien de moi. *Rien*, tu as compris ?

Shane recula d'un pas, les mains levées en signe de reddition.

— Si je suis gentille, c'est parce que j'ai choisi de l'être. Et si je suis aussi optimiste, c'est parce que cela rend la vie beaucoup plus facile. Surtout quand elle est aussi dure que la mienne et qu'on en bave plus souvent qu'à son tour. Je ne suis pas idiote, Shane. Loin de là.

Elle continua à avancer en lui enfonçant son doigt dans le torse.

— Pas idiote, et pas naïve non plus. Je fais confiance à mon prochain par choix, là encore. Et quand je me fais avoir, c'est lui que je plains. Parce que ça en dit long sur son compte, pas sur le mien. Je vois le bon côté des gens parce que ça me plaît. Je ne vis pas dans le monde des Bisounours et je n'ai jamais fait dans l'angélisme. J'ai toujours su que je risquais de croiser les mauvaises personnes, Shane. Des gens nuisibles, dont tu fais partie.

— Je…

— Tu m'as menti ! Tu t'es servi du bonheur que j'avais à travailler ici pour m'extirper des renseignements. Tu m'as laissée t'accorder ma confiance alors que tu savais pertinemment que tu n'en étais pas digne. Et tu as poussé le vice jusqu'à coucher avec moi. Je t'ai confié un de mes secrets, je t'ai avoué que j'étais plutôt seule sur ce plan-là, et tu t'es engouffré dans la brèche. Tu y as vu la seule manière de m'atteindre.

— Ce n'est pas vrai ! Je te jure que ce n'est pas vrai !

— Tu me le jures, à présent ? Et pourquoi pas sur la tête de ta mère, pendant que tu y es ? Encore une fois, pour qui tu me prends ? J'en ai rencontré, des salauds, dans ma courte existence. Les gens ne se sont pas gênés pour être cruels avec moi. Même mon propre père n'a jamais voulu me rencontrer. Alors si tu crois que je suis trop cruche pour ne pas reconnaître un rat quand j'en croise un, tu te trompes ! Oui, je suis gauche, ringarde et ridicule. Mais encore une fois, je ne suis ni idiote ni faible.

Elle ouvrit les bras en un geste qu'elle jugea elle-même un peu théâtral.

— Je suis forte, ça se voit, non ? Je suis venue jusqu'ici, au lieu de me réfugier sous ma couette. Je ne pleure même pas. Je n'ai pas attendu que tu viennes me fournir une explication suffisamment plausible pour que je puisse m'y raccrocher et me sentir un peu moins bête. Tu m'as menti, Shane. Tu m'as menti quand nous avons commencé à être amis, et tu m'as menti quand nous sommes passés à l'étape supérieure. Je vais perdre mon boulot, par ta faute. Alors va te faire voir, Shane Bishop. Et je suis polie. Maintenant que tu sais à qui tu as affaire, tu as peut-être compris que je ne suis pas du genre à accepter sans broncher que l'on m'utilise, que l'on me manque de respect et que l'on bafoue mes droits, par-dessus le marché.

Elle le poussa une dernière fois de toutes ses forces et regagna ce qui avait été son bureau à reculons.

— Fous-moi le camp ! Tu n'as plus rien à faire ici, et je suis encore responsable de cette ville pour quelques heures.

Il la regarda reculer sans rien dire. Voyant qu'il ne bougeait pas, elle tourna les talons et grimpa les marches du porche. Sa rage était telle qu'elle referma la porte de la maisonnette, ce qui la plongea dans l'obscurité la plus totale.

Puis elle retint son souffle. Pourvu qu'il n'essaie pas de venir la chercher dans son refuge de fortune ! Elle était au bord des larmes, à présent. Et si elle pouvait encore les contenir, elle savait que cela ne durerait pas. Que Shane l'oblige à parler, et elle serait perdue. Qu'il la touche, et elle s'effondrerait lamentablement.

Et elle perdrait toute crédibilité.

Elle attendit donc, le cœur battant. Au bout de ce qui lui parut une éternité, elle entendit ses santiags crisser sur la terre sèche. Le bruit s'éloignait. Shane s'éloignait. La portière de son pick-up se referma…

Il s'avouait enfin vaincu.

Elle s'affala sur sa chaise, tenta de respirer et éclata en sanglots. Vaincue, elle laissa tomber sa tête entre ses mains et pleura si fort qu'elle en eut mal à la gorge.

Pour la première fois de sa vie, elle avait eu l'impression que l'on tenait un peu à elle. L'impression d'être belle, sexy.

Désirée…

Elle avait cru avoir un certain sex-appeal, un pouvoir, même, sur un homme… Et tout cela n'avait été qu'un leurre.

Dire qu'elle avait juré à Grace qu'elle avait la situation en main. Que tout cela n'était qu'une histoire de jambes en l'air, dont elle profitait sans se faire d'illusions… Elle voyait bien maintenant qu'il n'en avait rien été. Elle avait aimé faire l'amour avec Shane. Il lui avait appris les joies du sexe. Seulement il avait tout gâché et à présent, leurs étreintes lui paraissaient sordides.

Avait-il poussé la duplicité jusqu'à se moquer d'elle, quand il l'avait convaincue de se caresser devant lui ? Ou bien est-ce qu'il en avait conçu une certaine fierté ? Après tout, un être aussi vil que lui était parfaitement capable de triompher de ce genre de situation…

Elle grimaça. Elle ne se remettait pas d'avoir fait une chose pareille. Le jeu érotique qui lui avait paru si plaisant sur le moment prenait une tout autre signification, soudain.

— Salaud ! hurla-t-elle entre deux sanglots.

Elle avait toujours fait confiance aux gens. Mais pas comme ça. Pas en leur livrant son corps. Elle avait même été plutôt timorée, à ce niveau-là, à tel point que le monde lui avait longtemps paru peuplé de prédateurs. Les adolescents qui ne voulaient pas sortir avec elle et ne se gênaient pas pour faire des commentaires sur son apparence physique… Les copains qui se tournaient tout naturellement vers les jolies filles sûres d'elles, et qui lui proposaient, à elle, de coucher avec eux comme si c'était un honneur, un acte de générosité de leur part…

Si elle s'était décidée à perdre sa virginité, au cours de sa dernière année à l'université, c'était surtout parce qu'elle avait eu la conviction que ce ne serait jamais son truc, et qu'elle devait expérimenter la chose une bonne fois pour toutes, pendant qu'elle en avait l'occasion. Histoire de ne pas mourir idiote.

Cela n'avait pas été aussi horrible qu'elle l'avait craint. D'ailleurs, elle avait continué à fréquenter le jeune homme pendant quelque temps. Toutefois, quand leur aventure avait été terminée, elle s'était abstenue pendant plusieurs années. Et puis, il y avait eu Kenneth, un gentil garçon un peu tordu mais qui l'avait suffisamment valorisée pour qu'elle s'efforce de surmonter sa pudeur naturelle. Cela n'avait pas été sans mal, d'ailleurs, et elle n'avait jamais vraiment réussi à se libérer totalement. Pour cela, il lui avait fallu rencontrer Shane…

Elle aurait voulu trouver ce dernier point encourageant. Se dire qu'elle mûrissait, qu'elle commençait à sortir de sa réserve et à mieux appréhender le monde complexe de la sexualité. Malheureusement, il y avait fort à parier que ces nouveaux déboires ne l'en dégoûtent à jamais. Parce que dorénavant, en plus de penser à son corps, à ses performances et à ses sentiments, elle aurait la désagréable impression que tout cela n'était qu'un énorme mensonge. Une source d'humiliation supplémentaire, pour les femmes comme elle.

En résumé, elle avait toutes les raisons d'abandonner la partie, tout simplement.

Sauf qu'elle n'en serait sans doute pas capable. Shane lui avait donné une bonne idée du plaisir que l'on pouvait en tirer — et c'était sans doute ce qu'il avait fait de pire, dans l'histoire.

— Je le déteste, grommela-t-elle.

Elle s'essuya les joues d'une main rageuse et se jura de ne plus pleurer. Deux secondes plus tard, elle repartait de plus belle. Shane s'était présenté comme un ami, bon sang ! Il avait été son amant…

Le visage toujours baigné de larmes, elle s'empara de ses quelques affaires et regagna la rue principale. Au moment de grimper dans sa voiture, elle ne put s'empêcher de se retourner pour contempler Providence une dernière fois.

Cette ville désertée et oubliée de tous avait pris une importance capitale pour elle. Elle aurait pu y triompher, y trouver l'élan dont elle avait besoin pour se lancer enfin dans la vie, pour mener l'existence qui l'attendait forcément quelque part.

Quelque part... En un endroit où elle s'installerait, au lieu de n'être que de passage, comme elle en avait la fâcheuse habitude.

Quoi qu'il en soit, et bien que ses attentes aient été déçues, elle regretterait longtemps sa petite ville fantôme.

Et le désespoir qu'elle éprouva en s'en éloignant fut bien plus intense que celui qu'elle éprouvait en pensant à Shane.

Beaucoup plus supportable aussi, étrangement.

Si Shane avait toujours su qu'il commettait une erreur en séduisant Merry, il n'avait pas vraiment mesuré l'étendue des dégâts. Il n'avait pas envisagé, par exemple, que le simple fait de descendre de son pick-up et de regagner son appartement constituait une telle épreuve. Parcourir ces quelques mètres en priant le bon Dieu pour ne croiser ni Cole, ni Grace, ni la vieille Rayleen... Espérer entrevoir la seule personne vraiment susceptible de le faire rougir de son comportement...

Bon sang !

Il se força à monter les marches d'un pas lent en résistant à l'envie de baisser la tête.

Oui, il avait eu conscience de mal agir. De duper Merry à plusieurs niveaux. Pourtant, au bout d'un moment, il s'était absous de cette responsabilité au prétexte que cela n'avait pas été son intention. Tant et si bien qu'il avait réussi à se convaincre que s'il avait pu revenir en arrière, il ne l'aurait jamais trahie.

Malheureusement, il s'en rendait compte à présent, il lui avait causé des torts incommensurables. Elle serait renvoyée pour l'avoir embauché. Si la nouvelle se répandait dans Jackson Hole, ce serait un scandale. Au pire, Merry passerait pour une demeurée.

Il secoua la tête, découragé. Le remords le rongeait, au sens premier du terme. A croire qu'une bestiole quelconque s'était introduite en lui pour le dévorer lentement.

Sans compter qu'il ne savait plus lui-même où il avait voulu en venir exactement. L'opération avait été aussi sournoise qu'inutile. S'il avait manigancé tout cela, s'il avait eu le temps de réfléchir, il aurait renoncé, bien sûr. Seulement Merry lui avait donné le bâton pour se faire battre. Sans le savoir, elle lui avait offert une chance inespérée de connaître les agissements et les motivations du trust. Et il s'était considéré comme exempt de toute responsabilité parce qu'il avait effectué le travail que Merry lui avait confié. Gratuitement, de surcroît !

Bon sang ! S'il avait pu remonter le cours du temps... Il aurait donné cher pour cela, surtout après avoir vu le visage de Merry, tout à l'heure. Elle l'avait banni de son existence avec une détermination farouche, et sans l'ombre d'un regret.

« Maintenant que tu sais à qui tu as affaire », lui avait-elle crié.

Et elle avait eu raison. Il l'avait prise pour une femme inoffensive, généreuse, toujours prête à voir les meilleurs aspects des gens. Même la scène de la veille, avec Cole et Grace, ne l'avait pas convaincu du contraire. Merry n'était pas rancunière, et il avait eu la prétention de croire qu'il parviendrait à la convaincre qu'il était désolé et que cela ne se reproduirait pas. Il avait sincèrement pensé qu'elle lui pardonnerait sa conduite parce que...

Parce qu'elle n'avait pas le choix, voilà tout. C'était ça ou mettre fin à leur relation, et il n'avait pas imaginé une seule seconde qu'elle puisse faire une chose pareille. Leurs étreintes n'avaient pas semblé lui déplaire, pourtant. Il la tenait par les sens. Et inversement.

Mais elle avait réagi totalement différemment de ce qu'il avait pensé.

Avec une fermeté dont il ne l'aurait jamais crue capable.

Avec une force qu'il ne lui connaissait pas.

Avec courage, pour ne pas dire avec bravoure.

C'était peut-être aussi bien ainsi, d'ailleurs. Après tout, qu'aurait-il pu lui offrir de plus ? De l'amour ? Un engagement ? Il en était incapable et il le savait pertinemment. Alors ? Il n'avait tout de même pas espéré qu'elle lui pardonne tout et continue à coucher avec lui en voisine !

Le téléphone fixe se mit à sonner et, pour une fois, il répondit aussitôt. Autant prendre l'appel et en finir une bonne fois pour toutes, là aussi. De toute manière, sa mère ne se découragerait pas.

— Oui, maman ? demanda-t-il avec agacement.

— Shane ! Tu es chez toi... Je ne sais pas pourquoi, je m'en doutais. J'ai des intuitions, parfois, comme tu le sais.

Du moins, c'était ce qu'elle mettait en avant, dans son éternelle poursuite du mari volage. « Je sais que ton père est en Californie, mon grand. Je le sens dans mes tripes. Mon instinct me dicte de monter dans ma voiture et de rouler sans m'arrêter jusqu'à destination. On le trouvera sur le bord de la route. »

Combien de fois avait-elle tenu ce genre de propos ?

— En fait, je m'apprêtais à sortir pour aller travailler, dit-il. Alors si tu veux bien en venir au but…

— Figure-toi que j'ai trouvé quelqu'un qui ressemble comme deux gouttes d'eau à ton père, sur Facebook. Le hic, c'est que cette personne est beaucoup trop jeune pour qu'il s'agisse de lui. En revanche, si ce jeune homme ne donne aucune indication sur ses parents, il précise qu'il a été élevé de la manière la moins conventionnelle qui soit, dans un endroit perdu des Cascades.

Shane ne put réprimer un soupir. Facebook était la nouvelle marotte de sa mère, et il espérait qu'aucune de ses connaissances ne lisait ses publications, plus loufoques les unes que les autres. C'était bien simple, si elle n'avait pas assuré sa fonction de vendeuse dans un magasin d'alimentation pour le bétail, il se serait dit qu'elle perdait complètement la tête.

— Bien sûr, ce serait terrible d'apprendre qu'il a fondé une nouvelle famille ailleurs, poursuivit-elle. Toutefois, cela reste une possibilité à ne pas exclure, mon grand. Ton père est parti si soudainement qu'il se peut qu'il ait eu trop honte pour revenir. Or, si tu voyais la photo de ce jeune homme… Il ressemble comme deux gouttes d'eau à Alex à l'âge de dix-huit ans. C'en est confondant.

— Maman…, commença-t-il pour s'interrompre aussitôt.

Elle était incapable de voir la réalité en face. Ou de l'envisager, d'ailleurs.

— Maman ? reprit-il au bout de quelques secondes. Il faut que je te dise… Je n'en peux plus. Je te jure que je vais craquer, si tu continues. Papa ne nous aimait pas assez pour rester et pas assez pour revenir. Tu ne peux pas te mettre ça en tête une bonne fois pour toutes ? On ne peut pas dire qu'il ait été un bon mari. Il te trompait avec cette femme depuis des mois, ouvre les yeux maman ! Il voulait partir, tu ne comprends pas ? Il en avait fini avec toi, avec nous tous. Alors oublie-le, bon sang !

Il n'y avait plus aucun bruit, à l'autre bout du fil. Tout ce qu'il entendait était sa propre respiration, courte et saccadée.

Il venait de briser un accord tacite en évoquant ouvertement la maîtresse de son père. Personne ne parlait jamais de Dorothy Heyer. En fait, le sujet était tellement tabou que, pendant cinq ans, sa mère avait fait l'impasse sur tout ce qui la concernait de près ou de loin. Si quelqu'un prétendait l'avoir vue, elle faisait la sourde oreille. A croire que Dorothy n'avait été qu'une ombre qui, par pur hasard, avait quitté Jackson Hole le même jour que le père de Shane. Certes, on l'avait aperçue chez le concessionnaire automobile, le matin où le fugueur était allé acheter la caravane. Mais, en admettant qu'elle soit vraiment partie avec lui, leur relation avait été de courte durée. Jamais il n'avait aimé cette traînée. En aucun cas.

Alors, en rappelant la belle Dorothy Heyer au souvenir de sa mère, Shane avait franchi la ligne rouge.

Pire encore, il ne le regrettait absolument pas.

— La prochaine fois que tu m'appelleras, maman, reprit-il d'un ton qu'il espérait un peu plus conciliant, ce ne sera pas pour me parler de papa. Je ne veux plus entendre parler de cette histoire. C'est ça ou on s'arrête là, toi et moi. On peut se raconter nos vies, se demander où est Alex à l'heure qu'il est, tout ce que tu veux, mais je ne peux plus supporter que tu vives dans le souvenir de mon père, compris ? Si tu n'y arrives pas, garde tes réflexions pour toi.

— Shane ! lança-t-elle, à mi-chemin entre les larmes et la réprobation la plus totale. Comment peux-tu me demander une chose pareille ? Comment pourrais-je oublier ? Tu voudrais que je fasse comme si de rien n'était ? Que je surmonte mon chagrin et que je…

Sa voix se brisa et elle se mit à sangloter.

— Parfaitement, maman. C'est ce que j'attends de toi. On n'a pas toujours ce que l'on veut, dans la vie, et quand on prend une claque, on doit aller de l'avant. Tu n'es pas la seule à avoir souffert et, à ma connaissance, les gens ont toujours rebondi, même dans les circonstances les plus terribles. Sur ce, au revoir. Essaie de passer une bonne journée.

Après avoir raccroché, il resta deux bonnes minutes à contempler le téléphone, quelque peu abasourdi.

Il s'était enfin révolté, et il n'en revenait pas.

Il y avait des années qu'il prenait ses distances par rapport à sa mère. Qu'il l'évitait, qu'il remettait à plus tard le moment de lui retourner ses coups de fil. Ces derniers mois avaient été encore plus éprouvants que les précédents. Sa mère ne cessait de lui rabâcher que Gideon Bishop avait eu un certain nombre d'obligations envers Alex et lui, qu'il pouvait rôtir en enfer, après ce qu'il avait fait. Et cela alors même qu'elle déplorait encore plus que Gideon le fait que son fils ait changé de nom.

Shane avait cru l'avoir reléguée dans un coin perdu de son esprit. Pourtant, en cet instant, il sut qu'il n'en était rien. Sa mère avait toujours été là, omniprésente. Tant et si bien que ses obsessions et ses ressentiments avaient fini par l'envahir, voire par lui donner des idées qu'il n'aurait jamais eues sans elle.

Oui... Tout cela lui apparaissait clairement, à présent. Elle l'avait contaminé, et il le voyait beaucoup mieux maintenant que Merry lui avait donné cette leçon de force et de courage.

Car bien qu'elle ait vécu des choses terribles, elle aussi, elle avançait dans la vie le sourire aux lèvres et les yeux suffisamment ouverts pour en accepter toute la beauté.

— C'est pas vrai..., gémit-il dans un souffle. Qu'est-ce que j'ai fait ?

Il s'empara de son téléphone portable pour envoyer un message à l'entrepreneur pour lequel il sous-traitait en ce moment, et le prévenir qu'il n'irait pas travailler aujourd'hui. Bien qu'il ait passé beaucoup de temps à Providence, il avait pris suffisamment d'avance sur son chantier pour pouvoir s'accorder une journée de congé.

Il envoya ensuite un deuxième message, plus important, celui-là.

A peine avait-il appuyé sur le bouton « envoi » que l'appareil se mettait à sonner.

Il répondit avec un sourire sans joie.

— Oui, je parle sérieusement, déclara-t-il sans attendre que son interlocuteur se présente. Je serai là d'ici un quart d'heure. Préparez le document, c'est tout ce que je vous demande.

Quand il pensait à la manière dont il vivait, depuis presque un an… A la manière dont il avait vécu la majeure partie de sa vie, d'ailleurs, à bien y songer…

Cela ne lui ressemblait pas. Ce n'était pas ce qu'il voulait être. Il avait cru changer d'identité en changeant d'état civil et il s'était fourvoyé. Quoi qu'il fasse, il était et restait un Bishop, avec tout ce que cela comportait. Le digne fils de son père, le tout aussi digne petit-fils de son grand-père.

Un Bishop.

Ce changement de nom avait constitué son unique rébellion. Son grand « allez vous faire voir » au misérable legs qu'on lui avait laissé.

Une bien piètre rébellion, il le voyait clairement à présent. Parce qu'en agissant ainsi, il avait renoncé à tout le reste.

Mais maintenant… Oui. Il avait enfin l'occasion de prouver qu'il pouvait être meilleur que son père. Meilleur que son grand-père.

Et meilleur que sa mère.

Il remit son Stetson, attrapa ses clés, et sortit d'un pas décidé.

Il n'était jamais trop tard pour bien faire, après tout.

18

— Il faut que je rédige ma lettre de démission, décréta Merry d'un ton buté et sans quitter des yeux l'écran de son ordinateur.

— Je ne prétends pas le contraire, ma belle. Tout ce que je dis, c'est que cela peut attendre demain. Tu n'es pas en état de faire ça maintenant, lui répondit Grace.

Se penchant au-dessus l'épaule de son amie, elle lut :

— « Chers membres du Trust pour la Rénovation de Providence ». Tout ça en une demi-heure ? Allez, ferme cette fenêtre, va. Tu ne sais pas quoi écrire. Donne-toi le temps de réfléchir !

Pour toute réponse, Merry secoua la tête.

Fidèle à elle-même, Grace éteignit l'ordinateur d'autorité.

— Voilà ! Allez viens, on va prendre une cuite.

— Il est à peine 17 heures !

— Et alors ?

— Et alors ? Il est trop tôt pour commencer à boire. Au fait, tu ne devrais pas être au studio, toi ?

— Je suis payée à l'heure. Je fais ce que je veux, ma p'tit' !

— C'est marrant, ça... Je ne me souviens pas d'avoir disposé de mon temps comme je l'entendais, quand j'étais free-lance, moi aussi.

— Bon, bon, admit Grace. Si tu veux tout savoir, j'ai demandé mon après-midi, et Eve me l'a accordé. Elle est vraiment cool, cette nana.

— Ça en a l'air, oui, marmonna Merry.

— Allez, bouge ! Profitons-en pour faire un truc sympa, pour une fois !

— Je ne peux pas.

Elle s'affaissa sur sa chaise et se laissa aller à afficher le désespoir qui l'habitait.

— Je ne t'ai pas tout dit, marmonna-t-elle. Cristal m'a invitée à une soirée et je n'ai pas su refuser.

— Aujourd'hui ?

— Aujourd'hui.

— Tu plaisantes, j'espère ?

— Pas le moins du monde. Attends, tu ne sais pas tout ! Je lui ai dit que je viendrais avec mon petit ami. Et vu les circonstances, je n'ai plus qu'à y aller toute seule.

— Eh bien, annule ! N'y va pas ! Envoie-la paître, cette garce !

— Impossible. Je me suis engagée. Et puis, ce sera ma dernière chance de l'affronter en tant que conservatrice de musée. La prochaine fois, il y a de grandes chances pour que j'en sois réduite à tenir un stand de frites à la foire du comté. Tu ne crois pas que je vais me priver du plaisir de lui river son clou, tout de même !

— Et pourquoi pas ?

Merry ne put réprimer un soupir. Elle éprouvait le besoin presque vital de se présenter à sa cousine sous son meilleur jour.

Et accompagnée…

— Je ne peux pas t'emprunter Cole, par hasard ?

— Je serais ravie de te le prêter pour la soirée, tu le sais bien. Malheureusement, ça ne va pas être possible. Il travaille jusqu'à pas d'heure, ce soir. Une histoire de bétail à faire passer d'une vallée à l'autre, d'après ce que j'ai compris. Je dormais à moitié, quand il m'a expliqué tout ça, ce matin.

— Et merde ! Ce n'est pas mon jour de chance apparemment. En même temps, je ne veux pas me désister. Sous aucun prétexte. Quand Cristal apprendra que je me suis fait renvoyer pour manquement grave à mes fonctions, elle croira que c'est pour cela que je ne suis pas venue. Et je ne veux pas de ça. Je veux lui prouver que je m'en fiche éperdument. Que je continue à me battre. Que je…

Elle tomba à court de mots et fut soulagée de voir Grace acquiescer.

— Compris. Accroche-toi à ton fauteuil, ma belle, parce que tu ne vas pas y croire. Je t'accompagne.

— Toi ? Tu es folle ? Tu détestes Cristal.

— Vrai.

— Ses amis vont t'insupporter.

— Je n'en doute pas une seconde. N'empêche que j'insiste. Je te promets de me tenir à carreau. Je serai... exemplaire. Et c'est moi qui conduis. Tu pourras boire autant que tu le voudras, goûter à tous ces vins fins... Comme tu viens de le dire toi-même, tu es sur le point de te retrouver au chômage, alors profites-en. Ce sera peut-être ta dernière occasion de manger du caviar.

— Et toi, là-dedans ? Tu risques de t'ennuyer ferme, non ?

— Moi ? Ne t'inquiète pas. J'ai eu ma dose de soirées mondaines, quand je vivais à Los Angeles. Je suis passée à autre chose, au cas où ça t'aurait échappé. Je bois de la bière en retirant le crottin coincé sous les santiags de mon homme, le soir à la chandelle.

Malgré elle, Merry ne put réprimer un petit rire narquois.

— C'est ça. Tu peux me dire à quand remonte la dernière fois que tu as récuré les santiags de Cole ?

— Euh... Disons que j'ai envisagé de le faire l'autre soir, parce qu'il était trop crevé pour bouger le petit doigt. Ça m'est vite sorti de l'esprit, cela dit. J'ai préféré m'allonger sur le canapé et lui demander de laisser ses bottes à l'extérieur.

— Y'a pas à dire, Grace. Tu es une véritable fée du logis.

— Dis plutôt qu'une bonne pipe peut tout changer à la vision qu'un homme a de son couple, si je peux parler crûment.

Pour le coup, Merry se mit à rire franchement. Si franchement que des larmes ne tardèrent pas à lui dégouliner sur les joues.

— Tu es vraiment malade, ma pauvre, hoqueta-t-elle quand elle eut repris son souffle.

— Je sais. J'intimide même les palefreniers, au ranch. Ils m'appellent « madame », figure-toi.

— Et Cole ? Il t'appelle « madame », lui aussi, quand tu te mets à quatre pattes pour... pour lui faire une petite gâterie ?

— Et comment ! C'est un cow-boy, non ? En d'autres termes, un véritable gentleman.

Elle gratifia Merry d'un petit coup de coude complice.

— Revenons-en à nos moutons. Tu m'acceptes comme cavalière ? Je me charge de te maquiller. Et tu vas t'éclater, je te le promets.

— Bon... puisque tu insistes, c'est d'accord. Il n'y a vraiment que toi pour me faire rire aux éclats dans des moments aussi graves que celui-ci.

— Super ! Et pendant qu'on y est... pourquoi n'irait-on pas faire un petit peu de shopping en ville, toutes les deux ? Tu n'as pas de robe, je crois.

— Non. Et je ne peux pas me permettre de m'en acheter une.

— Je la déduirai de ta part de loyer. Non. Je te l'offre, tiens ! C'est mon jour de bonté. Allez, Merry. Fais-le pour moi, si tu ne le fais pas pour toi. Ce n'est pas tous les jours que j'ai une cavalière... Alors autant qu'elle soit sur son trente et un, non ?

Merry en fut tout attendrie. Grace trouvait toujours un moyen détourné de lui prouver son attachement.

— Dans ce cas... oui. Va pour le shopping. Je compte sur toi pour me conseiller, hein ?

— Un peu ! L'idée, c'est de te montrer à ta chère cousine dans toute ta splendeur. Elle ne va pas s'en remettre, crois-moi ! On va la rendre verte de jalousie.

De nouveau, Merry partit d'un grand rire.

— Tu m'as fait peur, Grace. L'espace d'une seconde, j'ai cru que tu allais être tout sucre et tout miel.

— Je ne voudrais pas perdre de mon mordant.

Elle n'avait rien à craindre sur ce plan-là ! En apparence, Grace était carrément agressive. Il fallait gratter la surface pour comprendre qu'elle était généreuse, elle aussi, et terriblement sensible. Et pour cela, il fallait s'acharner, la forcer à baisser sa garde. Cole avait plus que réussi, dans ce domaine, et Merry lui en serait toujours reconnaissante.

Pour un peu, elle se serait autorisée à penser qu'elle rencontrerait l'âme sœur, elle aussi, un jour. En la personne d'un homme aussi valeureux que l'heureux propriétaire d'Easy Creek...

— On y va ! déclara-t-elle, s'emparant de son sac à main et de son téléphone.

Comme s'il voulait la ramener à la triste réalité du moment, l'appareil se mit à sonner.

Jeannine Bishop.

Elle se figea sur place.

Elle savait qu'elle devait prendre l'appel. Qu'il était temps de faire face, que remettre la chose au lendemain ne servirait à rien... Pourtant, elle ne répondit pas. Elle attendit simplement que la sonnerie cesse.

Ce qui était pitoyable, elle en avait conscience.

Où était passé le courage dont elle avait fait preuve lors de sa confrontation avec Shane ? Avait-il été emporté par le vent, dans les rues poussiéreuses de Providence ?

Il fallait le croire.

Quoi qu'il en soit, elle ferait ça demain. De toute manière, elle n'aurait plus le choix.

Demain, donc. Pas maintenant.

Dans l'immédiat, elle allait sortir s'acheter une jolie robe, se faire maquiller par sa meilleure amie, puis goûter des vins hors de prix en se racontant qu'elle avait sa place dans la haute bourgeoisie américaine, finalement. Qu'elle avait réussi, elle aussi, comme elle l'avait toujours voulu.

Oui. Jeannine Bishop pouvait attendre.

La disgrâce la rattraperait bien assez tôt, après tout.

— Je suis prête. Allons-y ! déclara-t-elle d'un ton ferme. Et attention, ce soir, je veux être une véritable vamp !

Son amie prit le temps de se tourner vers elle pour la regarder d'un air dubitatif et très inquiet.

— Je rigole, Grace. J'aimerais simplement ressembler à une adulte, pour une fois dans ma vie.

— Ça roule. Je me charge de te transformer en femme fatale, si tu veux.

Merry en aurait presque remercié le bon Dieu.

Enfin...

Enfin quelqu'un avait à cœur de faire d'elle une véritable femme !

19

Il était tard. Du moins, la journée était trop avancée pour partir en expédition dans les collines.

Seulement Shane en avait grand besoin.

Il avait passé plus d'une heure dans le cabinet de son avocat, avant de rentrer chez lui pour prendre une longue douche presque brûlante.

Puis il était allé frapper à la porte de Merry.

Elle ne lui avait pas ouvert, ce qui n'avait rien d'étonnant en soi. D'autant qu'à en juger par le silence de mort qui régnait à l'intérieur, elle semblait sortie.

A tout hasard, il avait tenté d'appeler Cole, mais il était tombé sur sa messagerie. Ce n'était pas une surprise non plus. Vu la teneur de leur dernier échange, il était fort possible que son meilleur ami ait décidé de ne plus jamais lui adresser la parole. C'était sans doute ce qu'il méritait, d'ailleurs. Si Cole pouvait comprendre que l'on soit parfois amené à faire des choix difficiles dans la vie, il avait toujours fait les bons, lui.

Tout le monde ne pouvait pas en dire autant, songea Shane, désappointé. Surtout pas lui.

— Et merde, grommela-t-il.

Il fallait qu'il sorte. Qu'il réfléchisse sérieusement. Ou, mieux encore, qu'il se vide l'esprit.

Et pour cela, il savait exactement où aller.

Une heure plus tard, bien que le soleil commence à disparaître derrière les montagnes, il empruntait avec sa jument le sentier surplombant Providence. Il se sentit infiniment mieux lorsqu'il eut atteint la forêt. Car jusqu'à cet instant, il avait eu le sentiment d'être dans la ligne de mire d'une Merry furibonde, planquée dans l'une des vieilles baraques de sa chère ville fantôme. C'était parfaitement ridicule, bien sûr. Sa voiture n'était pas sur le parking, et de plus, elle ne possédait pas d'arme — du moins à sa connaissance. N'empêche qu'il respirait mieux, à l'abri des arbres. On ne savait jamais. Merry était peut-être suffisamment en colère pour vouloir le tuer. A moins qu'elle le méprise trop pour envisager de se venger de quelque manière que ce soit.

Il prit une longue inspiration, puis une deuxième. Sa jument avançait d'un pas sûr, suivant le sentier qui lui semblait redevenu familier. Au lieu de la laisser continuer vers la cabane, cependant, il lui fit longer le canyon. Tout était calme autour de lui. Seul le cours d'eau bruissait sur les rochers. On n'entendait ni les oiseaux ni le vent qui devait pourtant bien souffler quelque part.

Il inspirait et expirait toujours à pleins poumons. Il voulait s'imprégner de cet air, de cette terre.

Cette terre qui était la sienne.

Mais pour une raison ou pour une autre, il ne s'était jamais vraiment fait à cette idée. Ce n'était pourtant pas rien ! Cela représentait même beaucoup, à bien y songer. Non seulement parce que tout cela lui appartenait, mais aussi et surtout parce que cela avait été le fief de son arrière-grand-père et avant lui, de tous les gens qui s'étaient installés ici.

Merry avait eu raison sur ce point-là aussi. Les habitants de Providence n'avaient pas abandonné la partie au premier écueil. Ils n'étaient partis que contraints et forcés. Ils avaient vécu et étaient morts dans ce coin perdu. Ils s'y étaient mariés, avaient eu des enfants, avaient perdu des êtres chers. Et la terre était toujours la propriété des Bishop. Transmise de génération en génération, à une ou deux exceptions près.

Ses ancêtres n'avaient pas baissé les bras. Et lui, Shane Harcourt, n'était pas forcé de se résigner non plus.

Il jeta un coup d'œil en direction du nord, dans l'espoir de se situer par rapport à la route qui sinuait au-dessus de lui. Malheureusement, à cette époque de l'année, il était difficile de trouver un repère. Alors il poursuivit son chemin, passant devant la glacière qui lui rappela les jours où Merry était encore si heureuse, en sa compagnie...

C'était décidé. Il ne renoncerait pas à cette femme. A présent qu'il avait pris des mesures, il se sentait en droit de s'acharner. D'insister jusqu'à ce qu'elle lui pardonne.

Il l'aimait beaucoup. Comme amie, comme maîtresse... et peut-être un peu plus. Donc il ne renoncerait pas. Cela dit, il avait une dette envers elle. Une dette énorme. Plus grande que Providence, qu'il n'avait pas le droit de lui arracher, de toute façon.

Le canyon se fit plus étroit. Les trembles laissèrent la place à d'immenses pins d'un vert presque bleuté. Apercevant une pente praticable, sur la rive d'en face, il fit traverser le cours d'eau à sa monture. La jument commença l'ascension d'un pas mal assuré. Une fois qu'elle eut tâté le terrain néanmoins, elle n'eut aucune difficulté à poursuivre jusqu'à la plaine.

Cette fois, Shane était presque certain d'être parvenu à destination. Tout près de l'endroit où il avait remarqué cette forme blanchâtre, au milieu de la végétation.

Vu son emplacement, il ne pouvait s'agir que de quelque chose de vieux. Et si c'était vieux, Merry adorerait ça. Une de ses petites excentricités...

Rien que de penser à elle, il sentit sa gorge se nouer.

Bon sang ! Comment avait-il fait pour tout gâcher, avec la seule femme qui lui ait jamais plu ? Pour commettre l'irréparable, avant même de la toucher ? Obsédé comme il l'était par la certitude qu'il ne pouvait pas s'engager sur le long terme, il avait oublié à quel point il était nul, quand il s'agissait d'entretenir une relation à court terme.

Tentant de se débarrasser de ses mornes pensées, il continua à serpenter à travers les arbres. Le bruit étouffé des sabots de sa jument sur le sol jonché d'aiguilles résonnait dans la forêt. A un moment, l'animal souffla bruyamment, faisant fuir une volée de merles perchés au sommet d'un sapin. Shane les regarda s'éparpiller dans les airs. Lorsqu'il baissa la tête, ses yeux se posèrent sur la forme qui l'avait tant intrigué.

Il arrêta son cheval et s'interrogea sur la tache dont le blanc, plus vif qu'il ne l'avait d'abord pensé, se dessinait à travers les branchages.

Qu'est-ce qui pouvait avoir cette couleur, en un endroit pareil, mis à part de la glace ou de la neige ? De la pierre ? Se pouvait-il que l'on ait construit une petite forteresse à cet endroit isolé ?

Il se remit en route, sortant du sentier, se baissant pour éviter une branche plus basse que les autres, puis jurant quand il sentit sa monture glisser sur le sable d'un rocher plat. Une fois qu'elle eut regagné la terre ferme, il se remit à fixer la forme blanche et finit par comprendre de quoi il s'agissait.

En fait de pierre blanche, ce n'était que du vulgaire vinyle. Avec des contours bien droits, sauf dans les endroits où le plastique était abîmé.

Il descendit, attacha sa jument à un arbre et s'avança prudemment vers la forme. Vaguement alarmé par l'étrangeté de ce qu'il voyait devant lui, il retint son souffle.

Cette… chose n'avait rien à faire ici. C'était évident, même s'il ne parvenait toujours pas à assimiler le message que son cerveau lui envoyait.

Soudain, il vit une inscription… des phares… une portière ouverte, à moitié sortie de ses charnières…

Une caravane.

Qui était tombée là des années auparavant, si on en jugeait par la hauteur des trembles qui émergeaient d'une des fenêtres brisées.

Et puis, il aperçut le pick-up.

Il était à moitié enroulé autour d'un sapin, quelques mètres plus loin. La peinture bleu vif de la carrosserie commençait à passer et à se craqueler par endroits. Le siège du passager était encore maintenu par le tronc dans lequel le véhicule s'était encastré. L'herbe avait poussé autour du pare-chocs, de sorte que l'on ne voyait pas le numéro d'immatriculation.

Mais Shane n'eut pas besoin de le lire pour comprendre.

Des années de recherche acharnée, de chagrin incommensurable, de sentiment d'abandon… Tout cela alors que son père gisait au fond de ce ravin depuis le départ…

Il fut parcouru d'un frisson d'angoisse et dut se faire violence pour continuer à avancer.

Tout son être lui criait de faire demi-tour. Il ne l'écouta pas. Il continua à avancer, lentement, certes, mais sans hésiter un seul instant.

Du côté où la cabine du pick-up était surélevée, il apercevait le volant. Il s'attendait à moitié à trouver son père, le visage noirci et contusionné, comme dans un film d'horreur. Néanmoins, trop de temps avait passé pour qu'il soit confronté à un spectacle aussi cauchemardesque. Il ne restait que le tableau de bord, complètement enfoncé, et une multitude d'éclats de verre, à l'emplacement du pare-brise.

Etrangement, ce fut à ce moment-là que Shane faillit craquer. Tourner les talons et fuir en courant. Il avait été courageux. Il avait regardé à l'intérieur du véhicule.

Et il n'avait rien vu.

Cela suffisait comme ça. Il avait fait ce qu'il fallait pour son père. Maintenant, il n'avait plus qu'une envie : passer le relais aux autorités compétentes. Comme un gamin de dix ans.

Il ferma les yeux, se força à inspirer, puis à se concentrer sur l'ombre des arbres qui se dessinait à travers ses paupières closes. Le soleil dardait ses derniers rayons. Il devait se dépêcher.

Se secouant de sa torpeur, il inspira profondément une dernière fois. Longuement. Très longuement.

Puis il alla examiner l'autre côté du pick-up.

En toute logique, la portière aurait dû être enfoncée dans la terre. Mais non. Elle s'était ouverte et collée au capot pendant la chute du véhicule, sans doute.

Il n'y avait rien à voir non plus, de ce côté-ci. Pas de corps, aucun reste humain. Rien qu'un vieux pick-up accidenté, exposé trop longtemps aux rigueurs du climat.

Peut-être s'agissait-il d'une nouvelle impasse. Après tout, son père avait très bien pu sortir vivant de cet accident et poursuivre son chemin. Abandonner le pick-up comme il avait abandonné femme et enfants.

Shane s'accroupit devant la portière. De nouveau, il fut secoué par un frisson d'angoisse. Elle lui semblait obscène, cette portière, ainsi tordue, avec ses charnières proéminentes. On aurait dit une fracture ouverte.

A son grand dam, il ne put que remarquer la manière dont le siège penchait vers la portière ouverte, et dut refermer les yeux.

Il s'interdisait d'aller plus loin. C'était parfaitement inutile et...

... Et ce fut plus fort que lui. Il plongea une main dans les herbes pour les écarter.

Rien.

Il réessaya, des deux mains cette fois, ouvrant la végétation de plus en plus fébrilement. Au troisième essai, il repéra enfin quelque chose. Quelque chose de grisâtre, qui ne pouvait en aucun cas être un morceau de vinyle.

— Oh non ! murmura-t-il avant de tomber à genoux.

C'était un os, effroyablement long et blême, sur la terre humide.

— Non ! hurla-t-il.

Jusque-là, et inconsciemment, il avait espéré que son père était toujours en vie. Malgré tout ce qu'il avait dit à sa mère la veille encore, c'était resté son vœu le plus cher. Lever les yeux et voir son père debout sur le seuil de la maison familiale, plus vieux, un peu hagard et demandant pardon aux siens pour le mal qu'il leur avait fait.

Cela ne se produirait pas.

Jamais.

Son père était mort.

Il sentit les larmes lui monter aux yeux et les refoula avec rage. Il avait suffisamment pleuré son absence, au fil des ans.

Et il était mort. Vraiment mort. Avec tout ce que cela comportait d'irrévocable.

Sentant l'émotion le submerger, il se releva et retourna à sa jument.

Par acquit de conscience, il sortit son portable de sa poche. Comme il s'y attendait, il n'avait pas de réseau. Il monta à cheval et prit le chemin du retour, l'appareil en main. Dès qu'il le pourrait, il préviendrait le shérif.

Pour lui dire quoi, au juste ?

Qu'il y avait eu un accident sur la route surplombant le canyon ? Il ne s'agissait pas exactement d'une urgence. En fait, cela pouvait attendre le lendemain matin. D'autant qu'il n'arriverait à Providence qu'au crépuscule, à présent. Et que le shérif ne mettrait certainement pas la vie de ses hommes en danger pour des gens morts depuis plus de vingt ans. D'ailleurs Shane ne leur en demandait pas tant.

Cependant, il devait prévenir les autorités dès ce soir. Il le fallait.

Il redescendit vers le cours d'eau, le traversa, et consulta l'écran de son portable. Toujours rien.

Il fit presser le pas à sa jument.

Cela ne changerait rien à rien, il le savait. Pourtant, il éprouvait le besoin impératif d'appeler. D'en finir avec tout ça. Pour de bon.

Sa joue le grattait. Il y porta une main et sentit l'humidité. Il s'était blessé, apparemment.

— Et merde ! grommela-t-il, sans cesser d'avancer.

Il atteignit enfin l'embouchure du canyon. Il était terriblement oppressé, soudain. Presque paniqué, ce qui n'avait aucun sens. Son père était mort depuis des années, non ?

Au loin, les derniers rayons du soleil se reflétaient sur les toits de Providence.

Et son téléphone affichait deux barres, à présent.

Il composa fébrilement le 911.

— Shane Harcourt à l'appareil. Mon père a disparu il y a près de vingt-cinq ans, et je viens de retrouver son pick-up et sa caravane. Je crois qu'il y a également des... des restes humains. Je suis à Providence, une petite ville abandonnée, environ quatre kilomètres à l'est de la nationale. Qu'est-ce que je dois faire ?

La question était épineuse, même pour les flics qui lui conseillèrent d'attendre. De rester où il était et de guetter leur arrivée.

Qu'est-ce qu'il devait faire ?

Il n'en avait aucune idée.

En désespoir de cause, il alla s'installer sous le porche du saloon. Un quart d'heure plus tard, la lune se levait sur la vieille église, et il était toujours aussi seul, toujours aussi perdu.

Puis il aperçut deux phares, dans l'obscurité.

Voilà.

Il avait mis la machine en route. Ici, à Providence.

Et c'était ici qu'il mettrait fin à l'histoire.

Une bonne fois pour toutes.

20

Pour Cristal, manifestement, une petite soirée était l'affaire d'une quarantaine d'invités, minimum. La plupart de ses amis et connaissances paradaient donc, un verre à la main, plus beaux et plus impénétrables les uns que les autres.

Et Merry s'interrogeait. Comment sa cousine pouvait-elle connaître plus de monde à Jackson Hole qu'elle-même ? Mystère. D'un autre côté, elle devait bien admettre que travailler dans une ville fantôme n'était pas le meilleur moyen de mener une vie sociale intense.

A moins que tous ces gens soient naturellement attirés par ce genre d'endroit. Le chalet où Cristal avait pris ses quartiers disposait d'un patio en espalier avec vue imprenable sur la vallée. Alors il était possible que les plus nantis hantent le quartier, passant d'une soirée à l'autre, avant de s'écrouler pour la nuit là où ils se trouvaient vers 2 heures du matin.

Merry soupira. La vérité était qu'elle s'ennuyait ferme et que, du coup, son esprit vagabondait.

— On va devoir rester là encore longtemps ? marmonna-t-elle en se tournant vers Grace. Je sais que l'on n'a pas encore vu ma chère cousine, seulement à ton avis, il serait vraiment malvenu de terminer nos verres et de filer à l'anglaise ?

— Il y a des chances oui. Cela dit, on est toujours trop pointilleux sur la politesse. Du moins, c'est comme ça que je vois les choses.

— Menteuse. Depuis que tu travailles pour Eve, tu fais des courbettes à tout le monde.

Comme pour lui donner raison, au lieu de s'insurger avec sa véhémence légendaire, Grace se contenta de hausser les épaules.

Elle avait changé. En bien. Elle était beaucoup plus sociable qu'avant, et elle avait beau prétendre que sa nouvelle personnalité n'était qu'une façade, elle était beaucoup mieux dans sa peau qu'elle ne l'avait été à Los Angeles, par exemple. Bien qu'elle continue à travailler pour l'industrie du cinéma, son départ de la grande ville l'avait libérée d'un poids énorme, semblait-il.

— La preuve : cela fait une éternité que tu n'as frappé personne, poursuivit Merry.

— Objection, Votre Honneur. J'ai giflé Shane, hier soir, au cas où tu l'aurais oublié.

Merry encaissa le coup. Maintenant qu'elle avait dit ce qu'elle pensait de lui à Shane, elle la regrettait presque, cette gifle. Pas au point de refuser le petit four au crabe que le serveur lui tendait, cependant.

Ni un deuxième verre de vin.

— C'est du nectar, ce bordeaux, fit-elle remarquer.

— Oui. Ça me réconcilierait presque avec les ploucs que ta cousine a invités, dis donc !

— N'exagère pas. Il doit y avoir des gens charmants, dans le lot.

A la vérité, elle n'en savait absolument rien. Elle s'était réfugiée avec Grace à une extrémité du patio quelques secondes à peine après leur arrivée, et n'en avait plus bougé.

— Cela dit, heureusement que tu m'as offert cette robe, poursuivit-elle. On n'est pas exactement dans le genre de milieu où on peut venir en jean et baskets, ici.

— J'ajoute que tu es superbe. Tu devrais peut-être jeter ton dévolu sur un des convives et foncer. Une petite partie de jambes en l'air t'aiderait à oublier Shane, tu ne crois pas ?

Merry jeta un regard autour d'elle. Tous les hommes portaient des vestes griffées sur une chemise ouverte — seul signe qu'ils étaient à une soirée, pas à une réunion d'affaires.

— Je n'ai jamais couché avec un mec friqué, avoua-t-elle. C'est comment ?

— Comme avec les autres, sauf qu'ils portent des sous-vêtements de marque. Et qu'ils sont épilés, si c'est ton truc.

Merry plissa le nez. Elle ignorait totalement si c'était son truc, et ça lui était égal. Il n'y avait que Grace pour envisager de se remettre d'une trahison en passant la nuit avec le premier venu. Elle, pour sa part, était plutôt du style à se réfugier sous sa couette pendant une année entière.

Et surtout, seule.

— Regarde, celui-là, reprit Grace, désignant d'un coup de menton un des invités, perché à l'étage supérieur du patio. Il est plutôt canon, tu ne trouves pas ?

Ah oui. C'était indéniable. A condition d'aimer les bellâtres blonds, genre Simon Baker. Il s'était débarrassé de son veston et avait remonté les manches de sa chemise, ce qui ajoutait encore à son sex-appeal, a priori. A priori seulement, car lorsqu'elle vit ses avant-bras, parfaitement épilés et halés, Merry se crispa légèrement. Tout cela manquait singulièrement de puissance et de virilité.

Ce qui n'aurait dû avoir aucune importance, puisque sa période « torse velu » était terminée, apparemment.

Oubliant le beau blond, elle laissa courir son regard sur la foule. Il devait bien y avoir un gros propriétaire terrien, dans les parages. Encore que... non. Riche ou pas, Cristal n'inviterait jamais un bouseux à une de ses petites sauteries. Trop peuple. Trop terre à terre pour elle.

— La voilà, murmura Grace dans un souffle, tandis que Cristal se frayait un chemin dans la foule pour venir les rejoindre.

Merry avala une gorgée de vin sans le savourer, et se prépara pour l'assaut.

Sa cousine allait faire sa BA du jour en montrant un peu de dévotion familiale. C'était toujours un grand moment.

— Merry ! s'exclama-t-elle. Tu es magnifique, ce soir !

— Merci, répondit Merry, passant une main nerveuse sur sa robe.

C'était la couleur qu'elle préférait, dans sa tenue. Bien que terriblement banal, le noir était flatteur et lui avait permis une petite fantaisie, quand elle s'était tournée vers le rayonnage des soldes pour y chercher des chaussures. Peu de coloris se mariaient au magenta, après tout. Et tant pis, si elle n'avait pas souvent l'occasion de s'habiller. Elle porterait peut-être cette tenue le vendredi soir au Crooked R. Il y avait suffisamment de nouvelles têtes chaque semaine pour qu'on ne remarque pas qu'elle portait toujours la même robe.

— Toi aussi, tu es superbe, répondit-elle en offrant un sourire des plus polis à sa cousine.

Cristal lui retourna un sourire faussement modeste. Le compliment avait dû lui apparaître comme une évidence. Quand on portait un petit fourreau gris perle à cinq cents dollars, tout était facile ! Et encore, Merry était sûrement au-dessous de la vérité, dans son estimation.

— Finalement, tu es venue avec Grace, à ce que je vois, dit Cristal, en toisant cette dernière d'un air méprisant.

Grace lui rendit la pareille, avec un plaisir évident.

— On dirait, oui, répondit simplement Merry.

— Et le petit ami que tu avais tant à cœur de me présenter ? Il a disparu ?

— Cela n'a pas marché.

— Ce sont des choses qui arrivent, que veux-tu que je te dise, lui fit remarquer Cristal d'un air supérieur. Les aléas du célibat.

Une manière plus ou moins subtile de rappeler à sa pauvre cousine qu'elle était mariée depuis huit ans, et maman depuis près de cinq.

C'en fut trop pour Merry qui décida de riposter à sa manière.

— Oh ! Tu connais les cow-boys... Un peu rudes et libres comme l'air. Costauds et plus que demandeurs. Et jamais fatigués, si tu veux tout savoir. Il faut avoir la santé, pour tenir une nuit entière avec eux. Alors, ça va, ça vient, et il y en a toujours un autre pour prendre le relais, si je puis m'exprimer ainsi...

Elle entendit Grace glousser derrière elle.

Cristal, elle, avait pris un air pincé qui n'annonçait rien de bon.

— Oublie les cow-boys, ma chérie, conseil d'amie. En fait, vous devriez peut-être songer à vous installer ensemble, Grace et toi. Elle passe son temps dans ton appartement, d'après ce que j'ai pu voir. Elle y laisse des vêtements, et il n'y a qu'un lit...

Merry soupira.

— Tu crois me vexer en disant cela, Cristal ? Tu n'as jamais remarqué à quel point Grace est sexy ? Elle mettrait sans doute du piment dans ma vie, tu sais !

— Je ne te le fais pas dire, ma douce, susurra Grace, ponctuant sa phrase d'un clin d'œil prometteur.

Cette fois, Cristal abandonna toute marque de civilité et jeta à Merry un regard dégoûté.

— Tu tiens encore plus de ta mère que je ne le pensais, ma pauvre fille, laissa-t-elle tomber.

— Qu'est-ce que tu entends par là, au juste, Cristal ?

— Comprend qui peut. A mon avis, tu sais probablement à quoi je fais allusion. Et pendant que l'on en est aux amabilités, je ne t'ai invitée ce soir que parce que maman me l'a expressément demandé. Alors tu pourrais au moins être polie, voire reconnaissante.

— Reconnaissante ? De quoi ? Que veux-tu que ça me fasse, de savoir que tu as si gentiment obéi à ta *maman* ?

— Pour ta gouverne, elle l'a fait par égard pour ta mère à toi. Apparemment, tante Norma l'a appelée pour lui raconter une histoire à faire pleurer dans les chaumières. Selon elle, nous devons être là les uns pour les autres, nous soutenir, parce que nous sommes une famille et que nous n'avons personne d'autre au monde. Eh bien, tu veux que je te dise ? Ce n'est pas vrai. Ni pour moi, ni pour maman. Contrairement à certaines, nous sommes mariées, nous. Et nos maris ont de la famille, ce qui nous fait une belle-famille. Mon frère a des enfants, et de mon côté, j'ai un fils. En clair, tu n'es pas *tout ce qu'il me reste en ce bas monde*, Merry-la-Fainéante. Alors cesse de t'incruster, cela vaudra mieux pour tout le monde.

Merry poussa un petit cri atterré. Qu'est-ce qui lui avait valu cette attaque en bonne et due forme ?

— Tu es folle ou quoi ? parvint-elle cependant à demander. Je ne me suis jamais *incrustée*, comme tu le dis si bien !

— Ah bon ? Et les journées à Disneyland ? Vous n'êtes pas venues avec nous, peut-être ? Et je ne parle pas des week-ends dans notre chalet, près du lac. Ni des étés où tu es *passée nous voir*... pendant près de six semaines. Tu crois vraiment que tout cela était destiné à créer des liens ?

— Absolument, oui ! Nos mères souhaitaient que nous...

— Arrête, Merry, tu me fais pitié, et tu vas te faire du mal. Si vous êtes venues si souvent nous voir, ta mère et toi, c'était pour que tu puisses sortir de ton quartier miteux pendant les vacances. Ta mère n'avait pas les moyens de t'envoyer en colonie, comme tous les enfants de ton âge, c'est aussi bête que ça !

Merry était tellement choquée qu'elle en resta bouche bée. Elle comprenait mieux, à présent, les vexations qu'on lui avait fait subir, au fil des ans. Toute cette mesquinerie, cette cruauté... Elle n'avait jamais été autre chose qu'un objet de pitié, pour ses cousins et sa tante. Une parente pauvre, qui s'incrustait et gâchait le plaisir de ses cousins. Un véritable parasite, somme toute. « Emmène Merry avec toi », avait ordonné sa tante à Cristal à maintes reprises. Cela avait dû être pénible, pour elle, d'être obligée de trimballer une cousine mal fagotée plus jeune qu'elle de trois ans, et particulièrement coincée, de surcroît.

La voix de Grace lui parvint comme dans un rêve.

— Viens, Merry. Fichons le camp d'ici, que je n'aie plus cette garce en face de moi. Sinon, je risque de retourner en prison, si tu vois où je veux en venir.

— *Retourner* en prison ? Parce que tu y as déjà séjourné ? lança Cristal, horrifiée.

— Parfaitement, espèce de nulle. Alors ne t'imagine pas une seule seconde que je ne pourrais pas te faire regretter ton ignominie. Tu es pire que tous les gens que j'ai rencontrés à ce jour. Et pour ta gouverne, je n'hésiterais pas à te frapper devant tes amis. Ça ferait jaser dans les chaumières, et pendant un bon bout de temps, crois-moi. A mon avis, cela entrerait même dans les annales de Jackson Hole, *salope* !

— Sors d'ici tout de suite, ordonna Cristal d'une voix menaçante. Et emmène ta feignasse de gouine avec toi.

Merry jeta un coup d'œil à ce qui restait dans son verre. Puis un second, en direction de Cristal et de sa jolie robe gris perle.

C'était tentant. Elle avait vraiment envie de le lui jeter à la figure, ce verre de rouge...

Toutefois, optant pour la dignité, elle reposa lentement son verre sur une table.

— Tu es... cruelle, déclara-t-elle d'un ton calme.

— Si tu le dis, rétorqua sèchement sa cousine.

— Je le dis, et je le pense, Cristal. Tu es mesquine, horrible et... oui, cruelle. Je n'étais qu'une gamine, à l'époque. Je suis désolée de t'avoir gâché tes vacances et tout le reste.

— Tu ne vas pas recommencer avec ça ! Tu veux peut-être que je m'excuse d'avoir eu une mère plus efficace que la tienne ?

Le moment était venu d'élever la voix. Ce que Merry fit, sans l'once d'une hésitation.

— Pas du tout. Tu n'as rien compris, encore une fois. Simplement, je voudrais que tu saches que cela n'a pas été une partie de plaisir pour moi non plus. C'était effrayant, de passer des semaines d'affilée dans cette baraque immense, en compagnie de gens qui ne m'acceptaient pas pour ce que j'étais. Je me suis souvent sentie seule, quand tu étais avec tes copines et que vous ricaniez dans mon dos. Et je ne parle pas des regards haineux que vous m'avez jetés, par moments. Comme tu étais une gamine, toi aussi, je pourrais te pardonner ton attitude. Tu avais des choses à faire et j'étais en travers de ton chemin. Je t'empêchais de vivre ta vie comme tu l'entendais, si tu préfères. Seulement entretemps, tu as grandi. *Nous* avons grandi. Nous sommes adultes, maintenant, Cristal, tu me l'as assez répété. Nous avons grandi, et tu n'as pas changé. Tu es aussi méchante et aussi égoïste que tu l'étais avant.

Cristal était tellement furieuse qu'elle serra les dents.

— Tu n'étais qu'une...

— Va te faire voir, Cristal. Je préfère ne pas avoir de famille qu'avoir affaire à toi.

A sa grande surprise, sa cousine ne trouva rien à redire à cette dernière déclaration.

Merry en profita pour tourner les talons et gagner la sortie.

La tête haute, bien que son cœur batte à cent à l'heure et que ses jambes ne la portent qu'à peine.

— Bien vu ! s'exclama Grace, derrière elle. Tu lui as rivé son clou. Elle ne l'a pas volé, la garce !

— Je... je ne comprends pas pourquoi elle m'a sorti des horreurs pareilles, balbutia Merry, atterrée.

— Qu'est-ce que ça peut te faire ? Ce n'est qu'un tissu de mensonges, et tu le sais.

— Tu te trompes. Tout ce qu'elle a dit est rigoureusement vrai. Comment ai-je pu me voiler la face à ce point ? Si elle m'en voulait autant, c'est parce qu'à ses yeux et à ceux de son frère, j'étais... la parente pauvre. Un cas social, si tu préfères. Et je le suis toujours !

— N'importe quoi !

— Comment ça, n'importe quoi ? Pas du tout. Je ne fais qu'énoncer une vérité.

Evitant le mur rideau qui menait à l'intérieur du luxueux chalet à l'architecture sophistiquée, elle longea la façade d'un pas ferme.

— Merry...

— Je suis minable, Grace. Reg...

Comme pour lui donner raison, un de ses talons s'enfonça dans la terre meuble, et elle faillit perdre l'équilibre.

— Tiens, tu vois ? Même pas fichue de porter des vraies chaussures de fille sans me ridiculiser. Et s'il n'y avait que ça... Seulement tu oublies que je vis chez toi, que je dors sur un canapé, que j'ai couché avec un type qui a bien voulu s'abaisser à me sauter et qui en a profité pour m'arnaquer. Tu oublies que je continue à voir ma riche cousine qui ne m'invite à ses foutues soirées que par obligation. Et que si j'ai une robe décente à me mettre sur le dos, c'est parce que tu as bien voulu me l'offrir. Enfin, je suis en passe de perdre le seul boulot convenable que j'aie jamais eu, et pour couronner le tout, ma propre mère ne veut plus de moi chez elle !

Grace s'apprêtait à répliquer, et de la manière la plus cinglante qui soit, à en juger par son expression, mais elle fut coupée dans son élan et ouvrit de grands yeux.

— Qu'est-ce que tu as dit ? demanda-t-elle.

— J'ai toujours su que je n'étais pas comme les autres. Que je... je n'arrivais pas à trouver ma voie. Je sais que la vie n'a pas été marrante pour toi non plus, Grace, seulement toi au moins, tu as un don, un véritable talent de maquilleuse. Tu peux te dire que tu es bonne à quelque chose. Moi non. Je suis nulle et archi nulle. En tout. Et malgré tout ça, j'ai longtemps cru que ma mère était fière de moi.

— Elle l'est, qu'est-ce que tu racontes ?

— Tu crois ça, toi ? Eh bien, tu te trompes ! Elle vient de s'acheter un appartement et elle m'a clairement fait comprendre que je n'y serais pas la bienvenue. A moi... Alors que je ne vivais plus avec elle depuis des années ! C'est venu comme ça, de nulle part. Elle m'a appelée un beau matin et elle m'a dit : « Je n'aurai plus assez de place pour te recevoir, ma chérie. » Tu t'imagines ?

Elle essuya les larmes qui lui dégoulinaient sur les joues puis, après s'être débarrassée de ses chaussures, pivota sur elle-même pour s'enfuir en courant. A son grand désarroi, elle se retrouva bientôt devant une autre terrasse surélevée.

— Et merde ! gronda-t-elle, exaspérée. Comment on sort d'ici ?

— Merry ! s'écria Grace, l'attrapant par les épaules et la forçant à se retourner. Merry ! Stop ! Ta mère n'a pas honte de toi ! Elle n'en a pas marre non plus. Tu n'y es pas du tout !

— Elle n'arrête pas de me tanner avec ma cousine. Elle pense sans doute que Cristal va me montrer l'exemple ou me mettre le nez dans mon purin ! Tu devrais l'entendre m'encourager à trouver ma voie, justement. A m'améliorer... Je te dis qu'elle ne veut plus de moi chez elle. Elle essaie de s'assurer que je n'irai pas me réfugier sous son toit la prochaine fois que je serai dans la mouise, rien d'autre !

— Non, Merry. Non ! Ce n'est pas ça. Ta mère a le sens de la famille, c'est tout. C'est pour cela qu'elle tient tant à ce que tu continues à fréquenter tes cousins. Quant à la raison pour laquelle elle te pousse hors du nid, c'est simplement...

Grace s'interrompit brutalement. Si brutalement que Merry, intriguée, tendit l'oreille.

— Quoi ? Simplement quoi ?

— Parce qu'elle est...

— Arrête. Ne va pas m'inventer un truc pas possible pour lui trouver une excuse. Je...

— Je n'invente rien. Il se trouve que... Ecoute, ma belle. Ta mère a rencontré quelqu'un, et... et elle ne sait pas comment te le dire.

Il en avait coûté à Grace de lui confier ce secret. Il suffisait de regarder sa mine déconfite pour le constater. Merry aurait sans doute dû s'inquiéter, se dire qu'il y avait anguille sous roche, pourtant, elle ne parvint qu'à secouer la tête en riant un peu jaune.

— C'est tout ? Tu... tu peux m'expliquer pourquoi elle hésiterait à me le dire ? Tu sais bien que je serais ravie pour elle, voyons !

— Je le sais, oui. Seulement...

— Elle n'est pas exactement du genre à me demander d'aller passer la nuit chez une copine parce qu'elle reçoit un homme, que je sache...

— Euh, Merry... Le hic, c'est... c'est qu'il ne s'agit pas d'un homme, justement.

Pour le coup, Merry oublia sa colère contre sa cousine, le triste constat de sa vie ; elle cligna des yeux, ouvrit la bouche pour parler et la referma aussitôt.

— Qu'est-ce que... qu'est-ce que tu dis ? finit-elle par demander, d'une voix si rauque qu'elle ne la reconnut pas elle-même.

— Je... je vais tout t'expliquer. Norma a appelé, un soir où tu n'étais pas là, et j'ai entendu une voix de femme, derrière elle. Une femme qui venait d'arriver et qui se sentait libre de ses mouvements, de toute évidence. Je n'y aurais sans doute pas fait attention si Norma ne m'avait pas paru aussi gênée, subitement. Alors j'ai réfléchi. A la paire de talons hauts que j'avais remarquée près de son canapé, le matin où nous lui avons parlé sur Skype. Ta mère est comme toi, ou inversement. Elle ne porte pas de talons. Elle m'a même fait la morale, une fois ou deux, sous prétexte que ce n'était pas bon pour mon dos. Je me suis souvenue que ces chaussures-là étaient rouges et particulièrement hautes. Alors... je l'ai rappelée le lendemain. Pour le cas où elle aurait eu envie de parler. Et parce que j'étais curieuse de savoir ce qui se passait, au Texas, je dois bien l'avouer.

— Et ?

— Et je ne m'étais pas trompée. Désolée, Merry. Le plus gros souci de ta mère, en ce moment, c'est de trouver un moyen de t'annoncer la nouvelle elle-même, et je n'aurais sans doute pas vendu la mèche si j'avais eu le choix. Mais, après ce que tu viens de me dire...

Merry recula jusqu'au bas de la terrasse et s'assit sur le premier rebord de pierre qu'elle trouva.

— Je... Pourquoi ne m'a-t-elle rien dit ? murmura-t-elle.

— Je ne sais pas, ma belle. Elle...

— Je ne comprends pas qu'elle ait pu penser un seul instant que je la jugerais ! s'écria Merry, blessée au plus profond de son cœur. C'est une ancienne hippie, non ? Elle m'a appris à aimer tout le monde, à prendre les gens comme ils sont, et... et elle n'a pas osé me dire ça elle-même ?

— Norma est ta mère et, hippie ou non, ce n'est pas toujours facile d'aborder ce genre de sujet avec ses enfants. Ecoute, appelle-la, d'accord ? Dès que l'on sera rentrées, tu prends ton téléphone et tu t'expliques avec elle.

Merry poussa un gémissement plaintif et ne bougea pas.

— Viens, insista Grace. Allons-nous-en. Tu n'as rien d'une ratée, et cet endroit n'est pas bon pour le moral. Ni pour le tien, ni pour le mien. Quant à ta mère, crois-moi, elle t'aime plus que tout au monde. A ses yeux, tu es la perfection faite femme. Alors Cristal peut aller au diable, avec ses remarques à la noix.

— Attends un peu... Tu te souviens de son allusion de tout à l'heure ? « Tu tiens encore plus de ta mère que je ne le pensais. » Elle est au courant, elle aussi !

— Je suppose que sa mère s'est empressée de tout lui raconter. Quelle affreuse, celle-là. Décidément, c'est de famille ! Viens.

Grace la prit par les mains et tira de toutes ses forces pour la forcer à se lever.

— Allez ! Arrête de te lamenter et de t'apitoyer sur ton triste sort, Merry. Cela ne te ressemble pas.

— VDM.

— Quoi ?

— Vie de merde.

— Admettons. Mais ce n'est pas en pleurnichant que tu y changeras quoi que ce soit. Allez, bouge ! Je commence à avoir froid, moi ! Passe-moi tes clés, c'est moi qui conduis.

Merry obéit, et, une fois dans la voiture, se laissa tomber sur le siège passager et ralluma son téléphone.

Quatre messages...

Elle crut que son cœur s'était arrêté de battre. Quatre messages. C'était mauvais signe.

Forcément.

La presse, sans doute, qui essayait de la joindre afin qu'elle confirme de vive voix les détails sordides de son comportement indigne vis-à-vis du trust qui l'employait. Fort heureusement, elle avait plus urgent à faire, dans l'immédiat.

Appeler sa mère. Qui répondit à la première sonnerie.

— Maman ?

— Oh ! Bonsoir, ma chérie !

L'espace d'un instant, Merry ne sut que dire. Peut-être dérangeait-elle sa mère, après tout. Il se pouvait très bien qu'en cet instant précis, elle fasse signe à sa compagne de se taire pour qu'on ne l'entende pas à l'autre bout du fil...

Comment avait-elle pu craindre que sa fille la juge sur ses préférences sexuelles ? Comment avait-elle pu lui cacher une chose aussi importante ?

— Maman ? répéta-t-elle.

— Oui, ma chérie ?

— Maman, Grace vient de m'annoncer que tu sortais avec une femme. Alors j'aimerais savoir si tu as quelque chose à me dire.

— Oh ! Je... je vois.

Un petit silence s'ensuivit, puis Norma éclata en sanglots.

Aussitôt, Merry sentit l'émotion la gagner.

— Ne pleure pas, maman. Je t'aime, tu le sais... Plus que tout au monde, et quoi qu'il arrive... J'aimerais seulement comprendre pourquoi tu ne m'as rien dit.

— Je ne sais pas ! Je... j'avais peur, c'est tout.

— Peur de quoi ?

— Peur de... de te décevoir.

— Parce que tu préfères les femmes aux hommes ? Enfin, maman !

— Ce n'est pas aussi simple que ça, ma chérie. Je... Au début, je n'étais pas sûre de moi. Dieu sait si j'ai été soulagée de voir ton père partir, pourtant... Je ne te l'ai jamais avoué, ça non plus, mais c'est l'entière vérité. J'étais heureuse de me retrouver seule, et cela me paraissait horrible parce que je savais que ce n'était pas bon pour toi. Tu voulais un papa. Je ne t'ai jamais suffi, Merry.

— C'est faux ! Enfin, en partie… Je crois surtout que je voulais être comme tout le monde, tu sais. J'étais encore toute petite !

— Je sais, je sais. Et je n'ai pas su te donner ça, ma chérie. J'ai essayé… J'ai accepté quelques rendez-vous galants, quand tu étais petite. Seulement je n'ai pas pu. Cela ne… cela ne m'intéressait pas. J'en ai déduit que j'étais faite pour vivre seule. Et je me suis très bien accommodée de cette vie. Quant à toi… j'ai fait ce que j'ai pu, là aussi. Pour que tu sois aussi heureuse que possible.

— Tu y es arrivée, maman. Je te le promets !

— Merci, ma grande. Tu m'en vois soulagée. Seulement plus tard, j'ai compris que derrière mon désir de solitude se cachait peut-être autre chose de…

Elle n'acheva pas sa phrase. Et Merry attendit en essuyant les larmes qui s'étaient mises à couler sur ses joues.

— D'un côté, je ne pouvais pas t'apporter ce qui revenait de droit aux autres enfants, reprit sa mère. Une famille. Des frères, des sœurs, un père… Un jardin, tout ça… Et je n'étais pas satisfaite non plus. Et puis quand j'ai découvert ma véritable nature, je n'ai pas voulu te rendre la vie encore plus difficile qu'elle ne l'était déjà. Tu aurais été la cible des gros durs de l'école, des bigots… et je t'avoue que j'ai eu peur pour moi aussi.

— De sorte que tu es restée seule ? C'est… horrible, maman !

— Pas tant que ça. J'ai survécu, et je pensais que mon jour viendrait. Vraiment. Et puis, j'ai fait le bilan, et je me suis rendu compte que le temps avait passé.

— Tu aurais pu profiter de ce que j'étais devenue adulte pour m'expliquer tout ça, non ? Et puisqu'on est au téléphone, toutes les deux, tu pourrais peut-être me dire où tu en es, au juste ! D'après ce que j'ai compris, tu vois quelqu'un, en ce moment. Alors dis-moi. Dis-moi tout. Parce que je veux savoir qui est dans ton cœur en ce moment.

— Merry, ma chérie… C'est… Encore une fois, c'est compliqué.

— Pourquoi ?

Sa mère poussa un long soupir et reprit :

— Tu... tu te souviens de Louisa Tolliver ?
— Oui, c'était... Nooon... Mlle Tolliver ? Sans blague ?
— Sans blague.

Mlle Tolliver avait été son institutrice, au cours préparatoire. Jolie, tout juste sortie de l'université et pleine d'enthousiasme. Merry l'avait tout de suite adorée.

— Mlle Tolliver ? répéta-t-elle, incrédule.
— Nous avons eu... disons un petit coup de cœur l'une pour l'autre, quand tu étais encore son élève. Comme tu peux l'imaginer, cela nous a posé problème. Je m'inquiétais pour toi, et elle pour son poste. Et puis, elle était tellement plus jeune que moi !
— Mlle Tolliver ? répéta Merry pour la troisième fois.

Elle ne s'en remettait pas. Au point qu'elle dut porter une main à sa bouche pour étouffer le rire mi-scandalisé, mi-ravi qui menaçait de s'en échapper.

— Je l'ai croisée par hasard, il y a quelques mois, expliqua sa mère. Elle a quarante-cinq ans, à présent, et elle s'est affirmée, avec le temps. J'entends par là qu'elle assume pleinement son homosexualité. Alors je me suis dit... Enfin j'ai pensé qu'il était peut-être temps pour moi d'en faire autant. Et comme elle était libre, je... je...

Merry aurait volontiers hurlé « Mlle Tolliver ! » une dernière fois, si elle n'avait craint de froisser sa mère. Aussi s'obligea-t-elle à une certaine retenue.

— Tu sors donc avec Mlle Tolliver, dit-elle calmement.
— Oui.
— Wouah !

C'était le clou de la journée. Indéniablement.

— Et... tu ne savais pas comment me le dire ?
— Disons que je me suis enferrée, ma chérie. J'ai laissé traîner trop longtemps. Sans compter que je ne savais pas trop comment tu réagirais au fait qu'il s'agisse justement de Louisa. Tu l'as toujours idolâtrée, cette femme, tu comprends ?
— Si la question est de savoir si j'accepterais que Mlle Tolliver devienne ma deuxième maman, je peux te dire tout de suite que la réponse est « oui » ! J'adorerais ça.

— Nous n'en sommes pas encore là, ma chérie. Nous ne nous fréquentons que depuis quelques mois, tu sais !

— Je pourrai l'appeler « maman », elle aussi ?

Sa mère partit d'un nouveau rire, à mi-chemin entre les larmes et le soulagement.

— Dis-moi, maman, elle est aussi jolie que dans mon souvenir ?

— Plus que ça…

— Ma petite mère… Te voilà bien, avec une petite amie super mignonne et plus jeune que toi !

— Merry ! s'exclama sa mère, d'un ton faussement réprobateur.

Elle poussa un petit soupir et ajouta :

— Je… je te demande pardon, ma chérie.

— Tu es pardonnée. Mais ne me fais plus jamais ça, d'accord ? Tu m'as poussée vers la sortie, et je ne savais pas comment réagir. Je… je me suis vraiment demandé ce qui me valait ce rejet, tu sais !

— Encore une fois, je suis désolée, ma chérie. J'aurais dû tout te dire, bien évidemment. Je… Si tu savais à quel point je suis soulagée ! Cette histoire commençait à me rendre malade. Et plus je gardais ça pour moi, pire c'était. Je t'ai appris à être courageuse et je n'ai même pas été capable de te dévoiler ma vraie nature. Je suis vraiment en dessous de tout !

— Non. Tu étais un peu paumée. Comme tout le monde, en somme.

Merry sourit en entendant sa mère rire, de ce rire cristallin qui avait animé son enfance.

— Et tu es la meilleure des mères. Vraiment ! Je t'aime, ma petite maman. Cela dit, à partir de maintenant, je veux que tu me tiennes au courant de tes affaires de cœur, promis ?

— Je n'y manquerai pas, ma chérie. Je te le jure. C'est fini, les cachotteries. Je t'aime trop pour ça, moi aussi.

— Et amène donc Louisa, quand tu viendras nous rendre visite. Je serais ravie de la revoir.

— Il est encore trop tôt pour ça. Néanmoins… si cela fonctionne vraiment, entre nous, pourquoi pas, après tout ? Cela me ferait plaisir, à moi aussi.

Lorsque la conversation fut terminée, Merry était épuisée.

La journée avait été riche en émotions, c'était le moins qu'on puisse dire ! Tant et si bien qu'elle hésita un instant à ouvrir le message qui se signalait à elle avec une insistance agaçante. Que ce soit urgent ou non, elle ne se sentait pas la force de…

Mue par une impulsion subite, elle appuya sur le bouton. Dès les premiers mots, elle comprit que cette folle journée n'avait été que le prélude de cet instant précis.

— Mon Dieu ! murmura-t-elle, avant de pousser un cri tonitruant. Mon Dieu, Grace !

Son amie pila net et se tourna vers elle, l'air effaré.

— Je n'y crois pas. Il… il a… !

— Qui ? Il a quoi ?

Grace n'obtint pas de réponse. Merry sanglotait trop fort pour pouvoir prononcer un seul mot.

21

Merry se remit à faire les cent pas dans le petit appartement.

— Je ne comprends pas. Il est presque 23 heures. Comment se fait-il que l'on n'arrive pas à le retrouver ?

— Calme-toi. Cole a du réseau, à présent. Il va réussir à joindre Shane, O.K. ? Et arrête de tourner en rond comme ça, tu me donnes le vertige.

— Il faut que je bouge, sans quoi je n'arrive pas à réfléchir ! Pourquoi a-t-il fait une chose pareille, à ton avis ?

Grace fronça les sourcils. Elle paraissait complètement décontenancée, elle aussi.

— Je n'en sais rien.

— Il faut que je lui parle. Que je lui demande s'il...

Elle fut interrompue par la sonnerie de son portable.

— Oui ? répondit-elle immédiatement.

— Merry ! lança joyeusement Levi. Comment va la sauveuse de Providence ?

— Levi...

Elle avait légèrement flanché, en entendant sa voix. Il avait toujours été bienveillant avec elle. Plus encore, il semblait l'apprécier. Bref, il lui rappelait le père qu'elle n'avait pas eu, et elle sentit des larmes lui monter aux yeux. Il semblait tellement heureux !

— Mademoiselle Kade, je peux vous dire que vous avez remporté une belle victoire. Je suis... abasourdi. Tout comme les autres membres du trust, d'ailleurs.

— En toute honnêteté, je ne suis pas très sûre de savoir ce qui se passe, avoua-t-elle.

— Vous n'avez pas eu Jeannine au téléphone ? Elle m'a pourtant affirmé qu'elle vous avait appelée !

— J'ai eu son message, oui. Et je ne comprends toujours pas. Il a retiré sa plainte ? Comme ça ?

— Non seulement il l'a retirée, mais il a précisé que vous étiez la raison de son désistement. Selon lui... Attendez une seconde, que je retrouve le papier sur lequel j'ai noté tout ça. Voilà ! Je vous lis. « L'amour que porte Mlle Kade à cette ville fantôme et l'énergie qu'elle met à atteindre les objectifs du Trust pour la Rénovation de Providence m'ont finalement convaincu du bien-fondé de cette entreprise. Son projet est tout à fait viable et doit aboutir. Le regard qu'elle porte sur cette ville, allié à son professionnalisme hors pair et à sa détermination infaillible seront d'une valeur inestimable, pour l'ouverture de Providence au public. » Voilà exactement ce qu'il a fait consigner par son avocat.

Son professionnalisme...

Merry sentit les larmes couler sur ses joues. Elle dut toussoter à plusieurs reprises pour se débarrasser du nœud qui lui obstruait la gorge.

Levi s'éclaircit la voix, lui aussi.

— Inutile de vous dire que votre poste est permanent, dorénavant, lui assura-t-il. Pour rien au monde nous ne nous séparerions de vous !

L'espace de quelques secondes, Merry éprouva une telle fierté qu'elle en oublia de respirer. Elle y était arrivée ! Elle avait trouvé sa voie et elle était parvenue à ses fins.

Sa joie fut de courte durée, néanmoins. Presque aussitôt, elle fut submergée par la peur et les remords. Elle ne méritait ni ces louanges ni ce poste. Parce qu'elle n'avait pas joué franc-jeu.

— Monsieur Cannon... je... je ne pense pas pouvoir prétendre à ce poste. J'ignore ce que j'ai pu faire ou dire pour que Shane...

Le souvenir de ce qu'elle avait fait avec Shane lui revint à l'esprit en un éclair. Elle le repoussa aussitôt. Elle n'avait rien d'une femme fatale, pour laquelle un homme renoncerait à la modique somme de deux millions de dollars.

— Monsieur Cannon, j'ai un aveu à vous faire, et c'est important. Voilà. C'est moi qui ai déraciné la boîte aux lettres de Kristen. Ou plus exactement, je suis rentrée dedans avec ma voiture, et elle est tombée. Croyez bien que j'en suis navrée. Et puis il y a ce panneau. Cet ignoble panneau ! Je voulais provoquer une réunion d'urgence, rien d'autre. Je... je suis désolée, monsieur Cannon. J'ai terriblement honte et...

S'apercevant que Levi riait, elle s'interrompit.

— Ce n'est pas vrai ! s'exclama Levi, toujours aussi hilare.

— Monsieur Cannon ?

— Quand je pense à ces vieilles pies en train de se tordre les mains et de se creuser la cervelle pour trouver le coupable. Alors comme ça, c'était *vous* ?

— Je ne sais pas comment m'excuser, monsieur Cannon. Quand j'ai fait tomber cette boîte aux lettres, je venais de comprendre que vous ne m'aviez pas embauchée pour mes talents de conservatrice. J'étais bouleversée et cela ne vous a pas échappé. Alors j'ai pensé que si j'avouais que j'avais fait tomber cette boîte aux lettres, vous me renverriez sur-le-champ. Du coup, je l'ai ramassée et j'ai essayé de la remettre en place. Je pensais qu'elle tiendrait et... Je suis impardonnable, monsieur Cannon. D'autant que je ne me suis pas arrêtée là.

— Ecoutez, mon petit. Si vous étiez ma fille, je vous obligerais à aller vous excuser et à payer les réparations. Seulement vous n'êtes pas ma fille. Alors je me sens tout à fait libre de rire à gorge déployée.

— Si vous voulez ma démission, je le comprendrai. D'autant plus facilement qu'il y a autre chose, j'en ai bien peur.

— Encore autre chose ?

— Oui. Je... j'ai embauché... par accident, je veux dire... j'ai embauché Shane Harcourt pour rénover le saloon. Je ne savais pas à qui j'avais affaire, vous comprenez ? Pour moi, il ne s'appelait pas Bishop et...

Sa voix se coinça dans sa gorge.

— Là, j'ai vraiment passé les limites, vous me l'accorderez, conclut-elle lorsqu'elle eut retrouvé l'usage de la parole.

Un long silence suivit sa déclaration.

— Mon petit, ce que vous avez fait était la meilleure chose

qui puisse arriver à Providence. Si Shane Bishop a d'abord eu l'intention de profiter de votre innocence, il a changé d'avis. En d'autres termes, vous l'avez battu sur son propre terrain. Vous êtes... impressionnante, ma chère !

— Vous ne voulez pas de ma démission ? demanda Merry, de plus en plus décontenancée.

— Vos méthodes ne sont pas très orthodoxes, j'en conviens. Toutefois, la fin justifie les moyens, comme on dit. Et comme il est hors de question que vous nous quittiez, j'espère que vous aimez travailler dans la poussière, voilà tout ce que j'ai à dire.

— Merci, murmura-t-elle, émue aux larmes. J'adore ça. La poussière, les vieilles maisons, cette ville... Vous ne pouvez pas savoir à quel point. Euh, pendant que je vous tiens, vous n'avez pas vu Shane, par hasard ?

— Non. Et j'ai hâte de le rencontrer pour lui serrer la main, à ce garçon. Son grand-père était un homme particulièrement intransigeant, et j'étais sûr que Shane était comme lui. Apparemment, je me suis trompé. Cet homme a un cœur, finalement.

C'était vrai. Elle le savait. Elle l'avait tout de suite senti. Après ce qui s'était passé, bien sûr, elle s'était mise à douter. A présent... Oui. Si Shane avait un cœur, un grand cœur, et s'il avait vraiment changé d'avis sur son héritage, il se pouvait qu'il ait été sincère à un autre niveau aussi...

Il fallait qu'elle le retrouve.

Qu'elle lui parle.

De toute urgence.

— Des nouvelles de Cole ? demanda-t-elle après avoir pris congé de Levi Cannon.

— Pas encore, non.

— Le trust a décidé de me garder.

— J'avais compris, répondit Grace en souriant. Dois-je en conclure que je t'ai acheté une superbe robe et que j'ai incendié ta cousine pour des prunes ?

— Désolée. Je te rembourserai.

Grace s'approcha d'elle pour la prendre dans ses bras.

— N'importe quoi !

Pour une fois, ce fut Merry qui se dégagea la première. Elle était trop agitée pour tenir en place.

Pour la énième fois de la soirée, elle traversa le corridor pour aller frapper à la porte de Shane. Il avait pu rentrer sans que Grace ou elle s'en rendent compte, non ?

Non. Elle alla jusqu'à tourner la poignée, plus par désespoir que dans l'intention d'entrer chez lui, mais la porte était verrouillée.

Entendant le portable de Grace sonner, elle retourna en toute hâte à l'appartement.

— Du nouveau ? Dis-moi vite !

Grace secoua la tête, murmura quelques mots et raccrocha.

— Shane ne répond toujours pas. Ni au téléphone ni aux messages que Cole lui a envoyés.

— Bon sang !

Elle n'aurait su dire pourquoi elle était si pressée de le voir, subitement. Il avait pris une décision, et une explication ne changerait rien à l'affaire. D'autant qu'elle ne savait pas bien ce qu'elle souhaitait entendre.

N'empêche qu'elle se sentirait mieux quand elle comprendrait ce qui l'avait poussé à agir ainsi.

Elle leva brusquement la tête vers la fenêtre.

— La lettre.

— Quelle lettre ?

— Il m'a écrit une lettre, ce matin. Je ne l'ai pas ouverte. J'étais tellement furieuse que je l'ai jetée sur le tapis de sol de ma voiture.

— Tu as bien fait ! s'exclama Grace, avant de grimacer. Euh... Pardon. Je suppose que ton Shane est moins nul que je ne le pensais. Tu devrais peut-être aller la récupérer et la lire, cette lettre, non ?

Le conseil était parfaitement inutile. Merry courait déjà vers sa voiture. Si elle avait eu suffisamment de lumière, elle aurait ouvert l'enveloppe sur place. Mais il faisait trop sombre pour cela, et elle regagna l'appartement.

— Alors ? s'enquit Grace.

Au lieu de répondre, Merry se laissa tomber sur le canapé, sans quitter la lettre des yeux. Cela commençait par des excuses. Suivait l'histoire d'un père parti sans laisser d'adresse, puis d'un grand-père qui n'avait jamais rien fait d'autre, pour Shane et son frère, que les harceler. Qui avait exigé de lui qu'il reprenne son nom de naissance. Et qui lui avait fait subir l'injure suprême de lui léguer ses terres sans lui donner les moyens de les entretenir.

Gideon Bishop avait fondé le Trust pour la Rénovation de Providence par dépit, c'était un fait établi. Et Merry comprenait parfaitement la réaction de Shane. Cet argent aurait dû lui revenir. Elle le lui aurait donné, si elle l'avait pu.

En fait, cette lettre rendait son renoncement encore plus choquant. Shane avait toutes les raisons de vouloir cet argent. Alors pourquoi avait-il changé d'avis ?

Ça, il ne le lui disait pas.

Il n'y avait pas grand-chose, dans ces quelques lignes, en fin de compte. Des excuses, un semblant d'explication sur ce qui l'avait poussé à saisir la justice, et la promesse qu'il garderait pour lui ce que Merry lui avait avoué.

Je ne te connaissais pas, quand j'ai pris la perche que tu me tendais si gentiment, sans t'avouer ma véritable identité. Tu n'étais rien pour moi, à ce moment-là. J'ai terriblement mal agi et je n'ai aucune excuse. Tout ce que je peux te dire, c'est que je n'avais pas l'intention de détruire la beauté qu'il y a en toi. Je regrette simplement de ne pouvoir revenir en arrière.

Non... Il avait renoncé à ces deux millions de dollars à cause d'elle ? C'était... terrible !

Elle ne pouvait pas le laisser faire.

Même pour la sauvegarde de Providence.

Elle tendit la lettre à Grace et se remémora la conversation qu'ils avaient eue, ce matin. Shane ne lui avait pas parlé de sa décision. Cela dit, elle ne lui avait pas donné le temps de dire grand-chose non plus...

— Cole t'a parlé de la famille de Shane ? demanda-t-elle. De son père qui l'a abandonné, apparemment, ou même de son grand-père ?

— Non. Jamais.

Merry se leva pour aller scruter le ciel, à travers la vitre. Elle se sentait complètement démunie. Elle ne pouvait ni en vouloir à Shane, ni éprouver le moindre soulagement. Ne lui restaient que sa confusion, ses déchirements et ses tourments. Elle avait obtenu tout ce qu'elle voulait, ce soir. Sa mère s'était ouverte à elle. Elle allait conserver le travail qu'elle aimait tant. Elle avait même eu le plaisir de dire ses quatre vérités à Cristal !

Pourtant, tout cela lui paraissait presque dérisoire, subitement. L'avenir était tellement incertain !

Parce que Shane avait fait davantage que renoncer à un héritage conséquent. Il avait tourné le dos à autre chose, de bien plus crucial.

Et elle voulait savoir pourquoi.

Malheureusement, le téléphone resta muet, et Shane ne rentra pas de la nuit.

22

Merry n'avait pas dormi, et ce n'était pas faute d'avoir essayé. Elle avait déplié le canapé et s'était allongée en se forçant à fermer les yeux.

A 5 heures du matin, abandonnant la partie, elle avait pris une longue douche au terme de laquelle elle n'avait plus vu qu'une solution : s'introduire dans l'appartement de Shane, chercher le numéro de téléphone de sa mère, et se lancer à sa recherche.

Alors même qu'elle n'était pas certaine qu'il ait envie de la voir.

Malheureusement, c'était ça ou patienter encore.

— Et puis zut ! grommela-t-elle en attrapant une serviette d'un geste sec.

Elle n'en pouvait plus, de patienter, de rester là à ne rien faire. En même temps, elle voyait mal comment forcer la serrure de l'appartement voisin. Cela dit...

Elle tourna la tête vers la chambre à coucher. Grace. Elle saurait certainement comment faire, elle !

Après avoir réfléchi à la question, elle secoua la tête. Il y avait peu de chances pour que Shane ait consigné ses projets sur un petit mot, dans l'espoir qu'elle se mette en tête d'aller le retrouver.

Incapable de rester en place, elle décida d'aller faire un tour en voiture.

Il fallait qu'elle sorte. Tout était confus, en elle. Trop de trahisons, de désillusions et de rachats obscurs, semblait-il. Si elle restait au Haras, elle allait devenir folle.

Le plus dur était l'espoir qui continuait à l'habiter et qui prenait le pas sur tout le reste. Parce que en plus de prier pour qu'il ne soit rien arrivé de grave à Shane, plus insidieusement, elle rêvait d'un happy end. C'était plus fort qu'elle. Elle devait donc retrouver Shane et couper ses attentes à la racine. Pour les laisser reposer un peu. Ou pour les faire croître.

Essayant vainement de passer outre ces pensées parfaitement ridicules, elle s'arrêta pour s'acheter un café, et sortit de la ville.

Ce fut le plus naturellement du monde qu'elle prit la route de Providence. Pourquoi pas, après tout ? Peut-être sa ville fantôme lui apporterait-elle la paix qui lui faisait tant défaut, en cet instant. Peut-être aussi y trouverait-elle un indice sur la raison qui avait amené Shane à ce brusque revirement. Au pire, elle pourrait toujours en profiter pour reprendre possession de son bureau de fortune et s'acquitter des tâches qu'elle avait négligées, ces deux derniers jours.

Elle se concentra sur sa respiration, tenta de se détendre. La conduite l'y aida un peu, d'ailleurs. Le soleil se levait sur les montagnes, donnant au ciel une couleur bleu argent, belle à couper le souffle. Les neiges éternelles brillaient de mille feux, sur les pics des Tetons, et soudain, Merry eut les larmes aux yeux. Ce n'était plus une vue de l'esprit. Elle était chez elle, ici, dorénavant. Elle ne serait pas obligée de quitter la région et de reprendre sa vie d'errance.

Elle avait trouvé son point d'ancrage.

Elle passa en revue les innombrables possibilités qui s'offraient à elle. Tant et si bien que le temps qu'elle s'engage sur le chemin de terre, elle était complètement portée par l'excitation. Fini, le travail décousu, les efforts plus ou moins voués à l'échec ! Une fois que les fonds seraient disponibles, elle engagerait un expert en restauration pour s'assurer qu'elle était sur la bonne voie. Le saloon terminé, elle s'occuperait de l'église et commencerait à rédiger le contenu des panneaux. Il y avait aussi les documents historiques à classer, ce qui pouvait attendre l'hiver. De toute manière, les travaux seraient interrompus, à cette période. Ne serait-ce que parce que la route ne serait pas praticable. Ah, ils en avaient eu, du courage, les fondateurs de Providence... Leur petite ville avait été complètement isolée du reste du monde pendant des mois d'affilée !

Elle était tellement absorbée par ses pensées qu'elle ne remarqua pas tout de suite le véhicule blanc.

Intriguée, elle leva le pied de l'accélérateur. A qui pouvait appartenir cet énorme SUV, garé au pied des arbres ? A un des membres du trust ? Il était un peu tôt, non ? Alors ? Devait-elle s'inquiéter pour sa sécurité ?

Elle en était à ce point de sa réflexion lorsqu'elle vit le logo sur la carrosserie du véhicule. Puis le gyrophare...

C'était une voiture de police.

— Oh non..., gémit-elle, inquiète avant même d'avoir aperçu le pick-up de Shane, à son emplacement habituel.

Elle se gara en plein milieu de la rue et sortit en trombe.

Voyant la portière du pick-up s'ouvrir, elle fonça.

— Shane !

Son soulagement fut de courte durée. Shane était épuisé, c'était évident. Il la dévisagea avec une lassitude mêlée de tristesse, et passa une main sur son menton râpeux.

— Salut, dit-il d'un ton morne.

— Qu'est-ce que tu fais là ? Que se passe-t-il ? Je viens de voir une voiture de police et... et je ne comprends pas pourquoi tu as renoncé à...

Il l'interrompit d'un geste de la main.

— J'ai retrouvé mon père, dit-il calmement.

— Quoi ?

— Je suis monté jusqu'ici pour réfléchir et pour... pour aller examiner de plus près quelque chose qui m'avait intrigué, le jour où je t'ai emmenée à la cabane.

— Je ne comprends rien à ce que tu me racontes, Shane. Quel rapport avec ton père ?

— Le jour où il a disparu, il a acheté une caravane. Il était avec sa maîtresse, alors tout le monde a pensé qu'ils s'étaient fait la belle, tous les deux. Maintenant, je me demande... En fait, je suis presque sûr qu'il voulait monter la caravane jusqu'à la cabane.

Merry secoua lentement la tête. Elle était de plus en plus perdue.

— J'ai retrouvé son pick-up et la caravane, en contrebas de la route que nous avons prise l'autre jour, reprit-il. Soit elle a cédé sous son poids, soit il n'a pas eu le temps de braquer, on ne le saura jamais. L'essentiel, c'est qu'il est là, au fond de ce trou, depuis plus de vingt ans. Il ne nous a pas quittés, Merry. Il n'a pas abandonné sa famille.

Bien qu'elle ne sache de cette affaire que ce que Shane lui avait écrit dans sa lettre, il suffisait de le regarder pour comprendre l'étendue de son désarroi. Au chagrin, bien naturel, se mêlaient le souvenir de toutes ces années de souffrance et certainement une multitude de regrets.

— Je... je suis désolée pour toi, Shane. Sincèrement navrée.

Elle tendit timidement la main vers lui et la posa sur son bras.

— Tu as passé la nuit ici ? Est-ce que le shérif...

Incapable de formuler sa pensée, elle laissa sa phrase en suspens.

Shane secoua la tête, les yeux rivés sur sa main.

— Ils n'ont pas pu faire grand-chose, cette nuit, mis à part baliser le lieu de l'accident, répondit-il. Ils ont trouvé quelques ossements humains, pas grand-chose. Pour le reste... il faisait trop sombre pour qu'ils se lancent dans des recherches plus approfondies. Ils m'ont conseillé de rentrer chez moi et de revenir ce matin, mais je... je n'ai pas pu. Je n'ai pas pu partir. Dans mon esprit... Je sais, c'est complètement idiot, après tout ce temps, seulement je ne voulais pas le laisser seul.

— Cela n'a rien d'idiot, Shane ! Absolument rien ! Tu aurais dû m'appeler. Je serais venue te soutenir !

Shane eut un sourire amer.

— Je ne sais pas pourquoi j'ai pensé que ce n'était pas le moment, dit-il d'un ton railleur.

— Shane Harcourt ! s'exclama-t-elle, lui donnant un coup de poing suffisamment fort pour le faire reculer d'un pas. Tu as raison, finalement. Tu es vraiment le dernier des crétins, quand tu t'y mets.

— Je sais.

— Pardon. Je n'aurais pas dû crier, dit-elle, prise de remords.

— Pourquoi ? Tu en as parfaitement le droit, au contraire !

— Non. Si ce n'est que je t'ai attendu toute la soirée, que je t'ai cherché partout, et que... je ne comprends rien à rien, Shane. Qu'est-ce qui t'a pris ? Pourquoi as-tu renoncé à ton héritage ?

Il la dévisagea un long moment sans répondre. A chaque seconde qui passait, son regard paraissait un peu plus triste.

— J'ai fait ce que je devais faire, Merry. Ce que j'aurais dû faire depuis le départ. Pardon d'avoir réagi si tardivement.

— Non, Shane. Ce sont tes terres. Elles proviennent de ta famille. J'ai lu ta lettre, en fin de compte, et cela m'a permis de comprendre un certain nombre de choses. Providence ne doit pas revivre pour les mauvaises raisons. Surtout pas parce qu'un vieux despote a décidé de donner une leçon à son entêté de petit-fils. Cette ville ne doit pas devenir une arme contre toi, à titre posthume, qui plus est. Gideon Bishop t'a causé des torts immenses, et je ne veux pas me faire sa complice par ricochet.

— Tu ne l'es pas, Merry, bien au contraire. Je me suis rongé les sangs, ces douze derniers mois. J'ai ressassé ma hargne, encore plus qu'avant, si c'est possible. Le départ de mon père nous a anéantis, ma famille et moi. Mon frère s'est immédiatement révolté et il est resté rebelle. Moi… je me suis laissé submerger par les délires de ma mère. Elle n'a jamais cessé de le chercher. Elle a vécu dans le déni complet. Elle s'est accrochée à l'idée qu'il n'était pas si loin que ça, qu'il reviendrait un jour… Elle me l'a tellement répété que j'y ai cru longtemps, moi aussi. Et quand je me suis réveillé, quand j'ai enfin accepté l'idée qu'il nous avait abandonnés, j'ai réagi encore plus violemment que mon frère.

— C'est normal, Shane. Tu avais d'excellentes raisons d'être en colère.

— Apparemment, non, murmura-t-il, levant les yeux vers les collines, au-dessus d'eux.

— C'est quand tu as trouvé…

Elle hésita un instant. Décidément, le sujet était épineux. Comment parler à un fils de son père mort depuis des années ? En même temps, elle était tellement soulagée à l'idée qu'elle n'était pour rien dans la décision de Shane qu'elle voulait confirmation.

— C'est quand tu l'as retrouvé que tu as décidé de renoncer à ton héritage ?

— Non, Merry, répondit-il, à son grand désarroi. J'ai fait ça pour toi.

— Pour *moi* ? Je...

Il la fit taire en lui prenant la main pour l'attirer à lui.

— Merry, tu m'as montré à quoi pourrait ressembler ma vie, si j'acceptais de lâcher prise. D'oublier mes rancœurs, d'accepter le passé et d'essayer d'être heureux.

— Je... je ne te suis pas très bien, là, avoua la jeune femme, désemparée.

— Tout n'a pas toujours été rose pour toi non plus, d'après ce que tu m'as expliqué. Et tu n'en veux pas au monde entier pour autant, que je sache.

— Je n'en jurerais pas, murmura-t-elle, songeant à la manière dont elle s'en était prise à Cristal, et aux phrases lapidaires avec lesquelles elle avait congédié Shane, pas plus tard que la veille.

— Je sais que tu es capable de te mettre en colère, dit-il, un sourire amusé aux lèvres. Tu es une femme, pas une sainte. Seulement tu vois la beauté des choses, Merry. Et tu vois comment on peut les améliorer. Chaque jour. Tu le vois dans ce ramassis de vieilles baraques croulantes et dans les toiles d'araignées. Tu l'as même vu en moi. Moi, je n'ai vu dans cette idée de restaurer Providence qu'un défi. Une occasion de récupérer ce qui m'avait été enlevé. Comme si cela pouvait changer quoi que ce soit au fond du problème.

— Tu oublies l'argent, Shane. Il t'appartient. Il te revient de droit, tu l'as dit toi-même.

— Pourquoi ? Parce que j'ai la chance de descendre d'une famille plus fortunée que les autres ? Je n'ai pas adressé la parole à mon grand-père pendant plus de dix ans. Je suis allé jusqu'à renier son nom. Je ne voulais rien de lui, et tout d'un coup, comme ça, j'ai revendiqué son héritage. Dans son intégralité. Les terres *et* l'argent. C'est un comportement d'enfant gâté, ça, non ? D'un égoïsme rare, tu ne peux pas prétendre le contraire !

— C'est *lui* qui était égoïste !

— Parce que tu crois que j'ai fait mieux ? Allons, Merry. Il n'y a qu'à voir la manière dont je me suis comporté avec toi...

Il était difficile de le contredire sur ce point, en effet. Shane l'avait utilisée et trahie. Quels que soient ses problèmes actuels, et bien qu'il ait fait tout son possible pour réparer, elle ne pouvait pas nier l'évidence.

Il baissa les yeux, lui prit la main et, du bout du pouce, traça le chemin de sa ligne de vie.

— Encore une fois, je te demande pardon, Merry. Tu m'as rendu la vie plus… acceptable. Plus douce. Tu m'as montré ce que j'avais toujours refusé de voir. Et au lieu de te remercier, je t'ai trahie. Je t'ai fait du mal.

— Pas que du mal, dit-elle dans un souffle.

— Tout ce qu'il y aurait pu avoir entre nous… je l'ai gâché, par un simple mensonge.

Elle referma ses doigts sur les siens.

— Là, oui. Je te l'accorde. Mais tu t'es racheté, Shane. En faisant un geste… d'une valeur inestimable. Alors je ne sais pas ce que tu en penses, mais il me semble que nous pourrions trouver un moyen de rester, ou de redevenir amis.

— Amis.

Malgré la triste résonance qu'avait pris le mot, Merry hocha lentement la tête.

— Je ne veux pas que tu sois seul en ce moment, Shane. Ce n'est pas bon.

Il commença par acquiescer, puis son front se barra d'un pli soucieux.

— En fait, non, je ne veux pas que nous soyons amis, décréta-t-il.

— Ah, murmura-t-elle, un peu piteuse.

Evidemment. Elle aurait dû s'en douter. Ce n'était sûrement pas de bon cœur qu'il avait renoncé à cette fortune. Et cela ne l'obligeait en rien à accepter son amitié.

Elle tenta de retirer sa main, mais au lieu de relâcher son emprise, il la resserra.

— J'ai passé ma vie à me dire que je ne serais jamais doué pour ça, reprit-il. Que dans ma famille, les hommes n'étaient que des dragueurs invétérés, des champions de l'esquive sur lesquels on ne pouvait pas compter. Je le pensais encore hier soir, pour tout t'avouer, sur le chemin qui m'amenait à Providence. Seulement j'ai eu le temps de réfléchir, pendant la nuit. Et je me suis aperçu que je n'étais pas obligé d'être comme eux. Ce n'est pas une fatalité et je ne peux en aucun cas me réfugier derrière ça, au simple prétexte que l'amour me fait peur.

Merry sentit son cœur battre un peu plus fort.

— *L'amour* ? répéta-t-elle d'une voix rauque.

— Oui. Je sais. Il n'a jamais été question de ça entre nous. Et puis, je doute que tu me fasses encore confiance. Mais ce n'est pas grave. Du moins, cela ne m'empêchera pas d'aimer la belle personne que tu es, Merry Kade. Cela ne m'empêchera pas d'aimer ton sourire, ton rire de gorge et les blagues vaseuses avec lesquelles tu essaies de sauver une situation, quand tu ne sais plus où te mettre.

— Je...

— Ni le fait que tu n'arrêtes pas de parler de cette foutue ville dont tu devrais te fiche éperdument. Et encore moins ce mélange de timidité et de hardiesse incroyable, qui me donne envie de te sauter dessus au lieu d'y aller lentement, comme je le voudrais.

Elle sentit son cœur s'emballer, ses joues s'embraser. Elle n'en croyait pas ses oreilles. C'était plus facile ainsi, d'ailleurs, car tout cela lui faisait terriblement peur, à elle aussi.

— Shane... je... je ne sais pas. Je te connais à peine et... Et disons qu'après ce que tu m'as fait... J'en ai vraiment souffert, tu sais. Que se passera-t-il, si je n'arrive pas à oublier ?

— Tu as raison sur toute la ligne, Merry. Nous ne nous connaissons pas beaucoup, et j'ai menti. Je t'ai menti à toi, et je me suis menti à moi-même. Je ne te demande pas de m'aimer. En fait, je ne suis même pas en train de te dire que nous devrions former un couple, nous lancer dans une relation stable. Je voudrais simplement que tu me pardonnes, Merry. Pas tout de suite, bien sûr, mais un jour pas trop lointain. Et si tu y parviens, j'aimerais que tu me donnes ma chance. Une toute petite chance d'essayer. Tu me plais, Merry. J'aime ce que je vois en toi, et je crois sincèrement que cela peut nous mener beaucoup plus loin. Alors je voudrais savoir, et tout de suite, si tu accepterais de réfléchir à la question. Pour savoir si tu envisagerais une seule seconde de... d'être ma compagne, un jour.

La question n'étant pas anodine, Merry ne pouvait y répondre à la légère. Aussi se força-t-elle à garder le silence. Parce qu'elle s'interrogeait, une fois de plus. Serait-elle capable de pardonner à Shane ? De lui accorder sa confiance ? Etait-elle en mesure de donner une chance à cet amour naissant ?

Shane l'avait blessée au plus profond d'elle. Il l'avait dupée, avait trahi la confiance qu'elle avait en lui. Il l'avait mise dans une position impossible. Et surtout, surtout, il avait tenté de lui retirer Providence. Cette petite ville abandonnée qui avait pris une importance capitale à ses yeux.

D'un autre côté, pouvait-elle lui en tenir rigueur à vie, après ce qu'il venait de faire pour elle, vu la fortune à laquelle il avait renoncé ?

Lui aussi avait souffert, après tout. Terriblement et pour de multiples raisons.

Aussi, et malgré les doutes qui subsistaient, eut-elle la conviction profonde que oui, cela valait la peine d'essayer.

Elle ouvrait la bouche pour répondre lorsqu'un nouveau véhicule surgit dans la rue principale. Nate Hendricks émergea du siège du passager. Le chauffeur salua brièvement le couple.

— Shane ? Le shérif veut que nous prenions nos quartiers un peu plus haut, sur la route. Nous allons couper par la crique.

— O.K., répondit Shane.

— Le médecin légiste sera là d'ici moins d'une heure.

Le véhicule poursuivit sa route. Tandis qu'ils le regardaient s'éloigner, Merry prit la main de Shane et la serra entre ses doigts.

— Je reste avec toi, murmura-t-elle.

Il baissa les yeux vers leurs doigts enlacés, puis releva la tête pour la dévisager d'un air interrogateur.

— Tu mérites que je te donne ta chance, Shane. Nous le méritons tous les deux.

Il fit mine de s'avancer vers elle. De quelques centimètres, pas plus. Son regard se posa sur sa bouche et, l'espace d'un instant, elle crut qu'il allait l'embrasser. Toutefois, il s'arrêta net, toussota nerveusement et lui serra doucement la main entre ses doigts calleux.

— Merci, Merry.

— Tout le plaisir est pour moi...

Puis, en souriant, elle s'approcha et déposa un long baiser sur ses lèvres.

— Ça, c'était pour Providence, murmura-t-elle.

— Ah bon ? Alors comme ça, je t'offre une ville fantôme et je gagne un baiser ? Tu es dure en affaires, dis donc !
— Oui. Et je te conseille de ne pas perdre ce détail de vue.
— Promis. D'autant que ça me paraît bien payé, finalement. Je recommencerais sans hésiter, si je le pouvais.
— Que veux-tu que je fasse de deux villes fantômes ?
— On ne sait jamais, avec toi…

Il hésita un instant, puis la prit dans ses bras.

— Oh ! Et puis tant pis. Tu es la plus bizarre et la plus belle des femmes que je connaisse. Alors…

Il se pencha pour l'embrasser. Et tous les mensonges qui les avaient séparés disparurent d'un seul coup.

Car Merry avait menti, elle aussi. Shane valait beaucoup plus qu'une simple chance.

Il valait tous les sentiments qui la submergeaient en cet instant, aussi terrifiants soient-ils.

Il valait tout ce qu'elle avait peur de donner.

Pourtant, elle le lui donnerait.

Ça et plus encore.

Epilogue

Shane s'appuya sur un des piliers du porche du vieux saloon pour regarder ce dragueur de Walker entraîner sa cavalière dans une danse effrénée, au beau milieu de la rue principale de Providence.

Le son du violon montait au-dessus des maisons, et de minuscules ampoules blanches oscillaient sous la brise.

Et il n'y avait pas eu autant de monde dans la vieille ville depuis plus d'un siècle.

Les membres du Trust pour la Rénovation de Providence s'étaient regroupés dans un coin pour accueillir les notables qui avaient fait le déplacement. La soirée était ouverte à tous les membres importants de la communauté. Le saloon était presque entièrement restauré, l'église était en travaux. Dans l'ensemble, les choses avançaient à grands pas. Heureusement, car on était déjà à la mi-septembre et bientôt, il faudrait interrompre le chantier. Et si Merry s'en inquiétait déjà, Shane, de son côté, ne pouvait que s'en réjouir. Enfin, elle allait avoir un peu de temps à lui consacrer ! Elle travaillait d'arrache-pied, parfois douze heures par jour, et il se sentait un peu seul.

Il sourit. Cette fête était une véritable reconnaissance du travail de Merry. Il ne lui en voulait même pas du sourire radieux dont elle gratifiait Walker en dansant. Quoi qu'il arrive, c'était avec lui qu'elle rentrerait, ce soir, alors pourquoi s'inquiéter ? Walker pouvait parader autant qu'il le voulait, après tout.

— Eh, cow-boy ! lança Rayleen, s'avançant vers lui, une

canette à la main. Si ta Marinette te néglige, je suis là, moi. Et j'ai plus d'un tour dans mon sac, tu sais !

Il trinqua avec elle, un large sourire aux lèvres.

— Ah oui ?
— Oui.

Elle avala une gorgée de bière, puis le jaugea de la tête aux pieds.

— Tu as déjà entendu parler d'une bonne pipe ?

Shane faillit s'étouffer, et parvint à grand-peine à avaler la moitié de sa gorgée. L'autre le fit tousser comme un damné, et il manqua de peu d'éclabousser les robes de Jeannine et Kristen Bishop.

— Bon Dieu ! grommela Rayleen, lui tapant dans le dos. Faut sortir, le dimanche, mon gars ! Remets-toi !

Refusant de visualiser un seul instant le tableau que la vieille dame lui avait suggéré, il secoua la tête.

— Tout… tout va bien avec Marinette… Avec Merry, je veux dire.

— Tant mieux. Elle est bien, cette petite. Un peu volage, peut-être…

— Vous êtes ravissante, aujourd'hui, Rayleen ! enchaîna-t-il, soucieux de changer de sujet.

Rayleen s'agita légèrement et se passa une main nerveuse dans les cheveux. L'instant d'après, elle haussait les épaules et scrutait subrepticement l'assemblée.

Elle était particulièrement élégante, ce soir-là, dans sa robe de calicot bleu, même avec ses gros godillots aux pieds.

— Ecoute-les, ces deux-là, marmonna-t-elle, donnant un petit coup de tête sur sa gauche.

Shane suivit son regard. Ses deux grands-mères par alliance étaient en train de s'écharper.

Kristen leva un index furieux en l'air.

— Tu n'as jamais supporté son amour de l'histoire et de la culture. Ta seule préoccupation, c'étaient les chevaux !

— Moi ? se rebiffa Jeannine. Tu plaisantes ? Je sais par Gideon que tu as exigé qu'on installe le chauffage dans l'écurie sous prétexte que tu venais d'acheter un pur-sang !

Kristen laissa échapper un petit cri d'indignation et pâlit.

— Qu'est-ce que tu crois, ma petite ? poursuivit Jeannine. Il m'appelait constamment pour se plaindre de tes excentricités. Parce qu'il avait besoin d'une oreille attentive. De quelqu'un en qui il pouvait avoir confiance. Et c'était moi, Kristen. Moi seule !

Rayleen laissa échapper un soupir exaspéré.

— Foutues bonnes femmes !

— Tu as beau être plus jeune que moi, Kristen, poursuivit Jeannine, et par conséquent plus belle, il n'avait que faire des mijaurées dans ton genre. J'ajoute que…

— Bon Dieu de bois, vous allez la boucler, toutes les deux ? s'écria Rayleen.

Les deux femmes sursautèrent et se tournèrent vers Rayleen.

Shane leva les mains en l'air et recula de quelques pas ; il n'avait aucune intention de se laisser embarquer dans ce crêpage de chignon.

— Rayleen Kisler ! s'exclama Jeannine, dès qu'elle fut remise de sa surprise. Vous écoutez aux portes à présent ?

— Ecouter aux portes, moi ? rétorqua Rayleen. Pour ça, faudrait avoir à tendre l'oreille. On vous entend à l'autre bout de la rue, je vous signale.

— Alors ça, c'est la meilleure ! s'écria Kristen.

— Je ne vous le fais pas dire. Non mais, vous vous êtes vues, toutes les deux ? Vous êtes en train de vous chamailler pour un mort. Un mort, compris ? Alors si vous en voulez, pas moi. Je ne vois pas l'intérêt de s'accrocher à un cadavre !

— Gideon était un homme exceptionnel, déclara Kristen avec acharnement.

— Et alors ? Ça ne l'a pas empêché de casser sa pipe, si ?

Elle avait riposté d'une voix si forte que les deux veuves jetèrent un regard affolé autour d'elles pour s'assurer que personne ne l'avait entendue. Quand elles furent tranquillisées sur ce point, elles jaugèrent Rayleen avec un mépris non dissimulé.

Cette dernière prit le parti d'en rire.

— On croit rêver ! Allez-y, les filles. Continuez à vous déchirer pour un vieux chnoque mort depuis des mois et qui ne reviendra pas. Si jamais vous changez d'avis, ce ne sont pas les vieux cow-boys qui manquent, dans la contrée. Et s'ils ne sont pas parfaits, ils sont moins froids qu'un cadavre… *mesdames*.

Sa tirade lui valut un nouveau regard furibond.

— Comme vous voulez, conclut Rayleen. Ça m'en fera deux de plus en réserve.

Les deux veuves se consultèrent du regard, puis se tournèrent vers Rayleen.

— Et où vous les rencontrez, ces cow-boys ? demanda Jeannine.

— Je tiens un bar, ma p'tit'. Je n'ai que l'embarras du choix, qu'est-ce que vous croyez ?

Elle ponctua sa phrase d'un rire sonore. Jeannine et Kristen la dévisagèrent, bouche bée.

En désespoir de cause, Rayleen se tourna vers Shane qui s'absorba dans la contemplation de sa canette.

— Bon ! Puisqu'il faut tout vous expliquer... Il y a un club de bridge, au centre de loisirs. Et des soirées réservées aux seniors, tous les premiers samedis du mois, à la salle des fêtes. Vous devriez y trouver votre bonheur, vous ne croyez pas ?

Comme s'il avait jugé qu'il s'était suffisamment fait attendre comme ça, Easy apparut soudain, vêtu de son vieux jean habituel, mais avec une chemise fraîchement repassée et agrémentée d'une lavallière.

Jeannine foudroya une dernière fois Rayleen du regard, mais Kristen gratifia sa rivale d'un coup de coude complice, et toutes deux contemplèrent le vieux cow-boy en minaudant.

— Si je vous prends à faire du gringue à Easy, je vous arrache les yeux et je les donne à bouffer aux corbeaux, gronda Rayleen.

Elles relevèrent le menton d'un air de défi. Ce qu'elles virent dut les impressionner, car elles s'éloignèrent sans demander leur reste.

Et sans un regard pour Easy.

— Rayleen ? murmura Shane. Ça y est ? Vous vous êtes enfin décidée à jeter votre dévolu sur Easy ?

— J'y pense, marmonna-t-elle. S'il ne me bassine pas avant.

Mieux valait passer à autre chose, finalement. Rayleen n'était ni patiente ni gracieuse quand on évoquait Easy. Pas même avec le principal intéressé, d'ailleurs, à bien y songer. Shane s'éloigna donc, non sans avoir remarqué la mine fermée avec laquelle Rayleen écouta le vieux cow-boy l'inviter à danser.

Invitation qu'elle accepta, soit dit en passant. Grace avait vraiment de qui tenir !

Fort heureusement, Merry ne faisait pas partie de la famille.

Merry... Que Walker faisait sortir de la piste de danse improvisée pour l'entraîner vers la buvette.

Cette fois, il devait intervenir, songea Shane en les rejoignant.

— Ça va, beauté ? murmura-t-il à l'oreille de Merry.

Il vit un petit frisson d'excitation la parcourir.

— Ça va ! répondit-elle d'une voix particulièrement rauque.

Shane sentit son cœur se gonfler de joie.

— Va donc voir ailleurs si j'y suis, lança-t-il à Walker qui tendait une coupe de champagne à Merry.

Pour toute réponse, Walker lui offrit sa propre coupe.

— Tiens, vieux. A plus, dit-il avant de soulever son chapeau et de prendre congé.

Shane l'oublia aussitôt.

— Tu as l'air de bien t'amuser, ma belle.

— C'est super ! Tellement excitant. Tout le monde est content, on dirait, non ?

Shane jeta un coup d'œil autour de lui. Oui, tout le monde était content. Pour sa part cependant, il ne devait son excitation qu'à la présence de Merry.

Au lieu de le lui faire remarquer, il se contenta de l'embrasser brièvement et de la ramener parmi les danseurs pour la serrer dans ses bras, au son d'un slow langoureux.

Lorsque la soirée prit fin, Merry se chargea de raccompagner les membres du trust à leur voiture. Shane en profita pour saluer Cole et Grace.

— Tu es sûr que vous n'avez pas besoin d'un coup de main pour ranger tout ça ? proposa Grace.

— Non. Ça attendra demain. De bonnes âmes se sont portées volontaires pour venir récupérer les éclairages, les chaises et le groupe électrogène. On termine le plus gros, et je ramène Merry à l'appartement.

— N'oublie pas de la raccompagner chez elle avant minuit, lui recommanda Grace, avec un grand sourire.

De toute évidence, il commençait à grimper dans son estime. Cela n'allait pas vite, bien sûr. Elle était moins prompte à pardonner que Merry. Mais tout de même... Il lui arrivait de faire preuve d'amabilité à son égard.

— Allez viens, ma puce, marmonna Cole. Laissons les enfants à leurs petits jeux.

Le temps que Merry revienne, les musiciens avaient fini de remballer leurs instruments, et les derniers invités faisaient leurs adieux. Shane allait enfin avoir sa belle pour lui tout seul.

Comme si elle avait lu dans ses pensées, elle lui sauta dans les bras. Il la souleva du sol et la fit tournoyer jusqu'à ce qu'elle pousse des hululements sonores.

— Tu ne serais pas un peu ivre, ma belle ?
— Non. Seulement heureuse. Le parking est super. Et regarde-moi cette route !

Il secoua la tête avec amusement. Merry s'extasiait sur le bout de route cimenté qui reliait enfin les deux extrémités de sa ville fantôme. Cela dit, il devait reconnaître que cela avait changé l'endroit. Maintenant que les mauvaises herbes et les buissons d'armoise avaient disparu, Providence était dans l'attente. La ville avait dormi pendant plus d'un siècle et Merry l'avait réveillée d'un coup de baguette magique.

— Tu aurais dû inviter ta mère, murmura-t-elle, tandis qu'il la reposait à terre.

— Non. Si elle s'améliore petit à petit, elle n'est pas encore très fiable. Je n'avais pas envie que l'on se chamaille. Pas à ta soirée.

— Elle fait des efforts, tu sais.

— A sa manière, oui. Maintenant, elle essaie de faire passer mon père pour un saint. Il ne l'était pas, Merry. C'était un homme comme les autres. Il est mort, et je veux qu'elle passe à autre chose. Et si elle n'y arrive pas, qu'elle garde ses regrets pour elle.

Merry lui prit la main.

— Viens. J'ai fermé tous les sacs-poubelles. Il ne reste plus qu'à éteindre le groupe électrogène et je... Je ne veux pas y aller toute seule. Il y a des toiles d'araignées, là-bas. Je les ai vues, tout à l'heure.

— S'il ne t'en faut pas davantage pour être ton héros, je veux bien faire ça tous les jours.

Il s'acquitta de sa tâche tandis que Merry se tenait à distance respectable. Lorsqu'il appuya sur l'interrupteur, tous deux se retrouvèrent plongés dans une obscurité et un silence plus que bienvenus.

— J'aurais dû apporter une lampe électrique, chuchota Merry.

— La lune est à son premier quartier, ce soir. Attends que tes yeux s'habituent.

Une seconde plus tard, Merry laissait échapper un petit cri de ravissement.

— Shane ! Regarde ! Regarde toutes ces étoiles !

Il les avait vues des milliers de fois, ces étoiles. Alors il préféra s'attarder sur le visage rêveur de sa douce.

— Je crois que j'aperçois la Voie lactée !

— Je crois surtout que tu vas attraper un torticolis, si tu continues comme ça. Viens, j'ai une meilleure idée.

Ils regagnèrent le centre de la petite ville, puis le parking. Shane sortit une couverture de son pick-up et l'étendit sur le plateau du véhicule.

— Viens, chuchota-t-il, l'allongeant sur la couche de fortune avant d'aller la rejoindre.

— Regarde, reprit-elle, les yeux brillant sous la lune. C'est merveilleux…

— Je sais.

Il repoussa une mèche de cheveux égarée sur sa joue.

— C'est fascinant, insista-t-elle.

Alors, et bien qu'il eut préféré s'attarder sur sa peau laiteuse, il se força à contempler le ciel, lui aussi.

Les criquets stridulaient autour d'eux. Au loin, les trembles bruissaient sous le vent, annonçant l'arrivée de l'hiver. Shane sentait presque la neige, dans l'air.

Il inspira longuement et se laissa aller.

— Je n'en demande pas plus à la vie, Shane. Ça…

— Ah oui ? demanda-t-il en souriant malgré lui.

— Oui. C'est tellement beau… La nuit, les étoiles, les montagnes… Et… je me sens bien avec toi.

Il sentit son sourire se figer sur ses lèvres.

— J'ai l'impression d'être chez moi. D'avoir toujours été là, et pourtant d'avoir mille possibilités. Tout me paraît… envisageable.

C'était vrai. Tout paraissait possible. Shane touchait du doigt ce qu'il n'aurait jamais pensé avoir un jour. Il prit appui sur un coude pour admirer la merveilleuse femme étendue près de lui.

Il lui effleura la joue et la regarda fermer les yeux.

— Je crois que je t'aime, Shane.

Cette fois, il crut que son cœur s'était arrêté de battre. Entrouvrant les lèvres, il inspira avec précaution.

Ils n'avaient pas reparlé d'amour. Pas depuis le matin où elle l'avait trouvé, hagard, dans la ville fantôme. Selon un accord tacite, ils avaient avancé lentement, vécu au jour le jour.

Et soudain, l'ampleur de leur amour lui apparaissait dans toute sa splendeur, toute son évidence.

Il fit glisser un pouce sur les lèvres pleines de la jeune femme, puis l'embrassa.

— Moi, je *sais* que je t'aime, déclara-t-il avec force.

— C'est vrai ?

Il y avait des larmes, dans sa voix. Il les entendit avant même de les voir couler sur ses tempes.

— Oui. C'est vrai. Je t'aime, Merry.

Et il se remit à l'embrasser. Sur la bouche, le menton, la gorge…

— Merci de m'avoir amenée ici, dit-elle d'une toute petite voix. A Providence. A Jackson Hole.

— Ce n'est pas moi qui t'ai amenée ici, objecta-t-il sans cesser de l'embrasser.

— Si. Sans toi, les membres du trust n'auraient jamais pensé à m'embaucher. Et je n'aurais jamais eu accès à toute cette beauté.

— Dans ce cas…

Il fit glisser une main sur sa cuisse et ramena sa jupe vers le haut.

— C'est moi qui dois te remercier de m'avoir apporté ta petite personne. De m'avoir tout apporté, d'ailleurs.

Il se mit à la caresser et aussitôt, elle s'arc-bouta en gémissant.

— Chut… Regarde les étoiles. Je veux les voir briller dans tes yeux, quand tu jouiras entre mes bras, ma belle.

— Et si quelqu'un venait ? Si...

Elle n'acheva pas sa phrase. Déjà, elle se fondait en lui.

— Il n'y a que nous, ici, Merry.

Il la débarrassa de sa petite culotte, se déshabilla, et la pénétra lentement.

— Il n'y a que toi, moi, et tout ce dont nous n'avions jamais rêvé.

— Je t'aime, Shane.

L'orgasme le submergea au rythme de ces mots, puis s'enroula au gémissement qu'elle envoya aux étoiles.

Il était enfin devenu l'homme qu'il voulait être.

Pour toujours.

Si vous avez aimé ce roman,
découvrez sans attendre le précédent roman de la série
« Sexy Girls » :

Pas si sage, Victoria Dahl

Disponible dès à présent sur www.harlequin.fr

Et ne manquez pas la suite dans votre collection Sagas :

Un cœur indomptable, à paraître en août 2015

Retrouvez ce mois-ci,
dans votre collection

♦ SAGAS ♦

Linda Lael Miller
Le mariage d'un cow-boy
SAGA LES FRÈRES DU MONTANA

Susan Mallery
Soeurs de coeur
SAGA BLACKBERRY ISLAND

Christina Skye
Une robe pour Jilly
SAGA HARBOR HOUSE CAFÉ

Victoria Dahl
Un destin rebelle
SAGA SEXY GIRLS

Sagas :
des romans qui ne s'arrêtent
pas à la dernière page

HARLEQUIN
www.harlequin.fr

OFFRE DE BIENVENUE

Vous êtes fan de la collection Sagas ?
Pour prolonger le plaisir, recevez

◆ 4 romans inédits Sagas ◆
et 1 cadeau surprise !

Une fois votre premier colis reçu, si vous souhaitez continuer à recevoir nos romans Sagas, cela se fera automatiquement. Vous recevrez alors tous les 2 mois, 4 romans inédits de cette collection au tarif unitaire de 6,90€ (Frais de port France : 1,69€ - Frais de port Belgique : 3,69€).

➡ LES BONNES RAISONS DE S'ABONNER :

Aucun engagement de durée
ni de minimum d'achat.
◆
Aucune adhésion à un club.
◆
Vos romans en avant-première.
◆
La livraison à domicile.

➡ ET AUSSI DES AVANTAGES EXCLUSIFS :

Des cadeaux tout au long de l'année.
◆
Des réductions sur vos romans par
le biais de nombreuses promotions.
◆
Des romans exclusivement réédités
notamment des sagas à succès.
◆
L'abonnement systématique et gratuit
à notre magazine d'actu ROMANCE.
◆
Des points fidélité échangeables
contre des livres ou des cadeaux.

➡ REJOIGNEZ-NOUS VITE EN COMPLÉTANT ET EN NOUS RENVOYANT LE BULLETIN !

N° d'abonnée (si vous en avez un) |_|_|_|_|_|_|_|_|_| NZ5F09 / NZ5FB1

M*me* ☐ M*lle* ☐ Nom : .... Prénom : ....

Adresse : ....

CP : |_|_|_|_|_| Ville : ....

Pays : .... Téléphone : |_|_|_|_|_|_|_|_|_|_|

E-mail : ....

Date de naissance : |_|_| |_|_| |_|_|_|_|

☐ Oui, je souhaite être tenue informée par e-mail de l'actualité d'Harlequin.

☐ Oui, je souhaite bénéficier par e-mail des offres promotionnelles des partenaires d'Harlequin.

Renvoyez cette page à : Service Lectrices Harlequin – BP 20008 – 59718 Lille Cedex 9 - France

Date limite : **31 décembre 2015**. Vous recevrez votre colis environ 20 jours après réception de ce bon. Offre soumise à acceptation et réservée aux personnes majeures, résidant en France métropolitaine et Belgique. Prix susceptibles de modification en cours d'année. Conformément à la loi Informatique et libertés du 6 janvier 1978, vous disposez d'un droit d'accès et de rectification aux données personnelles vous concernant. Il vous suffit de nous écrire en nous indiquant vos nom, prénom et adresse à : Service Lectrices Harlequin - BP 20008 - 59718 LILLE Cedex 9. Harlequin® est une marque déposée du groupe Harlequin. Harlequin SA – 83/85, Bd Vincent Auriol – 75646 Paris cedex 13. Tél : 01 45 82 47 47. SA au capital de 1 120 000€ - R.C. Paris. Siret 3186715910069/APE5811Z.

Vous n'avez pas le temps de lire tous les romans Harlequin ce mois-ci ?
Découvrez les 4 meilleurs avec notre sélection :

[COUP DE CŒUR]

COUP DE CŒUR

HARLEQUIN
www.harlequin.fr

OFFRE DE BIENVENUE

Vous avez aimé cette collection ? Vous aimerez sûrement la collection Azur ! Recevez gratuitement :

◆ 2 romans Azur gratuits ◆
et 2 cadeaux surprise !

Une fois votre colis de bienvenue reçu, si vous souhaitez continuer à recevoir nos romans Azur, cela se fera automatiquement. Vous recevrez alors chaque mois 6 romans inédits de cette collection au tarif unitaire de 4,25€ (Frais de port France : 1,75€ - Frais de port Belgique : 3,75€).

➡ ET AUSSI DES AVANTAGES EXCLUSIFS :

➡ LES BONNES RAISONS DE S'ABONNER :

Aucun engagement de durée ni de minimum d'achat.
◆
Aucune adhésion à un club.
◆
Vos romans en avant-première.
◆
La livraison à domicile.

Des cadeaux tout au long de l'année.
◆
Des réductions sur vos romans par le biais de nombreuses promotions.
◆
Des romans exclusivement réédités notamment des sagas à succès.
◆
L'abonnement systématique et gratuit à notre magazine d'actu ROMANCE.
◆
Des points fidélité échangeables contre des livres ou des cadeaux.

➡ REJOIGNEZ-NOUS VITE EN COMPLÉTANT ET EN NOUS RENVOYANT LE BULLETIN !

N° d'abonnée (si vous en avez un) |_|_|_|_|_|_|_|_|_|

ZZ5F02
ZZ5FB2

Mme ❑ Mlle ❑ Nom : .... Prénom : ....

Adresse : ....

CP : |_|_|_|_|_| Ville : ....

Pays : .... Téléphone : |_|_|_|_|_|_|_|_|_|_|

E-mail : ....

Date de naissance : |_|_| |_|_| |_|_|_|_|

❑ Oui, je souhaite être tenue informée par e-mail de l'actualité d'Harlequin.
❑ Oui, je souhaite bénéficier par e-mail des offres promotionnelles des partenaires d'Harlequin.

Renvoyez cette page à : Service Lectrices Harlequin – BP 20008 – 59718 Lille Cedex 9 - France

Date limite : **31 décembre 2015**. Vous recevrez votre colis environ 20 jours après réception de ce bon. Offre soumise à acceptation et réservée aux personnes majeures, résidant en France métropolitaine et Belgique. Prix susceptibles de modification en cours d'année. Conformément à la loi Informatique et libertés du 6 janvier 1978, vous disposez d'un droit d'accès et de rectification aux données personnelles vous concernant. Il vous suffit de nous écrire en nous indiquant vos nom, prénom et adresse à : Service Lectrices Harlequin - BP 20008 - 59718 LILLE Cedex 9. Harlequin® est une marque déposée du groupe Harlequin. Harlequin SA – 83/85, Bd Vincent Auriol – 75646 Paris cedex 13. Tél : 01 45 82 47 47. SA au capital de 1 120 000€ - R.C. Paris. Siret 31867159100069/APE5811Z.

HARLEQUIN

La romance sur tous les tons

Toutes nos actualités et exclusivités sont sur notre site internet.

E-books, promotions, avis des lectrices, lecture en ligne gratuite, infos sur les auteurs, jeux-concours… et bien d'autres surprises !

Rendez-vous sur
www.harlequin.fr

facebook.com/LesEditionsHarlequin

twitter.com/harlequinfrance

pinterest.com/harlequinfrance

HARLEQUIN
www.harlequin.fr

OFFRE DÉCOUVERTE !

Vous souhaitez découvrir nos collections ? Recevez **2 romans gratuits*** et **2 cadeaux surprise !** Une fois votre colis de bienvenue reçu, si vous souhaitez continuer à recevoir nos romans, cela se fera automatiquement. Vous recevrez alors chaque mois vos romans inédits en avant première.

Vous n'avez aucune obligation d'achat et cette offre est sans engagement de durée !

*1 roman gratuit pour les collections Nocturne et Best-sellers suspense. Pour les collections Sagas et Sexy, le 1er envoi est payant avec un cadeau offert

☛ COCHEZ la collection choisie et renvoyez cette page au
Service Lectrices Harlequin – BP 20008 – 59718 Lille Cedex 9 – France

Collections	Références	Prix colis France* / Belgique*
❏ **AZUR**	ZZ5F56/ZZ5FB2	6 romans par mois 27,25€ / 29,25€
❏ **BLANCHE**	BZ5F53/BZ5FB2	3 volumes doubles par mois 22,84€ / 24,84€
❏ **LES HISTORIQUES**	HZ5F52/HZ5FB2	2 romans par mois 16,25€ / 18,25€
❏ **BEST SELLERS**	EZ5F54/EZ5FB2	4 romans tous les deux mois 31,59€ / 33,59€
❏ **BEST SUSPENSE**	XZ5F53/XZ5FB2	3 romans tous les deux mois 24,45€ / 26,45€
❏ **MAXI****	CZ5F54/CZ5FB2	4 volumes triples tous les deux mois 30,49€ / 32,49€
❏ **PASSIONS**	RZ5F53/RZ5FB2	3 volumes doubles par mois 24,04€ / 26,04€
❏ **NOCTURNE**	TZ5F52/TZ5FB2	2 romans tous les deux mois 16,25€ / 18,25€
❏ **BLACK ROSE**	IZ5F53/IZ5FB2	3 volumes doubles par mois 24,15€ / 26,15€
❏ **SEXY**	KZ5F52/KZ5FB2	2 romans tous les deux mois 16,19€ / 18,19€
❏ **SAGAS**	NZ5F54/NZ5FB2	4 romans tous les deux mois 29,29€ / 31,29€

*Frais d'envoi inclus
**L'abonnement Maxi est composé de 2 volumes Edition spéciale et de 2 volumes thématiques

N° d'abonnée Harlequin (si vous en avez un) ⎕⎕⎕⎕⎕⎕⎕⎕

Mme ❏ Mlle ❏   Nom : _____

Prénom : _____   Adresse : _____

Code Postal : ⎕⎕⎕⎕⎕   Ville : _____

Pays : _____   Tél. : ⎕⎕⎕⎕⎕⎕⎕⎕⎕⎕

E-mail : _____

Date de naissance : _____

❏ Oui, je souhaite recevoir par e-mail les offres promotionnelles des éditions Harlequin.
❏ Oui, je souhaite recevoir par e-mail les offres promotionnelles des partenaires des éditions Harlequin.

Date limite : 31 décembre 2015. Vous recevrez votre colis environ 20 jours après réception de ce bon. Offre soumise à acceptation et réservée aux personnes majeures, résidant en France métropolitaine et Belgique, dans la limite des stocks disponibles. Prix susceptibles de modification en cours d'année. Conformément à la loi Informatique et libertés du 6 janvier 1978, vous disposez d'un droit d'accès et de rectification aux données personnelles vous concernant. Par notre intermédiaire, vous pouvez être amenée à recevoir des propositions d'autres entreprises. Si vous ne le souhaitez pas, il vous suffit de nous écrire en nous indiquant vos nom, prénom et adresse à : Service Lectrices Harlequin BP 20008 59718 LILLE Cedex 9. Service Lectrices disponible du lundi au vendredi de 8h à 17h : 01 45 82 47 47 ou 33 1 45 82 47 47 pour la Belgique.

Composé et édité par HARLEQUIN

Achevé d'imprimer en mai 2015

CPi
BLACK PRINT

Barcelone

Dépôt légal : juin 2015

Pour l'éditeur, le principe est d'utiliser des papiers composés de fibres naturelles, renouvelables, recyclables, et fabriquées à partir de bois issus de forêts qui adoptent un système d'aménagement durable. En outre, l'éditeur attend de ses fournisseurs de papier qu'ils s'inscrivent dans une démarche de certification environnementale reconnue.

Imprimé en Espagne